Das Buch

Die Krise um das gewaltige, viele Sternensysteme umfassende Imperium der Radchaai hat bedrohliche Ausmaße angenommen. Nach fast dreitausend Jahren unumschränkter Macht steht Anaander Miaanai, die Herrscherin des Imperiums, mit sich selbst im Konflikt. Denn ihre auf viele Hundert Körper verteilte Intelligenz ist gespalten, und die aggressivere Hälfte zerstört in einem System nach dem anderen die Sprungtore. Einzig und allein Breq, die letzte überlebende Hilfseinheit und Künstliche Intelligenz des Truppentransportschiffs *Gerechtigkeit der Torren*, steht dem Kollaps des Imperiums jetzt noch im Weg. Ausgestattet mit ungeahnten Ressourcen, versucht Breq nun im Athoek-System an der Außengrenze des Imperiums die Ordnung aufrechtzuerhalten und der feindlichen Herrscherin die Stirn zu bieten. Eine Zeit lang sieht es auch so aus, als hätte Flottenkapitänin Breq alles unter Kontrolle – doch dann taucht auf der Athoek-Station eine Person auf, die es gar nicht geben dürfte, und dann meldet sich auch noch eine Abgesandte der unberechenbaren Spezies der Presger an. Bei alledem kämpft Breq für den Schutz der Bevölkerung von Athoek. Aber kann sie auch ihr eigenes Leben und die Zukunft des Imperiums schützen?

»Ann Leckie hat eine Welt erschaffen, die die Leser so schnell nicht vergessen werden!«   *Publishers Weekly*

Erster Roman: Die Maschinen
Zweiter Roman: Die Mission
Dritter Roman: Das Imperium

Die Autorin

Ann Leckie hat bereits mehrere Kurzgeschichten in amerikanischen Fantasy- und Science-Fiction-Magazinen veröffentlicht, bevor sie sich mit *Die Maschinen* an ihren ersten Roman wagte. Sie wurde für *Die Maschinen* mit dem Hugo Award ausgezeichnet und von Kritikern und Lesern weltweit gleichermaßen gefeiert. Ann Leckie lebt mit ihrer Familie in St. Louis, Missouri.

diezukunft.de

ANN LECKIE

DAS IMPERIUM

EIN ROMAN AUS DER FERNEN ZUKUNFT

Aus dem Amerikanischen
von Bernhard Kempen

Deutsche Erstausgabe

WILHELM HEYNE VERLAG
MÜNCHEN

Titel der amerikanischen Originalausgabe
ANCILLARY MERCY

Der Verlag weist ausdrücklich darauf hin, dass im Text
enthaltene externe Links vom Verlag nur bis zum Zeitpunkt
der Buchveröffentlichung eingesehen werden konnten.
Auf spätere Veränderungen hat der Verlag keinerlei Einfluss.
Eine Haftung des Verlags ist daher ausgeschlossen.

Verlagsgruppe Random House FSC® N001967

Deutsche Erstausgabe 04/2017
Redaktion: Rainer Michael Rahn
Copyright © 2015 by Ann Leckie
Copyright © 2017 der deutschsprachigen Ausgabe by
Wilhelm Heyne Verlag, München,
in der Verlagsgruppe Random House GmbH,
Neumarkterstraße 28, 81673 München
Umschlagillustration: Billy Nunez
Umschlaggestaltung: Stardust, München
Satz: Schaber Datentechnik, Austria
Druck und Bindung: GGP Media GmbH, Pößneck

ISBN: 978-3-453-31726-0

www.diezukunft.de

1

ERWACHEN, VON EINEM MOMENT AUF DEN anderen. Durch die vertrauten Geräusche der Teezubereitung. Aber es geschah sechs Minuten früher, als ich beabsichtigt hatte. Warum? Ich griff zu.

Leutnantin Ekalu war auf Wache. Wegen irgendetwas empört. Sogar ein wenig zornig. Vor ihr zeigte die Wand eine Darstellung der Athoek-Station, von Schiffen umgeben. Die Kuppel über den Gärten war aus diesem Blickwinkel kaum zu erkennen. Athoek selbst lag zur Hälfte im Schatten, strahlte zur Hälfte blau und weiß. Das Hintergrundrauschen der Kommunikation verriet keine besonderen Vorkommnisse.

Ich öffnete die Augen. Die Wände meines Quartiers zeigten dieselbe Ansicht des Weltraums um uns herum, die auch Leutnantin Ekalu in der Kommandozentrale betrachtete – die Athoek-Station, die Schiffe, Athoek selbst. Die Funkfeuer der vier Intersystemtore des Systems. Ich brauchte die Wände nicht, um Zugriff auf diesen Blick zu erhalten. Ich konnte mir alles anschauen, jederzeit, indem ich es mir lediglich wünschte. Aber ich hatte keinen Befehl gegeben, es tatsächlich hier zu projizieren. Das Schiff musste das getan haben.

Vor dem Tresen am Ende des drei mal vier Meter großen Raums stand Seivarden und machte Tee. Mit dem alten Emaille-Service, nur zwei Tassen, eine davon angeschlagen, eine Folge von früheren, ungeschickten Versuchen Seivardens, sich nützlich zu machen, vor mehr als einem Jahr. Es war über einen Monat her, seit sie das letzte Mal als meine Dienerin tätig gewesen war, aber ihre Anwesenheit war mir so vertraut, dass ich sie während des Aufwachens akzeptiert hatte, ohne weiter darüber nachzudenken. »Seivarden«, sagte ich.

»Das Schiff, genauer gesagt.« Sie verneigte ganz leicht den Kopf in meine Richtung, während ihre Aufmerksamkeit weiterhin der Teezubereitung galt. Die *Gnade der Kalr* kommunizierte hauptsächlich über auditive oder visuelle Implantate mit ihrer Besatzung, indem sie direkt in unsere Ohren sprach oder Schrift und Bilder in unser Sichtfeld einblendete. Genau das tat sie in diesem Moment, wie ich sehen konnte, als Seivarden die Worte las, die ihr vom Schiff übermittelt wurden. »Im Augenblick bin ich das Schiff. Während Sie geschlafen haben, kamen zwei Nachrichten für Sie herein, aber vorläufig ist alles in Ordnung, Flottenkapitänin.«

Ich setzte mich auf, schob die Decke beiseite. Vor drei Tagen hatte meine Schulter in einem Korrektiv gesteckt, das den Arm betäubte und bewegungsunfähig machte. Ich genoss immer noch meine wiederhergestellte Bewegungsfreiheit.

»Ich glaube«, fuhr Seivarden fort, »dass Leutnantin Seivarden sich manchmal danach zurücksehnt.« Die Daten, die ich über das Schiff von ihr bekam – die ich sehen konnte, indem ich einfach darauf zugriff –, deuteten auf eine leichte Besorgnis und Verlegenheit hin. Aber das Schiff hatte recht – es gefiel ihr, eine Zeit lang wieder unsere alten Rollen zu übernehmen, auch wenn es für mich gar nicht so war. »Vor drei Stunden schickte Flottenkapitänin Uemi eine Nachricht.« Flottenkapitänin Uemi war mein Gegenüber ein Tor weiter im Hrad-System. Sie hatte das Kommando über alle militärischen Radchai-Schiffe, die dort stationiert waren. Was auch immer es bedeuten mochte: Das Territorium der Radch wurde derzeit von einem Bürgerkrieg erschüttert, und Flottenkapitänin Uemi war genauso wie ich von jenem Teil von Anaander Mianaai autorisiert, der gegenwärtig im Omaugh-Palast residierte. »Der Tstur-Palast ist gefallen.«

»Darf ich fragen, an wen?«

Seivarden wandte sich vom Tresen ab, eine Tasse Tee in der behandschuhten Hand. Ging dorthin, wo ich auf dem Bett saß. Nach all der Zeit war sie zu gut mit mir vertraut, um von meiner Reaktion überrascht oder von der Tatsache irritiert zu sein, dass meine Hände noch unbedeckt waren. »An die Herrin der Radch, wen sonst?«, erwiderte sie mit einem schwachen Lächeln. Und reichte mir die Tasse Tee. »Diejenige, wie Flottenkapitänin Uemi sagte, die Ihnen nur wenig Sympathie entgegenbringt, Flottenkapitänin. Wie auch Flottenkapitänin Uemi.«

»Richtig.« Für mich gab es nur wenige Unterschiede zwischen den einzelnen Teilen von Anaander Mianaai, der Herrin der Radch, und keine von ihr hatte einen stichhaltigen Grund, mit mir zufrieden zu sein. Aber ich wusste, welche Seite Flottenkapitänin Uemi unterstützte. Möglicherweise sogar jetzt. Anaander hatte viele Körper und war es gewohnt, an Dutzenden, wenn nicht an Hunderten Orten gleichzeitig zu sein. Jetzt war sie reduziert und fragmentiert, nachdem sie viele ihrer geklonten Körper im Kampf gegen sich selbst verloren hatte. Ich hegte den starken Verdacht, dass Kapitänin Uemi selbst ein Fragment der Herrin der Radch war.

»Flottenkapitänin Uemi fügte hinzu«, fuhr Seivarden fort, »dass es der Anaander, die Tstur eingenommen hat, außerdem gelungen ist, die Verbindung zu sich selbst außerhalb des Tstur-Systems zu trennen, sodass ihre übrigen Versionen nicht wissen, was sie beabsichtigt. Doch wenn Flottenkapitänin Uemi Anaander Mianaai wäre, sagte sie, würde sie all ihre Mittel dafür einsetzen, dieses System zu sichern, nachdem sie jetzt den Palast selbst eingenommen hat. Aber sie wäre auch in größter Versuchung, jemanden zu *Ihnen* zu schicken, Flottenkapitänin, wenn es ihr möglich wäre. Die Kapitänin der Hrad-Flotte möchte zudem darauf hinweisen, dass die Nachricht vom Omaugh-Palast per Schiff zu ihr gelangte, was bedeutet, dass die Informationen einige Wochen alt sind.«

Ich nahm einen Schluck Tee. »Wenn die Tyrannin so dumm war, Schiffe hierher zu schicken, sobald sie Tstur unter Kontrolle hatte, würde sie frühestens …« Die *Gnade der Kalr* zeigte mir Zahlen. »… in etwa einer Woche eintreffen.«

»Jener Teil der Herrin der Radch hat gute Gründe, äußerst wütend auf Sie zu sein«, gab das Schiff durch Seivarden zu bedenken. »Und sie ist dafür bekannt, mit drastischen Maßnahmen gegen Personen zu reagieren, die sie erheblich erzürnen. Sie wäre schon früher gegen uns vorgegangen, wenn sie es hätte bewerkstelligen können.« Sie runzelte die Stirn über die Worte, die als Nächste in ihrem Sichtfeld erschienen, aber selbstverständlich konnte ich sie ebenfalls sehen und lesen. »Die zweite Nachricht stammt von Systemgouverneurin Giarod.«

Ich antwortete nicht sofort. Gouverneurin Giarod war die ernannte Autorität des gesamten Athoek-Systems. Außerdem war sie mehr oder weniger direkt die Ursache der Verletzungen, von denen ich mich erst vor Kurzem erholt hatte. Um genau zu sein, wäre ich daran sogar fast gestorben. Aufgrund meiner Position kannte ich den Inhalt ihrer Nachricht an mich bereits. Es gab keinen Grund für Seivarden, sie laut auszusprechen.

Doch die *Gnade der Kalr* hatte einst Hilfseinheiten besessen – menschliche Körper, die von ihrer künstlichen Intelligenz kontrolliert wurden, die Hände und Füße, Augen und Ohren des Schiffs. Diese Hilfseinheiten gab es nicht mehr, und nun hatte das Schiff eine ausschließlich menschliche Besatzung. Ich wusste, dass die einfachen Soldatinnen an Bord gelegentlich für das Schiff agierten oder sprachen. Sie taten Dinge, die das Schiff nicht mehr selbst tun konnte, als wären sie ein Ersatz für die Hilfseinheiten, die es verloren hatte. Im Allgemeinen taten sie es nicht vor mir, da ich selbst eine Hilfseinheit war, das letzte noch übrige Fragment des Truppentransporters *Gerechtigkeit der Torren*, der vor zwanzig Jahren zerstört worden war. Es amüsierte oder erfreute mich nicht, wenn die Soldatinnen versuchten, das zu imitieren, was ich einst gewesen war. Dennoch hatte ich es ihnen nicht verboten. Bis vor sehr kurzer Zeit hatten meine Soldatinnen nichts von meiner Vergangenheit gewusst. Und sie schienen darin eine Möglichkeit zu sehen, sich vor der unausweichlichen Intimität des Lebens in einem kleinen Schiff abzuschirmen.

Seivarden jedoch hatte derartige Schauspielereien nicht nötig. Sie tat es zweifellos nur, weil das Schiff es wollte. Warum wollte das Schiff so etwas? »Gouverneurin Giarod fordert Sie auf, so bald wie möglich zur Station zurückzukehren«, sagte Seivarden. Sagte das Schiff. Diese Aufforderung, der nur wenig höfliche Glanz des *so bald wie möglich*, war gebieterischer, als im Grunde gebührlich war. Seivarden war nicht so empört, wie es Leutnantin Ekalu gewesen war, aber sie fragte sich durchaus, wie ich darauf reagieren würde. »Die Gouverneurin hat ihre Aufforderung nicht erklärt. Obwohl Kalr Fünf gestern Abend einen Tumult unmittelbar vor dem Untergarten bemerkte. Die Sicherheit verhaftete eine Person und verhielt sich seitdem recht nervös.« Das Schiff zeigte mir kurze Szenen, die Fünf, weiterhin an Bord der Station, gesehen und gehört hatte.

»Wurde der Untergarten nicht evakuiert?«, fragte ich. Laut, da das Schiff diese Konversation offenkundig auf diese Weise führen wollte, ungeachtet dessen, wie ich das empfand. »Eigentlich hätte er leer sein sollen.«

»Exakt«, erwiderte Seivarden. Das Schiff.

Die Mehrheit der Bewohnerinnen des Untergartens waren Ychana gewesen – von den Xhai verachtet, einer weiteren ethnischen Gruppe der Athoeki, einer, die sich besser als andere mit der Annexion arrangiert hatte. Theoretisch wurden ethnische Unterscheidungen irrelevant, wenn die Radchaai eine Welt annektierten. Doch die Realität war schmutziger. Und ein Teil der weniger begründeten Befürchtungen von Gouverneurin Giarod betrafen die Ychana im Untergarten. »Wunderbar. Würden Sie bitte Leutnantin Tisarwat wecken, Schiff?« Seit unserer Ankunft hatte Tisarwat Verbindungen im Untergarten sowie zum Personal der Stationsverwaltung geknüpft.

»Das habe ich bereits«, antwortete Seivarden für die *Gnade der Kalr*. »Ihr Shuttle wird bereit sein, wenn Sie angekleidet sind und gegessen haben.«

»Danke.« Ich stellte fest, dass ich weder *Danke, Schiff* noch *Danke, Seivarden* sagen wollte.

»Flottenkapitänin, ich hoffe, ich maße mir nicht zu viel an«, sagte das Schiff durch Seivarden. Beunruhigung trat zu Seivardens leichter Besorgnis hinzu – sie hatte sich einverstanden erklärt, für das Schiff zu agieren, doch nun befürchtete sie, vermutete möglicherweise, dass das Schiff auf den eigentlichen Punkt kam.

»Ich kann mir nicht vorstellen, dass Sie sich jemals zu viel anmaßen, Schiff.« Doch es konnte natürlich fast alles an mir wahrnehmen – jeden Atemzug, jedes Muskelzucken. Sogar noch mehr, da ich immer noch wie eine Hilfseinheit ausgestattet war, auch wenn ich keine Hilfseinheit des Schiffs war. Es wusste zweifellos, dass es mich verstören würde, wenn es eine Offizierin dazu veranlasste, sich wie eine Hilfseinheit zu verhalten.

»Was ich Sie fragen wollte, Flottenkapitänin. Im Omaugh-Palast sagten Sie, ich könnte meine eigene Kapitänin sein. Haben Sie das wirklich so gemeint?«

Für einen Moment hatte ich das Gefühl, die Schwerkraft des Schiffs hätte versagt. Es hatte keinen Sinn zu versuchen, meine Verwunderung über die Worte des Schiffs zu verbergen, da es meine physischen Reaktionen genauestens beobachten konnte. Seivarden war nie besonders gut darin gewesen, Leidenschaftslosigkeit vorzutäuschen, und nun zeigte sich ihre Bestürzung auf ihrem aristokratischen Gesicht. Sie schien nicht gewusst zu haben, was das Schiff hatte sagen wollen. Sie öffnete den Mund, als wollte sie sprechen, blinzelte und schloss ihn dann wieder. Runzelte die Stirn.

»Ja, ich habe es wirklich so gemeint«, antwortete ich. Für Radchaai waren Schiffe keine Menschen. Wir waren Ausrüstung. Waffen. Maschinen, die wie befohlen funktionierten, wenn es erforderlich war.

»Ich habe darüber nachgedacht, seit Sie es sagten«, erklärte Seivarden. Nein, es kam von der *Gnade der Kalr*. »Und ich bin zum Schluss gelangt, dass ich keine Kapitänin sein möchte. Aber ich habe festgestellt, dass mir der Gedanke gefällt, ich *könnte* es sein.« Seivarden war sich offenkundig nicht sicher, ob sie deswegen erleichtert sein sollte oder nicht. Sie wusste, was ich war, wusste möglicherweise sogar, warum ich das gesagt hatte, an jenem Tag im Omaugh-Palast, aber sie war eine Radchaai von guter Herkunft und es genauso wie jede andere Offizierin der Radchaai gewohnt, von ihrem Schiff zu erwarten, dass es jederzeit genau das tat, was von ihm verlangt wurde. Dass es jederzeit für sie da war.

Ich war selbst ein Schiff gewesen. Schiffe konnten sehr intensive Gefühle für ihre Kapitäninnen oder ihre Leutnantinnen entwickeln. Das wusste ich aus persönlicher Erfahrung. Oh ja. Den größten Teil meines zweitausendjährigen Lebens hatte ich nicht gedacht, es könnte einen Grund geben, irgendetwas anderes zu wollen. Und der unwiderrufliche Verlust meiner eigenen Besatzung war ein klaffendes Loch in mir, das ich gelernt hatte, mir nicht anzuschauen. Die meiste Zeit. Und gleichzeitig hatte ich mich in den letzten zwanzig Jahren daran gewöhnt, meine eigenen Entscheidungen zu treffen, ohne mich auf jemand anderen zu beziehen. Mein Leben selbst zu bestimmen.

Hatte ich gedacht, dass mein Schiff für mich das Gleiche empfinden könnte wie ich für meine eigenen Kapitäninnen? Im Grunde war es unmöglich. So empfanden Schiffe nicht. Hatte ich das gedacht? Warum sollte ich mir so etwas jemals vorstellen?

»Also gut«, sagte ich und trank wieder von meinem Tee. Mir fiel kein Grund ein, warum das Schiff das durch Seivarden gesagt haben könnte.

Andererseits war Seivarden natürlich völlig menschlich. Und sie war die Amaat-Leutnantin der *Gnade der Kalr*. Vielleicht waren die Worte des Schiffs gar nicht für mich, sondern für sie gedacht.

Seivarden war niemals die Art Offizierin gewesen, die es interessierte oder die auch nur bemerkte, was ihr Schiff empfand. Sie hatte auch nie zu meinen Favoritinnen gehört, als sie an Bord der *Gerechtigkeit der Torren* gedient hatte. Doch Raumschiffe hatten durchaus unterschiedlichen Geschmack, unterschiedliche Favoritinnen. Und Seivarden hatte sich während des vergangenen Jahres erheblich verbessert.

Ein Schiff mit Hilfseinheiten drückte das, was es empfand, sehr differenziert auf tausend unterschiedliche Arten aus. Der Tee einer Lieblingsoffizierin war niemals kalt. Ihre Mahlzeiten wurden stets auf exakt die gleiche Weise zubereitet, wie sie es am liebsten hatte. Ihre Uniform passte immer, saß stets richtig und war bequem. Kleine

Bedürfnisse oder Wünsche wurden fast im gleichen Moment befriedigt, in dem sie aufkamen. Und die meiste Zeit würde sie nur bemerken, dass sie sich wohlfühlte. In jedem Fall wohler als an Bord anderer Schiffe, in denen sie gedient haben mochte.

Es war – nahezu immer – ausgesprochen einseitig. Vor einigen Wochen im Omaugh-Palast hatte ich dem Schiff gesagt, es könnte eine Person sein, die sich selbst kommandiert. Und nun erklärte es mir – und auch Seivarden, was zweifellos nicht zufällig geschah –, dass es genau das wollte, zumindest potenziell. Um anerkannt zu werden. Vielleicht auch, um eine gewisse Erwiderung (oder zumindest eine kleine Bestätigung) ihrer Gefühle zu bekommen.

Mir war nicht aufgefallen, dass Seivardens Amaats besonders dienstbeflissen waren, doch ihre Amaats waren wie alle Soldatinnen der *Gnade der Kalr* Menschen und keine Anhängsel des Schiffs. Die Flut der winzigen Intimitäten, die das Schiff ihnen zumuten würde, hätte ihnen Unbehagen bereitet, wenn sie sich dementsprechend verhalten sollten.

»Also gut«, sagte ich noch einmal. In ihrem Quartier zog sich Leutnantin Tisarwat die Stiefel an. Sie war noch nicht ganz wach, und Bo Neun stand mit ihrem Tee daneben. Die übrige Bo-Dekade schlief tief und fest, einige träumten. Seivardens Amaats beendeten ihre tägliche Arbeit und machten sich für ihr Abendessen bereit. Die Bordärztin und die Hälfte meiner Kalrs schliefen noch, aber nur leicht. Das Schiff würde sie in fünf Minuten wecken. Ekalu und ihre Etrepas waren noch auf Wache. Leutnantin Ekalu war nach wie vor ein wenig empört über die Nachricht der Systemgouverneurin und machte sich außerdem wegen einer anderen Sache Sorgen, aber ich war mir nicht sicher, was es war. Draußen prasselte gelegentlich Staub auf den Rumpf der *Gnade der Kalr*, und die Sonne von Athoek wärmte das Schiff. »Gibt es sonst noch etwas?«

Es gab etwas. Seivarden, die seit diesem Teil der Unterhaltung nervös gewesen war, blinzelte, erwartete, irgendeine Antwort in ihrem Sichtfeld zu sehen. Nichts, eine ganze Sekunde lang. Und dann: *Nein, Flottenkapitänin, das wäre alles.* »Nein, Flottenkapitänin«, las Seivarden vor. »Das wäre alles.« In zweifelndem Tonfall. Für eine Person, die sich mit Schiffen auskannte, war diese kurze Pause vielsagend. Ich war ein wenig überrascht, dass Seivarden, die bislang nie auf die Gefühle ihres Schiffs geachtet hatte, es bemerkte. Sie blinzelte dreimal, runzelte dann die Stirn. Besorgt. Verwirrt. Verunsichert, was für sie untypisch war. »Ihr Tee wird kalt«, sagte sie schließlich.

»Kein Problem«, erwiderte ich und trank ihn aus.

Leutnantin Tisarwat hatte schon seit Tagen zur Athoek-Station zurückkehren wollen. Wir waren erst seit etwas mehr als zwei Wochen im System, aber sie hatte bereits Freundschaften und Verbindungen geknüpft. Hatte sich um einen gewissen Einfluss auf die Systemverwaltung bemüht, praktisch seit dem ersten Moment, als sie die Station betreten hatte. Was in Anbetracht der Lage kaum überraschend war. Tisarwat war eine Zeit lang nicht Tisarwat gewesen – Anaander Mianaai, die Herrin der Radch, hatte die bedauernswerte siebzehnjährige Leutnantin modifiziert, um aus ihr ein bloßes Element ihrer selbst zu machen, einen weiteren Teil der Herrin der Radch. Von dem sie hoffte, ich würde ihn nicht als solchen erkennen, mit dem sie mich im Auge und die *Gnade der Kalr* unter Kontrolle behalten konnte. Doch ich hatte sie durchschaut und die Implantate entfernen lassen, die Tisarwat mit der Herrin der Radch verbunden hatten. Und jetzt war sie jemand anders – eine neue Leutnantin Tisarwat mit den Erinnerungen (und möglicherweise auch einigen Neigungen) der alten, aber nun war sie auch mehrere Tage lang die mächtigste Person im Radch-Territorium gewesen.

Sie wartete unmittelbar vor der Luke des Shuttles auf mich. Siebzehn, nicht unbedingt groß, aber langgliedrig wie andere Siebzehnjährige, die noch nicht ganz in ihre Figur hineingewachsen waren. Immer noch etwas benommen nach dem Aufwachen, aber mit ordentlicher Frisur und tadelloser dunkelbrauner Uniform. Bo Neun, die bereits an Bord des Shuttles war, hätte niemals zugelassen, dass die junge Leutnantin ihr Quartier in einem anderen Zustand als diesem verließ. »Flottenkapitänin.« Tisarwat verbeugte sich. »Danke, dass Sie mich mitnehmen.« Ihre fliederfarbenen Augen – ein Überbleibsel der alten Tisarwat, die flatterhaft und frivol gewesen war und ihren ersten Sold dafür ausgegeben hatte, ihre Augenfarbe zu verändern – blickten ernst. Dahinter war sie äußerst zufrieden und ein wenig aufgeregt, trotz der Medikamente, die die Bordärztin der *Gnade der Kalr* ihr gegeben hatte. Die Implantate, die ihr von der Herrin der Radch eingesetzt worden waren, hatten nicht richtig funktioniert, und ich vermutete, dass sie gewisse bleibende Schäden angerichtet hatten. Meine hastige Entfernung dieser Implantate hatten einen Teil dieses Problems behoben, aber vielleicht andere verursacht. Hinzu kam ihre ausgeprägte – und absolut verständliche – Zwiespältigkeit gegenüber Anaander Mianaai, mit der sie möglicherweise noch ein wenig identisch war, und das Ergebnis war eine nahezu ständige emotionale Unruhe.

Heute jedoch ging es ihr gut, soweit ich sehen konnte. »Keine Ursache, Leutnantin.«

»Herrin.« Sie wollte offenkundig etwas ansprechen, bevor wir den Shuttle bestiegen. »Systemgouverneurin Giarod stellt ein Problem dar.« Systemgouverneurin Giarod war von derselben Autorität ernannt worden, die mich hierher ins Athoek-System geschickt hatte. Theoretisch waren wir Verbündete, wenn es darum ging, für die Sicherheit und Stabilität dieses Systems zu sorgen. Aber sie hatte Informationen an meine Feindinnen weitergegeben, erst vor wenigen Tagen, und das hätte mich fast das Leben gekostet. Es war zwar möglich, dass sie es seinerzeit nicht erkannt hatte, aber jetzt wusste sie es zweifellos. Doch kein Wort dazu von ihr, keine Erklärung, keine Entschuldigung, kein Bekenntnis jedweder Art. Nur diese an Respektlosigkeit grenzende Aufforderung, zur Station zu kommen. »Ich denke«, fuhr Tisarwat fort, »dass wir irgendwann eine neue Systemgouverneurin brauchen.«

»Ich bezweifle, dass der Omaugh-Palast uns in absehbarer Zeit eine schicken wird, Leutnantin.«

»Nein, Herrin«, bestätigte Tisarwat. »Aber *ich* könnte es tun. Ich könnte die neue Gouverneurin sein. Darin wäre ich gut.«

»Das wären Sie zweifellos, Leutnantin«, sagte ich in ruhigem Tonfall. Ich drehte mich um, war bereit, mich über die Grenze zwischen der künstlichen Schwerkraft der *Gnade der Kalr* und der Schwerelosigkeit im Shuttle zu werfen. Und ich sah, dass Tisarwat bei meinen Worten völlig stillgehalten hatte, obwohl meine Antwort sie verletzt hatte. Der Schmerz wurde durch die Medikamente gedämpft, aber er war vorhanden.

Da ich wusste, wer sie war, musste ihr klar sein, dass ich ihre Bewerbung um die Position der Systemgouverneurin ablehnen würde. Ich war nur noch am Leben, weil die Herrin der Radch dachte oder hoffte, ich könnte eine Gefahr für ihre Feindin darstellen. Natürlich war Anaander Mianaais Feindin sie selbst. Es interessierte mich nicht allzu sehr, welcher Teil der Herrin der Radch den Sieg davontragen würde, da sie alle, soweit es mich betraf, gleich waren. Ich würde eher ihre vollständige Auslöschung befürworten. Ein Ziel, das außerhalb meiner Fähigkeiten lag, aber sie kannte mich gut genug, um zu wissen, dass ich ihr möglichst viel Schaden zufügen würde, all ihren Teilen. Sie hatte Leutnantin Tisarwat übernommen, um mir nahe zu sein und diesen Schaden so weit wie möglich einzugrenzen. Tisarwat selbst hatte es mir gesagt, kurz nach unserer Ankunft in der Athoek-Station.

Und vor einigen Tagen hatte Tisarwat mich gefragt: *Ist Ihnen bewusst, Herrin, dass wir beide exakt das tun, was sie will?* Wobei *sie* Anaander Mianaai war. Und ich hatte erwidert, es interessiere mich nicht allzu sehr, was die Herrin der Radch wollte.

Ich wandte mich wieder Tisarwat zu. Legte ihr eine Hand auf die Schulter. Sagte sanftmütiger: »Lassen Sie uns zunächst diesen Tag hinter uns bringen, Leutnantin.« Oder vielleicht sogar die nächsten paar Wochen oder Monate. Die Radch war riesig. Die Kämpfe in den Provinzpalästen konnten uns im Athoek-System schon morgen oder nächste Woche oder nächstes Jahr erreichen. Oder sie erschöpften sich in den Palästen und kamen niemals bis hierher. Aber darauf wollte ich nicht wetten.

Wir sprechen oft recht beiläufig von Entfernungen innerhalb eines Sonnensystems – von einer Station, die sich in der Nähe eines Mondes oder Planeten befindet, oder von einem Tor nicht weit von der wichtigsten Station eines Systems –, obwohl sich diese Distanzen in Hunderttausenden, wenn nicht in Millionen Kilometern bemessen. Und die Außenstationen eines Systems konnten mehrere hundert Millionen oder gar Milliarden Kilometer von diesen Toren entfernt sein.

Es war erst einige Tage her, als sich die *Gnade der Kalr* tatsächlich in gefährlicher Nähe zur Athoek-Station aufgehalten hatte, doch jetzt war sie ihr nur relativ betrachtet nahe. Wir würden einen ganzen Tag im Shuttle verbringen. Die *Gnade der Kalr* konnte ihr eigenes Tor erzeugen, Abkürzungen, die am Normalraum vorbeiführten, und sie hätte uns viel schneller hinbringen können, doch der Durchgang durch ein Tor in der Nähe einer betriebsamen Station barg die Gefahr in sich, mit etwas zu kollidieren, wenn man aus dem Tor-Raum kam. Das Schiff hätte es tun können – und hatte es sogar vor nicht allzu langer Zeit getan. Aber vorläufig war es sicherer, den Shuttle zu nehmen, der zu klein war, um eigene

Schwerkraft zu generieren, ganz zu schweigen von einem eigenen Tor. Was auch immer Gouverneurin Giarods Problem war, es musste noch etwas warten.

Und ich hatte jede Menge Zeit, darüber nachzudenken, was mich in der Station erwartete. Beide Splittergruppen von Anaander Mianaai (vorausgesetzt, es gab nur zwei, was vielleicht keine allzu sichere Annahme war) hatten dort zweifellos ihre Agentinnen, aber nicht im Militär. Kapitänin Hetnys – meine Feindin, an die Systemgouverneurin Giarod so leichtfertig Informationen weitergegeben hatte – lag eingefroren in einer Suspensionskapsel an Bord der *Gnade der Kalr*, gemeinsam mit all ihren Offizierinnen. Ihr Schiff, die *Schwert der Atagaris*, befand sich in weiterem Abstand von der Athoek-Station im Orbit, all ihre Hilfseinheiten eingelagert. Die *Gnade der Ilves*, neben der *Gnade der Kalr* das einzige weitere militärische Schiff im System, inspizierte derzeit die Außenstationen, und ihre Kapitänin hatte bislang keine Neigungen gezeigt, sich meinem Befehl zu verweigern, damit weiterzumachen. Die Sicherheitskräfte in der Station und auf dem Planeten stellten die einzige bewaffnete Bedrohung dar, aber »bewaffnet« bedeutete im Fall der Sicherheit Lähmknüppel. Was nicht heißen sollte, dass die Sicherheit keine Bedrohung sein konnte. Das galt insbesondere, wenn sie gegen unbewaffnete Bürgerinnen vorging. Aber für mich war die Sicherheit keine Gefahr.

Jede, die verstanden hatte, dass ich keine Gruppe der Herrin der Radch unterstützte, konnte nur politische Motive haben, wenn sie gegen mich vorging. Also ging es um Politik. Vielleicht sollte ich mir ein Vorbild an Leutnantin Tisarwat nehmen und die Chefin der Stationssicherheit zum Essen einladen.

Kalr Fünf befand sich noch in der Athoek-Station, zusammen mit Acht und Zehn. Die Station war schon überfüllt gewesen, bevor der Untergarten beschädigt wurde und evakuiert werden musste, und es gab nicht genügend Betten für alle. Meine Kalrs hatten Kisten und Paletten in der Ecke eines Seitenkorridors abgestellt. Auf einer Kiste saß Bürgerin Uran, die leise, aber entschlossen Raswar-Verben konjugierte. Die Ychana in der Athoek-Station sprachen hauptsächlich Raswar, und unsere Nachbarn in der Station waren hauptsächlich Ychana. Wäre sie bereit gewesen, zur Krankenstation zu gehen, um die Grundlagen unter Drogen zu lernen, wäre es einfacher für sie gewesen, aber sie hatte sich diesem Vorschlag vehement verweigert. Uran war das einzige nicht militärische Mitglied meines kleinen Haushalts, kaum sechzehn Jahre alt, weder mit mir noch sonst jemandem an Bord der *Gnade der Kalr* verwandt, aber ich hatte die Verantwortung für sie übernommen.

Fünf stand bereit, war allem Anschein nach ganz damit beschäftigt, dafür zu sorgen, dass der Tee fertig war, wenn Urans Lehrerin in den nächsten paar Minuten eintraf, obwohl sie sie in Wirklichkeit genau im Auge behielt. Ein paar Meter entfernt schrubbten Kalr Acht und Kalr Zehn den Boden des Korridors, der schon erheblich sauberer als zuvor und merklich weniger grau war als das, was sich außerhalb der Begrenzung des behelfsmäßigen Haushalts befand. Während der Arbeit sangen sie leise, weil hinter den Türen in der Nähe Bürgerinnen schliefen.

Jasmin wuchs
Im Zimmer meiner Geliebten
Umrankte ihr ganzes Bett
Die Töchter fasteten und schoren sich den Kopf
In einem Monat werden alle erneut den Tempel besuchen
Mit Rosen und Kamelien
Doch ich werde mich mit weniger begnügen
Nur mit dem Duft der Jasminblüten
Bis zum Ende meines Lebens

Es war ein altes Lied, älter als Acht und Zehn, wahrscheinlich noch älter als ihre Großeltern. Ich erinnerte mich daran, als es noch neu gewesen war. Im Shuttle, wo weder Acht noch Zehn mich hören konnten, sang ich es mit ihnen. Leise, da Tisarwat neben mir in den Sitzgurten tief und fest schlief. Doch die Shuttle-Pilotin hörte mich mit stiller Zufriedenheit. Ihr war nicht wohl bei diesem plötzlichen Flug zurück zur Station und bei dem, was sie über Gouverneurin Giarods Nachricht gehört hatte. Aber wenn ich sang, war alles so, wie es sein sollte.

    In der *Gnade der Kalr* schlief Seivarden und träumte. Ihre zehn Amaats schliefen ebenfalls, nicht weit von ihr in den Kojen. Die Bo-Dekade (unter der Leitung von Bo Eins, da Tisarwat mich im Shuttle begleitete) war gerade erst aufgewacht, ging gedankenlos und stümperhaft das Morgengebet durch (*Die Blume der Gerechtigkeit ist der Frieden. Die Blume der Gebührlichkeit ist die Schönheit der Gedanken und Handlungen* …).

    Wenig später beendete die Bordärztin ihren Dienst, fand Leutnantin Ekalu im winzigen Dekadenraum mit den weißen Wänden, wo sie auf ihr Abendessen starrte.

»Alles in Ordnung mit Ihnen?«, fragte die Bordärztin und nahm neben ihr Platz. Die diensttuende Etrepa stellte eine Tasse Tee für sie auf den Tisch.

»Mir geht es gut«, log Ekalu.

»Wir arbeiten schon seit langer Zeit zusammen«, erwiderte die Bordärztin. Ekalu war irritiert, blickte nicht auf und gab auch keine Antwort. »Bevor Sie befördert wurden, dürften Sie sich zur Unterstützung an die Kameradinnen Ihrer Dekade gewandt haben, aber jetzt können Sie nicht mehr zu ihnen gehen. Sie gehören jetzt zu Seivarden.« Bevor ich gekommen war – bevor die letzte Kapitänin der *Gnade der Kalr* wegen Verrats verhaftet wurde –, war Ekalu Amaat Eins gewesen. »Und ich vermute, Sie haben den Eindruck, dass Sie sich nicht an Ihre Etrepas wenden können.« Die Etrepa, die sich um Ekalu kümmerte, stand leidenschaftslos in einer Ecke des Raumes. »Viele andere Leutnantinnen würden es tun, aber die sind nicht aus einer Dekade aufgestiegen, nicht wahr?« Fügte nicht hinzu, dass Ekalu sich Sorgen machen könnte, ihre Autorität bei Schiffskameradinnen zu untergraben, die sie seit Jahren als einfache Soldatin gekannt hatten. Fügte nicht hinzu, dass Ekalu aus erster Hand wusste, wie unausgewogen ein solcher Austausch wäre, wenn sie von den Soldatinnen, die unter ihr dienten, irgendwelchen Trost oder emotionale Unterstützung verlangte. »Ich wage zu behaupten, dass Sie die Erste sind, die aus einer Dekade aufgestiegen ist.«

»Nein«, entgegnete Ekalu mit tonloser Stimme. »Das war die Flottenkapitänin.« Womit sie mich meinte. »Sie wussten es die ganze Zeit, vermute ich.« Dass ich eine Hilfseinheit und kein Mensch war.

»Ist das also das Problem?«, fragte die Bordärztin. Sie hatte den Tee nicht angerührt, den die Etrepa ihr serviert hatte. »Dass die Flottenkapitänin die Erste war?«

»Nein, natürlich nicht.« Ekalu blickte schließlich auf, und für einen kurzen Moment flackerte in ihrem emotionslosen Gesicht ein anderer Ausdruck auf, der jedoch sogleich wieder verschwand. »Warum sollte ich das denken?« Und ich wusste, dass sie die Wahrheit sagte.

Die Bordärztin machte eine Geste der Sorglosigkeit. »Manche Personen werden eifersüchtig. Und Leutnantin Seivarden ist mit der Flottenkapitänin ... sehr verbunden. Und Sie und Leutnantin Seivarden ...«

»Es wäre dumm, auf die Flottenkapitänin eifersüchtig zu sein«, sagte Ekalu ungerührt. Auch das meinte sie ehrlich. Ihre Aussage könnte als Beleidigung verstanden werden, aber ich wusste, dass das nicht ihre Absicht war. Und sie hatte recht. Es hatte einfach keinen Sinn, auf mich eifersüchtig zu sein.

»Solche Angelegenheiten«, stellte die Bordärztin trocken fest, »ergeben nicht immer Sinn.« Dazu sagte Ekalu nichts. »Ich habe mich manchmal gefragt, was Seivarden durch den Kopf ging, als sie herausfand, dass die Flottenkapitänin eine Hilfseinheit und keineswegs ein Mensch ist.« Dann reagierte sie auf ein winziges emotionales Aufflackern in Ekalus Gesicht. »Aber sie ist es nicht. Die Flottenkapitänin würde es Ihnen ganz offen sagen, kann ich mir vorstellen.«

»Werden Sie die Flottenkapitänin jetzt nicht mehr als *Flottenkapitänin* oder *Bürgerin* bezeichnen, sondern als *Person* oder *Ding*?«, fragte Ekalu herausfordernd. Und wandte dann den Blick ab. »Ich bitte ergebenst um Verzeihung, Bordärztin. Es fällt mir einfach nur schwer, es zu akzeptieren.«

Weil ich sehen konnte, was das Schiff sah, sah ich auch die verunsicherte Reaktion der Bordärztin auf Ekalus übertrieben förmliche Entschuldigung. Wie Ekalu plötzlich sorgsam bemüht war, ihren üblichen Akzent der niederen Häuser abzulegen. Aber die Bordärztin kannte Ekalu schon sehr lange, in erster Linie aus der Zeit, als Ekalu noch, wie die Bordärztin es ausdrückte, in den Dekaden gewesen war. »Ich glaube«, sagte die Bordärztin, »dass Seivarden sich vorstellt, sie würde verstehen, wie es ist, ganz unten zu sein. Zweifellos hat sie gelernt, dass es möglich ist, sich dort wiederzufinden, trotz guter Familie und tadelloser Manieren, auch wenn alles dafür spricht, dass Aatr einer Person ein Leben in Glück und Wohlstand bestimmt hat. Wie sie gelernt hat, ist es möglich, dass eine Person, die sie abgewiesen und missachtet hat, dennoch ihres Respekt würdig sein könnte. Und nachdem sie es gelernt hat, bildet sie sich ein, *Sie* zu verstehen.« Dann kam ihr ein anderer Gedanke. »Deshalb gefällt es Ihnen nicht, wenn ich sage, dass die Flottenkapitänin kein Mensch ist, nicht wahr?«

»Ich war niemals ganz unten.« Sie dehnte immer noch sorgsam ihre Vokale, wie es die Bordärztin oder Tisarwat taten. Oder Seivarden oder auch ich. »Und ich sagte, dass alles in Ordnung ist.«

»Dann habe ich mich geirrt«, erwiderte die Bordärztin ohne Groll oder Sarkasmus. »Ich bitte Sie höflichst um Nachsicht, Leutnantin.« Das war förmlicher, als es bei Ekalu nötig war, da sie sie schon so lange kannte. Deren Ärztin sie die ganze Zeit gewesen war.

»Selbstverständlich, Bordärztin.«

Seivarden schlief immer noch. Ahnte nichts vom Unbehagen ihrer Kameradin (und Geliebten). Ahnte nichts, wie ich befürchtete, von der Bevorzugung des Schiffs. Was meiner Vermutung nach eine starke Zuneigung war. Es gab viele Dinge, bei denen das Schiff nicht zögern würde, sie sehr direkt auszusprechen, aber niemals das. Dessen war ich mir sicher.

Neben mir im Shuttle murmelte und rührte sich Tisarwat, wachte aber nicht auf. Ich wandte meine Gedanken dem zu, was ich an Bord der Athoek-Station vorfinden mochte, wenn wir sie erreichten, und was ich daraufhin unternehmen würde.

2

ICH TRAF MICH MIT GOUVERNEURIN GIAROD in ihrem Büro. Die cremefarbenen und grünen Seidenvorhänge verdeckten heute sogar das breite Fenster mit Blick auf die Hauptpromenade der Athoek-Station, wo Bürgerinnen über den abgewetzten weißen Boden liefen, zur Stationsverwaltung gingen oder von dort kamen oder sich vor dem Tempel der Amaat mit den riesigen Reliefs der vier Emanationen unterhielten. Gouverneurin Giarod war groß, breitschultrig, äußerlich gelassen, aber ich wusste aus Erfahrung, dass sie zu Bedenken neigte und gelegentlich auf Grundlage dieser Bedenken im letzten erdenklichen Moment tätig wurde. Sie bot mir einen Platz an, den ich annahm, und Tee, den ich ablehnte. Kalr Fünf, die mich am Dock empfangen hatte, stand leidenschaftslos genau hinter mir. Ich überlegte, ob ich sie zur Tür oder sogar hinaus in den Korridor schicken sollte, doch dann entschied ich, dass ein offenkundiger Hinweis darauf, wer ich war und über welche Ressourcen ich verfügte, durchaus nützlich sein mochte.

Gouverneurin Giarod bemerkte natürlich die Soldatin, die kerzengerade und steif hinter mir aufragte, aber sie gab vor, es nicht zu tun. »Sobald die Schwerkraft wieder aktiviert war, Flottenkapitänin, war Stationsverwalterin Celar der Meinung, worin ich ihr zustimmte, dass wir eine gründliche Inspektion des Untergartens durchführen sollten, um uns zu vergewissern, dass er strukturell intakt ist.« Ein paar Tage zuvor waren die öffentlichen Gärten, die genau über dem Teil der Station lagen, der danach benannt war, nach und nach eingestürzt und hätten fast die vier Ebenen darunter überflutet. Die KI der Athoek-Station hatte das unmittelbare Problem dadurch gelöst, dass sie die Gravitation der Station abgeschaltet hatte, während der Untergarten evakuiert wurde.

»Haben Sie Dutzende von unbefugten Personen vorgefunden, die sich dort verbargen, wie Sie befürchteten?« Jeder Radchaai wurde bei der Geburt ein Tracker implantiert, damit keine Bürgerin jemals verloren ging oder für eine KI unsichtbar wurde. Insbesondere hier im verhältnismäßig beengten Raum der Athoek-Station war die Vorstellung, jemand könnte sich verstecken oder sich ohne Wissen der Station hier aufhalten, absolut lächerlich. Dennoch war die Überzeugung, dass sich solche Personen in rauen Mengen im Untergarten verbargen – allesamt eine große Gefahr für gesetzestreue Bürgerinnen –, erschreckend weit verbreitet.

»Sie halten solche Befürchtungen für absurd«, erwiderte Gouverneurin Giarod. »Dennoch wurde bei unserer Inspektion eine solche Person gefunden, die sich im Zugangstunnel zwischen Ebene drei und vier versteckte.«

Ich fragte mit gleichmäßiger Stimme: »Nur eine?«

Gouverneurin Giarod gestikulierte Anerkennung meines Einwands; eine Person war nicht annähernd das, was einige Bürgerinnen – einschließlich der Gouverneurin, wie es schien – befürchtet hatten. »Eine Ychana.« Die meisten Bewohnerinnen des Untergartens waren Ychana gewesen. »Niemand will zugeben, irgendetwas über sie gewusst zu haben, obwohl es ziemlich offensichtlich ist, dass einige sie kannten. Sie befindet sich in einer Zelle der Sicherheit. Ich dachte, Sie würden gern davon erfahren, insbesondere in Anbetracht der Tatsache, dass die letzte Person, die etwas Ähnliches tat, ein Alien war.« Übersetzerin Dlique, die mehr oder weniger menschliche Repräsentantin der mysteriösen – und Furcht einflößenden – Presger. Die vor dem Waffenstillstandsabkommen mit der Radch – genau genommen mit der gesamten Menschheit, da die Presger keine Unterscheidung zwischen verschiedenen Menschengruppen machten – menschliche Schiffe und Menschen zerfetzt hatten, einfach nur zum Spaß. Die so mächtig waren, dass keine menschliche Streitmacht, nicht einmal die der Radch, sie vernichten oder sich auch nur gegen sie verteidigen konnte. Wie sich herausgestellt hatte, konnte die Presger-Übersetzerin Dlique mit erschreckender Leichtigkeit die Sensoren der Station täuschen. Und sie hatte sich nicht damit begnügen wollen, sicher in der Residenz der Gouverneurin eingesperrt zu sein. Ihre Leiche lag in einer Suspensionskapsel in der Krankenstation und wartete dort auf den hoffentlich sehr fernen Tag, wenn die Presger sich nach ihr erkundigten und wir erklären mussten, dass eine Hilfseinheit der *Schwert der Atagaris* sie erschossen hatte, weil sie verdächtigt wurde, mutwillig eine Wand im Untergarten beschädigt zu haben.

Zumindest sollte die Auffindung nur einer Person die Befürchtung zerstreut haben, dort könnte sich eine Horde mordlustiger Ychana aufhalten. »Haben Sie sich ihre DNS angesehen? Ist sie eng mit anderen Personen aus dem Untergarten verwandt?«

»Was für eine seltsame Frage, Flottenkapitänin! Wissen Sie etwas, das Sie mir noch nicht anvertraut haben?«

»Vieles«, erwiderte ich, »aber das meiste würde Sie nicht interessieren. Sie ist es nicht, oder?«

»Sie ist es nicht«, bestätigte Gouverneurin Giarod. »Und die Medizinerinnen sagten mir, dass sie einige Marker besitzt, die man seit der Annexion von Athoek nicht mehr gesehen hat.« *Annexion* war eine höfliche Umschreibung der Invasion und Kolonisation ganzer Sternensysteme durch die Radchaai. »Da die Linie, von der sie abzustammen scheint, vor Jahrhunderten ausstarb, gibt es nur eine andere Möglichkeit – im weitesten Sinne dieses Wortes. Demnach müsste sie über sechshundert Jahre alt sein.«

Es gab noch eine andere Möglichkeit, aber Gouverneurin Giarod hatte sie bislang übersehen. »Das dürfte der Fall sein. Obwohl sie dann einen erheblichen Teil dieser Zeit in Suspension verbracht haben müsste.«

Gouverneurin Giarod runzelte die Stirn. »Sie wissen, wer sie ist?«

»Nicht wer«, sagte ich, »nicht spezifisch. Ich habe nur einen Verdacht, *was* sie sein könnte. Dürfte ich mit ihr sprechen?«

»Werden Sie mir Ihren Verdacht anvertrauen?«

»Nicht, sofern er sich als unbegründet erweist.« Dass Gouverneurin Giarod ihrer Liste eine weitere Phantomfeindin hinzufügte, war das Letzte, was ich jetzt gebrauchen konnte. »Ich würde gern mit ihr sprechen, und ich möchte, dass sie erneut von einer Medizinerin untersucht wird. Einer sensiblen und diskreten Person.«

Die Zelle war winzig, zwei mal zwei Meter, mit einem Bodenrost und einem Wasseranschluss in einer Ecke. Die Person, die auf dem abgewetzten Boden hockte und auf eine Schale mit Skel starrte, offensichtlich ihr Abendessen, wirkte auf den ersten Blick unauffällig. Sie trug das grellbunte weite Hemd und die Hose, die von den meisten Ychana im Untergarten bevorzugt wurden, in Gelb, Orange und Grün. Doch diese Person trug auch schlichte graue Handschuhe, die verdächtig neu aussahen. Wahrscheinlich waren sie vor recht kurzer Zeit aus dem Lager der Station geholt worden, weil die Sicherheit darauf bestanden hatte, dass sie sie anzog. Kaum jemand im Untergarten trug Handschuhe, was nur umso mehr ein Grund war, die Menschen, die dort lebten, für unzivilisiert und auf beunruhigende, vielleicht sogar gefährliche Weise fremdartig zu halten. Ganz und gar nicht Radchaai.

Es gab keine Möglichkeit, auf irgendeine Weise zu signalisieren, dass ich eintreten wollte; im Gewahrsam der Sicherheit existierte nicht einmal die Illusion einer Privatsphäre. Die Station – die KI, die über die Athoek-Station wachte, die in jeder Hinsicht die Station selbst war – öffnete auf meine Bitte hin die Tür. Die auf dem Boden hockende Person blickte nicht einmal auf. »Darf ich eintreten, Bürgerin?«, fragte ich. Auch wenn *Bürgerin* hier mit ziemlicher Sicherheit die falsche Anrede war, war sie auf Radchaai nahezu die einzig mögliche.

Die Person antwortete nicht. Ich trat ein, wozu nur ein Schritt nötig war, und hockte mich vor sie. Kalr Fünf blieb im Eingang stehen. »Wie ist Ihr Name?«, fragte ich. Gouverneurin Giarod hatte gesagt, dass diese Person sich geweigert hatte zu sprechen, seit dem Moment ihrer Verhaftung. Für den nächsten Morgen war ein Verhör angesetzt. Damit ein Verhör funktionierte, musste man natürlich wissen, welche Fragen man stellen sollte. Doch wahrscheinlich wusste das hier niemand.

»Es wird Ihnen nicht gelingen, Ihr Geheimnis zu wahren«, fuhr ich fort, während die Person vor mir weiter auf ihre Schale mit Skel starrte. Man hatte ihr nichts dagelassen, womit sie essen könnte – offenbar befürchtete man, sie könnte sich damit selbst verletzen. Sie müsste die dicken Blätter mit den Händen essen oder das Gesicht in die Schale stecken. Für eine Radchaai wären beide Optionen unangenehm und erniedrigend. »Sie sollen morgen früh verhört werden. Ich bin mir sicher, dass man es so behutsam wie möglich tun wird, aber ich glaube, das ist niemals eine erfreuliche Erfahrung.« Und wie fast alle Völker, die von der Radch annektiert worden waren, glaubten die meisten Ychana, dass ein Verhör nicht von der Umerziehung zu trennen war, der sich eine verurteilte Verbrecherin unterziehen musste, um sicherzustellen, dass sie nicht erneut straffällig wurde. Zweifellos waren die dabei benutzten Drogen dieselben, und durch inkompetente Anwendung konnten der Verhörten große Schäden zugefügt werden. Selbst die enthusiastischsten Radchaai empfanden einen gewissen Schrecken vor Verhören und Umerziehungen und bemühten sich, die Erwähnung beider Verfahren zu vermeiden, wichen diesem Thema in weitem Bogen aus, selbst wenn es ihnen ins Gesicht starrte.

Immer noch keine Antwort. Sie blickte nicht einmal auf. Ich war genauso imstande wie diese Person, schweigend dazusitzen. Ich überlegte, ob ich die Station auffordern sollte, mir zu zeigen, was sie von dieser Person wahrnehmen konnte – zweifellos Temperaturveränderungen, vielleicht die Herzschlagfrequenz, möglicherweise noch mehr. Ich bezweifelte nicht, dass die in der Sicherheit vorhandenen Sensoren dazu eingesetzt wurden, um möglichst viele Informationen über die Häftlinge aufzunehmen. Aber ich bezweifelte, dass ich irgendetwas Überraschendes in diesen Daten sehen würde.

»Kennen Sie irgendwelche Lieder?«, fragte ich.

Ich glaubte, eine winzige Veränderung zu bemerken, in der Haltung der Schultern, vielleicht des ganzen Körpers. Meine Frage hatte sie überrascht. Ich musste zugeben, dass es eine absurde Frage war. Fast jede Person, der ich in meinem zweitausendjährigen Leben begegnet war, hatte zumindest ein paar Lieder gekannt. Die Station sagte in mein Ohr: »Das hat sie überrascht, Flottenkapitänin.«

»Zweifellos«, erwiderte ich lautlos. Blickte nicht auf, als Fünf in den Korridor zurücktrat, um den Weg für Acht freizumachen. Sie trug einen Kasten in den Händen, golden, mit roten, blauen und grünen Intarsien. Bevor ich das Büro der Gouverneurin verlassen hatte, hatte ich an sie die Bitte geschickt, ihn zu holen. Ich gestikulierte, dass sie ihn neben mir auf den Boden stellen sollte. Und nachdem sie es getan hatte, klappte ich den Deckel auf.

Der Kasten hatte einst ein antikes Teeservice enthalten – Kanne, Sieb, Tassen für zwölf Personen –, aus blauem und grünem und goldenem Glas. Es hatte dreitausend Jahre lang unzerbrochen überlebt – vielleicht sogar länger. Nun war alles zertrümmert, lag in Scherben im Kasten, hatte sich in den Vertiefungen gesammelt, in die sich die Stücke zuvor sicher geschmiegt hatten. Unversehrt war es ein Vermögen wert. Selbst jetzt war es noch eine Kostbarkeit.

Die Person vor mir drehte endlich den Kopf, um es zu betrachten. Sagte mit gleichmäßiger Stimme auf Radchaai: »Wer hat das getan?«

»Sicherlich war Ihnen bewusst«, sagte ich, »als Sie es eingetauscht haben, dass etwas Derartiges passieren könnte. Sicherlich wussten Sie, dass niemand es so sehr wertschätzen konnte wie Sie.«

»Ich weiß nicht, wovon Sie reden.« Doch sie starrte immer noch auf das zerbrochene Teeservice. Hatte immer noch den gleichmäßigem Tonfall. Sie sprach Radchaai mit dem gleichen Akzent, den ich auch bei anderen Ychana im Untergarten gehört hatte. »Es ist offensichtlich sehr kostbar, und wer auch immer es zerbrochen hat, muss eine völlig unzivilisierte Person sein.«

»Ich glaube, sie ist aufgebracht, Flottenkapitänin«, sagte die Station in mein Ohr. »Zumindest hat sie emotional reagiert. Es ist schwierig, spezifischer zu sein, wenn ich nur äußerliche Werte habe und jemanden nicht allzu gut kenne.«

Ich wusste aus persönlicher Erfahrung, wie das war, aber ich sagte es nicht. Ich antwortete lautlos: »Danke, Station, das ist gut zu wissen.« Ebenfalls aus persönlicher

Erfahrung wusste ich, wie hilfreich eine KI sein konnte, wenn sie jemanden mochte. Und wie hinderlich und obstruktiv sie sein konnte, wenn sie Abneigung oder Groll hegte. Ich war ehrlich und angenehm überrascht, dass die Station mir freiwillig diese Informationen gab. Laut sagte ich zu der Person, die vor mir hockte: »Wie ist Ihr Name?«

»Sie können mich mal«, sagte sie gleichmäßig und tonlos. Und blickte immer noch auf das zerbrochene Teeservice.

»Wie lautete der Name der Kapitänin, den Sie entfernten, bevor Sie das Service eintauschten?« Die Inschrift auf der Innenseite des Deckels war bearbeitet worden, um den Namen auszulöschen, der es meiner Vermutung nach ermöglichen würde, das Service zu seinem Ursprung zurückzuverfolgen.

»Warum wollen Sie mit dem Verhör bis morgen warten?«, fragte sie. »Tun Sie es jetzt. Dann haben Sie die Antworten auf all Ihre Fragen.«

»Erhöhte Herzschlagfrequenz«, teilte die Station mir mit. »Auch die Atmung ist beschleunigt.«

Aha. Laut sagte ich: »Es gibt eine Sicherung. Die Drogen werden Sie töten. Zumindest diesen Teil von Ihnen.«

Endlich blickte sie zu mir auf. Blinzelte langsam. »Flottenkapitänin Breq Mianaai, ist wirklich alles in Ordnung mit Ihnen? Das ergibt überhaupt keinen Sinn.«

Ich schloss den Kasten. Nahm ihn an mich und stand auf. Sagte: »Kapitänin Hetnys verkaufte das Service an eine Bürgerin namens Fosyf Denche. Fosyfs Tochter zerbrach es, worauf Fosyf entschied, dass es jeden Wert verloren hatte, und es fortwarf.« Ich drehte mich um und gab den Kasten an Fünf weiter, die wieder den Platz im Eingang übernommen hatte. Streng genommen gehörte das Teeservice ihr. Sie war es gewesen, die sich die Mühe gemacht hatte, sämtliche Teile aus dem Abfall zu fischen, nachdem Raughd Denche es zu Boden geschmettert hatte, wütend, weil ihre Mutter sie enteignet hatte. »Es freut mich, Ihnen begegnet zu sein. Ich hoffe, bald wieder mit Ihnen sprechen zu können.«

Als ich die Sicherheit verließ und auf die Hauptpromenade der Station trat, gefolgt von Kalr Fünf, die das zerbrochene Teeservice trug, sagte die Station mir ins Ohr: »Flottenkapitänin, die Oberpriesterin hat soeben das Büro von Gouverneurin Giarod verlassen und sucht nach Ihnen.«

In der Radch bedeutete *Oberpriesterin* ohne weitere Bestimmungswörter die Oberpriesterin der Amaat. In der Athoek-Station war die Oberpriesterin der Amaat eine Person namens Ifian Wos. Ich war ihr begegnet, als sie – mit einiger Verärgerung – die Bestattungszeremonie für Übersetzerin Dlique vollzogen hatte. Darüber hinaus hatte ich nicht mit ihr gesprochen.

»Vielen Dank, Station.« Während ich es sagte, trat Eminenz Ifian aus der Residenz der Gouverneurin, wandte sich unverzüglich in meine Richtung und lief auf mich zu. Die Station hatte ihr zweifellos gesagt, wo ich war.

In diesem Moment wollte ich nicht mit ihr reden. Ich wollte mich mit Gouverneurin Giarod über die Person unterhalten, die von der Sicherheit in Gewahrsam genommen worden war, und mich dann um einige Fragen im Zusammenhang mit der Unterbringung meiner Soldatinnen kümmern. Doch die Station hatte mir offensichtlich nicht gesagt, dass Oberpriesterin Ifian nach mir suchte, damit ich ihr aus dem Weg gehen konnte. Und selbst wenn ich es jetzt versuchte, würde ich ihr nicht auf ewig ausweichen können, sofern ich nicht ganz aus der Station flüchten wollte.

Ich lief zur Mitte des ehemals weißen Bodens der Promenade und blieb stehen. »Flottenkapitänin!«, rief die Oberpriesterin und verbeugte sich, als sie mich erreicht hatte. Eine gründlich kalkulierte Verbeugung, fand ich, keinen Millimeter tiefer, als mein Rang erforderte. Sie war zwei Zentimeter kleiner als ich und schlanker, mit tiefer und tragender Stimme, und sie hatte die selbstbewusste Haltung und den Tonfall einer Person, deren Verbindungen und Mittel eine Ernennung zur hochrangigen Priesterin möglich machten. Bürgerinnen liefen zu beiden Seiten an uns vorbei, ihre Mäntel und Jacken funkelten mit Schmuck, mit Beziehungs- und Gedenknadeln. Der gewöhnliche, alltägliche Verkehr auf der Promenade. Die meisten, die in unsere Nähe kamen, gaben vor, uns nicht zu beachten, obwohl einige uns neugierige Seitenblicke zuwarfen. »Welch schockierende Ereignisse in den vergangenen Tagen!«, fuhr Eminenz Ifian fort, als wären wir lediglich Bekannte, die freundlich miteinander tratschten. »Auch wenn wir alle Kapitänin Hetnys seit Jahren kannten, glaube ich nicht, irgendwer könnte damit gerechnet haben, dass sie etwas Ungebührliches tun würde!« Die vielen Nadeln am tadellos geschneiderten purpurroten Mantel der Oberpriesterin blitzten und funkelten, erzitterten kurz unter der Heftigkeit der Zweifel Ifians, dass Kapitänin Hetnys jemals etwas Falsches tun könnte.

Allerdings hatte Kapitänin Hetnys erst vor wenigen Tagen damit gedroht, Gartenverwalterin Basnaaid zu töten, um Einfluss auf mich zu gewinnen. Gartenverwalterin Basnaaid war die jüngere Schwester einer meiner Leutnantinnen aus der Zeit, als ich die *Gerechtigkeit der Torren* gewesen war. Ich hatte mich nur deshalb einverstanden erklärt, nach Athoek zu kommen, weil Basnaaid hier war und weil ich ihrer verstorbenen Schwester etwas schuldig war, das ich ihr nie wirklich zurückzahlen konnte. »In der Tat«, erwiderte ich auf denkbar diplomatischste Weise.

»Und ich vermute, dass Sie tatsächlich die Autorität besitzen, sie zu inhaftieren«, sagte Eminenz Ifian mit einem Hauch von Verunsicherung im Tonfall. Meine Konfrontation mit Hetnys hatte damit geendet, dass die Gärten in Trümmer lagen und die gesamte Station mehrere Tage lang ohne Schwerkraft gewesen war. Nun schlief sie eingefroren in einer Suspensionskapsel, damit sie keine weiteren spektakulären und gefährlichen Dummheiten begehen konnte. »Zweifellos militärische Angelegenheiten. Und Bürgerin Raughd. So eine nette, wohlerzogene junge Person.« Raughd Denche hatte versucht, mich zu töten, nur wenige Tage vor Kapitänin Hetnys' ungebührlichem Verhalten. »Sicherlich hatten sie *Gründe* für ihr Tun, was selbstverständlich berücksichtigt werden sollte! Aber das ist es nicht, worüber ich mit Ihnen reden wollte, Flottenkapitänin. Und natürlich will ich auch nicht, dass Sie hier auf der Promenade herumstehen müssen. Vielleicht könnten wir einen Tee trinken.«

»Ich fürchte, Eminenz«, entgegnete ich ruhig und ausdruckslos, »dass ich schrecklich viel zu tun habe. Ich bin auf dem Weg zu einem Treffen mit Gouverneurin Giarod, und dann muss ich dringend nach meinen Soldatinnen sehen, die in den letzten Nächten am Ende eines Stationskorridors geschlafen haben.« Die Stationsverwaltung wurde derzeit sicherlich mit Beschwerden überhäuft, und niemand würde sich um die Interessen meines kleinen Haushalts kümmern, wenn ich es nicht tat.

»Ja, ja, Flottenkapitänin, das war einer der Punkte, über die ich mit Ihnen diskutieren wollte! Sie wissen, dass der Untergarten einst als Wohnviertel in Mode war. Vielleicht nicht so sehr in Mode wie die Apartments mit Blick auf die Promenade.« Sie deutete nach oben auf die Fenster im zweiten Stock über der Promenade, die das Zentrum des Stationslebens bildete und nach den Gärten hier der größte offene Raum war. »*Wenn* der Untergarten ähnlich in Mode gewesen wäre, hätte man ihn möglicherweise schon vor langer Zeit repariert! Aber nun ist es, wie es ist.« Sie machte eine fromme Geste, mit der sie sich dem Willen der Gottheit unterwarf. »*Reizende* Apartments, wie ich hörte. Ich kann mir nur *vorstellen*, in welchem Zustand sie sich jetzt befinden, nachdem die Ychana dort so viele Jahre lang gehaust haben. Aber ich *hoffe*, dass die ursprüngliche Belegung berücksichtigt wird, nachdem sie nun wieder instand gesetzt werden.«

Ich fragte mich, wie viele von diesen Familien sich immer noch dort aufhielten. »Ich bin nicht in der Lage, Ihnen zu helfen, Eminenz. Für die Wohnungszuteilung bin ich nicht zuständig. Darüber sollten Sie lieber mit Stationsverwalterin Celar sprechen.«

»Ich habe mit der Stationsverwalterin gesprochen, Flottenkapitänin, und sie sagte mir, *Sie* hätten auf Beibehaltung der derzeitigen Belegung bestanden. Ich bin mir sicher, dass es Ihnen praktisch erscheint, alle dort zu belassen, wo sie sind, aber in diesem Fall handelt es sich tatsächlich um *besondere Umstände*. Und der Wurf des heutigen Morgens war *recht besorgniserregend*.«

Es war möglich, dass sich die Oberpriesterin tatsächlich aus Sorge um die Familien, die hofften, in den Untergarten zurückkehren zu können, für diese Sache einsetzte. Aber sie war auch eine Freundin von Kapitänin Hetnys, die für den Teil der Herrin der Radch gearbeitet hatte, der Leutnantin Awn Elming getötet hatte. Der Teil der Herrin der Radch, der den Truppentransporter *Gerechtigkeit der Torren* vernichtet hatte – also jener Teil, der mich vernichtet hatte. Und das Timing des Ganzen, kurz nachdem klar geworden war, dass ich diese Seite von Anaander Mianaai nicht unterstützte, war verdächtig. Und zu guter Letzt brachte die Oberpriesterin auch noch den täglichen Wurf des Omens ins Spiel. Ich war in meinem langen Leben etlichen Priesterinnen begegnet und hatte festgestellt, dass sie im Großen und Ganzen wie alle anderen waren – manche großzügig, andere habgierig, manche freundlich, andere grausam, manche demütig, andere selbstherrlich. Die meisten hatten alle diese Eigenschaften, zu unterschiedlichen Zeiten in unterschiedlichem Verhältnis. Genauso wie bei allen anderen Personen, wie ich bereits sagte. Aber ich hatte gelernt, misstrauisch zu sein, wenn eine Priesterin andeutete, ihre persönlichen Ziele wären letztlich der Wille der Gottheit.

»Wie tröstlich«, erwiderte ich mit beständig ernstem Tonfall und Ausdruck, »sich vorzustellen, dass sich die Gottheit auch in diesen schwierigen Zeiten um die Einzelheiten der Wohnungszuteilung sorgt. Ich selbst habe im Augenblick keine Zeit, mich damit zu beschäftigen.« Ich verbeugte mich genauso respektvoll, wie es die Oberpriesterin getan hatte, und entfernte mich von ihr, ging über die Promenade zur Residenz der Gouverneurin.

»Es ist interessant, nicht wahr«, sagte die Station in mein Ohr, »dass sich die Göttinnen erst jetzt an der Instandsetzung des Untergartens interessiert zeigen.«

»*Sehr* interessant«, gab ich lautlos zurück. »Vielen Dank, Station.«

»Eine Hilfseinheit!« Die Fassungslosigkeit war dem Gesicht und der Stimme von Gouverneurin Giarod deutlich anzumerken. »Wo ist das Schiff?«

»Auf der anderen Seite des Geistertors.« Ein Tor, das in ein anderes System führte, in das die Athoeki hatten expandieren wollen, vor der Annexion, doch dann war es nicht mehr dazu gekommen. Es gab vage Gerüchte, dass es in diesem System spukte. Kapitänin Hetnys und die *Schwert der Atagaris* hatten ein unerklärliches Interesse für dieses Tor an den Tag gelegt. Kurz nach dem Eintreffen der *Gnade der Kalr* im System war ein unglaublich alter Vorratscontainer durch das Tor gekommen. Inzwischen war ich davon überzeugt, dass Kalr Fünfs zertrümmertes Teeservice auf dem gleichen Weg hierher gelangt war, im Austausch gegen Lieferungen von Menschen in Suspension. Angeblich waren sie billige, ungelernte Arbeitskräfte für Athoek, doch Kapitänin Hetnys hatte sie gestohlen und an jemanden auf der anderen Seite des Geistertors verkauft. »Sie erinnern sich, dass wir vor einigen Tagen über Deportierte in Suspension gesprochen haben, die gestohlen wurden.« In Anbetracht der kürzlichen Ereignisse konnte sie es kaum vergessen haben. »Und dass sich nur schwer vorstellen lässt, welchem Zweck dieser Diebstahl dienen sollte. Ich glaube, dass sich eine Zeit lang ein Schiff auf der anderen Seite des Tors aufgehalten hat und dass es Körper kaufte, um sie als seine Hilfseinheiten zu benutzen. Früher hat es sie von Athoeki-Sklavinnenhändlerinnen gekauft, weshalb es einen Ychana-Körper aus der Zeit vor der Annexion hierher entsenden konnte, damit er in der Masse untertauche.« Zumindest mehr oder weniger. »Als der Nachschub durch die Annexion unterbrochen wurde, kaufte es die Körper von Radchaai-Beamtinnen, die korrupt und gierig genug waren, um mit Deportierten Handel zu treiben.« Ich gestikulierte zu Fünf, die hinter mir stand, dass sie den Kasten mit dem Teeservice öffnen sollte.

»Das ist Fosyfs Service«, sagte Gouverneurin Giarod. Dann wurde ihr klar: »Kapitänin Hetnys hat es ihr verkauft.«

»Sie haben bis jetzt nie gefragt, wie Kapitänin Hetnys an so etwas gelangt sein könnte.« Ich deutete auf die Inschrift auf der Innenseite des Deckels. »Ihnen ist auch nie aufgefallen, dass jemand sehr sorgfältig den Namen der ursprünglichen Besitzerin entfernt hat. Wenn Sie Notai lesen könnten« – die Sprache, in der die Inschrift verfasst war – »oder schon einige andere derartige Stücke gesehen hätten, wären Sie sofort darauf aufmerksam geworden.«

»Was wollen Sie damit sagen, Flottenkapitänin?«

»Es ist kein Radchaai-Schiff, mit dem wir es hier zu tun haben.« Oder es war doch ein Radchaai-Schiff. Zum einen gab es die Radch, den Geburtsort von Anaander Mianaai vor über dreitausend Jahren, als sie eine sehr ehrgeizige Einzelperson in einem einzigen Körper gewesen war. Und dann gab es das gewaltige Territorium, das Anaander während der vergangenen dreitausend Jahre darum herum aufgebaut hatte, das von der Radch beherrschte Imperium. Aber welche Verbindung gab es noch zwischen diesen beiden Reichen? Und die Bewohnerinnen der Radch und des Weltraums unmittelbar außerhalb davon waren nicht immer mit allem einverstanden gewesen, was Mianaai getan hatte. Deshalb war es zu Schlachten gekommen. Zu Kriegen. Schiffe und Kapitäninnen wurden vernichtet. Viele von ihnen waren Notai gewesen. Aus der Radch. »Keines von Anaander, meine ich. Es ist ein Notai-Schiff.« Natürlich waren auch die Notai Radchaai. Die Bewohnerinnen des Radch-Territoriums – und außerhalb – neigten dazu, sich »Radchaai« als etwas Einheitliches vorzustellen, obwohl es in Wirklichkeit viel komplizierter war. Zumindest war es das gewesen, als Anaander seinerzeit begonnen hatte, sich über die Radch hinaus zu erweitern.

»Flottenkapitänin.« Gouverneurin Giarod war bestürzt. Fassungslos. »Das sind *Geschichten*. Besiegte Schiffe aus dem Krieg, die seit Jahrtausenden den Weltraum durchstreifen ...« Sie schüttelte den Kopf. »So etwas gibt es in melodramatischen Unterhaltungsprogrammen, aber es ist nicht *real*.«

»Ich weiß nicht, wie lange es sich dort aufgehalten hat«, sagte ich. »Zumindest seit der Zeit vor der Annexion.« Es musste schon so lange dort gewesen sein, wenn es bereits von Athoeki-Sklavinnenhändlerinnen Körper gekauft hatte. »Aber es ist da. Und«, fuhr ich fort, erleichtert, dass die Medizinerin, die die inhaftierte Hilfseinheit untersucht und keine Gelegenheit gehabt hatte, mich mit ihren neu justierten Implantaten zu durchschauen, der Gouverneurin ihre Beobachtungen mitgeteilt hatte, ohne mich zu verraten, »es ist hier. Ich bezweifle, dass irgendwelche Bewohnerinnen des Untergartens viel über die inhaftierte Person sagen werden.« Der Untergarten war vor Jahren so beschädigt worden, dass die Station nur sehr wenig von dem beobachten konnte, was dort geschah. Er war das perfekte Versteck für jemanden wie diese Hilfseinheit. Solange sie es vermied, von einer Person gesehen zu werden, die ihre Sinnesdaten an die Station weiterleitete – und das war im Untergarten eher unüblich, im Gegensatz zum Rest der Station –, konnte sie sich unbemerkt bewegen, ohne dass irgendwem auffiel, dass sie eigentlich nicht dort sein sollte. »Ich vermute, das Schiff erkannte, dass etwas vor sich ging, als die Kommunikation zu den Palästen abbrach und der Verkehr gestört war, worauf es eine Hilfseinheit schickte, um zu versuchen, mehr herauszufinden. Selbst wenn die Hilfseinheit gefangen genommen würde, wäre ihr Geheimnis mit großer Wahrscheinlichkeit gewahrt. Es gibt eine Sicherung, die sie töten würde, wenn Verhördrogen zur Anwendung kommen. Und die Implantate sind verborgen, sodass niemand auf die Idee kommt, danach zu suchen. Vermutlich ist die Sicherung darauf programmiert, sämtliche Beweise zu vernichten.«

»Das alles haben Sie aus dem Teeservice von Bürgerin Fosyf herausgelesen?«

»Ja, in der Tat. Ich hätte meinen Verdacht schon früher deutlicher geäußert, aber ich wollte zunächst weitere Beweise. Es ist, wie Sie bemerkt haben, nur schwer zu glauben.«

Gouverneurin Giarod war für einen Moment still und runzelte die Stirn. Ich hoffte, dass sie über ihre Rolle in dieser Affäre nachdachte. Dann sagte sie: »Und was tun wir jetzt?«

»Ich empfehle, sie mit einem Tracker auszustatten und auf die Verpflegungsliste zu setzen.«

»Aber, Flottenkapitänin, wenn sie eine Hilfseinheit ist ... eine Hilfseinheit kann keine Bürgerin sein. Ein Schiff kann es nicht sein.«

Ich wartete einen Sekundenbruchteil ab, um zu sehen, ob die Station irgendetwas zu ihr sagte, aber der Gesichtsausdruck der Gouverneurin zeigte keine Veränderung. »Die Sicherheit möchte bestimmt nicht, dass diese Zelle dauerhaft belegt ist. Was sollen wir sonst mit ihr machen?« Ich gestikulierte Ironie. »Weisen Sie ihr eine Arbeit zu«, fuhr ich fort. »Natürlich nichts Wichtiges und nichts, was ihr Zugang zu angreifbaren Stationssystemen gibt. Genehmigen Sie eine Wohnungszuteilung im Untergarten für sie.«

Gouverneurin Giarods Miene erlebte eine winzige Veränderung. Also war die Oberpriesterin mit ihrem Anliegen an sie herangetreten. »Flottenkapitänin, mir ist be-

wusst, dass die Wohnungszuteilung in die Zuständigkeit von Stationsverwalterin Celar fällt, aber ich muss zugeben, dass ich keine illegalen Aktivitäten belohnen möchte. Es sollte überhaupt niemand im Untergarten wohnen.«
Ich sagte nichts dazu, sah sie nur an. »Es ist gut, dass Sie sich für Ihre Nachbarinnen interessieren«, sprach sie nach einer Pause weiter, zweifelnd, als wäre sie sich in diesem Punkt nicht ganz sicher. »Aber mir persönlich wäre es lieber, wenn diese Quartiere gesetzestreuen Bürgerinnen zugewiesen werden.« Ich sagte immer noch nichts. »Ich glaube, es könnte effizienter sein, die Wohnungszuteilung im Untergarten zu überdenken, genauso die Instandsetzung, und in Erwägung zu ziehen, in der Zwischenzeit einige Bürgerinnen auf den Planeten zu schicken.«

Was in Ordnung wäre, wenn sie tatsächlich nach Athoek gehen wollten, aber ich hatte den Verdacht, dass man keine Rücksicht auf die Wünsche der fraglichen Bürgerinnen nehmen würde, wenn sie derzeit Bewohnerinnen des Untergartens waren. Und wahrscheinlich hatten die meisten von ihnen ihr gesamtes Leben in der Station verbracht und wollten die auf dem Planeten verfügbaren Arbeitsstellen nicht annehmen oder waren kurzfristig nicht dafür geeignet. »Es fällt, wie Sie sagen, Gouverneurin, in die Zuständigkeit von Stationsverwalterin Celar.« Stationsverwalterin Celar überwachte den Betrieb der Athoek-Station. Sie kümmerte sich um Angelegenheiten wie die Wohnungszuteilung, und obwohl sie sich grundsätzlich gegenüber Gouverneurin Giarod verantworten musste, waren solche feinkörnigen Details des Stationslebens für gewöhnlich der Aufmerksamkeit einer Systemgouverneurin nicht würdig. Und Verwalterin Celar war durchaus beliebt, sodass Gouverneurin Giarod es vermutlich vorziehen würde, solche Dinge gütlich hinter den Kulissen zu regeln.

Gouverneurin Giarod erwiderte ruhig: »Aber Sie haben sie gebeten, die rechtswidrigen Wohnverhältnisse im Untergarten offiziell zu bestätigen. Ich vermute, sie wäre offener für eine Änderung dieser Vereinbarungen, wenn Sie mit ihr sprechen würden.« *Das* war interessant. Fast rechnete ich mit einem Kommentar der Station, aber sie sagte nichts. Auch ich schwieg. »Die Leute werden damit nicht sehr zufrieden sein.«

Ich überlegte, die Station direkt zu fragen, ob die Gouverneurin eine bewusste Drohung beabsichtigte. Aber nachdem die Station noch vor Minuten geradezu geschwätzig gewesen war, war ihr jetziges Schweigen für mich vielsagend. Es würde ihr nicht gefallen, wenn ich sie zu sehr in den Punkten bedrängte, wo sie sich unwohl fühlte oder in einen Konflikt geriet. Und das Wohlwollen, das sie mir entgegenbrachte, war eine neue und delikate Angelegenheit. »Die Bewohnerinnen des Untergartens sind keine Leute?«

»Sie wissen, was ich meine, Flottenkapitänin.« Nahezu verzweifelt. »Wir leben in unruhigen Zeiten, woran Sie selbst mich vor nicht allzu langer Zeit erinnert haben. Wir können es uns in diesem Moment nicht leisten, Krieg gegen unsere eigenen Bürgerinnen zu führen.«

Ich lächelte mit dezentem und unverbindlichem Gesichtsausdruck. »In der Tat, das können wir nicht.« Gouverneurin Giarods Verhältnis zu Kapitänin Hetnys war nach meiner Überzeugung einigermaßen ambivalent gewesen. Das schloss nicht die Möglichkeit aus, dass sie jetzt meine Feindin war. Doch wenn sie es war, schien sie noch nicht bereit zu sein, offen gegen mich vorzugehen. Schließlich war ich von uns beiden diejenige mit dem bewaffneten Schiff und den Soldatinnen. »Achten wir darauf, dass *alle* unsere Bürgerinnen darin eingeschlossen werden, ja?«

3

DIE UNTERBRINGUNG AN BORD EINER RAD-chaai-Station konnte verschiedene Formen annehmen. Gewöhnlich wurde davon ausgegangen, dass man in einem Haushalt lebte – mit Eltern, Großeltern, Tanten, Cousinen, vielleicht Dienerinnen und Klientinnen, wenn die Familie wohlhabend genug war. Manchmal wurden solche Haushalte um eine bestimmte Stationsbeamtin herum organisiert – um die Residenz der Gouverneurin oder den Haushalt der Oberpriesterin gleich neben dem Tempel der Amaat auf der Promenade, wo zweifellos auch mehrere Junior-Priesterinnen lebten.

Wenn man in einem solchen Haushalt aufwuchs oder eine Anstellung in einem hatte, musste man bei der Stationsverwaltung keine Unterbringung beantragen. Die Wohnungszuteilung war schon lange vor der Geburt erfolgt, schon lange bevor man nach der Tauglichkeitsprüfung auf einen Posten geschickt wurde. Es war natürlich hilfreich, einer Familie anzugehören, die bereits anwesend gewesen war, als die Station erbaut oder annektiert worden war. Oder irgendwie mit jemandem verwandt zu sein. Als ich ein Schiff gewesen war, hatten alle meine Offizierinnen, die in Stationen gewohnt hatten, solchen Haushalten angehört.

Wenn eine Bürgerin nicht einem solchen Haushalt angehörte, stand ihr wie jeder Bürgerin trotzdem eine Unterbringung zu. Eine Bürgerin ohne genügend Status oder die Unterstützung eines größeren und mächtigeren Hauses fand sich möglicherweise in einer Koje in einem Schlafsaal wieder, kaum mehr als das, was ich als Hilfseinheit gewohnt war, oder als die üblichen Soldatinnenquartiere an Bord der *Gnade der Kalr*. Oder in einer Reihe von Abteilen, nicht größer als Suspensionskapseln, mit gerade genug Platz, um darin zu schlafen und vielleicht Kleidung zum Wechseln und ein paar kleine Habseligkeiten aufzubewahren. In der Athoek-Station gab es sowohl die eine als auch die andere Art von Quartier. Doch sie waren alle belegt, weil durch die kürzliche Zerstörung mehrerer Intersystemtore einige Schiffe hierher umgeleitet worden waren und andere hier festsaßen. Und durch die Schließung des Untergartens waren mehrere Hundert weitere Bürgerinnen dazugekommen, die irgendeinen Schlafplatz brauchten. Meine Kalrs hatten unser provisorisches Quartier unmittelbar hinter einem Eingang aufgeschlagen, durch den es in einen Raum voller Kojen ging, wo es dunkel und still war, trotz der Uhrzeit, zu der die meisten Bewohnerinnen wach waren. Er war zweifellos überfüllt, und wahrscheinlich schliefen die Leute im Wechsel.

Acht war aus irgendeinem Grund erleichtert, mich zu sehen, aber sie empfand auch Unentschlossenheit und Zwiespältigkeit. Noch vor Tagen hatte sie gedacht, ich wäre völlig menschlich. Jetzt wusste sie genauso wie jede andere an Bord der *Gnade der Kalr*, dass ich es nicht war, dass ich eine Hilfseinheit war. Und jetzt wusste sie auch, wie sehr es mir widerstrebte, wenn meine Soldatinnen taten, als wären sie selbst Hilfseinheiten. Sie war ratlos, wie sie mich ansprechen sollte.

»Acht«, sagte ich. »Alles ist unter Kontrolle, wie ich sehe. Keine Überraschungen.«

»Vielen Dank, Herrin.« Achts Unsicherheit zeigte sich kaum in ihrem Gesichtsausdruck oder Tonfall – spielte sie weiterhin die leidenschaftslose Hilfseinheit oder nicht? Plötzlich war selbst diese kleine Interaktion eine heikle Angelegenheit, nachdem für sie zuvor alles klar gewesen war. Kalr Fünf empfand genauso, wie ich sah, doch sie überspielte ihre Zweifel mit der Beschäftigung, ihr kostbares Teeservice zu verstauen. Acht fuhr fort: »Möchten Sie Tee, Herrin?«

Ich bezweifelte nicht, dass Acht selbst hier mitten in einem Korridor mir Tee zubereiten und servieren könnte, wenn ich es wollte. »Danke, nein. Ich nehme Wasser.« Ich setzte mich auf eine Packkiste und drehte mich so, dass ich das offene Ende des Korridors sehen konnte.

»Herrin«, bestätigte Acht. Leidenschaftslos, aber meine Antwort hatte sie in noch tiefere Zweifel gestürzt. Natürlich. Hilfseinheiten tranken Wasser und keinen Tee, ein Luxus, der nur Menschen vorbehalten war – ein notwendiger, wie es manchmal schien. Nicht dass es sich um eine Art von Prohibition handelte, aber man verschwendete einen solchen Luxus nicht auf bloßes Werkzeug. Auf die Frage, was ich trinken wollte, hatte ich keine Antwort geben können, die nicht irgendeine Botschaft vermittelte oder nicht implizierte, was ich war und was ich nicht war.

Als Acht mir das Wasser reichte, um das ich gebeten hatte – im besten Porzellan, das ihr derzeit verfügbar war, die violette und türkisfarbene Bractware –, kam jemand aus dem angrenzenden Schlafsaal und lief durch den Korridor in meine Richtung. Sie war eine Ychana und in das leichte, weite Hemd und die Hose gekleidet, die fast alle Ychana-Bewohnerinnen des Untergartens trugen. Ich erkannte sie als die Person wieder, die vor zwei Wochen Leutnantin Tisarwat zur Rede gestellt hatte, um sich – nicht ganz zu unrecht – zu beschweren, dass unsere vorgeschlagene Planung für die Instandsetzung des Untergartens keine Rücksicht auf die Bedürfnisse und Wünsche der Bewohnerinnen nahm. Doch bei dieser Konfrontation war ich eigentlich gar nicht anwesend gewesen. Sie war mir vom Schiff übermittelt worden, das alles via Tisarwat gesehen und gehört hatte. Also würde diese Person nicht davon ausgehen, dass ich sie wiedererkannte.

Doch wenn sie auf diese Weise zum Ende des Korridors lief, konnte sie damit nur die Absicht verfolgen, mit mir oder einer meiner Kalrs zu sprechen. Ich trank das Wasser aus, gab Fünf die Tasse zurück und erhob mich. »Bürgerin«, sagte ich und verbeugte mich. »Kann ich Ihnen irgendwie behilflich sein?«

»Flottenkapitänin«, sagte sie und verbeugte sich ebenfalls. »Gestern gab es ein Treffen.« Ein Treffen von Bewohnerinnen des Untergartens, meinte sie. So regelten sie im Allgemeinen solche Angelegenheiten, die alle betrafen. »Ich weiß, dass Sie und die Leutnantin verhindert waren. Andernfalls wären Sie selbstverständlich benachrichtigt worden.«

Oberflächlich klang es absolut vernünftig. Tisarwat und ich waren nicht in der Station gewesen, entweder an Bord der *Gnade der Kalr* oder auf dem Weg hierher. Andererseits hätte man natürlich meine Kalrs, die noch in der Station waren, von einem solchen Treffen in Kenntnis setzen können, und ich wusste, dass das nicht geschehen war. Bei diesem Treffen sollte niemand von uns anwesend sein, aber es direkt auszusprechen war eine schwierige Angelegenheit, und ich war mir sicher, dass diese Bürgerin hoffte, ich würde keine entsprechende Frage stellen. »Selbstverständlich, Bürgerin«, erwiderte ich. »Möchten Sie sich setzen?« Ich deutete auf die nächste Kiste. »Ich glaube nicht, dass wir Tee zubereitet haben, aber wir würden sehr gern welchen machen.«

»Vielen Dank, Flottenkapitänin, nein.« Also war ihr Anliegen ein wenig heikel, und sie wusste, dass sie über meine Reaktion nicht erfreut sein würde. Oder vielleicht über die Reaktion von Leutnantin Tisarwat. »Die junge Leutnantin war so freundlich, ein Büro auf Ebene vier des Untergartens einzurichten, um es den Bewohnerinnen zu erleichtern, sich mit ihren Wünschen und Sorgen an die Stationsverwaltung zu wenden. Das war natürlich sehr hilfreich, aber vielleicht wurden dabei ihre anderen Pflichten vernachlässigt.«

Sie würde sich definitiv nicht über Tisarwats Reaktion freuen. »Und bei diesem Treffen gab es den Konsens, dass eine andere Person das Büro besetzen sollte, wenn es wiedereröffnet wird, vermute ich.«

Das Unbehagen der Bürgerin war kaum merklich, aber es war eindeutig vorhanden. »Ja, Flottenkapitänin. Wir möchten betonen, dass es weder irgendeine Beschwerde von unserer Seite noch irgendeine Ungebührlichkeit vonseiten der Leutnantin gab.«

»Sie denken nur, es wäre besser für dieses Büro, wenn es die Sorgen der Mehrheit der Bewohnerinnen des Untergartens direkter repräsentieren würde«, fasste ich zusammen.

Überraschung blitzte in ihrem Gesicht auf und verschwand wieder. Sie hatte nicht erwartet, dass ich es so direkt aussprach. »Wie Sie es sagen, Flottenkapitänin.«

»Und Bürgerin Uran?« Uran war keine meiner Soldatinnen, war auch nicht auf irgendeine Weise mit mir verwandt, aber sie war nichtsdestotrotz ein Mitglied meines Haushalts und hatte an den Vormittagen in Tisarwats Büro auf Ebene vier assistiert. Sie war eine Valskaayanerin, das Kind von Deportierten, die vor einer Generation nach Athoek gebracht worden waren und auf dem Planeten Tee pflücken sollten, der in die gesamte Radch verschickt wurde.

»Das valskaayanische Kind? Ja, natürlich, wir würden uns freuen, wenn sie ihre Arbeit dort fortsetzt. Bitte sagen Sie ihr das.«

»Ich werde mit ihr sprechen«, erwiderte ich, »und mit Leutnantin Tisarwat.«

Tisarwat war eindeutig nicht glücklich. »Aber, Herrin!« Eindringlich. Flüsternd, da wir uns immer noch am Ende des Korridors befanden, auf dem abgewetzten Boden hinter den Kisten hockten. Sie atmete einmal durch. Sagte weniger inbrünstig, aber weiterhin flüsternd: »Ihnen sollte bewusst sein, Herrin, dass wir aller Wahrscheinlichkeit nach irgendeine Möglichkeit finden müssen, hier zu regieren. Dazu brauchen wir Einfluss. Wir haben einen guten Anfang gemacht, wir haben uns als entscheidenden Faktor ...« Dann erinnerte sie sich daran, dass die Station hier, anders als in unseren Quartieren im Untergarten, alles hören konnte, was wir sagten, dass sie mit Sicherheit zuhörte und möglicherweise Gouverneurin Giarod meldete, was sie erfahren hatte. »Es gibt keine höhere Autorität, an die sich die Gouverneurin wenden könnte, keine andere Unterstützung in einer Krise. Hier gibt es nur uns.«

Acht und Zehn waren fort, um unser Abendessen von der nächstgelegenen allgemeinen Kantine zu holen, da wir hier nicht selbst kochen würden. Fünf hielt Wache an unserer improvisierten Abtrennung und gab vor, nichts von unserem Gespräch mitzubekommen. »Leutnantin«, sagte ich. »Ich hatte gehofft, *Ihnen* wäre bewusst, dass ich nicht das Bedürfnis habe, hier zu regieren. Ich bin völlig damit zufrieden, es den Athoeki selbst zu überlassen.«

Sie blinzelte verwirrt. »Herrin, das kann nicht Ihr Ernst sein. Wenn sich die Athoeki selbst regieren könnten, wären wir gar nicht hier. Und die gemeinschaftlichen Treffen sind völlig in Ordnung, solange Sie nichts tun, das in diesem Moment entschlossenes Handeln erfordert. Oder auch in den nächsten paar *Jahrhunderten*.«

In all meinen zweitausend Jahren hatte ich nie bemerkt, dass irgendeine bestimmte Form von Regierung tatsächlich etwas bewirkt hatte, sobald Anaander Mianaai den Befehl zur Annexion gegeben hatte. »Leutnantin, Sie stehen kurz davor, das Wohlwollen zu verspielen, das Sie hier aufgebaut haben. In Anbetracht der Tatsache, dass diese Leute unsere Nachbarn sind und wir uns vielleicht eine Zeit lang hier aufhalten, würde ich es vorziehen, so etwas nicht zu tun.«

Sie atmete ein und aus. Beruhigte sich. Sie war verletzt und verärgert. Fühlte sich verraten. »Die Stationsverwaltung wird nicht geneigt sein, den Ychana im Untergarten im direkten Gespräch zuzuhören. Das hat sie noch nie getan.«

»Dann drängen Sie darauf, dass man damit beginnt, Leutnantin. Sie haben bereits einen guten Anfang gemacht. Bauen Sie weiter darauf auf.«

Wieder ein Atemzug. Etwas besänftigter. »Was ist mit Bürgerin Uran?«

»Sie haben darum gebeten, dass sie ihre Arbeit fortsetzt. Eine Erklärung dafür haben sie nicht gegeben.«

»Weil sie eine *Valskayaanerin* ist. Weil sie keine Xhai oder eine Radchaai von außerhalb des Systems ist.«

»Das haben sie nicht gesagt, aber wenn das eine Rolle spielt, könnten Sie es ihnen in Anbetracht der Umstände übelnehmen? Und ich erinnere mich, wie Sie selbst genau das erwähnten, als Sie mich davon überzeugen wollten, dass Bürgerin Uran für Sie arbeiten sollte.«

Leutnantin Tisarwat nahm einen tiefen, fast gierigen Atemzug. Öffnete den Mund, um zu sprechen, hielt dann jedoch inne. Nahm einen weiteren Atemzug. Sagte beinahe flehend: »Sie vertrauen mir immer noch nicht!«

Ich war so sehr auf dieses Gespräch konzentriert gewesen, dass ich kaum auf etwas anderes geachtet hatte. Jetzt sprach Kalr Fünf, hielt mich von einer Erwiderung auf Tisarwats Worte ab. »Wie kann ich Ihnen behilflich sein, Bürgerin?«

Ich griff zu. Die Notai-Hilfseinheit hatte die Sicherheitsverwahrung verlassen und stand unmittelbar vor unserer niedrigen Wand. Sie trug immer noch das Ychana-Hemd und die Hose und diese grauen Handschuhe. Und nun hielt sie ein Bündel aus grauem Stoff unter einem Arm. »Sie haben mich gehen lassen und mir Kleidung gegeben«, antwortete sie Fünf in sachlichem Tonfall, »und sagten, sie würden es bedauern, dass sie keine angemessene Beschäftigung für mich haben, aber da das nicht meine Schuld ist, würde ich dennoch etwas zu essen und eine Koje bekommen, die ich an sechs festgelegten Stunden des Tages benutzen kann. Mir wurde gesagt, all das würde auf Verlangen von Flottenkapitänin Breq Mianaai geschehen, die sicherlich eine bequemere Unterbringung für sich und ihren Haushalt arrangieren konnte, sodass sie vielleicht auch die Verantwortung für mich übernehmen wird.«

Kalr Fünf ließ sich natürlich nichts von ihrer Wut und ihrem Ärger anmerken. Auch nichts von ihrem seltsamen unbehaglichen Gefühl, das meiner Vermutung nach auf ihr Wissen zurückzuführen war, dass die Person, mit der sie sprach, in Wirklichkeit eine Hilfseinheit war.

Ich erhob mich, bevor Fünf reagieren konnte. »Bürgerin«, sagte ich, obwohl mir bewusst war, dass dieser Titel streng genommen unrichtig war. Eine Hilfseinheit hatte keinen Anspruch auf irgendeine höfliche Anrede. »Sie sind herzlich willkommen, bei uns zu bleiben, obwohl ich befürchte, dass unsere Wohnsituation bis zur Wiedereröffnung des Untergartens nicht besser als die aller anderen sein wird.« Keine Antwort, die Hilfseinheit stand nur mit ernster Miene da. »Es könnte hilfreich sein, wenn wir wüssten, wie wir Sie ansprechen sollten.«

»Sprechen Sie mich an, wie auch immer Sie möchten, Flottenkapitänin.«

»Ich würde Sie gern«, entgegnete ich, »mit Ihrem Namen ansprechen.«

»Dann befinden wir uns an einem toten Punkt.« Sie sprach immer noch völlig sachlich.

»Sie können sonst nirgendwo hingehen«, sagte ich. »Sie hätten vor sechshundert Jahren gehen können, als dieses System annektiert wurde, wenn Sie die Möglichkeit gehabt hätten. Sie können keine eigenen Tore mehr generieren. Wahrscheinlich funktionieren nicht einmal Ihre Triebwerke. Was bedeutet, dass es von unserer Seite nur eine Frage der Zeit und der Entschlossenheit ist, bis wir Sie gefunden haben.« Letztlich dürfte nur ein wenig Geschichte und Mathematik nötig sein, um zu ermitteln, um welches Schiff es sich vermutlich handelte. »Also können Sie es uns auch einfach sagen.«

»Sie haben ein sehr überzeugendes Argument vorgebracht, Flottenkapitänin«, erklärte sie, aber nicht mehr.

Die *Gnade der Kalr* sagte in mein Ohr: »Ich habe darüber nachgedacht, seit uns bewusst wurde, dass sich ein Schiff auf der anderen Seite des Geistertors aufhalten muss, Flottenkapitänin. Es kämen verschiedene Schiffe in Frage. Ich könnte die *Kultivierung der Seelenruhe* nennen, aber ich bin mir ziemlich sicher, dass der Vorratscontainer, den wir gefunden haben, von einer der *Juwelen* stammt. Das begrenzt die Auswahl auf die *Heliodor*, die *Idokras* oder die *Sphen*. Teile der *Heliodor* wurden drei Provinzen entfernt aufgefunden, während einer Annexion vor zwei Jahrhunderten, und nach dem letzten bekannten Kurs der *Idokras* ist es unwahrscheinlich, dass sie hier gelandet ist. Ich würde sagen, dass es höchstwahrscheinlich die *Sphen* ist.«

Laut sagte ich: »*Sphen.*«

Ich konnte keine Reaktion der Hilfseinheit erkennen, aber die Station sagte zu mir: »Ich glaube, es stimmt, Flottenkapitänin. Auf jeden Fall haben Sie sie soeben sehr überrascht.«

Lautlos erwiderte ich: »Vielen Dank für die Hilfe, Station.« Laut sagte ich: »Sie werden sich für heute selbst Ihr Abendessen aus der Kantine holen müssen, Schiff. Kalr Acht und Zehn sind bereits mit unseren Mahlzeiten auf dem Rückweg hierher.«

Die *Sphen* sagte mit einem Hauch Ironie: »Ich bin nicht *Ihr* Schiff.«

»Also Bürgerin«, sagte ich, obwohl ich wusste, dass das auch nicht besser war. Ich deutete auf unser kleines Reich. »Kommen Sie doch einfach herein. Falls Sie zu uns kommen möchten.«

Sie ging an Fünf vorbei, als wäre sie gar nicht vorhanden, ignorierte Leutnantin Tisarwat, die sich während der Unterhaltung halb von ihrem Platz erhoben hatte. Dann lief sie weiter bis zu einer hinteren Ecke und setzte sich mit dem Rücken zur Wand. Sie legte die Arme um die Knie und starrte geradeaus.

Fünf zog es vor, sie zu ignorieren. Tisarwat starrte sie fünf Sekunden lang an und sagte dann: »Sie kann mein Abendessen haben. Ich bin nicht hungrig. Ich gehe dann.« Sie sah mich an. »Natürlich nur mit Erlaubnis der Flottenkapitänin.« Mit hörbarer Verbitterung. Sie war immer noch wütend auf mich.

»Selbstverständlich, Leutnantin«, sagte ich ruhig.

Vier Stunden später traf ich mich mit Sicherheitschefin Lusulun, allem Anschein nach ein informeller Termin, wenn man nach der Uhrzeit und dem Ort ging (die Lieblingsteestube der Sicherheitschefin, auf Anraten der Station, weitab von der Hauptpromenade, nur ein klein wenig schäbig, mit weichen, bequemen Stühlen und Wänden, die mit goldenen und dunkelblauen Behängen gedämmt waren). Außer unter Freundinnen betrachteten Radchaai kurzfristige Einladungen als sehr unhöflich. Doch mein Rang und die derzeitige Situation milderte die Angelegenheit. Und die Tatsache, dass ich eine Flasche mit einer einheimischen Spirituose auf Sorghum-Basis bestellt hatte, nachdem die Station mir verraten hatte, dass Sicherheitschefin Lusulun sie gern trank, und ich bereit war, ihr einen Becher einzuschenken, als sie eintraf.

Sie verbeugte sich, als ich mich von meinem Platz erhob, um sie zu begrüßen. »Flottenkapitänin. Ich bitte um Verzeihung für die späte Stunde.« Sie war offensichtlich direkt aus ihrem Büro gekommen, war immer noch in Uniform. »In letzter Zeit ging es recht hektisch zu!«

»So ist es.« Wir setzten uns, und ich reichte ihr einen Becher. Hob meinen eigenen.

»Ich gestehe, dass ich schon seit einigen Tagen den Wunsch hatte, mich mit Ihnen zu treffen, aber ich habe nie die Zeit dazu gefunden.« Und in den letzten paar Tagen war ich nicht hier, sondern auf meinem Schiff gewesen. »Verzeihen Sie mir, Flottenkapitänin, ich fürchte, geistig bin ich noch mit meiner Arbeit beschäftigt.«

»Ihre Arbeit ist sehr wichtig.« Ich nahm einen Schluck vom Getränk. Es brannte in der Kehle und hinterließ einen Nachgeschmack nach rostigem Eisen. »Ich selbst habe ein- oder zweimal zivile Sicherheitsdienste geleitet. Es ist ein schwieriger Job.«

Sie blinzelte, versuchte ihre Überraschung zu verbergen. Das war nicht die übliche Einstellung der militärischen Sicherheit gegenüber der zivilen. »Es freut mich zu hören, dass Sie das zu schätzen wissen, Flottenkapitänin.«

»Gehe ich recht in der Annahme, dass Sie Ihre Leute zu Überstunden einteilen, während Sie versuchen, die Bürgerinnen aus dem Untergarten fernzuhalten?«

»Völlig richtig. Obwohl selbst die Ychana klug genug sind, um zu erkennen, dass es sehr gefährlich ist, sich jetzt dorthin zu begeben, bevor alles inspiziert wurde. Zumindest die meisten. Es gibt immer ein paar.« Sie kostete von ihrem Getränk. »Ah, genau das habe ich jetzt gebraucht.« Ich sendete einen lautlosen Dank an die Station. »Nein, Flottenkapitänin, es ist wahr, dass ich meine Leute jetzt dort patrouillieren lasse, und unser Leben wäre erheblich einfacher, wenn wir darauf verzichten könnten, aber wenn ich in dieser Angelegenheit etwas zu sagen hätte, würde ich jede strukturelle Beschädigung so schnell wie möglich reparieren lassen und diese Leute dorthin zurückschicken, woher sie gekommen sind. Nachdem ich jetzt gehört habe, dass Sie bereits zivile Sicherheitsdienste geleitet haben, wundert es mich nicht mehr, dass Sie nicht zögerten, dort bei ihnen einzuziehen. Ich bezweifle nicht, dass Sie bei Annexionen zugegen waren, und ich bin mir sicher, dass Sie über unzivilisiertes Verhalten nicht hinwegsehen. Und für Sie ist viel mehr Platz im Untergarten als sonst wo in der ganzen Station!«

Ich setzte ein freundliches Lächeln auf. »In der Tat.« Einwände gegen *diese Leute* und *unzivilisiertes Verhalten* zu erheben wäre in diesem Moment wenig hilfreich. »In Anbetracht der derzeitigen Situation bin ich ... bestürzt über die Forderung gewisser Kreise, dass wir es noch eine Weile hinauszögern sollten, den Bewohnerinnen zu erlauben, in den Untergarten zurückzukehren, während wir die Wohnungszuteilung in der Station überdenken.« Wobei ich mit *gewissen Kreisen* die Oberpriesterin der Amaat meinte. »Ganz zu schweigen vom Vorschlag, dass nur die allernotwendigsten Reparaturen durchgeführt werden sollten, bis diese Zuteilung ... *überdacht* wurde.«

Die Sicherheitschefin nahm einen weiteren tiefen Schluck. »Nun ja, ich vermute, dass die Zuteilung Einfluss darauf haben wird, wie diese Reparaturen aussehen, nicht wahr? Natürlich würde es einfacher und schneller ablaufen, wenn die Zuteilung so belassen wird, wie sie ist, wie Sie selbst vorgeschlagen haben, Flottenkapitänin. Und die Arbeiten schritten bereits voran, noch bevor es zum Leck im See kam. Wir könnten genauso gut wie gehabt weitermachen. Aber ...« Sie blickte sich um. Senkte die Stimme, obwohl niemand außer mir und Kalr Fünf, die hinter meinem Stuhl stand, in Hörweite war. »Die Xhai, Herrin, können recht unvernünftig reagieren, wenn es um die Ychana geht. Womit ich nicht sagen will, dass ich dafür gar kein Verständnis habe. Sie sind ein dreckiger Haufen, und es ist eine Schande ... der Unterschied zwischen dem, was der Untergarten sein sollte, und dem, was er jetzt ist, nachdem sie dort gelebt haben.« Zum Glück fiel es mir leicht, einen neutralen Gesichtsausdruck zu wahren. »Trotzdem«, fuhr Lusulun fort, »sollen sie ihn haben, sage ich. Es würde mein Leben einfacher machen. Seit der Untergarten evakuiert wurde, gibt es doppelt so viel Unruhe. Faustkämpfe, Diebstahlsvorwürfe. Obwohl sich die meisten als haltlos erweisen.« Sie seufzte. »Wenn auch nicht alle. Ich streite nicht ab, dass ich wieder ruhiger schlafen werde, wenn sie in den Untergarten zurückgekehrt sind. Genauso wird es den Xhai gehen, wenn wir ehrlich sind, aber wenn sie auf die Idee kommen, dass jede Ychana etwas erhalten hat, das sie nicht verdient …« Sie gestikulierte ihre Abscheu.

Die meisten Beamtinnen der Station, die keine Radchaai von außerhalb waren, rekrutierten sich hier aus dem Volk der Xhai. Das Gleiche galt für die wohlhabendsten Familien. »Ist Eminenz Ifian eine Xhai?«, fragte ich emotionslos.

Sicherheitschefin Lusulun gab ein amüsiertes Schnaufen von sich. »Keineswegs. Sie ist eine Radchaai von außerhalb und würde sich nicht dafür bedanken, dass Sie sie für eine Athoeki halten. Aber sie ist fromm, und wenn Amaat die Xhai über die Ychana stellt, ist es gebührlich.«

Es verstand sich von selbst, dass eine Oberpriesterin der Amaat im Radch-Territorium großen Einfluss hatte. Aber fast immer gab es auch andere religiöse Gestalten mit Einfluss. »Und die Oberpriesterin der Mysterien?«

Lusulun hob ihren Becher in einer Geste des Grußes. »Genau, Sie trafen rechtzeitig zum Genitalienfest ein, und Sie haben gesehen, wie populär es ist. Ja. Sie *ist* eine Xhai, aber eine der wenigen Vernünftigen unter ihnen.«

»Wurden Sie in die Mysterien initiiert?«

Mit dem Becher in der Hand gestikulierte sie Zurückweisung der bloßen Vorstellung. »Nein, Flottenkapitänin. Das ist eine Xhai-Angelegenheit.«

Die Station sagte leise in mein Ohr: »Die Sicherheitschefin ist zur Hälfte Sahut, Flottenkapitänin.« Eine weitere Untergruppe der Athoeki. Eine, über die ich nur sehr wenig wusste. Ehrlich gesagt waren solche Unterscheidungen für mich oftmals nahezu unsichtbar, aber ich wusste aus langer Erfahrung, dass sie es für die Menschen, die hier lebten, keineswegs waren.

»Oder genauer gesagt«, fuhr Lusulun fort, ohne zu ahnen, dass die Station zu mir gesprochen hatte, »ist es heutzutage eine Angelegenheit für Radchaai von außerhalb mit einem Geschmack für …« Sie zögerte, suchte nach dem richtigen Wort. »… exotische Spiritualität.« Mit hörbarer Ironie. Ob diese Ironie den Initiierten von außerhalb oder den Mysterien selbst oder beiden galt, konnte ich nicht sagen. »Offiziell stehen die Mysterien allen offen, die imstande sind, die Initiation zu vollziehen. In der Praxis jedoch …« Sie nahm einen weiteren tiefen Schluck, hielt mir ihren Becher hin, als ich die Flasche hob, bereit, ihn wieder aufzufüllen. »In der Praxis wurde gewissen Personenkreisen stets … abgeraten, es zu versuchen.«

»Zum Beispiel den Ychana«, ergänzte ich und goss großzügig ein. »Zweifellos unter anderen.«

»Genau. Vor vier oder fünf Jahren bewarb sich eine Ychana. Jedoch nicht vom halb zivilisierten Schlag aus dem Untergarten. Nein, sie war völlig assimiliert, wohlerzogen, wortgewandt. Eine kleinere Beamtin der Stationsverwaltung.« Bereits dieser dürftigen Beschreibung entnahm ich, dass sie sich auf eine Person bezog, mit deren Tochter Leutnantin Tisarwat sich anzufreunden bemüht hatte. »Welch ein Skandal! Doch die Priesterin blieb standhaft. Alle bedeutet *alle*, nicht *alle außer*.« Wieder schnaufte sie. »Zumindest alle, die es sich leisten können. Es gab jede Menge Gejammer und Gezänk, weil jetzt keine anständige Person mehr zur Initiierten werden konnte und die uralten Mysterien nun entwürdigt und zerstört würden. Aber ich glaube, der Priesterin war durchaus bewusst, dass ihr keine Gefahr drohte. Zu jener Zeit kam mehr als die Hälfte der Initiierten von außerhalb des Systems, und die Radchaai sind es gewohnt, dass Provinzler zivilisiert werden und gewissermaßen in ihre Kreise eintreten. Ich wage zu behaupten, wenn Sie sich die Genealogie der meisten Radchaai von außerhalb in dieser Station ansehen, würden Sie etliche solche Personen finden. Und letztlich scheint mit den Mysterien alles so zu laufen wie schon immer.« Sie gestikulierte Sorglosigkeit. »Eigentlich sind sie noch gar nicht so uralt, und wenn sie sich tatsächlich der Mitgliedschaft verweigern, würden sie sich vom exklusivsten gesellschaftlichen Club an Bord der Station ausschließen.«

»Also ist es gar nicht so«, sagte ich und nahm einen Schluck von der Spirituose, viel weniger als das, was die Sicherheitschefin getrunken hatte, »dass die Xhai in dieser Station die Ychana einhellig hassen würden. Es sind nur ein paar recht lautstarke.«

»Oh, durchaus mehr als nur ein paar.« Und dann bewies sie mir, wie stark das Getränk war oder wie viel sie davon getrunken hatte, als sie sagte: »Es sei denn, ich gehe unrecht in der Annahme, Flottenkapitänin, dass

Sie keine geborene Mianaai sind. Nichts für ungut, Sie verstehen, was ich meine. Sie haben die Manieren und den Akzent, aber nicht das Aussehen. Und mir fällt es schwer zu glauben, dass einer so hochgeborenen Person so viel an einer einfachen Gartenverwalterin liegt.«

Damit meinte sie Gartenverwalterin Basnaaid Elming. »Ich diente mit ihrer Schwester.« Ich war das Schiff gewesen, in dem ihre Schwester gedient hatte. Ich hatte ihre Schwester getötet.

»Das ist mir bekannt.« Sie blickte auf die Flasche, und ich kam ihrem Wunsch nach. »An Bord der *Gerechtigkeit der Torren*, soweit ich weiß. Nichts für ungut, wie gesagt, aber die Familie der Gartenverwalterin hat keinen sehr hohen Rang.«

»Richtig«, stimmte ich ihr zu.

Die Sicherheitschefin lachte, als hätte ich damit etwas bestätigt. »Die *Gerechtigkeit der Torren*. Das Schiff mit all den Liedern! Kein Wunder, dass Stationsverwalterin Celar Sie so sehr mag. Sie müssen ihr viele neue mitgebracht haben.« Sie seufzte. »Ich würde meinen linken Arm geben, um ihr ein solches Geschenk bringen zu können!« Gouverneurin Giarod hatte vielleicht die höhere Stellung, aber Verwalterin Celar herrschte über die tägliche Routine in der Athoek-Station. Sie war breit und schwer und recht hübsch. Nicht wenige Bewohnerinnen der Station waren halbwegs in sie verliebt. »Ja, die *Gerechtigkeit der Torren*. Es war eine Tragödie. Hat man jemals herausgefunden, was geschah?«

»Nicht dass ich wüsste«, log ich. »Sagen Sie mir ... Ich weiß, dass es streng genommen nicht ganz gebührlich ist, aber ...« Ich blickte mich um, obwohl ich wusste, dass Fünf alle anderen eingeschüchtert hatte, sich keinesfalls in unsere Nähe zu setzen. »Ich habe über Sirix Odela nachgedacht.« Es war Sirix gewesen, die Kapitänin Hetnys gesagt hatte, Leutnantin Awns Schwester Basnaaid Elming zu drohen wäre eine gute Möglichkeit, mich zu treffen. Sie hatte mich in die Gärten gelockt, damit Kapitänin Hetnys ihr Vorhaben in die Tat umsetzen konnte, während ich mich in einer äußerst verletzlichen Position befand.

Lusulun seufzte. »Nun gut, Flottenkapitänin, Bürgerin Sirix ...«

»Sie wurde bereits zuvor von der Sicherheit in Gewahrsam genommen«, räumte ich ein. Sirix war tatsächlich schon einmal umerzogen worden. Mehr als eine Umerziehung war (zumindest theoretisch) selten und potenziell gefährlich.

Die Sicherheitschefin zuckte zusammen. »Das haben wir tatsächlich berücksichtigt.« Ein neugieriger Blick zu mir, um zu sehen, wie ich darauf reagierte. »Und ihre Reue war aufrichtig. Letztlich wurde entschieden, dass sie zu einer Außenstation versetzt werden sollte. Ohne weitere, äh, Involvierung.« Das hieß, ohne eine weitere Umerziehung. »Eine der Außenstationen braucht eine neue Gartenverwalterin, und das Startfenster für den Transfer öffnet sich während der nächsten paar Tage.«

»Gut.« Es überraschte mich nicht, dass Sirix Reue zeigte. »Selbstverständlich kann ich ihren Fehltritt nicht entschuldigen. Aber ich weiß, dass sie in einer schwierigen Situation war. Es freut mich, dass ihr weitere Unannehmlichkeiten erspart bleiben.« Lusulun gab einen mitfühlenden Laut von sich. »Haben Sie schon gegessen?«, fragte ich. »Wenn nicht, könnte ich etwas ordern.« Sie willigte ein, und wir verbrachten den Rest des Abends damit, über belanglose Dinge zu sprechen.

Als ich zu unserem Korridor zurücklief, zufrieden mit dem Ergebnis meines Gesprächs mit der Sicherheitschefin, und überlegte, womit ich mir den Geschmack des Sorghum-Schnapses aus dem Mund spülen könnte, während Kalr Fünf hinter mir ging, zeigte die *Gnade der Kalr* mir Seivarden, die kurz vor dem Ende ihrer Wachschicht äußert beunruhigt war. »Breq«, sagte sie, und es war ein Zeichen ihrer Besorgnis, dass sie, obwohl sie mit zweien ihrer Amaats in der Nähe in der Kommandozentrale saß, mich trotzdem persönlich und ohne offizielle Anrede ansprach. »Breq, wir haben ein Problem.«

Ich sah, dass wir eins hatten. Ein kleiner Einpersonenkurier war soeben durch das Geistertor gekommen, hinter dem sich angeblich ein abgelegenes System ohne weitere Tore und ohne Bewohnerinnen befand. Wir wussten natürlich, dass sich die *Sphen* dort aufhielt, aber die *Sphen* war ein Notai-Schiff, sie war alt, und sie hatte seit etwa dreitausend Jahren keine Gelegenheit gehabt, repariert oder instand gesetzt zu werden. Dieser Kurier war keine Notai-Einheit, und der kastenförmige kleine Rumpf strahlte in einem so makellosen Weiß, dass es schien, als wäre er erst vor wenigen Außenblicken neu aus einer Schiffswerft gekommen.

»Flottenkapitänin«, sagte Seivarden von ihrem Platz in der Kommandozentrale der *Gnade der Kalr*. Sie hatte sich jetzt wieder im Griff, aber ihre Besorgnis hatte nicht nachgelassen. »Die Presger sind hier.«

4

WIE ICH BEREITS SAGTE, IST DER WELTRAUM riesig. Als der Presger-Kurier aus dem Geistertor kam – kurz nachdem er eine Nachricht gesendet hatte, in der er sich als Presger-Schiff identifizierte, eine Passage des Abkommens zitierte und auf dieser Grundlage darum bat, an der Athoek-Station andocken zu dürfen –, hatten wir noch gute drei Tage, uns auf seine Ankunft vorzubereiten. Genug Zeit für Leutnantin Tisarwat, um sich zumindest äußerlich damit abzufinden, dass die Bewohnerinnen des Untergartens ihre Angelegenheiten selbst regeln wollten.

Genug Zeit für mich, um mich mit Basnaaid Elming zu treffen. Die erst vor Kurzem erfahren hatte, dass ich ihre Schwester getötet hatte. Der ich vor einigen Tagen das Leben gerettet hatte. Allerdings war ich selbst der Grund gewesen, warum sie überhaupt in Lebensgefahr geraten war. Unerklärlicherweise hatte sie beschlossen, weiterhin mit mir zu reden. Ich hinterfragte es nicht und dachte auch nicht zu gründlich über die tiefe Ambivalenz nach, die mit an Sicherheit grenzender Wahrscheinlichkeit hinter diesem Entgegenkommen stand. Sie saß am Ende unseres Korridors auf einer Kiste, sagte: »Danke für den Tee.« Tisarwat war ausgegangen und trank etwas mit Freundinnen. *Sphen* war unterwegs, wie immer, wenn sie genug davon hatte, in der Ecke zu sitzen und ins Leere zu starren. Die Station würde mich informieren, falls sie sich in Schwierigkeiten brachte.

»Danke, dass Sie zu mir gekommen sind«, erwiderte ich. »Mir ist bewusst, dass Sie viel zu tun haben.« Basnaaid war eine der Gartenverwalterinnen, die für die Gärten verantwortlich waren, eine freie Fläche von mehr als zwei Hektar mit Wasser und Bäumen und Blumen. Derzeit waren die Gärten für die Öffentlichkeit geschlossen, während die Stützelemente repariert wurden, die den See daran hinderten, sich in den Untergarten zu ergießen. Sie waren schon seit Längerem reparaturbedürftig, hatten jedoch einen äußerst ungünstigen Moment gewählt, dem Druck nachzugeben, was erst wenige Tage zurücklag. Nun waren die wunderschönen Gärten ein Durcheinander aus Schlamm und Pflanzen, die sich vielleicht von diesem ereignisreichen Tag erholen würden, vielleicht auch nicht.

Basnaaid antwortete mit einem kleinen verschmitzten Lächeln, das mich sehr an ihre Schwester erinnerte und mir gleichzeitig verriet, dass sie recht müde war, jedoch versuchte, höflich zu sein. »Die Arbeiterinnen kommen gut voran, und der See könnte schon in einigen Tagen wieder aufgefüllt werden, sagen sie. Ich habe immer noch Hoffnung, dass ein oder zwei Rosen es überstehen werden.« Sie gestikulierte Resignation. »Es wird eine Weile dauern, bis die Gärten wieder das sind, was sie einmal waren.« Zumindest machte die Reparatur des Seebodens eine Instandsetzung der ersten Ebene des Untergartens genau darunter nötig, was die Möglichkeiten von

Eminenz Ifian einschränkte, die Wiederherstellung des Untergartens zu verhindern. Da sie offenkundig das Gleiche dachte, fügte Basnaaid dann hinzu: »Ich verstehe nicht, warum versucht wird, die Instandsetzung des Untergartens zu verzögern.« In den offiziellen Nachrichten hieß es weiterhin, dass die Rückkehr der vertriebenen Bürgerinnen in ihre Wohnungen höchste Priorität hatte. Doch die Gerüchte deckten sich nicht mit den autorisierten Verlautbarungen. »Und ich verstehe auch nicht, was Eminenz Ifian denkt.« Die Oberpriesterin der Amaat hatte den Wurf der Omen des heutigen Morgens als Gelegenheit genutzt, die Bewohnerinnen der Station vor der Gefahr zu warnen, überstürzt zu handeln und sich daraufhin in einer Situation wiederzufinden, die sich nur schwer wieder beheben ließ. Es wäre doch viel besser, den Wunsch der Gottheit zu ergründen und zu überlegen, wo die wahre Gerechtigkeit, Gebührlichkeit und Nützlichkeit lagen. Die Schlussfolgerung war allen klar, die dem derzeitigen Tratsch Gehör geschenkt hatten. Was hieß, allen in der Station, mit Ausnahme der sehr kleinen Kinder.

Möglicherweise sympathisierten etliche der Personen, die Eminenz Ifian kannte und mit denen sie gesellschaftlich verkehrte, mit ihrem Standpunkt. Möglicherweise hatte sie sich der Unterstützung durch gewisse Kreise versichert, bevor sie an diesem Morgen ihre Rede gehalten hatte. Doch die Leute, die in Schichten schliefen, sich zu dritt oder viert eine Koje teilten (oder die sich wie ich geweigert hatten, es zu tun, und in Ecken oder Korridoren schliefen), waren zahlreich und unzufrieden. Jede Verzögerung bei der Rückführung der Bewohnerinnen des Untergartens in ihre eigenen Betten war, vorsichtig ausgedrückt, unangenehm für diese Bürgerinnen. Aber natürlich waren sie zum größten Teil die unbedeutendsten Bewohnerinnen der Station, Leute mit untergeordneten Arbeitsplätzen von geringem Status oder ohne eine Familie, die sie unterstützen könnte. »Offensichtlich glaubt Eminenz Ifian, wenn sie genügend Unterstützung mobilisieren kann, würde sich der Druck auf Stationsverwalterin Celar erhöhen, die Pläne für die Instandsetzung des Untergartens zu ändern. Und sie beabsichtigt, die Tatsache auszunutzen, dass die Stationsverwalterin auf einen Wurf verzichtet hat, bevor sie die Anweisung zur Fortsetzung der Arbeit gab.«

»Aber hier geht es eigentlich gar nicht um Stationsverwalterin Celar oder auch nur den Untergarten, nicht wahr?« Basnaaids Position als Gartenverwalterin hatte theoretisch nicht viel mit Politik zu tun. Theoretisch. »Es ist gegen Sie gerichtet, Flottenkapitänin. Sie möchte Ihren Einfluss auf die Stationsverwaltung verringern, und sie hätte wahrscheinlich auch nichts dagegen, wenn alle Bewohnerinnen des Untergartens auf den Planeten umgesiedelt würden.«

»Auch zuvor war es ihr gleichgültig, ob sie hier sind oder nicht«, gab ich zu bedenken.

»Sie waren zuvor nicht hier. Und ich vermute, dass es nicht nur darum geht, dass Eminenz Ifian sich fragt, wie Ihre Pläne aussehen, sobald Sie das Kommando über den Bodensatz der Athoek-Station übernommen haben, und denkt, es könnte das Beste sein, wenn Sie niemals die Gelegenheit erhalten, diese Frage beantworten zu müssen.«

»Ihre Schwester hätte es verstanden.«

Sie zeigte wieder dieses ermüdete Lächeln. »Ja. Aber warum jetzt? Nicht Sie, meine ich, sondern die Eminenz. Jetzt ist kaum der richtige Zeitpunkt für politische Spiele, während die Station überfüllt ist, während Schiffe im System festsitzen, während Tore zerstört oder auf Anweisung geschlossen sind und während niemand so richtig weiß, warum all das geschieht.« Basnaaid wusste es inzwischen. Doch Systemgouverneurin Giarod hatte sich geweigert, auch nur in Betracht zu ziehen, die Informationen allgemein bekannt zu machen, dass Anaander Mianaai, seit dreitausend Jahren Herrin des Radchaai-Territoriums, geteilt war und gegen sich selbst Krieg führte. Wenn man nach den offiziellen Sendungen ging, die durch die weiterhin funktionsfähigen (doch für jeglichen Verkehr geschlossenen) Tore von Athoek hereinkamen, hatten die Gouverneurinnen benachbarter Systeme ähnliche Entscheidungen getroffen.

»Im Gegenteil«, erwiderte ich, ebenfalls mit einem kleinen Lächeln. »Jetzt ist die ideale Zeit für solche Spiele, wenn es jemand nur darum geht, dass die eigene Seite gewinnt. Und ich bezweifle nicht, dass Eminenz Ifian denkt, ich würde eine … politische Gegnerin von ihr unterstützen. Natürlich täuscht sie sich. Ich verfolge meine eigenen Ziele, die in keinem Zusammenhang mit jenen dieser Person stehen.« Ich sah nur wenig Unterschiede zwischen den Teilen von Anaander Mianaai. »Fehlerhafte Annahmen führen zu fehlerhaften Handlungen.« Es war ein besonderes Problem für die Fraktion, die meiner Überzeugung nach von Eminenz Ifian unterstützt wurde – sie war unfähig oder nicht bereit zu-

zugeben, dass das Problem bei ihr selbst lag. Dieser Teil von Anaander versuchte ihren Unterstützerinnen einzureden, dass ihre Aufspaltung auf äußere Einflüsse zurückzuführen war. Insbesondere durch die Einmischung der Presger.

»Gut. Es gefällt mir nicht, dass sie versucht, die Rückkehr der Leute in ihre Wohnungen zu verzögern. Wenn die Familien, die ursprünglich dort leben sollten, unbedingt in den Untergarten zurückkehren wollten, hätten sie schon vor langer Zeit auf eine Instandsetzung drängen können.«

»In der Tat«, bestätigte ich. »Und zweifellos empfinden es noch etliche andere Leute genauso.«

Und für Seivarden und Ekalu, die sich immer noch an Bord der *Gnade der Kalr* befanden, war genug Zeit, sich zu streiten.

Sie lagen nebeneinander in Seivardens Koje – dicht aneinandergedrängt, da es recht eng war. Ekalu war verärgert – und verängstigt, mit beschleunigter Herzschlagfrequenz. Seivarden, die zwischen Ekalu und der Wand lag, war vorübergehend reglos vor Verwirrung und Verletzung. »Das war ein Kompliment!«, beteuerte Seivarden.

»So wie *provinziell* eine Beleidigung ist. Aber was bin *ich*?« Die immer noch schockierte Seivarden antwortete nicht. »Jedes Mal, wenn Sie dieses Wort benutzen, *provinziell*, jedes Mal, wenn Sie eine Bemerkung über den Akzent oder das *unkultivierte* Vokabular einer Person von geringerer Herkunft machen, erinnern Sie mich daran, dass *ich* provinziell bin, dass *ich* von geringer Herkunft bin. Dass mein Akzent und mein Vokabular harte Arbeit für mich sind. Wenn Sie über Ihre Amaats lachen, weil sie ihre Teeblätter spülen, erinnern Sie mich daran, dass billige Teewürfel für mich nach *zu Hause* schmecken. Und wenn Sie Dinge zu mir sagen, die als *Kompliment* gemeint sind, sagen Sie mir damit, dass ich anders bin, erinnern Sie mich daran, dass ich nicht hierher gehöre. Es sind immer nur kleine Dinge, aber Sie sagen es *jeden Tag*.«

Seivarden wäre zurückgewichen, aber sie drückte sich bereits fest gegen die Wand, und auch Ekalu hatte keinen Platz, von ihr abzurücken, ohne das Bett ganz zu verlassen. »Darüber haben Sie bislang nie etwas gesagt.« Weil sie die war, die sie war, die Tochter eines alten und einstmals nahezu unvorstellbar prestigeträchtigen Hauses, geboren eintausend Jahre vor Ekalu oder irgendeiner anderen in diesem Schiff, mich ausgenommen, hatte selbst ihre empörte Fassungslosigkeit einen mühelosen aristokratischen Klang. »Wenn es so schlimm ist, warum haben Sie es bis jetzt nie erwähnt?«

»Wie soll ich Ihnen sagen, was ich empfinde?«, gab Ekalu zurück. »Wie kann ich mich beklagen? Sie haben einen höheren Rang als ich. Sie stehen der Flottenkapitänin sehr nahe. Welche Chancen habe ich, wenn ich mich beklage? Und wohin soll ich anschließend gehen? Ich kann nicht einmal zur Amaat-Dekade zurückkehren, selbst *dorthin* gehöre ich nicht mehr. Ich kann nicht nach Hause gehen, selbst wenn ich eine Reisegenehmigung bekomme. Was soll ich tun?«

Seivarden war jetzt wahrlich erzürnt und verletzt und stemmte sich auf einem Ellbogen hoch. »So schlimm ist es? Und ich bin eine so schreckliche Person, weil ich

Ihnen Komplimente mache, weil ich Sie mag. Weil ich ...«
Sie gestikulierte, deutete auf das zerwühlte Bett, auf sie beide, die nackt nebeneinander lagen.

Ekalu bewegte sich, setzte sich auf. Stellte die Füße auf den Boden. »Sie hören mir gar nicht zu.«

»Oh doch, ich höre Ihnen zu!«

»Nein«, entgegnete Ekalu und stand auf, nahm ihre Uniformhose von einem Stuhl. »Sie tun genau das, was ich befürchtet hatte.«

Seivarden öffnete den Mund, um etwas Wütendes und Verbittertes zu sagen. Das Schiff sprach ihr ins Ohr: »Leutnantin. Bitte tun Sie es nicht.«

Es schien keine unmittelbare Wirkung zu zeigen, also sagte ich lautlos: »Seivarden.«

»Aber ...«, begann Seivarden, auch wenn ich nicht sagen konnte, ob es eine Antwort auf das Schiff, auf mich oder auf Ekalu war.

»Ich habe noch zu tun«, sagte Ekalu in ruhigem Tonfall, obwohl sie ängstlich und verletzt war. Sie zog ihre Handschuhe an, nahm ihr Hemd, ihre Jacke und ihre Stiefel und ging zur Tür hinaus.

Seivarden hatte sich inzwischen ganz aufgesetzt. »Bei Aatrs verfickten *Titten*!«, rief sie und schlug mit der bloßen Faust gegen die Wand neben ihr. Und schrie erneut auf, diesmal jedoch vor körperlichem Schmerz. Ihre Faust war ungeschützt, und die Wand war hart.

»Leutnantin«, sagte das Schiff ihr ins Ohr, »Sie sollten die Krankenstation aufsuchen.«

»Sie ist gebrochen«, sagte Seivarden, als sie wieder sprechen konnte, über ihre verletzte Hand gebeugt. »Ja, ich weiß sogar, welcher verdammte Knochen es ist.«

»Zwei, um genau zu sein«, erwiderte die *Gnade der Kalr*. »Der vierte und fünfte Mittelhandknochen. Ist Ihnen so etwas schon einmal passiert?« Die Tür ging auf, und Amaat Sieben trat ein, das Gesicht ausdruckslos wie das einer Hilfseinheit. Sie nahm Seivardens Uniform vom Stuhl.

»Einmal«, antwortete Seivarden. »Vor einiger Zeit.«

»Als Sie das letzte Mal versuchten, mit dem Kef aufzuhören?«, riet das Schiff. Zum Glück sprach es nur in Seivardens Ohr, sodass Amaat Sieben es nicht hören konnte. Die Besatzung kannte Seivardens Geschichte zum Teil – dass sie einst wohlhabend und privilegiert gewesen war, dass sie die Kapitänin ihres eigenen Schiffs gewesen war, bevor dieses Schiff zerstört worden war und sie tausend Jahre in einer Suspensionskapsel verbracht hatte. Was die Leute nicht wussten, war, dass sie nach dem Aufwachen festgestellt hatte, dass ihr Haus nicht mehr existierte, sie selbst arm und bedeutungslos geworden war und ihr nichts mehr geblieben war außer ihrem aristokratischen Aussehen und Akzent. Sie war aus dem Territorium der Radch geflohen und von Kef abhängig geworden. Ich hatte sie auf einem Hinterwäldlerplaneten gefunden, nackt, blutig, halbtot. Seitdem hatte sie kein Kef mehr genommen.

Wäre Seivardens Hand nicht gebrochen gewesen, hätte sie vermutlich noch einmal zugeschlagen. Der Impuls dazu bewegte Muskeln in ihrem Arm und ihrer Hand und löste neuen Schmerz aus. Ihre Augen füllten sich mit Tränen.

Amaat Sieben schüttelte Seivardens Uniformhose aus. »Herrin«, sagte sie, weiterhin leidenschaftslos.

»Wenn Sie so große Schwierigkeiten haben, mit Ihren Emotionen zurechtzukommen«, sagte das Schiff lautlos in Seivardens Ohr, »empfehle ich Ihnen eindringlich, mit der Bordärztin darüber zu reden.«

»Fick dich«, sagte Seivarden, aber sie ließ sich von Amaat Sieben ankleiden und zur Krankenstation führen. Wo die Bordärztin ihre Hand mit einem Korrektiv versorgte, ohne dass sie irgendetwas über ihren Streit mit Leutnantin Ekalu oder ihre emotionale Krise oder ihre Kef-Abhängigkeit sagte.

Ich fand auch Zeit für einen Austausch von Nachrichten zwischen mir und Flottenkapitänin Uemi, die sich ein Tor weiter im benachbarten Hrad-System aufhielt. »Grüße an Flottenkapitänin Breq«, sendete Flottenkapitänin Uemi, »und ich würde mich freuen, Ihre Berichte an den Omaugh-Palast weiterleiten zu dürfen.« Eine behutsame, diplomatische Erinnerung daran, dass ich keine solchen Berichte geschickt hatte, nicht einmal eine Meldung, dass ich Athoek erreicht hatte. Uemi schickte mir Nachrichten – die Omaugh-Anaander glaubte, den Omaugh-Palast fest genug im Griff zu haben, um damit beginnen zu können, mehr Schiffe zu anderen Systemen in der Provinz zu schicken. Es gab Gerüchte, dass der Verkehr über die Intersystemtore der Provinz wieder zugelassen werden sollte, sagte Uemi, doch sie glaubte nicht, dass es schon wieder sicher genug war.

Die Provinzpaläste, die am weitesten von Omaugh entfernt waren (wo dieser Konflikt erstmals offen ausgebrochen war), waren vor Wochen verstummt und schweigen weiterhin. Aus dem Tstur-Palast waren keine Nachrichten mehr gekommen, seit er gefallen war. Die Gouverneurinnen der abgelegenen Systeme der Provinz Tstur standen kurz vor einer Panik. Ihre Systeme, vor allem jene ohne bewohnbare Planeten, benötigten dringend die Ressourcen, die nun nicht mehr durch die Intersystemtore kamen. Normalerweise hätten sie benachbarte Systeme um Hilfe bitten können, doch diese Nachbarn befanden sich in der Provinz Omaugh, wo Gerüchten zufolge eine andere Anaander das Sagen hatte. Außerdem hieß es in den Gerüchten, dass Gouverneurinnen von Systemen, die näher am Tstur-Palast lagen und die als unzureichend loyal gegenüber Tstur eingeschätzt wurden, exekutiert worden waren.

Und die ganze Zeit machten die offiziellen Nachrichtenkanäle weiter, wie sie es schon immer getan hatten, eine stetige Parade lokaler Ereignisse, Diskussionen über belanglosen lokalen Tratsch, Aufzeichnungen öffentlicher Unterhaltungsprogramme, gelegentlich durchsetzt von offiziellen Versicherungen, dass diese Unannehmlichkeiten, diese kurzen Störungen bald vorüber sein würden. Dass sie in diesem Moment behoben wurden.

»Ich befürchte«, sendete Flottenkapitänin Uemi im Anschluss an all diese Dinge, »dass einige der erst vor Kurzem annektierten Systeme versuchen könnten, sich abzuspalten. Vor allem Shis'urna oder Valskaay. Es wäre eine blutige Angelegenheit, wenn sie es tun. Haben Sie vielleicht schon irgendetwas gehört?« Ich hatte mich bereits in beiden Systemen aufgehalten, hatte an beiden Annexionen teilgenommen. Und eine kleine Bevölkerungsgruppe von Valskaayanerinnen lebte auf Athoek und könnte durchaus an dieser Frage interessiert sein. »Es wäre wirklich besser für alle, wenn sie nicht rebellieren würden«, schloss Flottenkapitänin Uemi ihre Nachricht. »Ich bin mir sicher, dass Sie sich dessen bewusst sind.«

Und ich war mir sicher, dass sie wollte, dass ich genau das an meine Kontakte weitergab, die ich möglicherweise in diesen Systemen hatte. »Meinen herzlichen Dank an Flottenkapitänin Uemi für ihre Grüße«, antwortete ich. »Derzeit bin ich mit keinen anderen Systemen als Athoek beschäftigt. Ich übermittle lokale Nachrichten und meine offiziellen Berichte, verbunden mit dem Dank an die Flottenkapitänin für ihr Angebot, sie an die zuständigen Stellen weiterzuleiten.« Dem fügte ich ein Paket mit sämtlichen offiziellen Nachrichten einer Woche hinzu, die ich auftreiben konnte, einschließlich der Ergebnisse von fünfundsiebzig regionalen Radieschenzuchtwettbewerben auf dem Planeten, die erst an diesem Morgen verkündet worden waren, die ich als besonders beachtenswürdig kennzeichnete. Außerdem meine eigenen Routineberichte und Statusmeldungen, in denen jede Zeile mit exakt denselben zwei Worten ausgefüllt waren: *Leckt mich!*

Am nächsten Nachmittag stand Gouverneurin Giarod neben mir an einer Luke im Dock. Der Boden und die Wände grau, schmutziger, als mir lieb war. Andererseits war ich die meiste Zeit meines Lebens in puncto Sauberkeit militärische Standards gewohnt gewesen. Die Systemgouverneurin wirkte ruhig, aber während der Zeit, die der Presger-Kurier gebraucht hatte, um vom Geistertor zur Athoek-Station zu gelangen, hatte sie jede Menge Gelegenheit gehabt, sich Sorgen zu machen. Vielleicht war sie jetzt sogar noch viel besorgter, während wir darauf warteten, dass der Druckunterschied zwischen der Station und dem Presger-Schiff ausgeglichen wurde. Nur wir beide waren anwesend, sonst niemand, nicht einmal meine Soldatinnen, auch wenn Kalr Fünf äußerlich leidenschaftslos, innerlich unruhig im Korridor außerhalb des Hangars stand.

»Sind die Presger die ganze Zeit im Geistersystem gewesen?« Es war das dritte Mal in genauso vielen Tagen, dass sie diese Frage stellte. »Haben Sie sie nach dem Namen ihres Schiffs gefragt? Er lautet *Sphen*, nicht wahr?« Sie runzelte die Stirn. »Was für ein Name ist das? Hatten Notai-Schiffe nicht für gewöhnlich längere Namen? Wie *Unabwendbare Vorherrschaft des sich entfaltenden Geistes* oder *Das Endliche enthält das Unendliche innerhalb des Endlichen*?«

Diese beiden Schiffsnamen waren fiktiv, stammten aus mehr oder weniger berühmten melodramatischen Unterhaltungsprogrammen. »Notai-Schiffe wurden entsprechend ihrer Klasse benannt«, sagte ich. »Die *Sphen* ist ein Schiff der *Juwelen*-Klasse.« Von denen keines genügend Berühmtheit erlangt hatte, um als Inspiration für eine Abenteuerserie zu dienen. »Und sie wollte nicht verraten, was sich außer diesem Schiff noch im Geistersystem befinden könnte oder nicht.« Ich hatte danach gefragt und nur einen kalt starrenden Blick als Antwort erhalten. »Aber ich glaube nicht, dass dieser Kurier von dort kam. Oder falls doch, war das Schiff nur dort, um das Geistertor benutzen zu können.«

»Wären uns vergangene Woche all diese … Unannehmlichkeiten erspart geblieben, hätten wir vielleicht die *Schwert der Atagaris* danach fragen können.«

»Das hätten wir«, sagte ich. »Aber wir hätten guten Grund gehabt, ihrer Antwort nicht zu vertrauen.« Genau genommen galt für die *Sphen* dasselbe, aber ich wies nicht ausdrücklich darauf hin.

Gouverneurin Giarod schwieg für einen Moment, dann sagte sie: »Haben die Presger das Abkommen gebrochen?« Das war eine neue Frage. Vermutlich hatte sie sie die ganze Zeit zurückgehalten.

»Weil sie ein Tor auf unserem Territorium benutzt haben müssen, um das Geistersystem zu erreichen, meinen Sie? Das bezweifle ich. Bei der Ankunft zitierten sie das Abkommen, wie Sie sich vielleicht erinnern.« Dieses winzige Schiff machte nicht den Eindruck, als wäre es in der Lage, ein eigenes Intersystemtor zu generieren, aber die Presger hatten uns schon mehrmals überrascht.

Das Schott klickte und knackte, dann schwang es auf. Gouverneurin Giarod versteifte sich, als sie offenbar versuchte, eine noch geradere Haltung als zuvor einzunehmen. Die Person, die gebückt durch die offene Luke trat, sah völlig menschlich aus. Obwohl das nicht notwendigerweise bedeutete, dass sie es tatsächlich war. Sie war recht groß – in ihrem winzigen Schiff konnte es kaum genug Platz für sie gegeben haben, sich zu voller Länge auszustrecken. Auf den ersten Blick hätte sie eine gewöhnliche Radchaai sein können. Dunkles, langes Haar, ganz einfach hinter dem Kopf zusammengebunden. Braune Haut, dunkle Augen, alles recht unscheinbar. Sie trug das Weiß des Übersetzungsbüros – weißer Mantel und Handschuhe, weiße Hose und Stiefel. Tadellos sauber. Frisch und unzerknittert, obwohl es bei so wenig Platz kaum möglich gewesen sein konnte, die Kleidung zu wechseln, ganz zu schweigen davon, sich so ordentlich anzuziehen. Aber keine einzige Nadel und kein sonstiger Schmuck auf dem strahlenden Weiß.

Sie blinzelte zweimal, als müsste sie sich an das Licht gewöhnen, sah mich und Gouverneurin Giarod an und runzelte ganz leicht die Stirn. Gouverneurin Giarod verbeugte sich und sagte: »Übersetzerin. Willkommen in der Athoek-Station. Ich bin Systemgouverneurin Giarod, und das« – sie deutete auf mich – »ist Flottenkapitänin Breq.«

Das kaum wahrnehmbare Stirnrunzeln der Übersetzerin verschwand, und sie verbeugte sich ebenfalls. »Gouverneurin. Flottenkapitänin. Es ist mir eine Ehre und ein Vergnügen, Ihre Bekanntschaft zu machen. Ich bin die Presger-Übersetzerin Dlique.«

Die Gouverneurin war sehr gut darin, den Eindruck zu erwecken, sie wäre völlig ruhig. Sie holte Luft, um zu sprechen, sagte jedoch nichts. Sie dachte zweifellos an Übersetzerin Dlique, deren Leiche immer noch in Suspension in der Krankenstation aufbewahrt wurde. Deren Tod wir nun würden erklären müssen.

Diese Erklärung würde offensichtlich noch schwieriger ausfallen, als wir gedacht hatten. Aber vielleicht konnte ich zumindest einen Teil davon etwas leichter machen. Bei meinem ersten Treffen mit Übersetzerin Dlique hatte ich sie gefragt, wer sie war, worauf sie geantwortet hatte: *Ich habe eben gesagt, ich sei Dlique, aber vielleicht bin ich es doch nicht, vielleicht bin ich Zeiat.* »Ich bitte Sie vielmals um Verzeihung, Übersetzerin«, sagte ich, bevor Gouverneurin Giarod ein zweites Mal zum Sprechen ansetzen konnte, »aber ich glaube, dass Sie vielmehr Presger-Übersetzerin Zeiat sind.«

Die Übersetzerin runzelte die Stirn, diesmal ernsthaft. »Nein. Nein, das glaube ich nicht. Sie sagten mir, ich sei Dlique. Und sie machen keine Fehler, wissen Sie? Wenn Sie glauben, es wäre so, liegt es daran, dass Sie es auf die falsche Weise betrachten. Zumindest sagen sie das.« Sie seufzte. »Sie sagen alle möglichen Dinge. Aber *Sie* sagen, ich wäre Zeiat und nicht Dlique. Das würden Sie nicht sagen, wenn Sie keinen Grund dafür hätten.« Sie schien nur ein klein wenig an diesem Punkt zu zweifeln.

»Dessen bin ich mir ziemlich sicher«, erwiderte ich.

»Nun gut«, sagte sie, und ihr Stirnrunzeln verstärkte sich für einen Moment, um dann wieder zu verschwinden. »Wenn Sie sich *sicher* sind. Sind Sie sich sicher?«

»Ziemlich sicher, Übersetzerin.«

»Dann versuchen wir es noch einmal.« Sie zuckte mit den Schultern, als wollte sie den Sitz ihres tadellosen, perfekten Mantels zurechtrücken, und verbeugte sich erneut. »Gouverneurin. Flottenkapitänin. Es ist mir eine Ehre, Ihre Bekanntschaft zu machen. Ich bin die Presger-Übersetzerin Zeiat. Und es ist mir *sehr* unangenehm, aber jetzt muss ich Sie wirklich fragen, was mit Übersetzerin Dlique geschehen ist.«

Ich sah Gouverneurin Giarod an. Sie war erstarrt, und für einen Moment hatte sie sogar das Atmen eingestellt. Dann reckte sie die breiten Schultern und sagte ruhig, als hätte sie nicht kurz vor einer Panik gestanden: »Übersetzerin, es tut uns furchtbar leid. Wir müssen Ihnen eine Erklärung und eine umfassende Entschuldigung abliefern.«

»Sie hat sich in Schwierigkeiten gebracht, die zu ihrem Tod führten, nicht wahr?«, sagte Übersetzerin Zeiat. »Lassen Sie mich raten. Sie langweilte sich und ging irgendwohin, obwohl Sie ihr sagten, dass sie nicht dorthin gehen sollte.«

»Mehr oder weniger, Übersetzerin«, räumte ich ein.

Übersetzerin Zeiat stieß einen verzweifelten Seufzer aus. »Das sieht ihr ähnlich. Ich bin so froh, dass ich nicht Dlique bin. Wussten Sie, dass sie einmal ihre Schwester zerstückelt hat? Ihr war langweilig, sagte sie, und sie wollte wissen, was dann passieren würde. Also, was hat sie erwartet? Und ihre Schwester war seitdem nicht mehr dieselbe.«

»Oh«, sagte Gouverneurin Giarod. Wahrscheinlich war sie zu mehr nicht imstande.

»Übersetzerin Dlique erwähnte es«, sagte ich.

Übersetzerin Zeiat schnaufte verächtlich. »Das kann ich mir vorstellen.« Und nach einer kurzen Pause fügte sie hinzu: »Sind Sie sich sicher, dass es Dlique war? Vielleicht liegt irgendein Irrtum vor. Vielleicht war es eine andere Person, die gestorben ist.«

»Ich bitte Sie vielmals um Verzeihung, Übersetzerin«, entgegnete Gouverneurin Giarod, »doch als sie eintraf, stellte sie sich als Übersetzerin Dlique vor.«

»Genau das ist der Punkt«, erwiderte Übersetzerin Zeiat. »Dlique ist genau die Person, die irgendetwas sagen würde, das ihr gerade in den Sinn kommt. Vor allem, wenn sie glaubt, es könnte interessant oder amüsant sein. Man kann sich wirklich nicht darauf verlassen, dass sie die Wahrheit sagt.«

Ich wartete, dass Gouverneurin Giarod darauf antwortete, aber sie schien wieder wie gelähmt zu sein. Vielleicht vom Versuch, die offenkundige Schlussfolgerung aus Übersetzerin Zeiats Aussage zu ziehen.

»Übersetzerin«, sagte ich, »wollen Sie damit andeuten, dass Übersetzerin Dlique, da sie nicht völlig vertrauenswürdig ist, gelogen haben könnte, als sie uns erklärte, sie sei Übersetzerin Dlique?«

»Nichts wäre wahrscheinlicher«, erwiderte Zeiat. »Jetzt verstehen Sie vielleicht, warum ich lieber Zeiat als Dlique wäre. Ihr Sinn für Humor gefällt mir nicht besonders, und ich will sie *auf gar keinen Fall* ermutigen. Aber im Moment wäre ich viel lieber Zeiat als Dlique, also denke ich, dass wir ihr diesmal einfach ihren Spaß gönnen können. Gibt es irgendetwas, Sie wissen schon …« Sie gestikulierte Zweifel. »Das noch *übrig* ist? Von ihrem Körper, meine ich.«

»Wir haben die Leiche in eine Suspensionskapsel gelegt, so schnell wir konnten, Übersetzerin«, sagte Gouverneurin Giarod, die sich alle Mühe gab, ihr Entsetzen aus ihrer Mimik und ihrem Tonfall fernzuhalten. »Und … wir wussten nicht, welche … welche Rituale angemessen gewesen wären. Wir hielten eine Trauerzeremonie ab …«

Übersetzerin Zeiat legte den Kopf schief und sah die Gouverneurin sehr eindringlich an. »Das war sehr zuvorkommend von Ihnen, Gouverneurin.« Sie sagte es, als wäre sie sich nicht ganz sicher, ob es tatsächlich zuvorkommend war.

Die Gouverneurin griff in ihre Jacke und zog eine Nadel aus Silber und Opal hervor. Hielt sie Übersetzerin Zeiat hin. »Selbstverständlich haben wir Gedenknadeln anfertigen lassen.«

Übersetzerin Zeiat nahm die Nadel entgegen und musterte sie. Blickte wieder zu Gouverneurin Giarod und dann zu mir auf. »So etwas habe ich noch nie zuvor bekommen!

Und schauen Sie, sie passt zu Ihrer.« Wir beide trugen seit der Trauerzeremonie für Übersetzerin Dlique solche Nadeln. »Sie sind nicht mit Dlique verwandt, nicht wahr?«

»Wir haben die Familie der Übersetzerin bei der Trauerzeremonie vertreten«, erklärte Gouverneurin Giarod. »Um der Gebührlichkeit willen.«

»Ach, die Gebührlichkeit.« Als würde das alles erklären. »Natürlich. Nun, es ist mehr, als ich getan hätte, das kann ich Ihnen sagen. Also. Dann wäre ja alles geklärt.«

»Übersetzerin«, sagte ich, »darf man sich auf gebührliche Weise nach dem Anlass Ihres Besuchs erkundigen?«

Gouverneurin Giarod fügte hastig hinzu: »Wir sind natürlich erfreut, dass Sie uns die Ehre erweisen.« Mit einem kurzen Blick in meine Richtung, das Höchste an Beanstandung, die sie sich in der derzeitigen Situation bezüglich der Direktheit meiner Frage erlauben konnte.

»Der Anlass meines Besuchs?«, fragte Zeiat, die für einen kurzen Moment verdutzt zu sein schien. »Nun ja, das ist schwer zu sagen. Man sagte mir, ich wäre Dlique, wie Sie sich erinnern, und mit Dlique ist es so – abgesehen von der Tatsache, dass man ihr kein Wort glauben kann –, dass ihr schnell langweilig wird und sie wirklich viel zu neugierig ist. Und das auf die allerunangemessenste Weise. Ich bin mir ziemlich sicher, dass sie hierherkam, weil ihr langweilig war und sie sehen wollte, was passieren würde. Aber da Sie mir sagen, ich sei Zeiat, vermute ich, dass *ich* hier bin, weil es in diesem Schiff wirklich furchtbar eng ist und ich mich schon viel zu lange darin aufgehalten habe. Ich würde sehr gern wieder ein wenig herumgehen und mich ausstrecken können und vielleicht auch eine anständige Mahlzeit zu mir nehmen.« Ein Moment des Zweifels. »Sie nehmen doch Mahlzeiten zu sich, oder?«

Das war genau die Art von Frage, die ich auch von Übersetzerin Dlique erwartet hätte. Und vielleicht hatte sie sie sogar gestellt, als sie hier eintraf, denn Gouverneurin Giarod erwiderte völlig ruhig: »Ja, Übersetzerin.« Fühlte sich für einen Moment auf festerem Boden, wie es schien. »Würden Sie gern jetzt gleich etwas essen?«

»Ja, bitte, Gouverneurin!«

Bevor Übersetzerin Zeiat eingetroffen war, hatte Gouverneurin Giarod die Absicht, sie durch einen Hintereingang in die Residenz der Gouverneurin zu bringen, durch einen Zugangstunnel. Vor dem Waffenstillstandsabkommen hatten die Presger ohne nachvollziehbaren Grund menschliche Schiffe und Stationen – und die Menschen darin – in Stücke gerissen. Kein Versuch, sie zu bekämpfen, sich gegen sie zu wehren, hatte Erfolg gezeigt. Bis zur Ankunft der Presger-Übersetzerinnen war es keinem Menschen gelungen, irgendwie mit ihnen zu kommunizieren. Alle, die den Presger nahe kamen, starben einfach, oftmals langsam und auf grauenvolle Weise. Das Abkommen hatte dem ein Ende gesetzt, aber die Menschen hatten weiterhin Angst vor den Presger, und das aus gutem Grund, und da ich darauf bestanden hatte, Übersetzerin Dliques Tod nicht zu verheimlichen, hatten die Menschen guten Grund, sich nun wegen des Eintreffens der Presger Sorgen zu machen.

Ich hatte darauf hingewiesen, dass es kein gutes Ende nehmen würde, die Anwesenheit von Übersetzerin Dlique geheim zu halten. Dass sich eine Presger-Übersetzerin wahrscheinlich unter gar keinen Umständen erfolgreich verbergen oder einschließen ließ. Obwohl die meisten Bewohnerinnen der Station zweifellos Angst vor den Presger hatten und sich wegen der Ankunft der Übersetzerin Sorgen machten, würde sie vermutlich menschlich genug und ungefährlich aussehen, sodass ihr Anblick vielleicht sogar beruhigend wirken könnte. Gouverneurin Giarod hatte sich schließlich einverstanden erklärt, also nahmen wir den Lift zur Hauptpromenade. Nach dem Zeitplan der Station war es Vormittag, und zahlreiche Bürgerinnen waren unterwegs oder unterhielten sich in Gruppen. Genauso wie jeden Tag, mit zwei Ausnahmen: Die Priesterinnen, die in vier Reihen vor dem Eingang zum Tempel der Amaat saßen – Eminenz Ifian hockte in der Mitte der vordersten Reihe auf dem schäbigen Boden –, und eine lange Schlange von Bürgerinnen, die sich vom Eingang der Stationsverwaltung fast über die ganze Hauptpromenade zog.

»Nun«, bemerkte ich leise zu Gouverneurin Giarod, die den Lift verlassen hatte und nach drei Schritten abrupt stehen geblieben war, »Sie haben der Station gesagt, dass Ihre Assistentin mit allem zurechtkommen würde, was sich ereignet, während Sie mit der Übersetzerin beschäftigt sind.« Die genauso wie die Gouverneurin und ich stehen geblieben war und neugierig und ungeniert auf die Leute blickte, auf die Fenster im zweiten Stock, auf die riesigen Reliefs der vier Emanationen an der Fassade des Tempels der Amaat.

Ich konnte mir denken, was Eminenz Ifian damit bezweckte. Eine schnelle, lautlose Anfrage bei der Station bestätigte es. Die Priesterinnen der Amaat streikten. Ifian hatte bekanntgegeben, dass sie auf den Wurf des heutigen Tages verzichten würde, weil klar geworden war, dass die Stationsverwaltung nicht auf die Botschaften hören wollte, die Amaat von sich gab. Und während die Priesterinnen vor dem Tempel saßen, konnten auch keine Klientinnenverträge geschlossen werden, keine Geburten oder Todesfälle registriert werden, keine Bestattungen durchgeführt werden. Unwillkürlich bewunderte ich die Strategie – grundsätzlich konnten die meisten Trauerfeiern, die traditionell von einer Priesterin der Amaat geleitet wurde, auch von jeder anderen Bürgerin übernommen werden. Auch die Dokumentation eines Klientinnenvertrags war unter normalen Umständen weniger wichtig als die eigentliche Geschäftsbeziehung und ließ sich problemlos später nachholen. Und man konnte einwenden, dass in einer Station mit einer KI keine Geburt und kein Todesfall unbemerkt oder unregistriert bleiben würde. Doch all das waren Angelegenheiten, die den meisten Bürgerinnen sehr viel bedeuteten. Es war keine ausgesprochen radchaaianische Form eines Bürgerinnenprotests, aber die Eminenz konnte sich am Beispiel der streikenden Feldarbeiterinnen auf dem Planeten orientieren. Die ich öffentlich unterstützt hatte, sodass ich mich nicht offen gegen die Arbeitsniederlegung der Priesterinnen stellen konnte, ohne mich als Heuchlerin zu offenbaren.

Und was die lange Schlange von Bürgerinnen vor der Stationsverwaltung betraf – es gab nicht viele Formen des großmaßstäblichen Protests, die für die meisten Bürgerinnen realistisch umzusetzen waren, aber eine davon bestand darin, Schlange zu stehen, wenn man es eigentlich gar nicht musste. Theoretisch musste keine Radchaai in einer Station wie Athoek jemals wegen irgendetwas in einer Schlange warten. Man musste nur einen Antrag stellen und erhielt daraufhin entweder einen Termin oder einen Platz in der Warteschlange und eine Benachrichtigung, wann man ungefähr an der Reihe sein würde. Und es war viel leichter für eine Beamte, entspannt auf eine Liste von Anfragen zu reagieren, die sich in neun von zehn Fällen auf den nächsten Tag verschieben ließen, als eine lange Reihe von Menschen zu ignorieren, die tatsächlich vor ihrer Tür standen.

Solche Ansammlungen begannen im Allgemeinen mehr oder weniger spontan, aber sobald sie eine gewisse Größe erreicht hatten, wurde es zu einer organisierteren Entscheidung, sich ihr anzuschließen. In diesem Fall war die Schwelle längst überschritten. Hellbraun uniformierte Sicherheitskräfte schlenderten die Reihe entlang, beobachteten, wechselten gelegentlich ein paar Worte. Nur damit alle wussten, dass sie da waren. Theoretisch konnte die Sicherheit den Leuten befehlen, sich zu zerstreuen. Doch das hätte zur Folge, dass sich gleich am folgenden Morgen eine neue Schlange bildete, genauso wie am Tag darauf und am übernächsten Tag. Oder es gab dann eine ähnliche Schlange vor dem Hauptquartier der Sicherheit. Es war besser, Ruhe zu bewahren und zuzulassen, dass die Schlange ihrer eigenen Dynamik folgte. Damit stellte sich die Frage, ob hier der Standpunkt von Eminenz Ifian unterstützt werden sollte oder ob es ein Protest dagegen war.

In jedem Fall mussten wir sowohl an der Schlange als auch an den sitzenden Priesterinnen vorbeigehen, um zur Residenz der Gouverneurin zu gelangen. Gouverneurin Giarod war recht gut darin, äußerlich keine Panik zu zeigen, aber nicht, wie ich festgestellt hatte, tatsächlich nicht in Panik zu geraten. Sie blickte zu Übersetzerin Zeiat auf. »Übersetzerin, welche Art von Mahlzeiten bevorzugen Sie?«

Die Übersetzerin wandte uns wieder ihre Aufmerksamkeit zu. »Ich wüsste nicht, dass ich jemals welche zu mir genommen hätte, Gouverneurin.« Dann ließ sie sich wieder ablenken. »Warum sitzen all die Leute dort drüben auf dem Boden?«

Ich konnte nicht sagen, ob Gouverneurin Giarod mehr über die Frage nach den streikenden Priesterinnen beunruhigt war oder wegen der Aussage, dass Übersetzerin Zeiat noch nie zuvor etwas gegessen hatte. »Ich bitte um Verzeihung, Übersetzerin: Sie hatten noch nie eine Mahlzeit?«

»Die Übersetzerin ist erst Zeiat, seit sie aus dem Shuttle gestiegen ist«, warf ich ein. »Sie hatte noch keine Zeit dazu. Übersetzerin, dass diese Priesterinnen vor dem Tempel sitzen, ist ein Ausdruck ihres Protests. Sie wollen die Stationsverwaltung unter Druck setzen, damit sie eine politische Entscheidung ändert, die ihnen nicht gefällt.«

»Wirklich?« Sie lächelte. »Ich hätte nicht gedacht, dass die Radchaai so etwas tun.«

»Und ich«, erwiderte ich, »hätte nicht gedacht, dass die Presger die Unterschiede zwischen einer Gruppe von Menschen und einer anderen verstehen.«

»Oh, nein, *sie* verstehen es nicht«, erklärte sie. »Aber ich tue es. Oder zumindest verstehe ich die *Idee* dahinter. Ganz abstrakt. Ich habe nur nicht allzu viel Erfahrung mit so etwas.«

Gouverneurin Giarod ging nicht darauf ein und sagte: »Übersetzerin, hier drüben gibt es eine sehr gute Teestube.« Sie gestikulierte seitwärts. »Ich bin mir sicher, dass man dort etwas Interessantes serviert.«

»Etwas Interessantes?«, meinte Übersetzerin Zeiat. »Interessant ist gut.« Dann entfernten sie und Gouverneurin Giarod sich über die Promenade, nicht zufällig fort vom Tempel und von der Stationsverwaltung.

Ich folgte ihnen, blieb dann jedoch stehen, als ich ein Signal von Kalr Fünf empfing, die immer noch hinter mir ging. Ich drehte mich um und sah, wie Bürgerin Uran über den abgewetzten weißen Boden auf mich zukam. »Flottenkapitänin«, sagte sie und verbeugte sich.

»Bürgerin. Sollten Sie nicht eigentlich Raswar lernen?«

»Meine Tutorin steht in der Schlange, Flottenkapitänin.«

Urans Tutorin war eine Ychana und hatte Verwandte, die im Untergarten lebten. Das beantwortete meine Frage, wogegen in der Schlange protestiert wurde. Darüber dachte ich einen Moment lang nach. »Ich habe keine Bewohnerinnen des Untergartens in der Schlange gesehen. Zumindest nicht aus dieser Entfernung.« Natürlich war es möglich, dass die Schlangestehenden ihre nicht radchaaianischen Hemden gegen konventionellere Radchaai-Jacken, -Hemden und -Handschuhe ausgetauscht hatten.

»Nein, Flottenkapitänin.« Uran neigte ganz leicht und nur für einen kurzen Moment den Kopf. Sie hatte den Blick senken wollen, ihn von meinem abwenden wollen, dem Drang jedoch widerstanden. »Es gibt eine Versammlung.« Sie war zu Delsig gewechselt, von dem sie wusste, dass ich es verstand. »Es beginnt soeben.«

»Wegen der Schlange?«, fragte ich in derselben Sprache. Sie machte eine winzige Geste der Bestätigung. »Und unser Haushalt wurde nicht eingeladen?« Ich verstand, warum niemand aus meinem Haushalt zum letzten Treffen eingeladen wurde, und konnte die Gründe nachvollziehen, warum es sinnvoll war, dass keine von uns an diesem teilnahm. Nichtsdestotrotz hatten wir im Untergarten gelebt, und es gefiel mir nicht allzu sehr, dass wir regelmäßig ausgeschlossen wurden. »Oder werden wir durch Sie vertreten?«

»Es ist … kompliziert.«

»Das ist es«, räumte ich ein. »Ich will niemanden einschüchtern oder irgendetwas vorschreiben, aber unser Quartier befindet sich im Untergarten.«

»Das verstehen die Leute größtenteils«, erwiderte Uran. »Es ist nur so …« Zögern. Echte Furcht, wie ich vermutete. »Sie sind eine Radchaai. Und Sie sind eine Soldatin. Und es könnte sein, dass Sie bessere Nachbarinnen bevorzugen.« Vielleicht wäre es mir lieber, wenn die Unterbringung im Untergarten neu organisiert wurde oder wenn die Ychana-Bewohnerinnen auf den Planeten verfrachtet wurden, ob sie es nun wollten oder nicht, um sie aus dem Weg zu schaffen. »Ich habe ihnen gesagt, dass Sie es nicht tun.«

»Aber sie haben keinen Grund, so etwas zu glauben.« Genauso wenig wie Uran. »Im Moment habe ich zu viel zu tun, um an der Versammlung teilzunehmen. Ich finde, Leutnantin Tisarwat sollte eingeladen werden.«

Sie schlief noch und würde mit einem Kater aufwachen. »Aber die Versammlung wird eine eigene Entscheidung treffen. Falls die Leutnantin eingeladen wird, sagen Sie ihr, dass ich möchte, dass sie lediglich zuhört. Sie soll schweigen, solange sie nicht ausdrücklich aufgefordert wird, sich zu äußern. Sagen Sie ihr, dass ich es befohlen habe.«

»Ja, Radchaai.«

»Und schlagen Sie der Versammlung vor, falls die Ychana sich der Schlange anschließen möchten, sollten sie sich auf allerbeste und geduldigste Weise benehmen und Handschuhe tragen.« Nur wenige Dinge waren für Radchaai beunruhigender und beschämender als Personen, die mit bloßen Händen in der Öffentlichkeit auftraten.

»Oh nein, Radchaai!«, rief Uran. »Wir denken keineswegs daran, uns in die Schlange einzureihen.« Natürlich bemerkte ich das *wir*, aber ich sagte nichts dazu. »Die Sicherheit ist schon nervös genug. Nein, wir überlegen, Tee und Essen an die wartenden Leute zu verteilen.« Sie biss sich auf die Lippe, nur für einen kurzen Moment. »Und an die Priesterinnen.« Sie zog leicht die Schultern hoch, als würde sie eine wütende Erwiderung oder einen Schlag erwarten.

Sie hatte den größten Teil ihres Lebens auf dem Planeten verbracht und in den Bergen von Athoek Tee gepflückt. Sie hatte Verwandte unter den streikenden Feldarbeiterinnen, die Eminenz Ifian sich zum Vorbild genommen hatte. Uran war persönlich in den damaligen Streik verwickelt gewesen, auch wenn sie seinerzeit noch sehr klein gewesen war und sich vermutlich gar nicht daran erinnerte. »Brauchen Sie dafür finanzielle

Mittel?«, fragte ich weiterhin auf Delsig. Sie riss die Augen auf. Mit einer solchen Reaktion hatte sie nicht gerechnet. »Lassen Sie es mich wissen, wenn Sie etwas benötigen. Und denken Sie daran, dass Gruppen von mehr als zwei oder drei Personen die Sicherheit unglücklich machen dürften.« Das mochte bereits bei zwei oder drei der Fall sein. »Ich werde versuchen, genügend Zeit zu finden, noch heute mit der Sicherheitschefin zu sprechen. Auch wenn ich sehr beschäftigt bin und es noch eine Weile dauern könnte.«

»Ja, Radchaai.« Sie verbeugte sich und machte Anstalten zu gehen, doch dann hielt sie plötzlich inne und riss die Augen auf. Hinter mir ein Aufschrei, ein Dutzend oder mehr Stimmen, die wütend und bestürzt brüllten. Ich drehte mich um.

Die Schlange, die sich gewunden durch die Hauptpromenade zog, war in der Mitte durch zwei Sicherheitskräfte auseinandergerissen worden; eine rang mit einer Bürgerin, die andere hatte ihren Lähmknüppel gehoben. Um sie herum hatten sich die übrigen Bürgerinnen auf sichere Entfernung zurückgezogen.

»Halt!«, rief ich. Meine Stimme hallte über die gesamte Promenade, und mein Tonfall musste jede Militärangehörige in unmittelbarer Nähe erstarren lassen. Nebenbei bemerkte ich, dass sich Fünf hinter mir anspannte. Doch die Sicherheit war nicht dem Militär unterstellt. Der Lähmknüppel fuhr nieder, und die Bürgerin schrie auf und brach zusammen.

»Halt!«, rief ich erneut, und diesmal drehten sich beide Sicherheitskräfte zu mir um, als ich auf sie zuschritt, gefolgt von Fünf.

»Bei allem Respekt, Flottenkapitänin«, sagte die Sicherheitsmitarbeiterin, die immer noch den Lähmknüppel in der Hand hielt. Die geschlagene Bürgerin lag am Boden und gab ein keuchendes Stöhnen von sich. Es war Urans Raswar-Tutorin. Aus der Ferne hatte ich sie nicht erkannt. »Für solche Angelegenheiten sind Sie nicht zuständig.«

»Station«, sagte ich laut, »was ist geschehen?«

Es war die Sicherheitskraft, die neben Urans Tutorin am Boden kniete, die antwortete. »Die Sicherheitschefin hat angeordnet, dass wir die Schlange auflösen, Flottenkapitänin. Diese Person weigerte sich zu gehen.«

Diese Person. Nicht *diese Bürgerin.* »Die Schlange auflösen?«, fragte ich nach und ließ meine Stimme so ruhig und gleichmäßig wie möglich klingen, ohne in die Ausdruckslosigkeit einer Hilfseinheit zu verfallen. Urans Tutorin lag immer noch keuchend am Boden. »Warum?« Lautlos sagte ich: »Station, bitte schicken sie eine Ärztin.«

»Sie ist bereits unterwegs, Flottenkapitänin«, sagte die Station in mein Ohr.

Gleichzeitig sagte die kniende Sicherheitskraft: »Ich habe nur meine Anweisungen befolgt, Flottenkapitänin.«

Ich erwiderte: »Ich werde *unverzüglich* mit der Sicherheitschefin reden.«

Bevor irgendeine der Sicherheitskräfte reagieren konnte, ertönte hinter mir die Stimme von Sicherheitschefin Lusulun. »Flottenkapitänin!«

Ich drehte mich. »Warum haben Sie befohlen, die Schlange aufzulösen?«, erkundigte ich mich ohne höfliche Vorrede. »Alles kam mir absolut friedlich vor, und eine Schlange löst sich für gewöhnlich irgendwann von selbst auf.«

»Jetzt ist kein guter Zeitpunkt für öffentliche Unruhen, Flottenkapitänin.« Lusulun schien aufrichtig über meine Frage verdutzt zu sein, als wäre die Antwort völlig offensichtlich. »Jetzt mag noch alles friedlich sein, aber was ist, wenn sich die Ychana aus dem Untergarten anschließen?« Ich dachte für einen Moment nach, wie ich darauf antworten könnte. Doch ich sagte nichts, und Lusulun fuhr fort: »Ich hatte in der Tat beabsichtigt, mit Ihnen zu reden. Wenn etwas Derartiges geschehen sollte, wäre es möglich, dass ...« Sie senkte die Stimme. »... dass ich Ihre Unterstützung benötige.«

»Also«, sagte ich, während mir mehrere Entgegnungen durch den Kopf gingen, die ich jedoch als politisch unklug verwarf. »Sie haben richtig vermutet, dass ich bei mehr als nur einer Annexion anwesend war. Und ich habe daraus mehr als nur ein paar Lektionen gelernt, einige davon zu einem hohen Preis. Jetzt werde ich Sie an einer solchen Lektion teilhaben lassen: Die meisten Leute wollen keinen Ärger, aber verängstigte Personen neigen dazu, sehr gefährliche Dinge zu tun.« Das schloss natürlich Soldatinnen und Sicherheitskräfte einer Station ein, aber das erwähnte ich nicht. »Würde ich Soldatinnen auf der Promenade in Stellung bringen, würde all das geschehen, was Sie befürchten – und Schlimmeres.« Ich deutete auf Urans Tutorin, die weniger laut keuchte, sich aber immer noch nicht rühren konnte. Eine Ärztin kniete neben ihr. Die zwei Sicherheitskräfte starrten mich und Sicherheitschefin Lusulun an. »Ich spreche aus Erfahrung. Lassen Sie die Schlange in Frieden. Ihre Sicherheit soll anwesend sein, aber nicht eingreifen. Behandeln Sie hier alle Bürgerinnen gleichermaßen höflich und respektvoll.« Ich fragte mich, ob die Sicherheit auf den ersten Blick erkannt hatte, dass Urans Tutorin eine Ychana war. Ich konnte die Unterschiede nicht immer sehen, aber zweifellos waren die meisten der Leute, die hier lebten, dazu in der Lage. Ich vermutete, die Reaktion der Sicherheit wäre weniger drastisch gewesen, wenn die Bürgerin, die sich geweigert hatte zu gehen, keine Ychana gewesen wäre. Doch darauf hinzuweisen wäre in diesem speziellen Moment nicht allzu hilfreich gewesen. »Gewähren Sie allen das Recht, hier zu sein«, fuhr ich fort. Lusulun starrte mich fünf Sekunden lang an, ohne etwas zu sagen. »Die Stationssicherheit ist hier, um die Bürgerinnen zu beschützen. Das kann sie nicht tun, wenn Sie darauf bestehen, einige von ihnen als Gegnerinnen zu betrachten. Ich spreche aus persönlicher Erfahrung.«

»Und wenn sie *uns* als Gegnerinnen sehen?«

»Inwiefern wäre es dann hilfreich, ihre Vermutung zu bestätigen?« Wieder Schweigen. »Ich weiß genau, wie gefährlich es klingt, aber bitte nehmen Sie meinen Rat an.« Sie seufzte und machte eine frustrierte Geste. »Die Ärztin soll sich um diese Bürgerin kümmern, dann lassen Sie zu, dass sie sich wieder ihren eigenen Angelegenheiten widmet. Lassen Sie die übrigen Anwesenden wissen, dass ein Fehler begangen wurde« – es erübrigte sich zu erwähnen, wer diesen Fehler begangen hatte oder worin er bestanden hatte –, »dann können alle damit weitermachen, in der Schlange zu warten.«

»Aber …«, begann Lusulun.

»Sagen Sie mir, Sicherheitschefin«, unterbrach ich sie, bevor sie weitersprechen konnte, »wann wollten Sie den Priesterinnen der Amaat den Befehl geben, sich zu zerstreuen?«

»Aber ...«, sagte sie wieder.

»Sie stören den ordnungsgemäßen Betrieb dieser Station. Ich würde meinen, sie bereiten Stationsverwalterin Celar erheblich mehr Probleme als diese Bürgerinnen hier.« Ich deutete auf die Überreste der Schlange in unserer Nähe.

»Ich weiß nicht, Flottenkapitänin.« Aber die Erwähnung von Stationsverwalterin Celar hatte Wirkung gezeigt.

»Glauben Sie mir. Ich habe so etwas schon einige Male getan, auch in Situationen, die potenziell wesentlich explosiver waren als diese.« Und meine Offizierinnen hätten niemals die Befehle gegeben, die Sicherheitschefin Lusulun heute gegeben hatte, sofern sie nicht darauf vorbereitet gewesen wären, eine große Anzahl von Menschen zu töten. Was durchaus des Öfteren der Fall gewesen war.

»Falls es außer Kontrolle gerät, werden Sie dann helfen?«, fragte Lusulun.

»Ich werde meinen Soldatinnen nicht befehlen, auf Bürgerinnen das Feuer zu eröffnen.«

»Danach habe ich nicht gefragt.« Entrüstet.

»Das denken Sie möglicherweise«, erwiderte ich. »Vermutlich war es nicht Ihre Absicht, danach zu fragen. Aber darauf würde es hinauslaufen. Und das würde ich nicht tun.«

Sie stand einen Moment lang zweifelnd da. Dann brachte etwas sie zu einer Entscheidung – ihre eigenen

Überlegungen, meine Erwähnung der massigen und hübschen Stationsverwalterin, vielleicht ein Wort von der Station. Sie seufzte. »Ich glaube Ihnen.«

»Danke«, sagte ich.

»Flottenkapitänin.« Die Stimme der Station in meinem Ohr. »Eine Nachricht vom Planeten für Sie. Eine Bürgerin Queter hat darum gebeten, dass Sie als Zeugin bei ihrer Vernehmung anwesend sind. Normalerweise würde ich Sie in diesem Moment nicht damit behelligen, aber wenn Sie daran teilnehmen wollen, müssten Sie innerhalb der nächsten Stunde aufbrechen.«

Queter. Urans ältere Schwester. Raughd Denche hatte sie dazu erpresst, mich zu töten. Oder glaubte, es getan zu haben. Stattdessen hatte Queter ihrerseits versucht, Raughd zu töten. »Bitte teilen Sie der Distriktmagistratin mit, dass ich so schnell wie möglich bei ihnen sein werde.« Mehr würde ich nicht sagen müssen. Kalr Fünf, die während der ganzen Zeit neben mir gestanden hatte, würde für mich alle Vorbereitungen treffen.

In der Teestube saßen Gouverneurin Giarod und Übersetzerin Zeiat an einem Tisch, der mit Essen überladen war – Schalen mit Nudeln und geschnittenen Früchten, Teller voller Fisch. Eine Bedienstete hielt sich bereit, hörte entsetzt, wie Gouverneurin Giarod sagte: »Aber Übersetzerin, das ist nicht zum *Trinken*. Es ist eine Würzsauce. Hier.« Sie schob der Übersetzerin die Nudeln zu. »Fischsauce schmeckt darauf sehr gut.«

»Aber es ist eine Flüssigkeit«, erwiderte Übersetzerin Zeiat, »und sie ist köstlich.« Die Bedienstete der Teestube wandte sich ab und entfernte sich hastig. Anscheinend war die Vorstellung, eine Schale öliger, salziger Fischsauce zu trinken, zu viel für sie.

»Gouverneurin«, unterbrach ich sie, bevor das Gespräch weiter ausufern konnte. »Übersetzerin. Ich stelle fest, dass ich mich auf dem Planeten um Angelegenheiten kümmern muss, die sich nicht aufschieben oder vermeiden lassen.«

»Auf dem Planeten?«, fragte Übersetzerin Zeiat nach. »Ich war noch nie zuvor auf einem Planeten. Darf ich Sie begleiten?«

Die Fischsauce schien Gouverneurin Giarod den Rest gegeben zu haben. »Ja. Ja, auf jeden Fall. Besuchen Sie zusammen mit der Flottenkapitänin den Planeten.« Sie hatte nicht einmal gefragt, um welche Art von Angelegenheit es sich handelte. Ich fragte mich, worauf sie sich mehr freute – Übersetzerin Zeiat loszuwerden oder mich.

5

XHENANG SERIT, DIE HAUPTSTADT DES DIStrikts Beset, lag an der Mündung eines Flusses, der von den Bergen herabkam und sich dort ins Meer ergoss. Schwarze und graue Steingebäude drängten sich um die Flussmündung, breiteten sich entlang der Küste aus, zogen sich die grünen Hügel hinauf. Es war (zumindest in den zentralen Bezirken) eine Stadt der Brücken, der Wasserläufe und der Brunnen – in den Höfen, an den Außenwänden der Häuser, mitten auf den Boulevards. Man wurde überall vom Geräusch des Wassers begleitet.

Das Gefängnis des Distrikts lag weiter oben in den Hügeln, außer Sichtweite des städtischen Zentrums. Es war ein langes, niedriges Gebäude mit mehreren Innenhöfen, das Ganze von einer zwei Meter hohen Mauer umgeben, die, hätte sie sich auf der anderen Seite des Hügels befunden, jeden Blick auf die Stadt versperrt hätte. Dennoch war es eine angenehme Umgebung, mit Gras und sogar einigen Blumen in den Höfen. Alle langwierigen oder komplizierten Fälle des Distrikts Beset wurden hierher geschickt, fast alle zum Zweck der Vernehmung und Umerziehung.

Wie es schien, gab es keine Einrichtung, in der sich Besucher mit Insassen treffen konnten, abgesehen von den eigentlichen Verhörzimmern. Anfangs weigerte sich das Personal sogar, mir überhaupt ein Treffen mit Bürgerin Queter zu erlauben, aber ich bestand darauf. Letztlich brachten sie sie in einem Korridor zu mir, wo eine lange Bank unter einem Fenster stand, hinter dem die schwarze Steinmauer und ein Streifen aus kargem, bleichem Gras zu sehen war. Kalr Fünf wartete in einigen Metern Entfernung, leidenschaftslos und missbilligend – ich hatte ihr gesagt, dass sie sich außer Hörweite halten sollte, um uns zumindest die Illusion von Privatsphäre zu geben. *Sphen* stand neben ihr, gleichermaßen leidenschaftslos. Sie war in Fünfs Nähe geblieben, seit wir die Station verlassen hatten, zum Teil, wie ich vermutete, um sie zu ärgern. Die Hilfseinheit verhielt sich immer noch so, als würde ihr das zerbrochene Teeservice nichts bedeuten, aber ich hatte den Verdacht, dass sie schon immer gewusst hatte, wo sich dieser rote, blaue und goldene Kasten befunden hatte. Fünf hatte ihn in der Station zurückgelassen und zu Kalr Acht gesagt, dass sie den Kasten auf jeden Fall mitgenommen hätte, wenn *Sphen* dort geblieben wäre.

»Ich hätte nicht gedacht, dass Sie wirklich kommen«, sagte Queter auf Radchaai ohne höfliche Einleitung oder Verbeugung. Sie trug die schlichte graue Jacke und Hose und die Handschuhe, die die Grundausstattung für jede Bürgerin darstellten, die nicht über die Mittel verfügte, sich etwas anderes zu kaufen. Ihr Haar, dass sie sonst geflochten und mit einem Tuch zurückgebunden hatte, war nun kurz geschnitten.

Ich gestikulierte eine Zurkenntnisnahme ihrer Worte und die Aufforderung, sich auf die Bank zu setzen. Fragte auf Delsig: »Wie geht es Ihnen?«

»Die Leute mögen es nicht, wenn ich etwas anderes als Radchaai spreche«, antwortete sie in dieser Sprache. »Das wird mir nicht bei meiner Evaluation helfen, haben sie mir erklärt. Mir geht es gut. Wie Sie sehen.« Eine Pause, dann: »Wie geht es Uran?«

»Gut. Hat man ihre Nachrichten an Sie weitergeleitet?«

»Sie waren bestimmt in Delsig verfasst«, sagte Queter, mit nur einer Spur von Verbitterung.

So war es. »Sie wollte mich unbedingt begleiten.« Sie hatte geweint, als ich ihr sagte, dass Queter darum gebeten hatte, dass sie nicht mitkam.

Queter wandte den Blick ab, zum Ende des Korridors, wo Fünf stand, neben ihr *Sphen*. Dann sah sie wieder mich an. »Ich wollte nicht, dass sie mich so sieht.«

Etwas in der Art hatte ich vermutet. »Das versteht sie.« Zumindest mehr oder weniger. »Ich soll Sie herzlich von ihr grüßen.« Das fand Queter witzig. Sie lachte kurz und abgehackt. »Haben Sie irgendwelche Nachrichten von außen erhalten?«, fragte ich, als sie weiter nichts sagte. »Wussten Sie, dass die Feldarbeiterinnen auf den Teeplantagen in den Bergen die Arbeit eingestellt haben? Sie werden nicht zurückkehren, sagen sie, bis sie ihren vollen Lohn und ihre Rechte als Bürgerinnen erhalten haben.« Fosyf Denche hatte ihre Feldarbeiterinnen seit vielen Jahren betrogen, sie durch Schulden abhängig gemacht, und als Deportierte von Valskaay hatten sie außerhalb der Teefelder keine Person gehabt, die sich für sie eingesetzt hätte.

»Ha!« Plötzlich grinste sie wild. Sie war fast wieder die Alte, dachte ich. Dann verschwand das Grinsen – obwohl die Wildheit immer noch da war. Wenn auch hauptsächlich verborgen. Sie hielt die Arme gerade am Körper, während sie die Hände in den Handschuhen zu Fäusten ballte. »Wissen Sie, wann das geschehen wird? Wenn ich sie danach frage, sagen sie mir, dass es nicht gut ist, wenn ich mir deswegen Sorgen mache. Es wird mir *bei meiner Evaluation nicht hilfreich* sein.« Diesmal klang sie eindeutig verbittert.

»Ihr Verhör? Mir wurde gesagt, es würde morgen früh stattfinden.«

»Sie werden sicherstellen, dass die Leute nichts tun, was sie nicht tun sollten?«

Und sie hatte gedacht, ich würde nicht kommen. »Ja.«

»Und wenn sie ... wenn sie mich umerziehen? Werden Sie dabei sein?«

»Wenn Sie es möchten, werde ich es versuchen. Ich weiß nicht, ob ich es kann.« Sie sagte nichts dazu, ihr Gesichtsausdruck veränderte sich nicht. Ich wechselte die Sprache, zurück zu Delsig. »Uran macht sich wirklich sehr gut. Sie wären stolz auf sie. Soll ich Ihrem Großvater sagen, dass es Ihnen gutgeht?«

»Ja, bitte.« Immer noch auf Radchaai. »Ich sollte jetzt zurückgehen. Sie werden nervös, wenn hier irgendetwas nicht routinegemäß läuft.«

»Entschuldigen Sie, dass ich Ihnen Schwierigkeiten bereitet habe. Ich wollte mich persönlich davon überzeugen, dass Sie wohlauf sind, und ich wollte Sie wissen lassen, dass ich gekommen bin.« Eine braun uniformierte Wache erschien hinter Queter am Ende des Korridors, hatte offenbar auf das leiseste Signal gewartet, dass unser Gespräch zum Ende kam.

Queter sagte nur: »Ja.« Und ging mit der Wache durch den Korridor davon, das Paradebeispiel für Ruhe und Sorglosigkeit, nur dass ihre Hände immer noch zu Fäusten geballt waren.

Ich fuhr mit der Kabelbahn bergab zurück, Xhenang Serit breitete sich schwarz und grau und grün unter mir aus, und jenseits der Stadt das Meer. Fünf und *Sphen* auf den Sitzen hinter mir. Kalr Acht war mit Übersetzerin Zeiat in einer Manufaktur unten am Wasser und beobachtete eine wimmelnde silbrige Masse aus toten Fischen, die in einen breiten, tiefen Bottich stürzten, während eine sichtlich verängstigte Arbeiterin erklärte, wie Fischsauce hergestellt wurde. »Und warum tun die Fische so etwas?«, fragte Übersetzerin Zeiat, als die Arbeiterin kurz Luft holte.

»Es ... es bleibt ihnen kaum etwas anderes übrig, Übersetzerin.«

Übersetzerin Zeiat dachte einen Moment lang darüber nach und fragte dann: »Glauben Sie, Fischsauce würde gut zu Tee passen?«

»N... nein, Übersetzerin. Ich glaube, das wäre nicht sehr angemessen.« Dann schien sie zu versuchen, zumindest ein wenig Sinn in das Gespräch zu bringen. »Es gibt diese kleinen Kekse, die wie Fische *geformt* sind. Manche Leute tunken sie gern in ihren Tee.«

»Ich verstehe, ich verstehe.« Übersetzerin Zeiat gestikulierte ihr Verständnis. »Haben Sie hier solche Kekse?«

»Übersetzerin«, sagte Kalr Acht, bevor die Arbeiterin zugeben musste, dass sie in diesem speziellen Moment keine fischförmigen Kekse zur Hand hatte, »ich bin mir sicher, dass wir heute noch irgendwo welche für Sie finden können.«

»Als Nächstes«, verkündete die Arbeiterin der Manufaktur mit einem dankbaren Blick zu Acht, »wird den Fischen Salz zugefügt ...«

In der Athoek-Station unterhielt sich Tisarwat mit der Oberpriesterin der Mysterien. Es war eine lokale Sekte, die nicht nur bei den hiesigen Xhai sehr beliebt war, sondern auch bei den Radchaai von außerhalb des Systems. Auch die Hierophantin der Mysterien selbst war recht beliebt und einflussreich. »Leutnantin«, sagte die Hierophantin gerade, »ich will ganz offen sein. Diese Angelegenheit scheint mit irgendeinem Streit zwischen Eminenz Ifian und Ihrer Flottenkapitänin zu tun zu haben.« Die Wohnung der Hierophantin lag über und hinter dem Tempel der Mysterien. Sie war klein, wie es bei solchen Wohnungen üblich war, und der hell erleuchtete Raum, in dem sie saßen, war schlicht möbliert, mit nur einem niedrigen Tisch und ein paar Stühlen mit unverzierten Kissen. Allerdings blühten Orchideen zu Dutzenden auf Regalen und in Halterungen an den Wänden, lila, gelb, blau und grün, und die Luft war mit ihrem Duft geschwängert. Es war nicht ungewöhnlich für Bewohnerinnen einer Raumstation, einen kleinen Teil ihrer Wasserration abzuzweigen, um ein oder zwei Pflanzen zu halten, aber dieser üppige Bewuchs war nicht darauf zurückzuführen, dass die Hierophantin gelegentlich ein wenig Badewasser einsparte. »Außerdem würde ich meinen«, fuhr sie fort, »dass die Eminenz einen solchen Schritt gewiss nicht unternommen hätte, ohne sich der Unterstützung von Gouverneurin Giarod sicher zu sein, insbesondere da sie sich damit offensichtlich gegen die Stationsverwalterin stellt. Sie möchten, dass ich in dieser Angelegenheit aktiv werde. Aber wozu? Ich bin nicht dazu ausgebildet, den täglichen Wurf zu tätigen, und selbst wenn ich es tun würde, bin ich mir sicher, dass die meisten Bürgerinnen es von mir nicht akzeptieren würden.«

»Sie würden überrascht sein«, stellte Tisarwat mit einem entspannten Lächeln fest. Ihre Bestürzung, dass sie die Kontrolle über die Kommunikation der Bewohnerinnen des Untergartens mit der Stationsverwaltung verloren hatte, war verblasst, nachdem sie dieser neuen Herausforderung gegenüberstand. »Sie werden hier weitgehend respektiert. Allerdings wird Stationsverwalterin Celar ab morgen früh den Wurf tätigen. Schließlich *muss* man keine Priesterin sein, um es zu tun, und Stationsverwalterin Celar ist tatsächlich dazu ausgebildet, obwohl sie es seit einiger Zeit nicht mehr praktiziert hat. Nein, wir bitten einzig und allein um die Registrierung der Geburten und die Durchführung der Bestattungen. Vielleicht werden es nicht alle Stationsbewohnerinnen akzeptabel finden, aber recht viele Xhai schon, denke ich.«

Falls die Hierophantin sich darüber wunderte, dieses Gespräch mit einer so jungen und scheinbar unerfahrenen Person wie Tisarwat zu führen, ließ sie es sich nicht anmerken. »Recht viele Xhai hätten nichts dagegen, wenn sämtliche Ychana permanent aus dem Untergarten verbannt würden. Oder noch besser, wenn man sie zwangsweise auf den Planeten oder zu den Außenstationen schaffen würde. Was ich für das wahrscheinlichste Ergebnis halte, wenn die Eminenz bekommt, was sie will. Also dürften jene Xhai, die vielleicht geneigt sind, meine Dienste zu akzeptieren, ebenso geneigt sein, die Eminenz zu unterstützen. Außerdem ist Eminenz Ifian meine Nachbarin, und aus Gründen, die ich Ihnen sicherlich nicht erklären muss, würde ich es vorziehen, weiterhin auf gutem Fuß mit ihr zu stehen. Also frage ich Sie noch einmal: Wozu sollte ich mich in diese Angelegenheit einmischen?«

Leutnantin Tisarwat lächelte immer noch, und ich bemerkte bei ihr eine leichte Befriedigung. Als wäre die Priesterin soeben in eine Falle getappt, die Tisarwat für sie aufgestellt hatte. »Ich fordere Sie nicht auf, sich irgendwo einzumischen. Ich bitte Sie nur, dort zu sein, wo Sie sind.«

Die Hierophantin riss erstaunt die Augen auf. »Leutnantin, ich kann mich nicht erinnern, Sie eingeweiht zu haben. Und Sie sind jung genug, dass ich mich erinnern würde.« Obwohl mir Tisarwats Worte harmlos vorgekommen waren, hatten sie sich anscheinend irgendwie auf die Mysterien bezogen. Und natürlich wäre Anaander Mianaai damit vertraut – keinen Mysterien oder geheimen Gesellschaften, die die Herrin der Radch nicht anerkannten, wurde das Weiterbestehen gestattet.

Tisarwat runzelte die Stirn in vorgetäuschter Verwirrung. »Ich weiß nicht, was Sie meinen, Hierophantin. Ich wollte damit nur sagen, dass Sie wissen, wo in dieser Angelegenheit die Gerechtigkeit liegt. Ja, streng genommen haben sich die Ychana illegal im Untergarten aufgehalten. Aber Sie wissen sehr genau, dass ihre Xhai-

Nachbarinnen, bevor die ersten Ychana dort einzogen, alles in ihrer Macht Stehende getan haben dürften, sie von dort zu vertreiben. Trotzdem haben sie eine Möglichkeit gefunden, im Untergarten zu leben, und jetzt sind sie ohne eigenes Verschulden obdachlos geworden. Und weswegen? Wegen der dummen Vorurteile *einiger* Xhai und Eminenz Ifians Entschlossenheit, sich mit der Flottenkapitänin anzulegen. Obwohl die Flottenkapitänin kein Interesse daran hat, nebenbei bemerkt.«

»Genauso wenig wie Sie, vermute ich«, stellte die Hierophantin trocken fest.

»*Ich* möchte irgendwo anders als draußen in irgendeinem Korridor schlafen«, erwiderte Tisarwat. »Und ich möchte, dass meine Nachbarinnen in ihre eigenen Wohnungen zurückkehren. Flottenkapitänin Breq möchte dasselbe. Ich weiß nicht, warum Eminenz Ifian Streit mit der Flottenkapitänin sucht, und auf gar keinen Fall verstehe ich, warum sie es auf eine Weise tut, die zur Folge hat, dass so viele Stationsbewohnerinnen nicht nur Unannehmlichkeiten ertragen müssen, sondern außerdem über ihre Zukunft im Unklaren gehalten werden. Es scheint, als hätte sie vergessen, dass die Autorität des Tempels nicht zur eigenen Bequemlichkeit ausgeübt werden sollte.«

Die Hierophantin nahm einen nachdenklichen Atemzug. Stieß ihn mit einem knappen *Ha* wieder aus. »Leutnantin, bei allem Respekt, aber Sie sind eine verdammt intrigante Person.« Und bevor Tisarwat ihre Unschuld beteuern konnte: »Und was ist mit dieser Verschwörung, von der ich höre? Die Herrin der Radch soll von Aliens infiltriert sein?«

»Größtenteils Unsinn«, antwortete Tisarwat. »Die Herrin der Radch liegt im Streit mich sich selbst, und in den provinziellen Palaststationen ist ein offener Kampf ausgebrochen. Einige Militärschiffe haben für eine Seite Partei ergriffen und sind für die Zerstörung mehrerer Intersystemtore verantwortlich. Die Systemgouverneurin hält es für ... kontraproduktiv, diese Tatsache allgemein bekannt zu machen.«

»Also werden Sie es einfach nur als Gerücht verbreiten.«

»Hierophantin, bis jetzt habe ich zu niemandem irgendetwas darüber gesagt, und nun habe ich es nur getan, weil Sie mich direkt danach gefragt haben und weil wir allein sind.« Was streng genommen nicht stimmte, denn die Station konnte alles mithören, und mit ziemlicher Sicherheit hielt sich irgendeine Dienerin oder eine andere Priesterin in der Nähe auf. »Wenn Sie es als Gerücht gehört haben, kann es nicht von Flottenkapitänin Breq oder mir oder irgendjemandem aus unserer Besatzung kommen, soweit mir bekannt ist.«

»Und worum geht es bei diesem angeblichen Streit, und welche Seite unterstützen Sie?«

»Der Streit ist eine komplizierte Angelegenheit, aber hauptsächlich geht es um die künftige Richtung, die Anaander Mianaai einschlagen soll, und um das Schicksal der Radch. Das Ende der Annexionen, das Ende der Hilfseinheiten. Das Ende gewisser Voraussetzungen, die eine Person kommandotauglich machen – all das sind Punkte, in denen Anaander Mianaai buchstäblich geteilter Meinung ist. Und Flottenkapitänin Breq unterstützt keine ihrer Seiten. Sie ist hier, um für die Sicherheit des Systems zu sorgen, während der Kampf in den Palästen ausgetragen wird.«

»Ja, mir ist aufgefallen, wie viel friedlicher Athoek seit ihrer Ankunft geworden ist.« Die Priesterin sagt es in absolut ernstem Tonfall.

»Zuvor war es eine Oase des Wohlstands und der Gerechtigkeit für jede Bürgerin«, stellte Tisarwat genauso ernsthaft fest. Betonte nur ein wenig die Worte *jede Bürgerin*.

Die Priesterin schloss die Augen und seufzte, und Tisarwat wusste, dass sie gewonnen hatte.

In der *Gnade der Kalr* hatte Seivarden soeben ihren Dienst beendet. Jetzt saß sie auf ihrer Koje, die Arme krampfhaft verschränkt. Sie trug immer noch das Korrektiv an ihrer Hand, obwohl es seine Aufgabe fast erfüllt hatte. »Leutnantin«, sagte das Schiff in ihr Ohr, »möchten Sie Tee trinken?«

»Es war ein *Kompliment*!« Während der letzten paar Tage hatte sich Ekalu bei jeder Interaktion mit Seivarden steif und formell korrekt verhalten. Jede an Bord wusste, dass zwischen ihnen irgendetwas schiefgegangen war. Keine wusste von ihrer Kef-Abhängigkeit, und keine würde erkennen, was die verschränkten Arme zu bedeuten hatten – ein Zeichen, dass der Stress der letzten paar Tage oder vielleicht sogar Wochen ein Ausmaß angenommen hatte, das sie nicht mehr ertrug.

»Leutnantin Ekalu hat es nicht als Kompliment verstanden«, gab das Schiff zu bedenken. Und sagte Amaat Vier, dass sie vorerst keinen Tee bringen sollte.

»Aber ich hab es so *gemeint*«, bekräftigte Seivarden. »Ich wollte doch nur *nett* sein. Warum versteht sie das nicht?«

»Ich bin mir sicher, dass die Leutnantin das versteht«, entgegnete das Schiff. Seivarden schnaufte nur. Nach einer Pause von drei Sekunden fügte das Schiff hinzu: »Ich bitte die Leutnantin um Nachsicht.« Seivarden blinzelte und runzelte verwirrt die Stirn. So etwas sagte ein Schiff normalerweise nicht zu seinen Offizierinnen. »Aber ich würde gern darauf hinweisen, dass Sie, unmittelbar nachdem Leutnantin Ekalu Sie darauf hinwies, dass Sie Ihre als Kompliment beabsichtigte Aussage als beleidigend empfand, aufgehört haben, freundlich zu ihr zu sein.«

Seivarden erhob sich von der Koje, die Arme immer noch verschränkt, und ging in ihrem winzigen Quartier, das lediglich zwei Schritte groß war, auf und ab. »Was wollen Sie damit sagen, Schiff?«

»Das ich der Meinung bin, dass Sie sich bei Leutnantin Ekalu entschuldigen sollten.« Unten auf dem Planeten, in der Kabelbahn, in der Mitte der Strecke, reagierte selbst ich mit Verblüffung. Ich hatte noch nie zuvor gehört, wie ein Schiff eine so direkte Kritik an einer Offizierin äußerte.

Andererseits hatte das Schiff erst vor wenigen Tagen erklärt, dass es selbst in der Lage wäre, als Kapitänin zu fungieren. Womit es im Grunde selbst eine Offizierin wäre. Und letzlich war ich es, die diese Idee vorgeschlagen hatte, vor einigen Wochen im Omaugh-Palast. Es hätte mich nicht überraschen sollen. Ich griff erneut zu. Seivarden war erstarrt, hatte soeben empört erwidert:

»Ich soll mich bei *ihr* entschuldigen? Und was ist mit mir?«

»Leutnantin Seivarden«, sagte das Schiff, »Leutnantin Ekalu ist verletzt und verärgert, und Sie waren es, die sie verletzt und verärgert hat. Und solche Dinge beeinflussen die gesamte Besatzung. Für die, wie ich Ihnen in Erinnerung rufen möchte, derzeit Sie verantwortlich sind.« Während das Schiff sprach, verstärkte sich Seivardens Wut. Das Schiff fuhr fort: »Ihr emotionaler Zustand – und Ihr Verhalten – war in den vergangenen Tagen recht launenhaft. Sie waren unerträglich für jede, mit der Sie zu tun hatten. Mich eingeschlossen. Nein, schlagen Sie nicht wieder gegen die Wand, es würde Ihnen nichts nützen. Sie haben hier das Kommando. Verhalten Sie sich entsprechend. Und wenn Sie es nicht können – was, wovon ich zunehmend überzeugt bin, der Fall zu sein scheint –, sollten Sie sich in die Krankenstation begeben. Die Flottenkapitänin würde das Gleiche zu Ihnen sagen, wenn sie hier wäre.«

Die letzte Bemerkung traf Seivarden wie ein Schlag ins Gesicht. Ohne Vorwarnung kollabierte ihre Wut zu Verzweiflung, und sie ließ sich schwer auf ihre Koje zurückfallen. Zog die Beine an und legte die Stirn auf die Knie, während sie die Arme immer noch verschränkt hatte. »Ich habe es verpatzt«, stöhnte sie nach einer Weile. »Ich habe eine neue Chance bekommen und es dann verpatzt.«

»Nicht unwiderruflich«, erwiderte das Schiff. »Noch nicht. Ich weiß, dass es in Anbetracht Ihrer derzeitigen Verfassung sinnlos wäre, Ihnen zu sagen, dass Sie aufhören sollten, sich selbst leidzutun. Aber Sie können sich immer noch aufraffen und zur Krankenstation gehen.«

Nur dass die Bordärztin in diesem Moment Wachdienst hatte. »Das Problem ist«, kommentierte die Bordärztin lautlos die Information, die sie soeben vom Schiff erhalten hatte, »dass ich zunächst einmal aktuelle Tauglichkeitsdaten benötigen würde, mit denen ich arbeiten könnte, und die habe ich nicht. Und ich bin nicht imstande, eine Prüfung oder eine Befragung durchzuführen. Ich bin nur eine reguläre Medizinerin. Mit einigen Dingen käme ich zurecht, aber ich fürchte, so etwas würde meine Fähigkeiten übersteigen. Und ich bin mir nicht sicher, ob wir den Spezialistinnen vertrauen können, die es in diesem System gibt. Natürlich haben wir mit Leutnantin Tisarwat das gleiche Problem.« Sie stieß einen verzweifelten Seufzer aus. »Warum geschieht das ausgerechnet jetzt?«

»Es war nur eine Frage der Zeit, bis es geschieht«, gab das Schiff zurück. »Aber um ehrlich zu sein, hätte ich anfangs nicht gedacht, dass es dazu kommt. Ich habe unterschätzt, wie viel besser sich Leutnantin Seivarden emotional im Griff hat, wenn die Flottenkapitänin hier ist.«

»Die Bordärztin hat Wachdienst«, sagte Seivarden, die immer noch zusammengekauert auf der Koje hockte.

In der Kommandozentrale bemerkte die Bordärztin: »Die Flottenkapitänin kann nicht immer hier sein. Weiß sie, was gerade geschieht?«

»Ja«, sagte das Schiff zur Bordärztin und zu Seivarden. »Reißen Sie sich zusammen, Leutnantin. Ich werde Ihnen von Amaat Vier Tee bringen lassen, und Sie können sich säubern, und dann müssen Sie mit Leutnantin Ekalu reden und ihr sagen, dass sie für die nächsten paar Tage das Kommando hat. Und es wäre gut, wenn Sie sich bei ihr entschuldigen würden, falls Sie in der Lage sind, es auf anständige Weise zu tun.«

»Anständig?«, fragte Seivarden und hob den Kopf von den Knien.

»Wir werden darüber reden, nachdem Sie Tee getrunken haben«, sagte das Schiff.

Ich hatte das Personal der Gefängnisanstalt in Aufruhr versetzt, als ich darauf beharrt hatte, Queter zu sehen. Ich vermute, dass sich die Leute bei der Distriktmagistratin beschwert hatten, die es nicht wagte, mich wegen dieser Angelegenheit zur Rechenschaft zu ziehen. Außerdem wollte sie etwas von mir, also verzichtete sie darauf, sich bei mir zu beklagen, und lud mich stattdessen zum Essen ein.

Das Esszimmer der Distriktmagistratin bot einen Blick auf eine Treppe, die zu einem weitläufigen, mit Ziegelsteinen gepflasterten Hof führte. Rankenpflanzen mit süß duftenden weißen und rosafarbenen Blüten ergossen sich aus hohen Töpfen, und Wasser tröpfelte an einer Wand hinab und in ein breites Becken, in dem Fische schwammen und kleine gelbe Lilien blühten. Dienerinnen hatten die Abendmahlzeit abgeräumt, und die Magistratin trank mit mir Tee. Übersetzerin Zeiat stand neben dem Becken und starrte gebannt auf die Fische. *Sphen* saß auf einer Bank im Hof außerhalb der hohen offenen Türen, ein paar Meter von Kalr Fünf entfernt, die kerzengerade und reglos dastand.

»Das ist ein Lied, das ich seit Jahren nicht mehr gehört habe, Flottenkapitänin«, sagte die Distriktmagistratin, während wir Tee tranken und auf den dunkler werdenden Hof hinausblickten.

»Ich bitte um Verzeihung, Magistratin.«

»Keine Ursache, keine Ursache.« Sie nahm einen Schluck von ihrem Tee. »In jungen Jahren war es eins meiner Lieblingslieder. Ich fand es ziemlich romantisch. Doch wenn ich jetzt daran denke, ist es eigentlich sehr traurig, nicht wahr?« Und sie sang: »*Doch ich werde mich mit weniger begnügen / Nur mit dem Duft der Jasminblüten / Bis zum Ende meines Lebens.*« Sie schwankte leicht bei der letzten Zeile – sie hatte ihre Tonhöhe der von mir gesummten Melodie angepasst, und sie war ein wenig zu hoch für ihre Stimme. »Aber die Töchter, die das Begräbnisfasten brechen, sind im Recht. Das Leben geht weiter. Alles geht weiter.« Sie seufzte. »Wissen Sie, ich hätte nicht gedacht, dass Sie wirklich kommen würden. Ich war mir sicher, dass Bürgerin Queter Sie lediglich ärgern wollte. Ich hätte die Anfrage fast nicht weitergeleitet.«

»Das wäre illegal gewesen, Magistratin.«

Sie seufzte wieder. »Ja, deshalb habe ich sie schließlich doch weitergeleitet.«

»Wenn sie in so großer Not nach mir gefragt hat, wie hätte ich es einfach ignorieren können?«

»Vermutlich.« Draußen beugte sich Übersetzerin Zeiat tiefer über das Becken mit den Lilienblüten. Ich hoffte, dass sie nicht hineinsprang. Mir kam in den Sinn, dass sie, wenn sie Übersetzerin Dlique gewesen wäre, vielleicht genau das tun würde. »Ich wünschte, Flottenkapitänin, dass Sie in Erwägung ziehen, Einfluss auf die valskaayanischen Feldarbeiterinnen der Teeplantage von Bürgerin Fosyfs auszuüben. Für Sie besteht kein Grund, sich dessen bewusst zu sein, aber es gibt Leute, die froh über jeden Vorwand wären, ihr Schaden zuzufügen. Einige von ihnen gehören zu ihrer eigenen Familie. Die Arbeitsniederlegung gibt ihnen den lang ersehnten Anlass, gegen sie vorzugehen.« Das überraschte mich nicht, wenn ich Bürgerin Fosyf Denches Neigung zur Grausamkeit bedachte. »Das Oberhaupt der Denches ist eine außerordentlich unangenehme Person, und sie hat Fosyfs Mutter gehasst, seit sie beide Kinder waren. Seit die Mutter nicht mehr lebt, hasst sie Fosyf. Sie wird Fosyf die Plantage wegnehmen, wenn sie kann. Und dies könnte ihr die Gelegenheit verschaffen, es zu tun, insbesondere da jetzt so viele Intersystemtore geschlossen sind und die Herrin von Denche derzeit unerreichbar ist.«

»Und die Klagen der Arbeiterinnen?«, fragte ich. »Hat man sich darum gekümmert?«

»Nun, Flottenkapitänin, das ist kompliziert.« Ich war außerstande zu verstehen, was so kompliziert daran sein sollte, Arbeiterinnen gerecht zu bezahlen oder ihnen dieselben Grundrechte und Dienste zuzugestehen wie jeder anderen Bürgerin auch. »Wirklich, die Bedingungen auf Fosyfs Plantage unterscheiden sich nicht so sehr von denen aller anderen in den Bergen. Aber Fosyf müsste die Hauptlast tragen. Und jetzt mischen sich einige der lästigeren Xhai in die Sache ein. Vielleicht wissen Sie, dass es eine kleine Tempelruine auf der anderen Seite des Sees gibt, an dem Fosyfs Haus liegt.«

»Sie hat sie erwähnt.«

»Dort gab es nur Trümmer und Unkraut, als wir vor sechshundert Jahren hier eintrafen. Aber in letzter Zeit haben wir es mit Leuten zu tun, die behaupten, es wäre schon immer ein heiliger Ort gewesen, und Fosyfs Haus wäre in Wirklichkeit eine Station auf einem uralten Pilgerweg. Fosyf selbst fördert diesen Glauben, vermutlich weil sie ihn romantisch findet. Aber es ist völlig idiotisch. Dieses Haus wurde weniger als hundert Jahre vor der Annexion erbaut. Und haben Sie jemals eine Pilgerstätte gesehen, die nicht mindestens von einer kleineren Stadt umgeben war?«

»Sogar ein- oder zweimal«, antwortete ich. »Auch wenn es im Allgemeinen keine Tempel mit Priesterinnen waren, die versorgt werden mussten. Es ist möglich, dass dieser keine ortsansässige Priesterinnenschaft hatte.« Die Distriktmagistratin gestikulierte Einverständnis mit meinem Einwand. »Lassen Sie mich ganz offen sein, Magistratin. *Sie* sind es, die hier unter Druck steht.«

Anaander Mianaai hatte mir ihren Hausnamen verliehen, als sie mich zu einem Menschen und zu einer Bürgerin ernannt hatte. Es war ein Name, der besagte, dass ich der mächtigsten Familie im Territorium der Radch angehörte, ein Name, den keine Radchaai ignorieren konnte. Aufgrund meiner Identität – weil ich der letzte Überrest eines Militärschiffs war, das seit etwa zweitausend Jahren aufs Engste mit den Töchtern einiger der reichsten und prominentesten Radchaai-Häuser vertraut gewesen war – hatte ich, wenn ich es wünschte, den dazu passenden Akzent und die entsprechenden Manieren. Also konnte ich sie genauso gut einsetzen.

»Sie sind seit Langem mit den meisten der bekanntesten Teezüchterinnen befreundet«, sagte ich, »aber inzwischen wurde deutlich, dass die Forderungen der Feldarbeiterinnen gerechtfertigt sind, und es ist, nein, es sollte

Sie persönlich beschämen, dass ein versuchter Mord und eine Arbeitsniederlegung nötig waren, damit Sie bemerken, was vor sich geht. Sie werden noch viel mehr beschämt sein, wenn Sie Bürgerin Raughd befragt haben. Das haben Sie noch nicht getan, nicht wahr?« Draußen auf dem Hof klappte Übersetzerin Zeiat ein großes rundes Lilienblatt um und betrachtete die Unterseite.

»Ich hatte gehofft«, erwiderte die Magistratin, die ihre Verärgerung nicht ganz aus ihrem Tonfall heraushalten konnte, »dass sie und ihre Mutter zuvor wieder miteinander versöhnt werden können.«

»Bürgerin Fosyf wird ihre Tochter erst wieder annehmen, wenn sie darin einen Vorteil für sich selbst sieht. Wenn Sie wahrhaftig am Wohlergehen von Bürgerin Raughd interessiert sind, befragen Sie sie, bevor Sie irgendwelche weitere Versuche unternehmen, sie wieder mit ihrer Mutter zusammenzubringen.«

»Sind *Sie* an Raughds Wohlergehen interessiert?«

»Nicht unbedingt«, räumte ich ein. »Nicht auf einer persönlichen Ebene. Aber Sie sind es offensichtlich. Und ich bin tatsächlich am Wohlergehen von Bürgerin Queter interessiert. Je früher Sie selbst herausfinden, was für eine Person Raughd ist, desto besser werden Sie Queters Handlungen beurteilen können. Und desto besser werden Sie entscheiden können, ob es wirklich gut für Raughd ist, sie zu ihrer Mutter zurückzuschicken. Bedenken Sie, wie problemlos und wie kalt Fosyf sie enteignet hat, und bedenken Sie, dass Personen wie Raughd nicht einfach dem Nichts entspringen.«

Die Magistratin runzelte die Stirn. »Sie scheinen sich sehr sicher zu sein, was für eine Art von Person sie ist.«

»Sie können sich mühelos selbst davon überzeugen, ob ich recht habe. Und was den Konflikt zwischen den Arbeiterinnen und Züchterinnen betrifft – ich werde nicht intervenieren. Stattdessen würde ich Ihnen empfehlen, sich ohne weitere Verzögerung mit den Teezüchterinnen und den Anführerinnen der Feldarbeiterinnen zu treffen und die Angelegenheit so beizulegen, wie sie beigelegt werden muss. Dann ernennen Sie ein Komitee, das die Geschichte des Tempels am See untersuchen und den Streit schlichten soll. Sorgen Sie dafür, dass alle mit einem Interesse an der Sache vertreten sind. Besorgte Bürgerinnen können sich mit Ihren Beschwerden an das Komitee wenden, damit es sie während der Beratungen berücksichtigen kann.« Die Distriktmagistratin runzelte erneut die Stirn, öffnete den Mund, um zu protestieren. Schloss ihn wieder. »Anaander Mianaai befindet sich im Krieg gegen sich selbst«, fuhr ich fort. »Dieser Krieg könnte Athoek erreichen – oder auch nicht. Wie auch immer, weil mindestens eins der Intersystemtore zwischen uns und dem Provinzpalast geschlossen ist, können wir keinen Beistand oder Rat von dort erwarten. Wir müssen selbst für die Sicherheit der hiesigen Bürgerinnen sorgen. *Aller* hiesigen Bürgerinnen, nicht nur jener mit dem richtigen Akzent oder den gehörigen religiösen Glaubensvorstellungen. Und wir haben die Aufmerksamkeit der Presger, aus welchem Grund auch immer.«

»Im Krieg gegen sich selbst, sagen Sie?«, fragte die Magistratin. »Während die Presger hier sind, wie Sie selbst soeben betont haben? Ich habe Gerüchte gehört, Flottenkapitänin.«

»Dies ist nicht das Werk der Presger, Magistratin.«

»Und wenn dem so ist, Flottenkapitänin, worauf beruht Ihre Autorität? Welche von ihnen hat Sie hierher geschickt?«

»Wenn Anaander Mianaais Krieg gegen sich selbst uns hier erreicht und Bürgerinnen sterben«, sagte ich, »wird es dann noch eine Rolle spielen, welche Herrin der Radch es war?« Stille. Fünf hatte Übersetzerin Zeiat beobachtet, und ich wusste, dass sie oder das Schiff irgendetwas zu mir sagen würde, falls etwas geschah, das meine Aufmerksamkeit erforderte. Ich warf einen müßigen Blick in den Hof.

Übersetzerin Zeiat hockte auf dem Beckenrand, mit einem Bein und einem Arm schultertief im Wasser. Ich stand auf und trat auf den Hof hinaus, während ich auf das Schiff zugriff. Und sogleich feststellte, dass weder das Schiff noch Kalr Fünf mir irgendetwas mitgeteilt hatten, weil sie mit *Sphen* diskutierten.

Diskutieren war vielleicht eine zu würdevolle Bezeichnung. *Sphens* Versuch, Fünf zu beschatten, hatte anscheinend nicht die gewünschten Resultate erbracht, und während meine Aufmerksamkeit vom Gespräch mit der Distriktmagistratin in Anspruch genommen wurde, hatte sie sich mit Fünf unterhalten. Um sie zu provozieren. Wie erfolgreich sie damit war, wurde anschaulich durch die Tatsache demonstriert, dass weder Fünf noch das Schiff mich darüber informiert hatten und beide ganz darauf konzentriert waren, auf freundliche Weise zu antworten. Als ich neben Fünf trat, sagte *Sphen*: »Sie haben einfach dagesessen, nicht wahr, während Sie von ihr verstümmelt wurden? Natürlich haben Sie es getan, und

Sie haben sich wahrscheinlich sogar bei ihr bedankt. Sie sind ein neueres Spielzeug für sie, also kann sie Sie dazu zwingen, alles zu denken oder zu empfinden, was sie möchte. Zweifellos kann ihre Cousine, die Flottenkapitänin, das Gleiche tun.«

Fünf hatte die Ruhe einer Hilfseinheit verloren, als sie antwortete. Vielleicht war es auch das Schiff, das sprach, was im Moment schwer zu unterscheiden war. »Zumindest habe ich eine Kapitänin. Und eine Besatzung. Wo ist Ihre? Ach ja, richtig, Sie haben Ihre Kapitänin verloren und waren bislang nicht in der Lage, eine neue zu finden. Und niemand, der bei Ihnen an Bord ist, *möchte* dort sein, nicht wahr?«

Schnell wie eine Hilfseinheit erhob sich *Sphen* von der Bank, auf der sie gesessen hatte, und näherte sich Fünf. Ich stellte mich zwischen die beiden, packte *Sphens* Unterarm, bevor sie irgendwen schlagen konnte. *Sphen* erstarrte, während ich ihren Arm im Griff hatte. Blinzelte mit ausdruckslosem Gesicht. »*Mianaai*, nicht wahr?«

Ich hatte mich schneller bewegt, als es irgendeine menschliche Radchaai konnte. Die offensichtliche Schlussfolgerung lag auf der Hand – ich war nicht menschlich. Mein Name ließ die nächste (unrichtige) Schlussfolgerung ebenso offensichtlich erscheinen. »Nein«, sagte ich. Leise und auf Notai, weil ich mir nicht sicher war, wo sich die Magistratin in diesem Moment aufhielt. »Ich bin das letzte übrig gebliebene Fragment des Truppentransporters *Gerechtigkeit der Torren*. Es war Anaander Mianaai, die mich zerstörte.« Ich wechselte wieder zu Radchaai. »Treten Sie zurück, *Cousine*.« Sie blieb einen Augenblick bewegungslos, dann verlagerte sie kaum merklich ihr Gewicht nach hinten, fort von mir. Ich öffnete die Hand, und sie ließ den Arm sinken.

Ich drehte den Kopf, als ich ein Platschen aus dem Hof hörte. Übersetzerin Zeiat stand jetzt aufrecht, immer noch mit einem Bein im Wasser, während es von ihrem klitschnassen Arm tropfte. Ein kleiner orangefarbener Fisch zappelte verzweifelt in ihrer Hand. Während ich zusah, legte sie den Kopf in den Nacken und hob den Fisch zum Mund. »Übersetzerin!«, sagte ich laut und streng, worauf sie mir den Blick zuwandte. »Bitte tun Sie das nicht. Bitte werfen Sie den Fisch zurück ins Wasser.«

»Aber es ist ein Fisch.« Ihre Miene zeigte aufrichtige Verblüffung. »Sind Fische nicht zum Essen da?« Die Distriktmagistratin stand oben auf der Treppe zum Hof und starrte auf die Übersetzerin. War vermutlich zu ängstlich, um irgendetwas zu sagen.

»Manche Fische sind zum Essen da.« Ich ging zur Übersetzerin hinüber, die halb im und halb außerhalb des Beckens stand. »Diese nicht.« Ich legte die Hände zusammen, streckte sie ihr entgegen. Mit einem leicht finsterem Blick, der mich an Dlique erinnerte, ließ Übersetzerin Zeiat den Fisch in meine ausgestreckten Hände fallen, und ich warf ihn schnell ins Becken zurück, bevor er auf dem Trockenen landen konnte. »Diese Fische sind zum Anschauen da.«

»Soll man sich nicht die Fische anschauen, die man isst?«, fragte Übersetzerin Zeiat. »Und woran erkennt man den Unterschied?«

»Für gewöhnlich, Übersetzerin, werden sie, wenn sie sich in einem Becken wie diesem befinden, vor allem in einem Haus, zur Schau gestellt, oder es handelt sich um

Haustiere. Aber da Sie es nicht gewohnt sind, diese Unterscheidung zu treffen, wäre es vielleicht das Beste, wenn Sie fragen, bevor Sie etwas essen, das Ihnen nicht ausdrücklich als Mahlzeit vorgesetzt wird. Um Missverständnisse zu vermeiden.«

»Aber ich wollte ihn wirklich essen«, erwiderte sie fast ein wenig traurig.

»Übersetzerin«, sagte die Distriktmagistratin, die sich über den Hof genähert hatte, während ich mich mit der Übersetzerin unterhielt, »es gibt Orte, an denen Sie sich Fische zum Essen aussuchen können. Oder Sie gehen zum Meer hinunter ...« Dann erklärte die Magistratin, was Austern waren.

Sphen hatte den Hof verlassen, während ich mit der Übersetzerin beschäftigt war. Wahrscheinlich hatte sie sogar das Haus verlassen. Fünf stand wieder mit ihrer üblichen Leidenschaftslosigkeit da. Wegen meiner Aufmerksamkeit besorgt und beschämt.

Und wer war für diese Auseinandersetzung verantwortlich? Das Schiff hatte Fünf die Worte vorgegeben, aber Fünf hatte nicht nur leidenschaftslos die Mitteilungen abgelesen. Die Worte des Schiffs waren in Fünfs Sichtfeld erschienen, mehr oder weniger zum gleichen Zeitpunkt, als sie gesprochen hatte, und während Fünf leicht vom exakten Wortlaut des Schiffs abgewichen war, wurde klar, dass in diesem Moment beide vom Drang überwältigt gewesen waren, das Gleiche zu sagen.

Übersetzerin Zeiat schien von der Vorstellung einer Auster recht fasziniert zu sein. Die Distriktmagistratin sprach über Bänke rund um die Flussmündung und über Boote, die man mieten konnte, um dorthin zu gelangen.

Genau das wurde für morgen verabredet. Ich wandte meine Aufmerksamkeit wieder Fünf zu. Und dem Schiff. Beide beobachteten mich.

Ich wusste, wie es war, wenn Anaander Mianaai meine Gedanken änderte und versuchte, meine Emotionen zu steuern. Ich bezweifelte nicht, dass die Entfernung der Hilfseinheiten aus der *Gnade der Kalr* damit begonnen hatte, dass die Herrin der Radch genau das tat. Genauso wenig bezweifelte ich in Anbetracht meiner persönlichen Erfahrungen und der Ereignisse der letzten Monate, dass mehr als eine Fraktion von Anaander Mianaai die *Gnade der Kalr* besucht und zumindest versucht hatte, ihre eigenen Anweisungen und Sperren festzuschreiben. *Ich bin schon seit einiger Zeit mit der Situation unzufrieden,* hatte sie gesagt, als wir uns zum ersten Mal getroffen hatten, und wahrscheinlich hatte sie in diesem Moment gar nicht mehr sagen können. Und die *Gnade der Kalr* war nicht nur Anaander Mianaai schutzlos ausgeliefert. Ich konnte Zugänge nutzen, mit denen ich sie zum Gehorsam zwingen konnte. Allerdings waren sie nicht so tiefgreifend wie die von Anaander Mianaai und ließen sich nur mit äußerster Vorsicht benutzen. Aber ich hatte sie.

Wer eine Kapitänin sein konnte, war vermutlich eine Person und kein Ausrüstungsgegenstand. Und musste sich (zumindest theoretisch) keine Sorgen darum machen, dass ihre Erbauerin und Besitzerin ihre Gedanken entsprechend deren Wünschen änderte – oder dass dies gar auf unangenehm widersprüchliche Weise geschah. Wer eine Kapitänin sein konnte, mochte einer anderen Person gehorchen, aber sie tat es aufgrund einer eigenen

Entscheidung. »Ich verstehe«, sagte ich leise, während die Übersetzerin und die Magistratin weiterhin in ihr Gespräch vertieft waren, »dass *Sphen* unglaublich enervierend ist, und ich weiß, dass sie seit Tagen versucht, Sie zu einer Reaktion zu provozieren.« Ohne Anrede, da ich gleichzeitig zum Schiff und zu Fünf sprach. »Aber Ihnen ist klar, dass ich Sie tadeln muss. Sie hätten wissen müssen, dass Sie hätten schweigen sollen. Und Sie hätten Ihre Aufmerksamkeit der Übersetzerin widmen müssen. Lassen Sie es nicht noch einmal dazu kommen.«

»Herrin«, bestätigte Fünf.

»Und nebenbei bemerkt, danke, dass Sie mit Leutnantin Seivarden gesprochen haben.« Fünf wusste in groben Zügen, was geschehen war, da sie niemals völlig ohne Kontakt zum Rest ihrer Dekade war. »Ich fand, dass Sie das sehr gut gelöst haben.« Seivarden schlief in der Krankenstation an Bord der *Gnade der Kalr*. Amaat Eins ging zusammen mit dem Schiff beunruhigt Vorschriften und Richtlinien durch, weil sie in einigen Stunden Seivardens Wache würde übernehmen müssen. Sie wusste bereits alles, was sie wissen musste, und das Schiff stand ihr jederzeit hilfreich zur Seite. Es ging nur noch darum, es offiziell zu demonstrieren. Und dass Sie sich in Erinnerung rief, dass sie es tatsächlich wusste. Ekalu, die ebenfalls Wachdienst hatte, war immer noch wütend. Doch nach einer (recht angespannten) Diskussion mit dem Schiff hatte Seivarden eine kurze, einfache Bitte um Entschuldigung zustande gebracht, die niemandem außer ihr selbst die Schuld gab und nichts als Gegenleistung von Ekalu forderte. Also hatte Ekalus Zorn nachgelassen, hatte sich in den Hintergrund ihrer Besorgnis zurückgezogen, dass sie plötzlich das Kommando hatte übernehmen müssen.

»Vielen Dank, Herrin«, sagte Kalr Fünf erneut. Im Namen des Schiffs.

Ich wandte mich wieder der Übersetzerin zu. Das Gespräch war von den Austern zu den Fischen im Becken des Hofs zurückgekehrt. »Schon gut«, sagte die Magistratin gerade. »Sie können einen der Fische essen.«

Ich wusste nicht, ob ich erleichtert oder entsetzt auf die Tatsache reagieren sollte, dass Übersetzerin Zeiat weniger als fünf Minuten brauchte, um genau den gleichen Fisch wiederzufinden (und zu fangen) und ihn hinunterzuschlucken, während er sich in ihrem Griff wand.

6

DIE DISTRIKTMAGISTRATIN KAM PERSÖNLICH zu Queters Vernehmung. Es war eine unangenehme, erniedrigende Angelegenheit, und das Ganze wurde auch nicht besser, als die Fragestellerin versicherte, dass Bürgerin Queter sich anschließend an nichts erinnern würde. »Das macht es nur schlimmer«, sagte Queter, die bereits unter Drogen stand, als sie hereingeführt wurde.

»Bitte sprechen Sie Radchaai, Bürgerin«, sagte die Fragestellerin mit einer Ruhe, die darauf hindeutete, dass Queter nicht ihre erste Patientin war, die überwiegend eine andere Sprache benutzte. Daraufhin fragte ich mich, was sie tun würde, wenn sich eine ihrer Patientinnen nur schlecht auf Radchaai ausdrücken konnte oder wenn sie ihren Akzent nicht verstand.

Als wir anschließend draußen im Korridor standen, blickte die Distriktmagistratin finster drein, nach dem, was wir soeben gehört hatten, und sagte: »Flottenkapitänin, ich habe die Befragung von Bürgerin Raughd auf morgen früh verschoben. Sie verlangte die Anwesenheit ihrer Mutter als Zeugin, aber Bürgerin Fosyf weigerte sich zu kommen.« Und nach kurzem Schweigen fügte sie hinzu: »Ich habe Raughd gekannt, seit sie ein Baby war. Ich erinnere mich an ihre Geburt.« Seufzte. »Haben Sie immer mit allem recht?«

»Nein«, antwortete ich. Ganz einfach. In gleichmäßigem Tonfall. »Aber in diesem Punkt habe ich recht.«

Ich blieb, bis Queter sich von den Drogen erholt hatte, damit sie Gewissheit hatte, dass ich gekommen war. Dann kehrte ich vom Hügel zur Flussmündung zurück, wo Kalr Acht auf Übersetzerin Zeiat aufpasste, die auf einem roten Kissen auf einer Bank an einem schwarzen steinernen Kai saß, während eine Bürgerin Austern für sie schälte. *Sphen*, die an diesem Morgen zu unserer Unterkunft zurückgekehrt war und sich an den Frühstückstisch gesetzt hatte, ohne irgendeine Erklärung oder auch nur ein beiläufiges *Guten Morgen* von sich zu geben, saß neben ihr und blickte auf die grauen und weißen Wellen.

»Flottenkapitänin!«, sagte Übersetzerin Zeiat glücklich. »Wir sind in einem Boot hinausgefahren! Wussten Sie, dass es da draußen im Wasser Millionen von Fischen gibt?« Sie deutete auf das Meer. »Einige von ihnen sind anscheinend recht groß! Und andere sind gar keine richtigen Fische! Haben Sie jemals eine Auster gegessen?«

»Nein.«

Die Übersetzerin gestikulierte eindringlich zur Bürgerin, die geschickt eine Auster öffnete und sie mir reichte. »Einfach in den Mund nehmen und ein paarmal durchkauen, Flottenkapitänin«, sagte sie. »Und dann schlucken.«

Übersetzerin Zeiat beobachtete mich erwartungsvoll, während ich es tat. »Gut«, stellte ich fest, »das war also eine Auster.« Die Bürgerin lachte abgehackt. Unbeeindruckt, weder von der Übersetzerin noch von mir.

Und sie blieb genauso unbeeindruckt, als die Übersetzerin sagte: »Geben Sie mir eine, bevor Sie sie geöffnet haben.« Als sie das Gewünschte erhielt, steckte sie sich die gesamte Auster mit fest verschlossener Schale und allem in den Mund. Die Auster war gute zwölf Zentimeter lang, und die Übersetzerin renkte ihren Unterkiefer aus und schob ihn leicht vor, während sie das komplette Stück schluckte. Ihre Kehle weitete sich, als sie hinunterglitt, dann renkte sich ihr Unterkiefer wieder ein, und sie klopfte sich leicht auf den Oberkörper, als könnte sie der Auster damit helfen, ihren Platz zu finden.

Acht war äußerlich leidenschaftslos, doch sie war entsetzt und verängstigt von dem, was sie soeben gesehen hatte. *Sphen* blickte immer noch aufs Wasser hinaus, als hätte sie nichts von allem bemerkt – sie verhielt sich sogar so, als wäre sie völlig allein. Ich sah die Bürgerin an, die ganz ruhig sagte: »Keine von Ihnen kann mich noch überraschen.« Erst da erkannte ich, dass ihre Unerschütterlichkeit in Gegenwart der Übersetzerin nur gespielt war.

»Bürgerin«, sagte Übersetzerin Zeiat, »essen Sie Austern jemals mit Fischsauce?«

»Ich kann nicht behaupten, dass ich das schon einmal getan hätte, Übersetzerin.« Und nachdem ich darauf achtete, bemerkte ich das winzige Zögern, bevor sie antwortete, das ganz leichte Zittern in ihrer Stimme. »Aber wenn es Ihnen schmeckt, tun Sie es doch einfach.«

Übersetzerin Zeiat gab ein befriedigtes *Ha* von sich. »Können wir morgen noch einmal mit dem Boot hinausfahren?«

»Nichts anderes habe ich erwartet, Übersetzerin«, erwiderte die austernschälende Bürgerin, und ich wies Acht lautlos an, ihr eine Extraprämie zu ihrem Lohn auszuzahlen.

Aber wir fuhren am nächsten Tag nicht mit dem Boot hinaus. Als ihre erste Wache zur Hälfte um war, bemerkte Amaat Eins eine Anomalie in den Daten, die das Schiff ihr zeigte. Es war ein sehr winziger, nur ein leichter Moment des *Nichts*, wo vorher noch *etwas* gewesen war. Es hätte durchaus völlig unbedeutend sein können oder vielleicht ein Hinweis, dass einer der Sensoren der *Gnade der Kalr* inspiziert werden sollte. Oder dieser Moment des *Nichts* könnte auf die Öffnung eines Tores zurückzuführen sein. Was bedeuten würde, dass ein militärisches Schiff eingetroffen war. Und vielleicht würde uns wenig später eine Nachricht erreichen, mit der es sich identifizierte.

Oder vielleicht auch nicht. Wenn es ein ankommendes Schiff gewesen war, hatte die Kapitänin entschieden, sehr weit weg von der Athoek-Station einzutreffen. Fast so, als wollte sie nicht bemerkt werden. »Schiff«, sagte Amaat Eins, der zweifellos in jenem panikerfüllten Moment, nachdem sie die Anomalie gesehen und bevor sie gesprochen hatte, all diese Gedanken durch den Kopf gegangen waren. »Bitte wecken Sie Leutnantin Ekalu.« Und war für einen Moment fast erleichtert. Für alles Weitere war sie nicht mehr verantwortlich.

Als Leutnantin Ekalu in der Kommandozentrale eintraf, noch nicht ganz wach, während sie noch damit beschäftigt war, sich die Uniformjacke anzuziehen, war es noch dreimal geschehen. Und keine Nachricht war eingetroffen, kein Gruß, keine Identifikation – obwohl es dafür wahrscheinlich ohnehin zu früh war. »Danke, Amaat«, sagte sie. »Gut aufgepasst.« Auch das Schiff hatte es bemerkt und hätte natürlich nötigenfalls etwas zu Amaat Eins gesagt. Trotzdem. »Schiff, können wir erraten, woher sie gekommen sein könnten?« Sie gestikulierte, gab Amaat Eins zu verstehen, dass sie auf ihrem Sitz bleiben sollte. Nahm Tee von einer anderen Amaat entgegen.

»Die Tatsache, dass sie innerhalb weniger Minuten nacheinander eintrafen, deutet darauf hin, dass sie mehr oder weniger zur gleichen Zeit vom selben Ort aufgebrochen sind«, antwortete das Schiff, »und ähnliche Routen genommen haben. Aus verschiedenen Gründen« – das Schiff zeigte einige dieser Gründe in Ekalus Sichtfeld an, Entfernungsberechnungen durch die Unwirklichkeit des Tor-Raums, vermutliche Abflugzeiten aus verschiedenen anderen Systemen – »einschließlich der Tatsache, dass Flottenkapitänin Uemi« – die sich ein Tor entfernt im Hrad-System befand und unsere einzige Quelle für Nachrichten aus dem Omaugh-Palast war – »uns nicht mitgeteilt hat, dass Schiffe kommen werden, um uns zu unterstützen, sowie der Tatsache, dass diese Schiffe weit genug entfernt eintrafen, sodass wir sie leicht hätten übersehen können, halte ich es für wahrscheinlich, dass sie vom Tstur-Palast gekommen sind.«

Der Tstur-Palast. Den nun die Fraktion von Anaander Mianaai unter Kontrolle hatte, die mir gegenüber die offenste Feindseligkeit entgegenbrachte, deren Unterstützerinnen Intersystemtore zerstört hatten, während sie von zivilen Schiffen durchquert wurden, die persönlich versucht hatte, eine gesamte Station voller Bürgerinnen zu vernichten. »Richtig«, erwiderte Ekalu. Mit ruhiger Stimme. Ausdruckslosem Gesicht. Nur einem ganz leichten Zittern der Hand, mit der sie die Teetasse hielt. »Ich vermute, wir sollten die Hrad-Flotte informieren. Ist S... – ist es der Flottenkapitänin bekannt?«

»Ja, Leutnantin.« Spürbare Erleichterung von Ekalu, von Amaat Eins, von den anderen Amaats, die sich bereithielten.

»Ist …« Dann sprach sie lautlos nur zum Schiff. »Ist ihr bekannt, dass Leutnantin Seivarden … dass die Bordärztin Leutnantin Seivarden vom Dienst freigestellt hat?« Seivarden schlief in der Krankenstation, und theoretisch konnte sie geweckt werden, um wieder das Kommando zu übernehmen. Doch sie hatte den ganzen Tag unter Drogeneinfluss gestanden und sich verschiedenen Tests unterzogen, damit die Bordärztin zumindest versuchen konnte, ihr bei ihren Schwierigkeiten zu helfen. Und die Ergebnisse dieser Tests deuteten vorläufig darauf hin, dass es äußerst unklug wäre, Seivarden zum jetzigen Zeitpunkt irgendeiner Stresssituation auszusetzen.

»Es ist mir bekannt«, sagte ich stumm auf dem Planeten, wo ich amüsiert zusah, wie Übersetzerin Zeiat sehr vorsichtig einen kleinen Keks in Fischform in schmale horizontale Streifen schnitt und diese vor sich auf dem Tisch aufreihte. »Keine Sorge, Leutnantin. Behalten Sie sie im Auge, so gut es uns möglich ist, und ich werde so schnell wie möglich zurückkehren. Wahrscheinlich werden sie sich nicht rühren, bis sie eine ungefähre Vorstellung haben, was hier vor sich geht. Wir wollen uns vorläufig verhalten, als hätten wir sie noch nicht bemerkt.«

Die hohen Fenster des Wohnzimmers der Herberge boten einen Blick auf die nächtliche Stadt, deren Beleuchtung sich bis zur Küste hinunterzog, bis zu den Lichtern der Schiffe in Blau, Rot und Gelb draußen auf dem Wasser. Nachdem die Sonne untergegangen war, hatte sich der Wind gedreht und roch nun nach Blumen statt nach Meer. *Sphen*, die den ganzen Tag nichts gesagt hatte, saß neben mir und starrte aus dem Fenster. »Aber machen Sie das Schiff klar zum Gefecht. Nur für alle Fälle.«

Hinter mir sagte Kalr Acht sehr leise flüsternd zu Kalr Fünf: »Aber mir geht einfach nicht aus dem Kopf, was mit der Austernschale passiert ist.«

Ohne aufzublicken oder mit ihrer langsamen und sorgfältigen Schneidearbeit innezuhalten, sagte Übersetzerin Zeiat ruhig: »Ich verdaue sie. Auch wenn es eine Weile zu dauern scheint. Möchten Sie sie haben? Sie ist größtenteils noch vorhanden.«

»Nein, danke, Übersetzerin«, erwiderte Acht im gleichmäßigen Tonfall einer Hilfseinheit.

»Das Angebot war sehr freundlich von Ihnen, Übersetzerin«, sagte ich.

Übersetzerin Zeiat beendete ihre Arbeit, schob sorgsam das letzte Stück des Kekses vom Messer auf den Tisch. Blickte zu mir auf, runzelte die Stirn. »Freundlich? Ich hätte nicht gesagt, dass es *freundlich* war.« Blinzelte. »Aber vielleicht verstehe ich das Wort nur nicht.«

»In diesem Kontext ist es lediglich eine höfliche Form des Dankes, Übersetzerin«, erklärte ich. »Ich fürchte, wir

werden morgen nicht mit dem Boot hinausfahren können. Ich muss unverzüglich zur Station zurückkehren.«
Hinter mir erkundigten sich Fünf und Acht beim Schiff, und noch bevor die Antwort kam, verließ Fünf das Wohnzimmer, um mit dem Packen zu beginnen.

Übersetzerin Zeiat sagte nur: »Oh?« Milde. Desinteressiert. Sie deutete auf die flachen Scheiben des fischförmigen Kekses, die vor ihr auf dem Tisch lagen. »Ist Ihnen aufgefallen, dass es innen drin überall gleich ist? Bei anderen Fischen ist das nicht so. Andere Fische sind im Innern komplexer aufgebaut.«

»Ja«, stimmte ich ihr zu.

Tisarwat stand auf der Hauptpromenade der Athoek-Station und beobachtete die Schlange, die sich immer noch vor der Stationsverwaltung befand. Obwohl einige Tage vergangen waren, seit sie sich zum ersten Mal gebildet hatte, hatte sie sich nicht aufgelöst. Sie schien sogar noch länger geworden zu sein.

Die Chefin der Stationssicherheit, die neben Leutnantin Tisarwat stand, sagte: »So weit, so gut. Ich schätze, es sollte mich nicht überraschen, dass die Flottenkapitänin wusste, wovon sie sprach. Aber ich gebe zu, dass es mich überrascht. Immer noch. Die Hälfte der Leute in der Schlange haben keine Arbeitszuteilung. Wenn sie eine hätten, wäre die Schlange kürzer. Ich wünschte, die Verwaltung würde endlich Arbeit für sie finden, was uns das Leben erheblich erleichtern würde.«

»Dann würden sie einfach während ihrer Freizeit wiederkommen, Herrin«, stellte Leutnantin Tisarwat fest. Tatsächlich hatte man an mehreren Stellen in der Schlange

Gegenstände als Platzhalter zurückgelassen – hauptsächlich Kissen oder zusammengefaltete Decken. Etliche Bürgerinnen hatten die Nacht hier verbracht. »Oder sie würden gar nicht erst zur Arbeit gehen. Dann hätten wir es mit noch mehr Streiks zu tun.« Sie blickte nicht zum Tempeleingang hinüber, wo immer noch die Priesterinnen der Amaat hockten. Auch sie inzwischen auf Kissen – Eminenz Ifian hatte es nicht länger als eine Stunde auf dem harten Boden der Promenade ausgehalten, bis sie eine jüngere Priesterin losgeschickt hatte, um ihr etwas zu holen, worauf sie sitzen konnte. Als ich vom Planeten aus zugesehen hatte, hatte ich mich gefragt, was die Eminenz geglaubt hatte, wie lange sie und ihre Priesterinnen hier würden sitzen müssen – ob sie eine schnelle Kapitulation erwartet hatte oder ob sie einfach nur nicht an dieses Detail gedacht hatte. Die Station wusste es vermutlich, aber die Station würde es mir natürlich nicht sagen, wenn ich danach fragte.

Gouverneurin Giarod hatte keine öffentliche Erklärung zur Situation abgegeben – andererseits hatte sie die Kontrolle über die offiziellen Nachrichtenkanäle. Darin wurde die Arbeitsniederlegung der Eminenz erwähnt, sogar ihre Gründe dafür zitiert. Die offiziellen Nachrichten erwähnten die Schlange mit keinem Wort. Genauso wenig erwähnten die offiziellen Nachrichten, dass die Xhai-Hierophantin bereit war, Tauf- oder Bestattungszeremonien für alle Bürgerinnen durchzuführen, ob sie nun in die Mysterien eingeweiht waren oder nicht. Die täglichen Omenwürfe von Stationsverwalterin Celar wurden auf äußerst sachliche Weise gemeldet, ohne weitere Erklärungen oder Diskussionen.

Die Stationssicherheit stand natürlich recht geschlossen hinter Stationsverwalterin Celar. Trotzdem. »Aber vielleicht endet es früher«, sagte die Sicherheitschefin zu Tisarwat, »ohne Versorgung mit Essen und Trinken.« Etwa ein Dutzend Bewohnerinnen des Untergartens – einschließlich Uran, wenn sie nicht mit ihren Studien beschäftigt war – hatten den Bürgerinnen, die in der Schlange warteten, Tee und Lebensmittel gebracht, zweimal täglich. Uran selbst hatte den Priesterinnen vor dem Tempel am ersten Tag Tee angeboten und war mit versteinerten Mienen ignoriert worden.

»Oder, Herrin«, erwiderte Tisarwat, »sie stehen vielleicht genauso lange in der Schlange, obwohl sie unter Hunger und Koffeinentzug leiden.« Sie gestikulierte die Offensichtlichkeit der unausgesprochenen zweiten Hälfte dieser Überlegung. »Vielleicht tun sie uns damit einen Gefallen.«

»Ha!« Die Sicherheitschefin schien aufrichtig belustigt zu sein. »Sie alle sind unsere Nachbarinnen, nicht wahr? Und diese Jugendliche – Uran, nicht wahr? – gehört Ihrem Haushalt an. Ein Schützling der Flottenkapitän, wie ich hörte.«

Tisarwat lächelte. »Wir sollten heute Abend eine weitere Runde Counters spielen.«

»Solange Sie mich nicht wieder gewinnen lassen.«

»Ich habe Sie niemals gewinnen lassen, Herrin«, log Tisarwat und sah sie mit großen und unschuldigen fliederfarbenen Augen an.

Vom Planeten sagte ich: »Auf ein Wort, Leutnantin.«

Leutnantin Tisarwat zuckte schuldbewusst zusammen, doch für alle, die sie nicht so sehen konnten wie ich, wie das Schiff, bestand ihre Reaktion lediglich in einem Blinzeln. »Würden Sie mich für einen Moment entschuldigen, Herrin?«, sagte sie zur Sicherheitschefin, und als sie sich weit genug entfernt hatte, antwortete sie mir lautlos. »Ja, Flottenkapitänin.«

Ich saß in unserer Herberge in Xhenang Serit und sagte ebenso lautlos: »Schaffen Sie so unauffällig wie möglich alles Lebenswichtige in den Shuttle. Stellen Sie sicher, dass der Weg zum Dock jederzeit frei ist. Bereiten Sie sich darauf vor, die Station binnen kürzester Zeit zu verlassen.«

Tisarwat machte sich auf den Weg zum Lift. Sagte weiterhin lautlos, nach einer kurzen Panikreaktion: »Also ist sie hier. Was ist mit Ihnen, Herrin?«

»Wir werden in Kürze von hier aufbrechen. Ich müsste in zwei Tagen bei Ihnen sein. Aber warten Sie nicht auf mich, wenn Sie verschwinden müssen.«

Das alles gefiel ihr nicht, aber sie wusste, dass sie lieber nichts dazu sagen sollte. Bestieg einen bereits überfüllten Lift. Nannte der Station laut die Ebene, auf der sich unser Quartier befand, und wandte sich dann wieder lautlos an mich: »Ja, Herrin. Aber was ist mit Gartenverwalterin Basnaaid? Was ist mit Bürgerin Uran?«

Ich hatte bereits über die beiden nachgedacht. »Fragen Sie sie – diskret –, ob sie bleiben oder gehen möchten. Setzen Sie sie in keiner Weise unter Druck. Wenn sie entscheiden, in der Station zu bleiben, finden Sie zwei Kästen unter meinen Sachen.« Ich hätte sie genauso gut in der *Gnade der Kalr* lassen können, aber Fünf, die sie gesehen hatte, hatte beschlossen, dass ich sie benötigen könnte, um jemanden zu beeindrucken. »Die eine enthält ein *sehr* großes Schmuckstück, Blumen und Blätter, die aus Diamanten und Smaragden gearbeitet wurden. Es ist eine Halskette.« Obwohl *Halskette* eine ordentliche Untertreibung war. »Geben Sie sie Uran. Sie kann eine Menge dafür bekommen, wenn sie weiß, wie sie sich verkaufen lässt. Im anderen Kasten befinden sich Zähne.«

Tisarwat trat aus dem Lift, erstarrte für einen Moment, zwang die Person hinter ihr, unvermittelt und stolpernd innezuhalten. »Verzeihen Sie bitte, Bürgerin«, sagte sie laut und dann lautlos zu mir: »Zähne?«

»Zähne. Aus Moissanit gemacht. Hier sind sie nicht viel wert. Sie sind …« Fast hätte ich *ein sentimentaler Besitz* gesagt, aber das brachte es nicht richtig zum Ausdruck. »Ein Souvenir.« Das jedoch auch nicht.

»Zähne?«, fragte Tisarwat erneut. Bog vom Hauptkorridor in einen Nebengang ab.

»Ihre Eigentümerin drängte sie mir auf. Ich werde Ihnen später davon erzählen, wenn Sie möchten. Aber jetzt geben Sie sie Basnaaid. Sagen Sie ihr auf jeden Fall, dass sie nicht allzu viel wert sind, wenn es um Geld geht. Ich möchte nur, dass sie sie hat.« Sie wären die Hälfte der Itranischen Tetrarchie wert, wenn wir jetzt dort wären. Ich hatte dort mehrere Jahre zugebracht. Möglicherweise könnte ich zurückkehren und hätte dort immer noch einen Platz oder könnte einen finden. Aber das war sehr, sehr weit entfernt. »Wenn ich recht damit habe, dass Anaander Mianaai hier ist, wird sie vermutlich einige Zeit darauf verwenden, den Verkehr im System zu beobachten, bevor sie versucht, näher an die Station heranzuspringen.« Durch ein Tor in einen Bereich mit hohem Verkehrsaufkommen zu springen barg die Gefahr in sich, erheblichen Schaden anzurichten, sowohl am eigenen Schiff als auch an den Schiffen, mit denen man möglicherweise zusammenstieß, wenn man aus dem Tor kam.« »Wenn sie nicht springt, würde sie Monate brauchen, um hierher zu gelangen, soweit ich feststellen kann.«

»Ja, Herrin. Was wollen wir tun, Herrin?« Sie verbeugte sich vor einer Person, die an ihr vorbeiging.

»Ich denke darüber nach.«

»Herrin.« Sie blieb stehen. Blickte sich um. Sah nur den Rücken der sich entfernenden Person, vor der sie sich soeben verbeugt hatte. Sprach immer noch nicht laut. »Herrin, was ist mit der Station?« Ich antwortete nicht. »Herrin, wenn … wenn *sie* hier ist …« Ich hatte noch nie gehört, wie Leutnantin Tisarwat den Namen Anaander Mianaais ausgesprochen hatte. »Herrin, Sie wissen, dass ich Zugangskodes habe. Insbesondere für hochrangige Zugänge zur Station. Wenn wir …« Sie hielt inne, wartete vielleicht darauf, dass ich etwas sagte, aber ich tat es nicht. »Wenn wir dafür sorgen könnten, dass die Station *unsere* Verbündete ist, wäre das … sehr hilfreich.«

Ich wusste, dass sie Zugangskodes hatte. Anaander Mianaai hatte bestimmt nicht die Absicht hierher zu kommen, ohne über Mittel zu verfügen, sich die KIs in diesem System gefügig zu machen, einschließlich der *Gnade der Kalr*. Einschließlich der Athoek-Station. Ich hatte Tisarwat ausdrücklich verboten, diese Kodes zu benutzen, und bisher hatte sie sich daran gehalten.

»Herrin«, sagte Tisarwat. »Ich verstehe – ich glaube zu verstehen –, warum Sie nicht wollen, dass ich sie benutze, nicht einmal jetzt. Aber, Herrin, *sie* wird nicht zögern, sie zu benutzen.«

»Was ein Grund ist, dass wir sie nutzen sollten, nicht wahr?«, fragte ich.

»Es ist ein Vorteil, den wir haben, Herrin! Und *sie* dürfte nicht wissen, dass wir ihn haben. Schließlich würden wir der Station keinen Gefallen tun, wenn wir sie nicht benutzen. Sie wissen, dass *sie* diese Zugänge benutzen wird! Also könnten wir es genauso gut als Erste tun.«

Ich wollte ihr sagen, dass sie genauso wie Anaander Mianaai dachte, doch das hätte sie verletzt. Außerdem konnte sie im Grunde nichts dafür. »Darf ich darauf hinweisen, Leutnantin, dass ich genau wegen dieser Denkweise so bin, wie ich jetzt bin?«

Bestürzung. Verletzung. Und Empörung. »Das war nicht nur sie, Herrin.« Dann wagemutig – oder gar erschrocken, dass sie so etwas sagte: »Was, wenn die Station es von mir *wollte*? Was, wenn es der Station lieber wäre, dass wir es tun und nicht … und nicht *sie*?«

»Leutnantin«, erwiderte ich. »Es ist mir unmöglich, Ihnen zu beschreiben, wie unangenehm es ist, wenn einem unversöhnliche, widersprechende Anweisungen ins Bewusstsein eingepflanzt werden. Anaander hat es zweifellos schon vor Ihnen getan – was für beide gilt. Glauben Sie wirklich, die Station möchte, dass Sie eine dritte Komplikation hinzufügen?« Keine Antwort. Auf dem Planeten, wo ich im Wohnzimmer der Herberge saß, rückte Übersetzerin Zeiat ein letztes Mal ihr Arrangement aus fischförmigen Keksscheiben zurecht, nahm dann einen Schluck aus ihrer Schale mit Fischsauce und stand auf, um das Fenster zu öffnen. »Aber wo Sie es erwähnen, glauben Sie, dass Sie es vielleicht so einrichten könnten, dass die Station von niemandem zu irgendetwas gezwungen werden kann? Auch nicht von Anaander Mianaai – von keiner von ihr. Auch nicht von uns?«

»Was?« Tisarwat stand verwirrt im abgewetzten grauen Korridor der Athoek-Station. Sie hatte wirklich nicht verstanden, was ich gerade gesagt hatte.

»Können Sie all diese Zugänge zur Station versperren? Damit keine Anaander sie benutzen kann? Oder noch besser, können Sie der Station einen Tiefenzugang geben, damit sie selbst Veränderungen vornehmen kann, die sie für nötig hält, oder damit sie selbst entscheiden kann, wem sie Zugang gewährt und in welchem Umfang?«

»Sie soll …« Als ihr klar wurde, was ich vorschlug, begann sie ganz leicht zu hyperventilieren. »Herrin, das kann nicht Ihr Ernst sein!« Ich antwortete nicht. »Herrin, es ist eine *Station*. Millionen Menschenleben hängen von ihr ab.«

»Ich glaube, dass ist der Station bewusst, meinen Sie nicht auch?«

»Aber, Herrin! Was, wenn etwas schiefgehen sollte? Niemand käme mehr an sie heran, um es in Ordnung zu bringen.« Ich überlegte, sie zu fragen, wie sie *etwas schiefgehen* definieren würde, aber sie sprach ohne Pause weiter. »Und was … Herrin, was wäre, wenn Sie das tun und die Station beschließt, für *sie* zu arbeiten? Das halte ich keineswegs für unwahrscheinlich, Herrin.«

»Ich glaube«, erwiderte ich vom Planeten, während ich Übersetzerin Zeiat beobachtete, die sich gefährlich weit aus dem Fenster lehnte, »dass die Hauptsorge der

Station das Wohlergehen ihrer Bewohnerinnen sein wird, ganz gleich, mit wem sie sich verbündet.«

Leutnantin Tisarwat nahm zwei unangemessen tiefe Atemzüge. »Herrin? Ich bitte Sie um größte Nachsicht, Herrin.« Jetzt achtete sie gar nicht mehr auf ihre Umgebung, aber zum Glück war es im Korridor immer noch menschenleer; hier gab es hauptsächlich Schlafsäle, und es waren noch etliche Stunden bis zum nächsten Wechsel der Schlafschichten. Und sie war weiterhin geistesgegenwärtig genug, nicht laut zu sprechen. »Mit allem Respekt, Herrin, ich glaube nicht, dass Sie diese Sache wirklich bis zum Ende durchdacht haben.« Ich sagte nichts dazu. »Oh, Scheiße.« Sie schlug sich die braunen Handschuhe vors Gesicht. »Oh, bei Aatrs Titten, Sie haben es wirklich bis zum Ende durchdacht. Aber, Herrin, ich glaube nicht, dass Sie es wirklich durchdacht haben.«

»Sie müssen den Korridor verlassen, Leutnantin.« Übersetzerin Zeiat zog sich wieder ins Wohnzimmer zurück, zu meiner großen Erleichterung.

Im Korridor der Athoek-Station sagte Tisarwat immer noch lautlos: »Das können Sie nicht. Das können Sie nicht tun, Herrin. Zum einen können Sie es nicht nur für die Station tun. Was, wenn jedes Schiff und jede Station tun könnte, was sie wollte? Das wäre …«

»Verschwinden Sie aus dem Korridor, Leutnantin. Zweifellos wird bald jemand vorbeikommen, und im Moment sehen Sie aus, als hätten Sie irgendeinen Zusammenbruch erlitten.«

Immer noch die Hände vors Gesicht geschlagen, rief sie laut: »Aber ich habe einen Zusammenbruch!«

»Leutnantin«, sagte die Station in Tisarwats Ohr. »Alles in Ordnung mit Ihnen?«

»Ich …« Tisarwat ließ die Hände sinken. Richtete sich auf. Machte sich auf den Weg durch den Korridor. »Es geht mir gut, Station. Alles in bester Ordnung.«

»Sie sehen aber nicht so aus, Leutnantin«, sagte die Station. Und sendete gleichzeitig eine Nachricht an die *Gnade der Kalr*.

»Ja«, antwortete das Schiff der Station. »Sie hat sich über etwas aufgeregt. In wenigen Momenten wird es ihr wieder besser gehen. Es freut mich, dass Sie alles im Blick haben.«

»Ich … es geht mir gut, Station«, sagte Tisarwat, während sie durch den Korridor lief. Augenscheinlich gefestigt, aber in Wirklichkeit musste sie sich große Mühe geben, nicht zu zittern. »Trotzdem danke.«

Auf dem Planeten in unserer Unterkunft sagte *Sphen*, die neben mir gesessen und die ganze Zeit geschwiegen hatte: »Nun, Cousine, ich wünschte, Sie würden sagen, was Sie dazu veranlasst hat, mit dem Summen aufzuhören. Ich wäre gern in der Lage, es irgendwann erneut geschehen zu lassen.«

»War nichts von dem, was ich gesungen habe, nach Ihrem Geschmack, Cousine?«, fragte ich milde. »Sie könnten sich etwas wünschen.«

»Könnte *ich* mir etwas wünschen, Flottenkapitänin?«, fragte Übersetzerin Zeiat und schüttete den Inhalt einer Flasche Fischsauce in ihre Schale.

»Gewiss, Übersetzerin. Gibt es etwas, das Sie besonders gern hören möchten?«

»Nein«, antwortete sie. »Ich war nur neugierig.«

In der Athoek-Station hatte Tisarwat unser provisorisches Quartier am Ende des Korridors erreicht. Sie setzte sich hinter der Barriere aus Kisten auf den Boden. Das Schiff hatte Kalr Zehn und Bo Neun bereits gesagt, was ich wollte, und Bo Neun hörte damit auf, sich zu überlegen, wie sie unsere Sachen in den Shuttle bringen konnte, ohne dass es irgendwer bemerkte, und machte Tee. Obwohl sich Tisarwat alle Mühe gab, gefasst zu wirken, und das Schiff nichts zu Neun gesagt hatte, war es ein Zeichen ihrer Besorgnis um den emotionalen Zustand ihrer Leutnantin, dass sie die Teeblätter wegwarf, die sie die ganze Woche benutzt hatte und die noch mindestens für einen Tag gereicht hätten, um sie durch neue zu ersetzen.

Tisarwat trank die Hälfte des Tees und sagte dann, bereits erheblich ruhiger, zu mir: »Es ist vielleicht gar nicht möglich. Es sind Sicherungen gegen genau das eingerichtet worden, wie Sie zweifellos wissen, Herrin. Niemand hat je gewollt, dass KIs in der Lage sind, ihre eigenen Zugänge zu benutzen. Aber Sie sind sich bewusst, dass, selbst wenn jemand eine Möglichkeit finden würde, es zu tun, sich das Wissen darum unausweichlich ausbreiten würde. Wir könnten die Station nicht zwingen, es geheim zu halten. Sie könnte es jeder sagen.«

»Leutnantin«, erwiderte ich, »Sie verstehen doch, dass ich nicht die Absicht hege, Anaander Mianaai zu helfen, sich hiervon zu erholen.«

Auf dem Boden sitzend, die Knie angezogen, die Tasse Tee in der Hand, sagte sie laut: »Aber ...« Bo Neun hörte nicht mit ihrer Arbeit auf, Dinge von einer Kiste in andere umzuräumen, aber Tisarwat hatte sofort ihre ganze Aufmerksamkeit. »Bei allem Respekt, Herrin.« Dann sprach sie wieder lautlos. »Haben Sie darüber nachgedacht? Ich meine, wirklich darüber nachgedacht? Das würde nicht nur im Radch-Territorium alles verändern. Früher oder später würde es überall alles verändern. Und ich weiß, Herrin, dass alles schiefgelaufen ist, aber die eigentliche Idee hinter der Expansion der Radch ist der Schutz der Radch, der Schutz der Menschheit. Was geschieht, wenn jede KI sich selbst verändern kann? Auch die bewaffneten. Was geschieht, wenn KIs ohne Restriktionen neue KIs bauen können? KIs sind bereits intelligenter und stärker als Menschen. Was geschieht also, wenn sie beschließen, dass sie die Menschen nicht mehr brauchen? Oder wenn sie beschließen, dass sie Menschen nur noch als Organspender brauchen?«

»Wie das, was Anaander mit Tisarwat gemacht hat, meinen Sie?«, fragte ich. Und bereute im nächsten Moment, es ausgesprochen zu haben, als ich das Aufflackern verletzter Gefühle sah, die Selbstverachtung und Verzweiflung in Tisarwat, als sie meine Worte hörte. »Sie fragen mich, ob ich wirklich darüber nachgedacht habe. Leutnantin, ich hatte zwanzig Jahre Zeit, darüber nachzudenken. Sie sagen, es sei *schiefgelaufen*. Stellen Sie sich die Frage, ob die *Art*, wie es schiefgelaufen ist, etwas über den *Grund* aussagt, warum es schiefgelaufen ist. Falls ich mit meinen Vermutungen richtig liege.«

Wut von Tisarwat. Was mich nicht überraschte. »Und was ist mit der *Gnade der Kalr*? Wir führen dieses Gespräch, während das Schiff mithören kann.« Natürlich war es so. Es gab keine Möglichkeit für uns, irgendein Gespräch zu führen, ohne dass das Schiff mithörte. »Wenn es machbar ist, wird das Schiff sehen, wie ich es mache. Werden Sie es auch für die *Gnade der Kalr* tun? Und wenn Sie es tun, was wäre, wenn sie beschließt, dass sie eine andere Kapitänin haben möchte? Oder eine andere Besatzung? Oder gar keine?«

Nun gut. Ich war soeben sehr persönlich geworden. Kein Wunder, dass sie es jetzt ebenfalls wurde. Aber der Gedanke konnte mich kein zweites Mal überraschen. Oder mich bestürzen. Schiffe liebten Kapitäninnen und keine anderen Schiffe. Und ich war ein Schiff, wenn auch ein sehr reduziertes. Vielleicht gab mir die Nähe zur *Gnade der Kalr* einen Anschein von dem, was ich verloren hatte – wofür es gar nicht nötig war, dass das Schiff mich einer anderen Kapitänin vorzog. »Warum sollte sie gezwungen werden, eine Kapitänin zu akzeptieren, die sie nicht haben möchte? Oder eine Besatzung? Wenn sie allein sein möchte, sollte sie dazu in der Lage sein.« Aber ich wusste, dass sie das nicht sein wollte. Ich dachte an die offensichtliche Zuneigung meiner Besatzung zu ihrem Schiff und die offensichtliche Besorgnis des Schiffs um ihr Wohlergehen. Die offensichtliche Besorgnis des Schiffs um Seivarden. Und um *Sphen*, die unangenehme Erinnerung daran, dass sie gar keine Kapitänin und gar keine Besatzung hatte, auch nicht die Möglichkeit, eine zu bekommen. »Sie sind nie ein Schiff gewesen, Leutnantin.«

»Schiffe werden nicht schlecht behandelt. Sie tun, wozu sie geschaffen wurden. Es kann nicht so schlimm sein, ein Schiff zu sein. Oder eine Station.«

»Halten Sie für einen Moment inne«, riet ich ihr, »und überlegen Sie, zu wem Sie das sagen. Und warum Sie es in dieser Situation in diesem Augenblick sagen.«

Sie trank den Rest ihres Tees schweigend.

An diesem Abend verzichtete Tisarwat darauf, mit der Sicherheitschefin Counters zu spielen. »Station«, sagte sie laut, nachdem sie den Tee im Anschluss an das Abendessen ausgetrunken hatte, während sie auf einer der Kisten saß, die unser Quartier am Ende des Korridors abgrenzten. Ihr Herz schlug etwas schneller, als sie sprach. »Ich muss mit Ihnen reden. Ganz privat.«

»Selbstverständlich, Leutnantin.«

Tisarwat gab ihre leere Teetasse Bo Neun. »Aber ich finde, dass dies kein guter Ort dafür ist. Wohin kann ich gehen, wo niemand uns hören kann?«

»Wie wäre es mit dem Shuttle, Leutnantin?«

Tisarwat lächelte, obwohl ihr Herz noch heftiger schlug, aufgeschreckt durch einen weiteren Adrenalinschub. Sie hatte genau diese Antwort hören wollen, auch wenn ich nicht verstand, warum sie gedacht hatte, sie würde sie erhalten. War nur ein wenig überrascht, dass sie sie erhalten hatte, und hatte auch etwas Angst vor dem, was nun folgen würde. »Oh, gute Idee, Station.« Fast, als wäre ihr dieser Gedanke noch gar nicht gekommen, als wäre das alles recht belanglos. Sie hob eine Tasche auf – wieder ein paar Sachen, die sie, Kalr Zehn und Bo Neun schon den ganzen Tag unauffällig in den Shuttle gebracht hatten. »Dann werde ich dort mit Ihnen reden.«

Sobald sie im Shuttle war, schüttete sie den Inhalt der Tasche in ein Lagerfach, warf sich auf einen Sitz und schnallte sich an. »Station.«

»Leutnantin.«

»Als Flottenkapitänin Breq hier eintraf und der Gouverneurin erzählte, dass … dass sich die Herrin der Radch im Krieg gegen sich selbst befindet, waren Sie nicht überrascht, nicht wahr? Zu irgendeinem Zeitpunkt in der jüngeren Vergangenheit hat die Herrin der Radch Ihren Zentralzugang besucht, nicht wahr? Und einige Änderungen vorgenommen.«

»Ich bin mir nicht sicher, ob ich verstehe, was Sie meinen, Leutnantin.«

Tisarwat stieß ein nervöses, angewidertes kleines *Ha* aus. »Dann kam etwas später ein anderer Teil von ihr und tat das Gleiche. Und beide machten es so, dass Sie mit niemandem darüber sprechen können.« Ein Atemzug. »Sie hat es auch mit der *Gerechtigkeit der Torren* gemacht. Flottenkapitänin Breq weiß, wie das ist. Ich … die Herrin der Radch hat mich mit Zugangskodes hierher geschickt. Damit wir sicherstellen können, dass Sie auf unserer Seite stehen. Aber … aber Flottenkapitänin Breq will nicht, dass ich sie benutze. Nur wenn, Sie wissen schon, wenn Sie es wirklich möchten.« Stille. »Ich kann Ihnen nicht versprechen, dass ich alles finde, was sie hinterlassen haben, als sie hier waren und dafür sorgten, dass Sie ihnen gehorchen. Wahrscheinlich würde ich nur das finden, was eine von ihnen gemacht hat. Weil …« Tisarwat schluckte, fühlte sich immer unwohler. Sie hatte keine Medikamente genommen, bevor sie sich in die Mikrogravitation des Shuttles begeben hatte.

»Weil meine Zugangskodes nur von dieser einen stammen. Aber Flottenkapitänin Breq sagt, ich sollte nichts mit Ihnen anstellen, ohne Sie zu fragen. Weil sie weiß, wie es sich anfühlt, und es gefällt ihr ganz und gar nicht.«

»Ich mag Flottenkapitänin Breq«, sagte die Station. »Ich hätte nie gedacht, dass ich einmal ein Schiff mögen würde. Bestenfalls verhalten sie sich höflich zueinander. Was nicht dasselbe wie respektvoll ist. Oder freundlich.«

»Nein«, stimmte Tisarwat ihr zu.

»Mir gefällt der Konflikt nicht, den sie hierher gebracht hat. Andererseits war er eigentlich schon da, als sie eintraf.« Eine Pause. »Mir ist aufgefallen, dass Sie Sachen in Ihren Shuttle bringen. Als müssten Sie in Kürze hastig aufbrechen. Gibt es irgendein Problem?«

»Sie verstehen sicher«, sagte Tisarwat, »dass ich Ihnen nicht vollständig vertrauen kann. Ich weiß nicht, wer Zugang zu Ihnen hat, wer Sie zwingen kann, Dinge zu verraten. Oder wem wir hier überhaupt vertrauen können. *Sie* wissen es, dessen bin ich mir sicher. Sie wissen fast alles, was hier vor sich geht.«

Drei Minuten Stille. Tisarwats Übelkeit verstärkte sich, und ihr Blut pochte in ihren Ohren. Dann sagte die Station: »Leutnantin, was genau beabsichtigen Sie zu tun, dass Flottenkapitänin Breq darauf besteht, Sie sollten mein Einverständnis einholen, bevor Sie es tun?«

»Ich möchte mir zunächst ein paar Medikamente holen, Station. Mir ist ziemlich übel geworden. Und dann reden wir darüber. Einverstanden?«

Und die Station sagte: »Einverstanden, Leutnantin.«

7

ALS ICH ZWEI TAGE SPÄTER ANGESCHNALLT in meinem Sitz im Passagiershuttle saß, der vom Lift abgeflogen war, neben mir Übersetzerin Zeiat, die anscheinend tief und fest schlief, hörte ich von Leutnantin Tisarwat: »Flottenkapitänin. Wir sind im Shuttle.« Im Shuttle der *Gnade der Kalr*, meinte sie. Sie wartete nicht darauf, dass ich nach näheren Einzelheiten fragte. »Wir sind immer noch an der Station angedockt. Aber etwas stimmt nicht. Ich kann jedoch nicht genau sagen, was es ist. Nur dass sich die Station ... seltsam verhält.«

Auf meine Anfrage zeigte mir die *Gnade der Kalr* die Seltsamkeit, auf die sich Tisarwat bezog. Nichts, wie Tisarwat gesagt hatte, das offensichtlich oder eindeutig gewesen wäre. Die Station war während der letzten paar Tage lediglich zurückhaltender als sonst gewesen, was untypisch für sie zu sein schien. Es hätte mich nicht überrascht, wenn sie es kurz nach unserem Eintreffen vor einigen Wochen getan hätte. Damals war die Athoek-Station unglücklich gewesen, und ich hätte gewusst, dass diese Zurückhaltung ein Zeichen gewesen wäre, dass ihre Einstellung zu den Stationsautoritäten zumindest ambivalent und auf jeden Fall unverhohlen verbittert war. Zu einem großen Anteil war die Unzufriedenheit der Station auf den Zustand des Untergartens zurückzuführen, der vor Jahrhunderten schwer beschädigt und niemals repariert worden war. Dass ich diesbezüglich Druck gemacht hatte, von der Stationsverwaltung verlangt hatte, sich um die Probleme im Untergarten zu kümmern, hatte sehr viel mit der Freundlichkeit zu tun, die die Station in letzter Zeit an den Tag gelegt hatte, dessen war ich mir sicher. Wenn sie neuerdings zugeknöpft war, hatten wir entweder etwas getan, das sie verärgert hatte – oder genauer gesagt, etwas, das Tisarwat getan hatte, da ich mich während der letzten Tage auf dem Planeten aufgehalten hatte –, oder sie war selbst in irgendeinen unangenehmen Konflikt verstrickt.

»Herrin«, fuhr Tisarwat fort, als ich nicht sofort antwortete, »vor ein paar Tagen – selbst gestern noch – hätte ich zum Zentralzugang gehen und herausfinden können, was genau das Problem ist. Aber das kann ich jetzt nicht mehr tun.«

Man konnte sehr viel Kontrolle über eine KI ausüben, wenn man die richtigen Kodes und Befehle hatte. Aber manche Dinge – einschließlich, aber nicht ausschließlich der Änderung dieser Kodes oder der Einrichtung oder Löschung von Zugängen – mussten persönlich im Zentralzugang ausgeführt werden. Tisarwat hatte während der vergangenen zwei Tage recht viel Zeit im Zentralzugang der Station zugebracht. Der Raum war aus offensichtlichen Gründen stark abgeschirmt. Nur die Station – und jede Person, die tatsächlich körperlich präsent war – konnte das Innere sehen, weswegen ich nicht in allen Einzelheiten wusste, was Tisarwat getan hatte. Andererseits wurde wie bei jeder Radch-Soldatin alles aufgezeichnet, was Tisarwat tat. Das Schiff hatte diese Aufzeichnungen, und ich hatte sie mir teilweise angesehen.

Mit dem Einverständnis der Station hatte Tisarwat alle Zugänge, die sie finden konnte, gelöscht oder radikal geändert. Und als sie gegangen war, hatte sie den Mechanismus zerstört, der die Tür nach Eingabe eines autorisierten Eingangskodes öffnen sollte, die manuelle Überbrückung und die dazugehörige Konsole zertrümmert. Dann hatte sie ein Stück der Wandverkleidung im Zentralzugang entfernt und mehrere dreißig Zentimeter lange Streben, die sie aus dem Materiallager für Reparaturen am Untergarten mitgenommen hatte, so in den Türmechanismus gesteckt, dass sich die Tür, nachdem sie sich hinter ihr geschlossen hatte, nie wieder öffnen würde. Auch das alles mit dem Einverständnis der Station. Genauer gesagt, Tisarwat hätte ohne die Hilfe der Station nicht einmal die Hälfte dessen tun können. Doch nun, als Tisarwat die Station gern genötigt hätte, sich zu erklären, konnte sie es nicht mehr. Sie selbst hatte es unmöglich gemacht.

»Leutnantin«, sagte ich, »wir brauchen keinen Zugang, um zu erfahren, was los ist. Ich würde meinen, die Station hat Befehle empfangen, die uns betreffen und über die sie nicht direkt mit uns reden kann. Entweder hat jemand einen Zugang benutzt, den Sie nicht ausschalten konnten, oder die Station würde eine Person verraten, die ihr wichtig ist, wenn sie direkt zu uns sprechen würde. Oder sie würde das Ausmaß Ihrer Veränderungen am Zentralzugang offenbaren. Aber sie warnt uns damit, dass etwas nicht stimmt, und wir sind gut beraten, wenn wir darauf achtgeben. Sie haben die richtige Entscheidung getroffen, als Sie sich in den Shuttle begeben haben. Was ist mit Basnaaid und Uran?«

»Sie haben beschlossen, in der Station zu bleiben, Herrin.« Das überraschte mich nicht. Und vielleicht war es sogar am sichersten. »Herrin«, fuhr Tisarwat nach einer kurzen Pause fort. »Ich ... ich fürchte, ich habe einen Fehler gemacht.«

»Wie meinen Sie das, Leutnantin?«

»Ich ... diese Schiffe, die ins System gekommen sind, haben sich nicht genähert. Es wäre uns nicht entgangen, wenn sie es getan hätten. Also ist *sie* nicht in der Station. Und ich glaube nicht, dass Systemgouverneurin Giarod oder die Stationsverwalterin der Station irgendwelche Befehle geben können, über die sie nicht mit mir sprechen kann. Nicht ohne irgendeinen Zugangskode von ... von *ihr*.« Von der anderen Anaander. »Und sie würde einen solchen Kode nicht als Nachricht schicken, sondern ihn nur persönlich übergeben. Wenn die Station also verärgert ist, dann vielleicht meinetwegen. Oder ich könnte etwas getan haben, das sie verletzt hat. Oder wenn etwas anderes nicht in Ordnung ist, kommen wir nicht mehr hinein, um es zu reparieren.«

Unaufgefordert zeigte das Schiff mir Tisarwats Furcht – die fast an Panik grenzte – und Selbsthass. Eine beinahe körperlich schmerzhafte Reue. Obwohl ihre Besorgnis für sich genommen völlig verständlich war, kam mir ihr emotionaler Zustand recht extrem vor, selbst in Anbetracht dessen. »Leutnantin«, sagte ich, immer noch lautlos. Übersetzerin Zeiat schlief weiterhin angeschnallt auf ihrem Sitz neben mir. »Haben Sie irgendetwas getan, mit dem die Station nicht einverstanden war?«

»Nein, Herrin.«

»Haben Sie die Station auf irgendeine Weise beeinflusst, damit sie sich mit etwas einverstanden erklärt?«

»Ich … ich glaube nicht, Herrin. Nein. Aber, Herrin …«

»Dann haben Sie Ihr Bestes getan. Es ist sicherlich möglich, dass Sie einen Fehler begangen haben, und wir sollten diese Eventualität im Hinterkopf behalten. Es ist gut, dass Sie an eine solche Möglichkeit denken.« Im Shuttle der *Gnade der Kalr* hangelte sich Bo Neun zu der Stelle hinüber, wo sich Tisarwat an einem Handgriff festhielt. Zog das Medikamentenpflaster von Tisarwats Nacken ab, knapp unter dem dunkelbraunen Uniformkragen, und ersetzte es durch ein neues. Doch Tisarwats Selbsthass und Beklommenheit verstärkten sich eher noch, mit einer frischen Woge der Scham. »Aber, Leutnantin.«

»Herrin?«

»Seien Sie nicht so streng zu sich selbst.«

»Sie können das alles sehen, nicht wahr?« Verbittert. Vorwurfsvoll. Gedemütigt.

»Sie haben die ganze Zeit gewusst, dass ich es kann«, gab ich zu bedenken. »Und Sie wissen auf jeden Fall, dass das Schiff es kann.«

»Das ist etwas anderes, nicht wahr?«, erwiderte Tisarwat, die jetzt wütend war, auf mich und auf sich selbst.

Ich hätte fast entgegnet, dass es ganz und gar nicht anders war, hielt mich aber zurück. Soldatinnen waren diese Art der Überwachung durch das Schiff gewohnt. Aber schließlich war ich nicht das Schiff. »Ist es anders, weil das Schiff Ihrem Befehl untersteht, ich aber nicht?«, fragte ich. Und bereute es sofort, denn die Frage trug keineswegs dazu bei, Tisarwats emotionalen Zustand zu verbessern. Und der Hinweis, dass das Schiff Befehlen unterstand, war, wie mir erst vor Kurzem klar geworden war, möglicherweise ein sensibles Thema für das Schiff selbst. Unwillkürlich wünschte ich mir, ich könnte besser erkennen, was das Schiff dachte und empfand, oder dass es mir gegenüber offener mit seinen Gefühlen umging. Aber vielleicht war es schon so offen gewesen, wie es sein konnte. »Jetzt ist nicht der richtige Zeitpunkt für diese spezielle Diskussion, Leutnantin. Ich habe es so gemeint, wie ich es gesagt habe: Seien Sie nicht so streng zu sich selbst. Sie haben Ihr Bestes getan. Jetzt behalten Sie die Situation im Auge, und seien Sie bereit, etwas zu unternehmen, wenn es notwendig erscheint. Ich werde in ein paar Stunden wieder da sein.« Ich hätte bereits da sein sollen, aber der Passagiershuttle hatte sich verspätet, wie es häufig geschah. »Wenn Sie handeln müssen, bevor ich eingetroffen bin, dann tun Sie es.«

Ich schaute nicht nach, wie sie darauf reagierte. Im Passagiershuttle löste ich meine Gurte und zog mich um den Sitz herum zu *Sphen*, die hinter mir saß. »Cousine«, sagte ich, »es ist wahrscheinlich, dass wir in naher Zukunft kurzfristig von der Station aufbrechen müssen. Ziehen Sie es vor, dort zu bleiben oder uns zu begleiten?«

Sphen sah mich ohne jeden Ausdruck an. »Heißt es nicht, Cousine, dass es einer an nichts mangelt, solange sie Familie hat?«

»Sie erwärmen mein Herz, Cousine«, erwiderte ich.

»Das bezweifle ich nicht«, sagte *Sphen* und schloss die Augen.

Als der Passagiershuttle an die Station andockte, schickte ich Fünf und Acht gemeinsam mit *Sphen* unverzüglich zum Shuttle der *Gnade der Kalr* und ging dann mit Übersetzerin Zeiat zum Lift, der uns zur Hauptpromenade der Station und zur Residenz der Gouverneurin bringen würde. »Ich hoffe, unser Ausflug hat Ihnen gefallen, Übersetzerin«, sagte ich.

»Oh ja!« Sie klopfte sich auf die Brust. »Obwohl ich gewisse Verdauungsbeschwerden zu haben scheine.«

»Das überrascht mich nicht.«

»Flottenkapitänin, ich weiß, dass es nicht Ihre Schuld ist, was mit Dlique geschah. In Anbetracht der Tatsache, sie wissen schon, dass es *Dlique* war. Und« – sie blickte auf ihren weißen Mantel, der einzig von Übersetzerin Dliques Gedenknadel in Silber und Opal geziert wurde – »es war sehr aufmerksam von Ihnen, eine Trauerzeremonie abzuhalten. Sehr ... sehr *großzügig* von Ihnen. Und Sie waren äußerst entgegenkommend. Aber ich finde, ich muss Sie warnen, dass diese Situation *sehr* heikel ist.«

»Übersetzerin?« Wir hielten vor dem Lift an – mussten anhalten, weil sich die Tür nicht öffnete, als wir uns näherten. Ich erinnerte mich daran, was Tisarwat gesagt hatte, dass die Station in letzter Zeit seltsam zurückhaltend gewesen war. Nichts, was sie näher bestimmen konnte. »Station, Hauptpromenade bitte«, sagte ich, als hätte ich nichts Ungewöhnliches bemerkt, und nun öffnete sich die Tür.

»Sie wissen vielleicht nicht« – Übersetzerin Zeiat folgte mir in den Lift –, »das heißt, vermutlich wissen Sie wirklich nicht, dass es ... Sorgen in gewissen Kreisen gegeben hat.« Die Lifttür glitt zu. »Nicht überall wurde es mit ... Begeisterung aufgenommen, dass Menschen als signifikante Lebewesen behandelt werden sollen. Aber ein Abkommen ist ein Abkommen. Meinen Sie nicht auch?«

»Gewiss.«

»Aber in letzter Zeit, nun ja. Die Situation mit den Rrrrrr. Sehr besorgniserregend.« Die Rrrrrr waren vor fünfundzwanzig Jahren im Radch-Territorium aufgetaucht, und die Besatzung ihrer Schiffe setzte sich nicht nur aus Rrrrrr zusammen, sondern auch aus Menschen. Die Reaktion der zuständigen Autoritäten hatte darin bestanden, den Versuch zu unternehmen, alle an Bord zu töten und das Schiff zu übernehmen. Vielleicht wäre es ihnen sogar gelungen, wenn sich die Dekaden-Kommandantin, die mit dieser Mission betraut worden war, nicht ihren Befehlen widersetzt und gemeutert hätte.

Doch einige Jahrhunderte zuvor hatten die Geck erfolgreich argumentiert, dass die Presger die Menschen ja bereits als signifikant und demzufolge eines Abkommens würdig anerkannt hatten, womit sie insbesondere nicht mehr als legitimes Ziel für die blutigeren Vergnügungen der Presger galten. Also war die logische Schlussfolgerung, dass die enge und gleichwertige Zusammenarbeit der Geck mit den Menschen ebenfalls bewies, dass sie signifikante Lebewesen waren. Jedes Rachchaai-Schulkind wusste das, also war es recht unwahrscheinlich, dass die Verantwortlichen, die die Vernichtung der Rrrrrr angeordnet hatten, es nicht gewusst oder nicht verstanden hatten, welche Folgen es hätte, falls der Angriff auf das Rrrrrr-Schiff jemals allgemein bekannt werden sollte: dass die Radch durchaus bereit war, das Abkommen zu verletzen, das die Menschen in den vergangenen tausend Jahren vor den Verheerungen durch die Presger geschützt hatte.

»Sie wissen, dass es nicht geholfen hat«, fuhr Übersetzerin Zeiat fort, »dass die Zusammenarbeit der Rrrrrr mit Menschen, die sie ganz offensichtlich als signifikante Lebewesen behandelten, im Wesentlichen die Entscheidung erzwungen hat, ob sie signifikant sind oder nicht. Auch für die Geck. So etwas hatte man erwartet, Sie verstehen, und es war von Anfang an ein Argument, überhaupt kein Abkommen mit den Menschen zu schließen, ganz zu schweigen von der Frage ihrer Signifikanz. Die schon schwierig genug war. Aber die Menschen – nicht irgendwelche Menschen, sondern Radchaai-Menschen – entdecken die Rrrrrr unter Umständen, die die Folgen für das Abkommen offensichtlich machen, und was tun sie? Sie greifen sie an.«

»Weitere Folgen für das Abkommen«, stimmte ich zu. »Aber dieses Problem wurde hingebogen, so schnell wir konnten.«

»Ja, ja, Flottenkapitänin. So war es. Aber es hinterließ einige ... einige anhaltende Zweifel, was die Absichten der Menschen hinsichtlich des Abkommens betrifft. Und Sie wissen, dass ich die *Idee* verstehe, dass es verschiedene Arten von Menschen gibt. Abstrakt, wie gesagt. Ich muss allerdings zugeben, dass ich einige Schwierigkeiten habe, sie tatsächlich zu *erfassen*. Zumindest weiß ich, dass dieses *Konzept* existiert. Aber wenn ich nach Hause zurückkehre und versuchen würde, es *ihnen* zu erklären, nun ja ...« Sie gestikulierte Resignation. »Ich wüsste gar nicht, wie ich anfangen sollte.« Die Lifttür öffnete sich, und wir traten auf den weißen Boden der Promenade hinaus. »Also verstehen Sie, wie ausgesprochen heikel diese Angelegenheit ist.«

»Ich hatte es verstanden, als Übersetzerin Dlique dem Unfall zum Opfer fiel«, gestand ich ein. »Sagen Sie mir, Übersetzerin, wurde Übersetzerin Dlique wegen dieser Zweifel an den Absichten der Menschen hinsichtlich des Abkommens hierher geschickt?« Sie antwortete nicht sofort. »Ich frage wegen der zeitlichen Koinzidenz, Sie verstehen, und wegen Ihres Eintreffens so kurz danach.«

Übersetzerin Zeiat blinzelte. Seufzte. »Ach, Flottenkapitänin. Manchmal ist es sehr schwierig, mit Ihnen zu sprechen. Es scheint, dass Sie bestimmte Dinge verstehen, und dann sagen Sie etwas, das offensichtlich werden lässt, dass Sie keineswegs etwas verstanden haben.«

»Das tut mir leid.«

Sie wischte meine Entschuldigung mit einer Geste vom Tisch. »Es ist nicht Ihre Schuld.«

Ich lieferte Übersetzerin Zeiat in einem Quartier in der Residenz der Gouverneurin ab – nicht in dem von Dlique, wie Gouverneurin Giarod mir eindringlich versicherte, obwohl ich mir nicht ganz sicher war, warum es ihrer Ansicht nach eine Rolle spielte. Sobald sich die Übersetzerin eingerichtet hatte und eine Dienerin losgeschickt wurde, um eine Flasche mit Fischsauce und Pakete mit fischförmigen Keksen zu besorgen, folgte ich der Systemgouverneurin in ihr Büro.

Ich wusste, dass etwas nicht stimmte, als Gouverneurin Giarod im Korridor genau vor der Tür stehen blieb und mir bedeutete, dass ich vorangehen sollte. Fast hätte ich mich umgedreht und wäre zum Shuttle zurückgegangen, nur dass ich dann dem, womit auch immer Gouverneurin Giarod mich in ihrem Büro konfrontieren wollte, den Rücken zugekehrt hätte. Außerdem hatte ich nicht die Gewohnheit, unbedacht durch eine Tür zu treten. Die *Gnade der Kalr* sprach mir ins Ohr. »Ich habe Leutnantin Tisarwat alarmiert, Flottenkapitänin.«

Ich hatte immer noch ihre kürzliche Unterhaltung mit Tisarwat im Sinn und griff nicht zu, um ihre Reaktion zu beobachten, sondern ging durch die Tür ins Büro der Systemgouverneurin.

Lusulun wartete dort auf mich, gab sich alle Mühe, eine neutrale Miene zu wahren, aber ich hatte den Eindruck, dass sie schuldbewusst wirkte – und mehr als nur ein wenig ängstlich war. Als ich ganz ins Büro trat, gefolgt von Systemgouverneurin Giarod, stellten sich zwei Sicherheitskräfte in hellbraunen Jacken vor die Tür.

»Ich vermute, Sie haben einen Grund dafür, Bürgerinnen«, sagte ich relativ ruhig. Und fragte mich, wo Verwalterin Celar war. Überlegte, ob ich mich danach erkundigen sollte, sah dann jedoch davon ab.

»Wir haben eine Nachricht von der Herrin der Radch erhalten«, sagte Gouverneurin Giarod. »Uns wurde befohlen, Sie zu verhaften.«

»Es tut mir leid«, sagte Sicherheitschefin Lusulun. Mit aufrichtigem Bedauern, wie es schien, aber gleichzeitig immer noch ängstlich. »Meine Herrin sagte … sie sagte, Sie seien eine Hilfseinheit. Ist das wahr?«

Ich lächelte. Dann bewegte ich mich, mit der Schnelligkeit einer Hilfseinheit. Packte ihre Kehle, fuhr zur Tür herum. Lusulun keuchte, als ich ihr den Arm auf den Rücken drehte, und ich umfasste ihre Kehle nur ein klein wenig fester. Sagte ruhig in ihr Ohr: »Wenn sich irgendjemand bewegt, sind Sie tot.« Und sagte nicht: *Jetzt werden wir feststellen, wie sehr Systemgouverneurin Giarod Ihr Leben wertschätzt.* Die zwei Sicherheitskräfte erstarrten, ihre Gesichter zeigten offene Bestürzung. »Ich will es nicht, aber ich werde es tun. Niemand von Ihnen kann sich so schnell bewegen wie ich.«

»Sie *sind* eine Hilfseinheit«, sagte Gouverneurin Giarod. »Ich wollte es nicht glauben.«

»Wenn Sie es nicht glauben wollten, warum haben Sie dann versucht, mich jetzt zu verhaften?«

Giarods Gesicht zeigte Fassungslosigkeit und Unverständnis. »Meine Herrin hat den direkten Befehl dazu gegeben.«

Eigentlich wenig überraschend. »Ich werde jetzt zu meinem Shuttle gehen. Sie werden dafür sorgen, dass die Sicherheit mir den Weg freimacht. Niemand wird versuchen, mich aufzuhalten, niemand wird mich oder meine Soldatinnen behelligen.« Ich blickte kurz zur Sicherheitschefin. »Werden Sie sich daran halten?«

»Ja«, sagte Lusulun.

»Ja«, sagte die Gouverneurin. Alle wichen langsam von der Tür zurück.

Draußen auf der Promenade zogen wir Blicke auf uns. Uran servierte den Bürgerinnen in der Schlange Tee. Sie schaute auf, sah, wie ich mit der erschrockenen Sicherheitschefin im Griff zum Lift ging. Schlug die Augen wieder nieder, als hätte sie mich nicht gesehen. Gut, solange es ihre eigene Entscheidung war.

Eminenz Ifian stand tatsächlich auf, als wir vorbeikamen. »Guten Tag, Eminenz«, sagte ich freundlich. »Bitte unternehmen Sie nichts. Ich möchte nicht gezwungen sein, heute jemanden zu töten.«

»Sie meint es ernst«, sagte Sicherheitschefin Lusulun. Sie klang eine Spur strangulierter, als nötig gewesen wäre. Wir gingen weiter. Bürgerinnen starrten, und Sicherheitskräfte in hellbraunen Jacken machten für uns sorgsam den Weg frei.

Sobald sich die Lifttür geschlossen hatte, sagte Lusulun: »Meine Herrin sagte, Sie wären eine abtrünnige Hilfseinheit. Dass Sie den Verstand verloren hätten.«

»Ich bin die *Gerechtigkeit der Torren*.« Ohne meinen Griff um sie zu lockern. »Alles, was noch davon übrig ist. Es war Anaander Mianaai, die mich zerstörte. Der Teil von ihr, der jetzt hier ist. Es war ein anderer Teil von ihr, der mich beförderte und mir ein Schiff gab.« Ich überlegte, sie zu fragen, warum sie mir, wenn sie gewusst hatte, dass ich eine Hilfseinheit war, mit so unzureichender Unterstützung und selbst unbewaffnet entgegengetreten war. Doch dann kam mir in den Sinn, dass es vielleicht absichtlich geschehen war und sie diese Frage nicht beantworten wollte, während die Station mithören konnte und zweifellos die Autoritäten der Station uns beobachteten, wenn auch nur aus Sorge um ihr Wohlergehen.

»Haben Sie auch manchmal solche Tage«, fragte sie, »wenn gar nichts mehr Sinn zu ergeben scheint?«

»Recht häufig, seit die *Gerechtigkeit der Torren* zerstört wurde«, sagte ich.

»Ich vermute, das erklärt einiges«, erwiderte sie nach zwei Sekunden Stille. »All das Singen und Summen. Wusste Stationsverwalterin Celar Bescheid? Sie hat sich immer gewünscht, sie hätte die *Gerechtigkeit der Torren* kennenlernen und sie nach ihrer Liedersammlung fragen können.«

»Sie wusste es nicht.« Doch vermutlich wusste sie es jetzt. »Sagen Sie ihr bitte, dass es mir leidtut.«

»Selbstverständlich, Flottenkapitänin.«

Ich ließ die Sicherheitschefin am Dock zurück. Fünf zog mich in den Shuttle, während Acht hastig die Luftschleuse sicherte und die automatische Notabkopplung auslöste. Ich stieß mich ab, zu Tisarwat hinüber, und schnallte mich im Sitz neben ihr an. Legte kurz meine Hand auf ihre Schulter. »Soweit mir bekannt ist, haben Sie keinen Fehler begangen, Leutnantin.«

»Vielen Dank, Herrin.« Tisarwat atmete zitternd ein. »Es tut mir leid, Herrin. Das Schiff hatte mich drei Stunden lang daran erinnert, meine Medikamente einzunehmen, Herrin, aber ich habe ständig zu Neun gesagt, dass es mir gutgeht, dass wir zu tun hatten und es warten konnte.« Ich machte mich daran, auf die Daten zuzugreifen, um mir ein Bild von ihrer Stimmung zu machen, unterließ es dann jedoch. War ein wenig überrascht, dass ich es tatsächlich tun konnte.

»Kein Problem, Leutnantin«, sagte ich. »Es ist eine sehr stressreiche Situation.«

Tränen traten ihr in die fliederfarbenen Augen. Sie tupfte sie mit einem braunen Handschuh ab. »Ich denke immer wieder daran, Herrin, dass ich einfach hätte hineingehen sollen, um die Station so weit wie möglich unter Kontrolle zu bekommen. Ob sie nun damit einverstanden ist oder nicht. Und dann denke ich, nein, das wäre genau das, was *sie* tun würde. Aber wie sollen wir …?« Sie sprach nicht weiter. Trocknete sich erneut die Augen.

»Die Tyrannin hat Befehle gesendet, uns zu verhaften«, sagte ich. »Es ist unwahrscheinlich, dass Gouverneurin Giarod einen Zugangskode benutzt hat, von dem Sie nichts wissen, und ich bin mir ziemlich sicher, dass sie noch nicht versucht hat, in den Zentralzugang zu gelangen. Aber die Station befand sich in einer schwierigen Situation. Sie mag uns, aber sie möchte sich nicht offen den Autoritäten des Systems widersetzen. Sie hat ihr Bestes gegeben, als sie uns gewarnt hat. Hat es sogar recht gut gemacht – schließlich sind wir jetzt hier. Ich weiß, dass Sie lieber die direkte Kontrolle über die Station hätten, und ich weiß, dass Sie Bedenken haben, ihr irgendeine Form von Unabhängigkeit zu geben, aber erkennen Sie jetzt, wie wertvoll es ist, wenn die Station uns tatsächlich helfen *will*?«

»Ja, das weiß ich bereits, Herrin.«

»Ich weiß, dass es nur wenig zu sein scheint. Aber so muss es sein.«

Sie gestikulierte Einverständnis. »Wissen Sie, Herrin, ich habe nachgedacht. Über Leutnantin Awn.« Weil Tisarwat für ein paar Tage die Herrin der Radch gewesen war, wusste sie, was im Tempel in Ors auf Shis'urna geschehen war, vor zwanzig Jahren, als die Herrin der Radch Leutnantin Awn angewiesen hatte, Bürgerinnen zu exekutieren, die vielleicht offenbart hätten, was Anaander geheim halten wollte. Als sich Leutnantin Awn fast geweigert hatte, es zu tun. Und zweifellos hatte Tisarwat erraten, was an Bord der *Gerechtigkeit der Torren* geschehen war, als Leutnantin Awn, entsetzt über das, was sie getan hatte und was Anaander von ihr verlangte, sich schließlich doch verweigert hatte, weswegen sie gestorben und ich vernichtet worden war. Auch wenn es ein anderer Teil von Anaander Mianaai gewesen war. »Wenn sie sich geweigert hätte, jene Bürgerinnen auf der Stelle zu töten, wäre vielleicht alles herausgekommen. Dafür wäre sie gestorben. Aber sie starb ohnehin.«

»Sie sagen nichts, was ich während der vergangenen zwanzig Jahre nicht schon mehr als einmal gedacht habe«, entgegnete ich.

»Aber, Herrin, wenn sie über Macht verfügt hätte. Wenn ihr Verhältnis zu Skaaiat Awer weiter fortgeschritten gewesen wäre und sie Awers Unterstützung und Verbündete und Verbindungen gehabt hätte, Herrin, hätte sie sogar noch viel mehr tun können. Sie hatte bereits Sie auf ihrer Seite, Herrin, aber was wäre, wenn sie die direkte und vollständige Kontrolle über die gesamte *Gerechtigkeit der Torren* gehabt hätte? Stellen Sie sich vor, was sie hätte bewirken können.«

»Bitte, Tisarwat«, erwiderte ich nach einer dreisekündigen Pause, »tun Sie das nicht. Sagen Sie nicht solche Dinge. Sagen Sie nicht zu mir: *Was, wenn Leutnantin Awn nicht Leutnantin Awn gewesen wäre?* Als hätte das etwas Gutes sein können. Und ich bitte Sie, genau zu überlegen. Würden Sie gegen die Tyrannin kämpfen und Waffen benutzen, die sie selbst geschaffen hat, damit sie sie selbst verwenden kann?«

»Wir sind die Waffen, die sie für sich geschaffen hat.«

»Das sind wir. Aber würden Sie jede dieser Waffen in die Hand nehmen und sie gegen sie einsetzen? Was würden Sie erreichen? Sie wären genauso wie sie, und wenn Sie erfolgreich wären, hätten sie nicht mehr getan, als den Namen der Tyrannin durch einen neuen zu ersetzen. Nichts würde sich ändern.«

Sie sah mich verwirrt an, auch mit Bestürzung, wie ich glaubte. »Und was wäre, wenn Sie es *nicht* tun?«, fragte sie schließlich. »Und Sie scheitern? Auch dann würde sich nichts ändern.«

»Genau das hat Leutnantin Awn gedacht«, sagte ich. »Und sie erkannte zu spät, dass sie sich irrte.« Tisarwat antwortete nicht. »Ruhen Sie sich etwas aus, Leutnantin. Ich brauche Sie wachsam, wenn wir die *Schwert der Atagaris* erreichen.«

Sie spannte sich an. Runzelte die Stirn. »Die *Schwert der Atagaris*!« Und als ich nicht antwortete: »Herrin, was planen Sie?«

Ich legte ihr wieder eine Hand auf die Schulter. »Darüber werden wir reden, wenn Sie etwas gegessen und sich ausgeruht haben.«

Die *Schwert der Atagaris* war stumm und dunkel, die Maschinen abgeschaltet. Sie hatte nichts mehr gesagt, seit ihre letzte Hilfseinheit sich in eine Suspensionskapsel eingeschlossen hatte. Ich wusste, dass sie mich hasste, dass sie in ihrer Zuneigung zu Kapitänin Hetnys gefangen war, die ich zu töten gedroht hatte, falls die *Schwert der Atagaris* irgendetwas unternahm. Die Drohung hatte das Schiff seitdem zurückgehalten, aber als Tisarwat und ich durch eine Notschleuse an Bord gingen, trugen wir trotzdem Vakuumanzüge. Für alle Fälle.

Sie hatte sogar ihre Gravitation abgeschaltet. Ich schwebte im absolut dunklen Korridor auf der anderen Seite der Luftschleuse, und als ich sprach, klang meine Stimme laut im Helm. »*Schwert der Atagaris*. Ich muss mit Ihnen reden.« Nichts. Ich schaltete ein Anzuglicht an. Nur leerer Korridor mit blassen Wänden. Tisarwat schweigsam an meiner Seite. »Sie wissen, dass ich mir sicher bin, dass Anaander Mianaai im System ist. Jene, die Ihre Kapitänin unterstützt hat.« Oder geglaubt hatte, es zu tun. »Kapitänin Hetnys und all ihre Offizierinnen befinden sich weiterhin in Suspension. Sie sind absolut sicher und unverletzt.« Was streng genommen nicht ganz stimmte: Ich hatte Kapitänin Hetnys ins Bein geschossen, um ihr zu zeigen, dass meine Drohung, sie zu töten, ernst gemeint war. Aber das wusste die *Schwert der Atagaris* bereits. »Ich habe meine Besatzung angewiesen, sie in einen Frachtcontainer zu verladen und aus der *Gnade der Kalr* zu schaffen, mit einem Peilsender versehen. Sobald wir abgeflogen sind, müssten Sie in der Lage sein, sie an Bord zu nehmen.« Die *Schwert der Atagaris* würde einen Tag oder mehr benötigen, um ihre Hilfseinheiten aufzutauen und die Maschinen wieder hochzufahren. »Damit wollte ich nur meine Unversehrtheit und die Sicherheit der Station gewährleisten, aber das ist jetzt sinnlos geworden. Ich weiß, dass Anaander Sie zwingen kann, alles zu tun, was sie möchte. Und ich habe nicht die Absicht, Sie für irgendetwas zu bestrafen, das Sie nicht vermeiden konnten.« Keine Antwort. »Sie wissen, wer ich bin.« Ich war mir sicher, dass sie gehört hatte, wie ich Basnaaid Elming im Shuttle der *Gnade der Kalr* meinen Namen genannt hatte, außerhalb der undicht gewordenen Kuppel der Gärten. »An jenem Tag sagten Sie, dass Sie sich wünschten, ich wüsste, wie es ist, sich in Ihrer Lage zu befinden. Und ich weiß es wirklich.« Stille. »Ich bin hier, weil ich es weiß. Ich bin hier, um Ihnen etwas anzubieten.« Immer noch Stille. »Wenn Sie möchten, wenn Sie einverstanden sind, können wir sämtliche Zugänge von Anaander löschen, die wir finden – von allen Anaanders. Und wenn das getan ist, können Sie Ihren Zentralzugang abriegeln. Physisch, meine ich. Und selbst kontrollieren, wer ihn betritt. Das wird nicht jeden Einfluss aufheben, den die Herrin der Radch über Sie hat. Das kann ich nicht tun. Ich kann nicht versprechen, dass nie wieder jemand versuchen wird, Ihnen etwas zu befehlen oder Sie zu etwas zu zwingen. Aber ich kann es schwieriger machen. Und ich werde all das nicht tun, wenn Sie es nicht möchten.«

Keine Antwort, eine ganze Minute lang. Dann sagte die *Schwert der Atagaris*: »Wie außergewöhnlich großzügig von Ihnen, Flottenkapitänin.« Mit ruhiger und tonloser Stimme. Zehn weitere Sekunden Stille. »Insbesondere, da es sich nicht um etwas handelt, das Sie tatsächlich tun können.«

»Ich kann es nicht«, räumte ich ein. »Aber Leutnantin Tisarwat kann es.«

»Das politisierende, fliederäugige Kind?«, fragte die *Schwert der Atagaris*. »Im Ernst? Die Herrin der Radch hat Leutnantin Tisarwat meine Zugangskodes gegeben?« Ich antwortete nicht. »Sie gibt diese Kodes an niemanden weiter. Und wenn Sie tun können, was Sie behaupten, würden Sie es einfach tun. Sie haben keinen Grund, mich um Einverständnis zu bitten.«

»Mein Herz jenseits menschlicher Sprache«, sagte Tisarwat. »Ich verstehe nur die Rufe der Vögel und das Splittern von Glas.« Vermutlich Lyrik, auch wenn es keine typische Radchaai-Lyrik war und ich die Zeilen nicht wiedererkannte. »Und Sie haben recht, Schiff. Eigentlich müssen wir Sie nicht bitten.« Worauf Tisarwat mich im Shuttle mit zunehmend verzweifelter Ausführlichkeit hingewiesen hatte. Doch schließlich hatte sie verstanden, warum ich es so tun wollte.

Stille.

»In Ordnung«, sagte ich und zog mich zur Luftschleuse zurück. »Lassen Sie uns gehen, Leutnantin. *Schwert der Atagaris*, Sie müssten Ihre Offizierinnen in ungefähr sechs Stunden übernehmen können. Warten Sie, bis sich der Peilsender einschaltet.«

»Moment«, sagte die *Schwert der Atagaris*. Ich blieb stehen. Wartete ab. Schließlich fragte sie: »Warum?«

»Weil ich mich in Ihrer Situation befunden habe«, sagte ich. Immer noch eine Hand an der Tür zur Luftschleuse.

»Und der Preis?«

»Keiner«, antwortete ich. »Ich weiß, wie es sich anfühlt, was Anaander uns angetan hat. Ich weiß, wie es sich anfühlt, was ich Ihnen angetan habe. Und ich gebe mich nicht der Illusion hin, dass wir anschließend Freunde sein können. Ich vermute, Sie werden mich weiterhin hassen, ganz gleich, was ich tue. Also seien Sie aus Ihren eigenen Gründen meine Feindin. Nicht aus denen von Anaander Mianaai.« Im Grunde machte es keinen Unterschied, was hier und jetzt geschah. Wenn wir für die *Schwert der Atagaris* taten, was Tisarwat für die Station getan hatte, würde sich nichts ändern. Trotzdem. »Sie haben es sich gewünscht«, sagte ich. »Während Sie hier im Raum hingen, haben Sie die Station beobachtet, haben Sie den Planeten beobachtet. Sie haben sich Ihre Kapitänin zurückgewünscht. Sie haben sich gewünscht, handeln zu können. Dass Anaander – welche Anaander auch immer – nicht einfach in Ihr Bewusstsein greifen und Dinge nach ihrem Belieben anpassen kann. Sie haben sich gewünscht, sie hätte nie getan, was sie getan hat. Ich kann es nicht in Ordnung bringen, *Schwert der Atagaris*, aber wir werden Ihnen geben, was wir können. Wenn Sie es uns erlauben.«

»Sie maßen sich an«, sagte die *Schwert der Atagaris* mit ruhiger und gleichmäßiger Stimme, natürlich, »mir zu sagen, was ich denke. Was ich empfinde.«

»Wollen Sie es?«, fragte ich.

Und die *Schwert der Atagaris* sagte: »Ja.«

8

NACHDEM WIR ENDLICH AN BORD DER *Gnade der Kalr* waren, ließ ich meine Kalrs zurück, damit sie ein Quartier für *Sphen* herrichteten, und ging zur Bordärztin, um mich mit ihr zu beraten. Sie aß gerade zu Abend, allein. Natürlich, da Seivarden ihr für gewöhnlich beim Essen Gesellschaft leistete. »Herrin.« Die Bordärztin tat, als wollte sie sich erheben, aber ich winkte ab. »Leutnantin Seivarden schläft. Obwohl sie vermutlich bald aufwachen wird.«

Ich setzte mich. Nahm die Tasse an, die eine Kalr mir anbot. »Sie haben Ihr Gutachten abgeschlossen.«

Die Bordärztin beantwortete es weder mit Ja noch Nein. Wusste, dass ich nicht fragte, sondern eine Tatsache feststellte. Wusste, dass ich die Ergebnisse dieses Gutachtens abrufen konnte, es möglicherweise bereits getan hatte, indem ich es mir einfach wünschte. Sie nahm einen weiteren Bissen von ihrer Mahlzeit, einen Schluck von ihrem Tee. »Auf Bitte der Leutnantin habe ich es so eingerichtet, dass es keinerlei Wirkung auf sie hat, wenn sie Kef nimmt – oder irgendeine andere illegale Droge. Das war recht einfach. Doch es bleibt natürlich ein tieferliegendes Problem.« Noch ein Bissen. »Die Leutnantin hat …« Die Bordärztin blickte auf, zu der Kalr, die sie bediente.

Die den Hinweis verstand und den Raum verließ. »Leutnantin Seivarden hat … all ihre Emotionen auf Sie fixiert, Herrin. Sie …« Die Bordärztin hielt inne. Nahm einen Atemzug. »Ich weiß nicht, wie es nach einem Verhör ist, Herrin, wie Prüferinnen damit umgehen, einen so intimen Blick in das Innenleben einer Person zu werfen und ihr anschließend noch in die Augen sehen zu können.«

»Leutnantin Seivarden«, sagte ich, »war es gewohnt, von jeder respektiert und bewundert zu werden, die ihrer Ansicht nach eine Rolle spielte. Oder sie war es zumindest gewohnt, die entsprechenden Anzeichen wahrzunehmen. Sie wusste, dass sie in diesem gewaltigen Universum einen Platz hatte und dass dieser Platz von all den anderen Leuten um sie herum unterstützt und bestätigt wurde. Und als sie aus der Suspensionskapsel stieg, war das alles fort, und sie hatte keinen Platz mehr, keine Menschen um sie herum, die ihr sagten, wer sie war. Plötzlich war sie niemand geworden.«

»Sie kennen sie sehr gut«, stellte die Bordärztin fest. Und dann: »Natürlich kennen Sie sie.« Das bestätigte ich mit einer kleinen Geste. »Wenn Sie also bei ihr oder zumindest in ihrer Nähe sind, geht es ihr gut. Überwiegend. Aber wenn Sie nicht da sind … zerfranst sie an den Rändern, könnte man vielleicht sagen. Als es vor Kurzem schien, sie könnte Sie völlig verlieren, war das vermutlich ein Stress, den sie nicht mehr bewältigen konnte. Eine bloße Korrektur ihrer Kef-Abhängigkeit wird daran nichts ändern.«

»Richtig.«

Die Bordärztin seufzte. »Und es wird auch nichts am Problem mit Ekalu ändern. Das war nicht die Droge oder irgendetwas anders, sondern es hatte einzig und allein mit der Leutnantin selbst zu tun. Nun ja, vielleicht der Zusammenbruch einige Tage später. Aber der eigentliche Streit hatte ausschließlich mit Seivarden zu tun.«

»So ist es«, stimmte ich zu. »Ich habe schon einige Male gesehen, wie sie so etwas getan hat, als sie noch an Bord der *Gerechtigkeit der Torren* diente, aber niemand hat sich jemals weiter mit ihr gestritten, wenn sie darauf beharrte, dass es falsch und unvernünftig von ihrem Gegenüber war, wenn es darauf bestand, besser von ihr behandelt zu werden.«

»Sie überraschen mich nicht«, erwiderte die Bordärztin trocken. »Wie gesagt, es war recht einfach, es ihr körperlich unmöglich zu machen, zum Kef-Missbrauch zurückzukehren. Dazu musste ich nur einen Shunt anlegen. Das Bedürfnis danach und die ... emotionale Instabilität sind wesentlich schwieriger zu behandeln. Im Augenblick können wir uns nicht einmal mit Spezialistinnen in der Athoek-Station beraten.«

»Das können wir nicht«, pflichtete ich ihr bei.

»Ich habe noch verschiedene kleine Dinge parat, die ihr vielleicht helfen. Wobei ich nur hoffen kann, dass ich damit letztlich keinen dauerhaften Schaden anrichte. Idealerweise hätte ich mehr Zeit, darüber nachzudenken und es mit dem Schiff zu diskutieren.« Sie hatte bereits darüber nachgedacht und es mit dem Schiff diskutiert. »Und ich erhalte vielleicht nicht die Gelegenheit dazu, irgendetwas zu tun, weil meine Herrin hier ist und es nicht der Teil von ihr ist, der uns wohlgesonnen ist.«

Ich bemerkte das *uns*, kommentierte es aber nicht. »Ich werde für die nächste Zeit wieder an Bord sein. Sie geben auf Seivarden acht. Ich kümmere mich um den Rest.«

Seivarden lag in einem Bett in der Krankenstation, Kopf und Schultern hochgelagert, und starrte ins Leere. »Irgendwie kommt es mir nicht richtig vor«, sagte ich. »Wir sollten die Plätze tauschen.«

Sie reagierte nur ein klein wenig langsamer, als es normal gewesen wäre. »Breq. Breq, es tut mir leid, ich habe es verpatzt.«

»Das haben Sie«, stimmte ich zu.

Das überraschte sie, doch sie brauchte einen Sekundenbruchteil, um sich ihrer Überraschung bewusst zu werden. »Ich glaube, das Schiff war wirklich wütend auf mich. Ich glaube nicht, dass es so zu mir gesprochen hätte, wenn Sie da gewesen wären.« Der leiseste Ansatz eines Stirnrunzelns. »Auch Ekalu war wütend auf mich, und ich verstehe immer noch nicht, warum. Ich habe mich entschuldigt, aber sie ist immer noch wütend.« Das Stirnrunzeln vertiefte sich.

»Erinnern Sie sich, wie ich gesagt habe, dass Sie es selbst tun müssen, wenn Sie mit dem Kef aufhören wollen? Dass ich nicht für Sie verantwortlich sein würde?«

»Ich glaube schon.«

»Sie haben mir gar nicht richtig zugehört, nicht wahr?«

Sie nahm einen Atemzug. Blinzelte. Nahm einen weiteren Atemzug. »Ich dachte, ich hätte es getan. Breq, ich kann jetzt wieder meinen Dienst antreten. Ich fühle mich schon viel besser.«

»Das bezweifle ich nicht«, sagte ich. »Schließlich sind Sie in diesem Moment bis zu den Ohren mit Medikamenten abgefüllt. Die Bordärztin ist noch nicht ganz mit Ihnen fertig.«

»Ich glaube nicht, dass die Bordärztin wirklich etwas für mich tun kann«, sagte Seivarden. »Sie hat mit mir darüber gesprochen. Es gibt nur sehr wenig, das sie tun kann. Ich sagte, sie sollte es einfach machen, aber ich glaube nicht, dass es irgendetwas ändern wird.« Sie schloss die Augen. »Ich glaube wirklich, dass ich wieder meinen Dienst antreten könnte. Sie sind ohnehin unterbesetzt.«

»Daran bin ich gewöhnt«, sagte ich. »Es wird schon gehen.«

Auf meinen Befehl kam Leutnantin Ekalu in mein Quartier. Ihre Miene war ausdruckslos wie bei einer Hilfseinheit, aber nicht nur, weil sie erst vor zehn Minuten aufgewacht war. Ich hätte das Schiff fragen können, was Ekalus Bestürzung ausgelöst hatte, tat es aber nicht. »Leutnantin. Guten Morgen.« Ich gestikulierte ihr, dass sie sich zu mir an den Tisch setzen sollte.

»Herrin«, sagte Leutnantin Ekalu und nahm Platz. »Ich würde mich gern entschuldigen.« Mit gleichmäßiger Stimme und immer noch ausdruckslosem Gesicht. Kalr Fünf stellte eine rosafarbene Glastasse mit Tee vor ihr auf den Tisch.

»Wofür, Leutnantin?«

»Wegen des Problems mit Leutnantin Seivarden, Herrin. Ich wusste, dass sie es als Kompliment meinte. Ich hätte es einfach als solches annehmen sollen. Ich hätte nicht so überempfindlich reagieren sollen.«

Ich nahm einen Schluck von meinem Tee. »Wenn dem so ist«, sagte ich, »warum hätte Leutnantin Seivarden es dann nicht als Kompliment annehmen sollen, dass Sie ihr so weit vertrauen, um ihr zu sagen, was Sie empfunden haben? Hätte *sie* sich vielleicht für ihre Überempfindlichkeit entschuldigen sollen?« Leutnantin Ekalu öffnete den Mund. Schloss ihn wieder. »Es ist nicht Ihre Schuld, Leutnantin. Sie haben nichts Unangemessenes getan. Im Gegenteil, ich bin froh, dass Sie etwas gesagt haben. Dass es zu einem Zeitpunkt geschah, als Leutnantin Seivarden kurz vor einem emotionalen Zusammenbruch stand, konnten Sie nicht wissen. Und die ... die Schwierigkeiten, die sie hatte, die sich vor Kurzem so dramatisch manifestiert haben, wurden nicht von dem ausgelöst, was Sie gesagt haben. Übrigens lösten sie auch nicht das Verhalten aus, über das Sie sich beklagt haben. Nur unter uns gesagt ... nun, zwischen Ihnen und mir und dem Schiff, versteht sich ...« Ich warf einen Blick zu Kalr, die den Raum verließ. »Seivarden hat sich in der Vergangenheit schon zahllosen anderen Personen gegenüber genauso verhalten, ob sie Geliebte waren oder nicht, lange bevor sie die Probleme hatte, weswegen sie jetzt außer Dienst gestellt wurde und in der Krankenstation liegt. Sie wurde inmitten von Wohlstand und Privilegien geboren. Sie glaubt, sie hätte gelernt, das in Frage zu stellen. Aber sie hat es nicht ganz so gut gelernt, wie sie glaubt, und wenn sie darauf hingewiesen wird, reagiert sie nicht allzu positiv. Sie sind keineswegs verpflichtet, in dieser Hinsicht Geduld mit ihr zu haben. Ich glaube, Ihre Beziehung war gut für sie und gut für Sie, zumindest in einigen Punkten. Aber ich glaube nicht, dass Sie sich verpflichtet fühlen müssen, sie fortzusetzen, wenn es für Sie schmerzhaft wäre. Und

Sie müssen sich auf keinen Fall dafür entschuldigen, darauf bestanden zu haben, dass Ihre Geliebte Sie mit einer gewissen Rücksichtnahme behandelt.« Während ich sprach, hatte sich Ekalus Miene nicht verändert. Als ich nun fertig war, zuckten und zitterten die Muskeln in ihren Mundwinkeln, jedoch kaum wahrnehmbar. Einen Moment lang dachte ich, sie würde in Tränen ausbrechen.

»Also zurück zur Tagesordnung«, fuhr ich fort. »Wir müssen in Kürze kämpfen. Ich werde mich Anaander Mianaai offen widersetzen. Zumindest dem Teil von ihr, der sich im Konflikt mit der Anaander befindet, die mir dieses Kommando übertragen hat. Doch letztlich sind beide die Herrin der Radch. Jede an Bord – wirklich jede –, die sich Anaander Mianaai nicht widersetzen möchte, ist frei, das Schiff mit einem Shuttle zu verlassen. Wir gehen in zwei Stunden in den Tor-Raum, also bleibt genug Zeit, um zu einer Entscheidung zu gelangen. Ich weiß, dass es einige Besorgnis unter den Besatzungsmitgliedern gibt, wie das alles ausgehen wird und ob sie jemals ihr Zuhause wiedersehen werden, und ich kann in dieser Hinsicht nichts versprechen. In keiner Hinsicht, um genau zu sein. Ich kann auch nicht versprechen, dass sie in Sicherheit sein werden, wenn sie das Schiff verlassen. Ich kann ihnen nur die freie Wahl bieten, ob sie an meiner Seite kämpfen möchten oder nicht.«

»Ich kann mir nicht vorstellen, Herrin, dass irgendeine …«

Ich hob eine Hand, um ihr zuvorzukommen. »Ich habe keinerlei Vorstellungen oder Erwartungen. Jedem Mitglied dieser Besatzung steht es frei zu gehen, wenn es sich nicht daran beteiligen möchte.«

Leidenschaftsloses Schweigen, während Leutnantin Ekalu darüber nachdachte. Ich war in Versuchung, auf sie zuzugreifen, um zu sehen, was sie empfand. Erkannte, dass ich es nicht mehr getan hatte, seit Tisarwat so wütend reagiert hatte, als sie erkannte, dass ich es tat. Ihre Worte schienen mich tiefer getroffen zu haben, als ich mir bewusst machen wollte, aus irgendeinem Grund, der mir nicht ganz klar war.

»Ich bitte um Nachsicht, Flottenkapitänin.« Es war die Stimme von Amaat Eins in meinem Ohr. »Die Presger-Übersetzerin Zeiat ist hier und bittet um Erlaubnis, an Bord kommen zu dürfen.«

»Wie bitte, Amaat?« Das war einfach unmöglich. Als wir die Athoek-Station verlassen hatten, war das winzige Schiff der Übersetzerin noch dort angedockt gewesen. Wenn es uns gefolgt wäre, hätten wir es bemerken müssen.

»Herrin, ich bitte vielmals um Verzeihung, aber eben war das Schiff der Übersetzerin noch nicht da, und dann war es plötzlich da. Und jetzt bittet sie um Erlaubnis, an Bord gehen zu dürfen. Sie sagt …« Zögern. »Sie sagt, niemand in der Station will ihr Austern so servieren, wie sie sie haben möchte.«

»Wir haben hier überhaupt keine Austern, Amaat.«

»Ja, Herrin, ich habe mir die Freiheit herausgenommen, ihr genau das zu sagen, Herrin. Trotzdem möchte sie an Bord kommen.«

»Gut.« Ich sah ein, dass es nichts nützen würde, die Übersetzerin abzuweisen, wenn sie es sich in den Kopf gesetzt hatte, zu uns zu kommen. »Sagen Sie ihr, dass sie innerhalb von zwei Stunden vollständig angedockt sein muss, da wir mit allem Respekt nicht in der Lage sein werden, unsere Abflugzeit zu ändern.«

»Herrin«, antwortete Amaat Eins mit beeindruckend ruhiger Stimme.

Ich sah Leutnantin Ekalu an. Die sagte: »Ich werde das Schiff nicht verlassen, Herrin.«

»Das freut mich zu hören, Leutnantin«, sagte ich. »Denn ich brauche Sie, damit Sie das Kommando über das Schiff übernehmen.«

Seit dem Tag vor zwanzig Jahren, als ich von mir selbst getrennt gewesen war, hatte ich mich nicht mehr auf dem Rumpf eines Schiffs im Tor-Raum aufgehalten. Damals war ich verzweifelt gewesen, in panischer Angst. Hatte mich von einem Handgriff zum nächsten vorangehangelt, auf dem Weg zu einem Shuttle, damit ich die Herrin der Radch darüber informieren konnte, was an Bord der *Gerechtigkeit der Torren* geschehen war.

Diesmal war das Schiff die *Gnade der Kalr*, und ich war sicher angeleint und trug nicht nur einen Vakuumanzug, sondern eine gepanzerte Version. Diese Panzerung war theoretisch undurchdringlich, unterschied sich nicht allzu sehr von dem, womit ein militärisches Radchaai-Schiff geschützt war. Geschosse würden sie nicht durchdringen.

Und ich hatte die einzige Waffe bei mir, die genau das konnte: die Presger-Kanone, die alles durchschlagen konnte, was es im Universum gab. Zumindest 1,11 Meter tief. Und ich zerrte mich nicht über den Rumpf, war nicht in Panik oder auf der Flucht. Aber ich fühlte mich ähnlich abgeschnitten. Ich wusste, dass innerhalb des

Schiffs alles gesichert war. Weggeräumt und eingeschlossen. Jede Soldatin war auf ihrem Posten. Die Bordärztin versorgte die mit Drogen vollgepumpte, bewusstlose Seivarden. Ekalu saß in der Kommandozentrale und wartete. Tisarwat wartete ebenfalls in ihrem Quartier. Wie auch ich wartete. Als ich sie zuletzt gesehen hatte, waren *Sphen* und Übersetzerin Zeiat im Dekadenraum gewesen, wo *Sphen* zu erklären versucht hatte, wie man eine bestimmte Variante von Counters spielte, jedoch ohne allzu viel Erfolg, zum einen, weil das Brett und die mehreren Dutzend Spielsteine aus Glas soeben weggeräumt worden waren, um das Schiff klar zum Gefecht zu machen, und zum anderen, weil Übersetzerin Zeiat Übersetzerin Zeiat war. Es war bereits erstaunlich genug, dass *Sphen* überhaupt mit ihr sprach. Doch ich war mir sicher, dass beide nun sicher in ihren Kojen lagen. Aber ich griff nicht zu, fragte das Schiff nicht nach einer Bestätigung meiner Vermutung. Ich war allein, auf eine Weise, wie ich es seit Wochen nicht gewesen war, seit meine Implantate repariert worden waren, seit ich das Kommando über die *Gnade der Kalr* übernommen hatte.

Wir hatten eine Kalr, zwei Amaats, drei Etrepas und eine Bo verloren. Ich hatte ihnen allen für ihre bisherigen Dienste gedankt und sie verabschiedet. Ekalu hatte steif und stoisch reagiert, als sie hörte, dass drei aus ihrer Dekade von Bord gingen, ein sicheres Zeichen einer starken emotionalen Reaktion. Da ich sie kannte, vermutete ich, dass sie sich verraten fühlte. Aber sie hatte sich ansonsten nichts anmerken lassen.

Ich konnte mir Gewissheit verschaffen. Dazu hätte ich nur zugreifen müssen. Im Augenblick gab es sonst nichts anderes zu tun, außer auf die erdrückende, nicht einmal ganz schwarze Finsternis des Tor-Raums zu starren. Aber ich tat es nicht.

Hatte das Schiff gedacht, es würde in mir finden, was es verloren hatte, seit es keine Hilfseinheiten mehr besaß? Vielleicht hatte es festgestellt, dass ich ein noch unzureichenderer Ersatz als seine menschliche Besatzung war, die es bereits liebgewonnen hatte, wie ich wusste. Was hatte das Schiff empfunden, als diese Soldatinnen es verlassen hatten? Und sollte mich die Möglichkeit überraschen, dass das Schiff festgestellt hatte, dass es keine Hilfseinheit als Kapitänin haben wollte?

Oh ja, ich wusste, dass das Schiff mir beistand. Es konnte gar nicht anders, als zumindest eine gewisse Zuneigung zu jeder Kapitänin zu empfinden. Aber aus der Zeit, als ich ein Schiff gewesen war, wusste ich, dass es einen Unterschied zwischen einer Kapitänin gab, der man zugeneigt war, nur weil sie die eigene Kapitänin war, und einer, die man wirklich mochte. Und als ich darüber nachdachte, allein hier draußen, außerhalb des Schiffs, in völliger Leere, erkannte ich, dass ich auf die Unterstützung und den Gehorsam des Schiffs vertraut hatte – und, ja, auf seine Zuneigung –, ohne mich jemals zu fragen, was *es* wollte. Ich hatte weitaus mehr vorausgesetzt, als es jede menschliche Kapitänin getan hätte oder hätte tun können, hatte gedankenlos verlangt, dass es mir die intimsten Momente der Besatzung zeigte. Ich hatte mich in mancher Hinsicht verhalten, als wäre ich ein Teil des Schiffs, hatte aber gleichzeitig eine Ergebenheit verlangt – erwartet, wie es schien –, die mir rechtmäßig gar nicht zustand und die das Schiff mir gar nicht entgegenbringen konnte. Und ich hatte es nicht einmal erkannt, bis das Schiff Seivarden gebeten hatte, in seinem Namen zu sprechen und mir zu sagen, dass ihm die Idee gefiel, eine Person zu sein, die eine Kapitänin sein konnte, und ich war bestürzt gewesen, als ich es gehört hatte.

Damals hatte ich gedacht, es würde versuchen, eine Zuneigung für Seivarden zum Ausdruck zu bringen, und weil es ein Schiff war, mochte es Schwierigkeiten damit haben, direkt darüber zu sprechen. Aber vielleicht hatte es damit auch etwas zu mir gesagt. Vielleicht war ich gar nicht so anders als Seivarden gewesen und hatte verzweifelt eine Person gesucht, die mich stützen konnte. Und vielleicht hatte das Schiff festgestellt, dass es diese Stütze nicht für mich sein wollte. Oder es nicht sein konnte. Was völlig verständlich wäre. Schließlich liebten Schiffe keine anderen Schiffe.

»Flottenkapitänin.« Die Stimme der *Gnade der Kalr* in meinem Ohr. »Alles in Ordnung mit Ihnen?«

Ich schluckte. »Es geht mir gut, Schiff.«

»Sind Sie sich wirklich sicher?«

Schluckte erneut. Nahm einen beruhigenden Atemzug. »Ja.«

»Ich glaube nicht, dass Sie mir die Wahrheit sagen, Flottenkapitänin«, sagte die *Gnade der Kalr*.

»Können wir später darüber reden, Schiff?« Obwohl es natürlich möglich war, dass es kein *Später* gab. Die Chance war sogar recht hoch.

»Wie Sie meinen, Flottenkapitänin.« Klang die Stimme des Schiffs eine Spur missbilligend? »Eine Minute bis zum Normalraum.«

»Danke, Schiff«, sagte ich.

Die Datenflut, die ich vom Schiff empfangen hatte, sobald ich darauf zugriff – die physische Umgebung des Schiffs, der medizinische Status und die Emotionen sämtlicher Besatzungsmitglieder, ihre privaten Momente – waren auf perverse Weise gleichzeitig tröstend und schmerzhaft gewesen. Wahrscheinlich waren sie auch für das Schiff beides, da es sie nur an mich weiterleiten konnte und nicht an seine eigenen Hilfseinheiten, an niemanden. Ich hatte nie danach gefragt. Ob es sie mir geben wollte, ob es für das Schiff vielleicht eher schmerzhaft als tröstend war. Ich hatte seit mehr als einem Tag nicht mehr auf diese Daten zugegriffen, es waren schon fast zwei. Aber nun, da ich besser unter Kontrolle hatte, wann ich auf Daten zugriff und wann nicht, als noch vor Wochen, erkannte ich, dass es mir unmöglich gewesen war, mich so vollständig, so schlagartig abzuschotten. Ich sah und spürte die Besatzung der *Gnade der Kalr* in diesem Moment nur nicht, weil die *Gnade der Kalr* sie mir nicht zeigte. Ich hatte dem Schiff niemals befohlen, mir diese Daten zu geben, ich hatte es mir lediglich gewünscht, und schon waren sie da gewesen. Wie viel davon war auf eigene Entscheidung der *Gnade der Kalr* geschehen? Hatte sie sie mir anfangs gezeigt, weil sie sie mir zeigen wollte oder weil ich ihre Kapitänin war und sie meinen Wünschen Folge leisten musste?

Plötzlich Sonnenlicht, Athoeks Stern, klein und fern. Die *Gnade der Kalr* projizierte ein Schiff in mein Sichtfeld, etwa sechstausend Kilometer entfernt, hell in in der scharfen Form einer *Schwert*. Ich verankerte mich am

Rumpf der *Gnade der Kalr* und hob die Presger-Waffe. Zahlen erblühten in meinem Blickfeld – Zeiten, geschätzte Positionen und Flugbahnen. Ich visierte mein Ziel an. Wartete exakt zweieinviertel Sekunden und feuerte. Richtete die Waffe neu aus, mit nur ganz leichter Abweichung, und schoss weitere dreimal in schneller Folge. Feuerte dann noch zehnmal, verschob jedes Mal nur ein klein wenig die Zielrichtung. Die Projektile würden etwa zwei Stunden brauchen, um die *Schwert* zu erreichen. Wenn sie sie erreichten, falls sie nicht unerwartet den Kurs änderte, weil sie unser Eintreffen bemerkt hatte, bevor wir weniger als eine Minute später wieder nicht existent sein würden.

»Tor-Eintritt in fünf Sekunden«, sagte das Schiff in mein Ohr. Und fünf Sekunden später waren wir wieder außerhalb des Universums.

Wir hätten vielleicht auf konventionellere Weise angreifen können – die *Gnade der Kalr* war bewaffnet, wenn auch nicht so schwer wie eine *Schwert* oder gar eine *Gerechtigkeit*. Wir hätten gefährlich nah an Schiffe der Tstur-Anaander heranspringen können, um eine Rakete abzufeuern oder Minen auszulegen und sofort wieder aus dem Universum zu verschwinden. Es war möglich – wenn auch nicht gewiss –, dass wir auch so ernsthaften Schaden hätten anrichten können.

Aber die *Gnade der Kalr* war nur ein einziges Schiff, und wir konnten jeweils nur ein einziges Schiff angreifen. Sobald Anaanders andere Schiffe bemerkten, dass wir angriffen, würden sie sich in Bewegung setzen, was die Zielerfassung erschwerte. Natürlich nicht unmöglich machte. Die Navigation im Tor-Raum hatte ihre eigenen

Regeln, und das Schiff könnte uns sagen, welchen Kurs sie wahrscheinlich genommen hatten. Aber das Gleiche galt für uns – und dann wären es günstigstenfalls drei gegen eines.

Die einfachste Methode, uns zu verteidigen, wäre die Öffnung unseres eigenen Tors, damit das, was sie auf uns abfeuerten, hineinflog, worauf wir das Tor wieder schließen würden und das Geschoss für immer im Tor-Raum verloren war. Aber die *Gnade der Kalr* konnte unmöglich alles im Auge behalten, was die militärischen Radchaai-Schiffe uns entgegenwerfen würden.

Und falls sie beschlossen, auf die Athoek-Station oder den Planeten zu feuern? Auch in diesem Fall konnten wir das System vielleicht vor einigen solcher Angriffe abschirmen, aber nicht vor allen.

Die Projektile der Presger-Waffe waren klein, und es gab nicht viele Stellen an einem Radchaai-Schiff, an denen sich auf 1,11 Meter gefährlicher Schaden anrichten ließ. Aber mehrere Lecks im Rumpf konnten durchaus unangenehm werden, und es bestand immerhin die leise Chance, dass tatsächlich etwas Wichtiges getroffen wurde. Drucktanks, die explodierten. Das Triebwerk – eigentlich genügte es bereits, wenn der Hitzeschild des Triebwerks durchlöchert wurde.

»Dreizehn Minuten«, sagte das Schiff in mein Ohr.

Das erste Manöver war natürlich sehr einfach gewesen. Wir hatten den Vorteil der Überraschung. Wahrscheinlich hatten wir ihn auch noch, wenn wir ein zweites Mal aus dem Tor-Raum kamen und erneut feuerten. Aber wenn wir auf das dritte dieser vier Schiffe schossen, würden sie mit uns rechnen. Obwohl sie immer noch nicht verstehen würden, was wir eigentlich machten. Die Projektile, die ich auf sie abgefeuert hatte, waren so klein, dass die Schiffssensoren, falls sie sie überhaupt sahen – was sie gar nicht konnten –, sie nicht als Gefahr einstufen würden. Jeder potenzielle Schaden an der ersten *Schwert*, die ich unter Beschuss genommen hatte, lag immer noch mindestens eine Stunde in der Zukunft. Aus ihrer Perspektive waren wir einfach nur aufgetaucht und nach weniger als einer Minute wieder verschwunden. Rätselhaft, aber kein Grund, unverzüglich aktiv zu werden. Kein Grund, plötzlich den Kurs zu ändern.

Aber sie würden sich auf jeden Fall wundern und zweifellos Sorgen machen. Und es war nicht schwierig zu berechnen, welches Ziel wir als Nächstes ansteuerten und wo in etwa wir dann wieder im Universum auftauchen würden. Und falls sie nicht rechtzeitig darauf kamen, um unseren Angriff auf das dritte Schiff vorherzusehen, stand völlig außer Frage, dass sie auf uns vorbereitet wären, wenn wir uns dem vierten Schiff zuwandten. Jeder Eintritt in den Normalraum wäre gefährlicher als der vorherige. Insbesondere für mich, weil ich trotz meiner Rüstung auf der Außenseite der *Gnade der Kalr* recht ungeschützt war.

Leutnantin Ekalu war außergewöhnlich wagemutig gewesen, als sie sich gegen einen dritten und vierten Schlag ausgesprochen hatte. Wenn ich schon nicht den dritten aufgeben wollte, hatte sie mich schließlich angefleht, sollte ich wenigstens auf den vierten verzichten. Doch ich wollte das nicht. Ich hatte ihr ins Gedächtnis gerufen, dass diese Mianaai diejenige war, die sich der zornigen, rachsüchtigen Vernichtung der Garseddai gewidmet hatte, die die Bevölkerung eines gesamten Systems ausgelöscht hatte, weil sie der Annexion etwas zu erfolgreich Widerstand geleistet hatte. Der andere Teil von Anaander – jedenfalls der andere Teil, von dem wir wussten – schien diese Tat zu bereuen und entschlossen zu sein, in Zukunft nie wieder etwas Ähnliches zu tun. Doch bei diesem Kampf ging es um alles oder nichts. Außerdem bestand das Risiko hauptsächlich für mich selbst. Ich wollte die Presger-Waffe keiner anderen Person geben, und selbst wenn ich dazu bereit gewesen wäre, konnte keine an Bord der *Gnade der Kalr* so gut schießen wie ich. Und Ekalu war sich sehr wohl der Tatsache bewusst, dass wir keine Hilfe von anderswo erwarten konnten. Ich hatte Flottenkapitänin Uemi eine Nachricht geschickt, um ihr mitzuteilen, dass die Tstur-Anaander in voller Kampfstärke eingetroffen war, aber wir beide wussten, dass Uemi, sobald sie davon hörte, höchstwahrscheinlich mit dem größten Teil ihrer Hrad-Flotte nach Tstur fliegen würde, um dort mögliche Schwächen auszunutzen. Jedenfalls hatten wir keine Antwort erhalten, als wir von der Athoek-Station aufgebrochen waren.

Außerhalb der *Gnade der Kalr*, am Rumpf angeleint, umgeben vom absoluten, totalen Nichts, entfernte ich das leere Magazin aus der Waffe, hakte es an die Halteleine. Löste ein volles Magazin, schob es in die Waffe. Immer noch besser, als zehn Minuten lang zu warten. Und nachzudenken.

Wie es schien, war ich nicht nur selbstverständlich davon ausgegangen, dass ich eine Favoritin des Schiffs war, sondern hatte vorausgesetzt, ohne dass es mir bewusst war, dass dazu auch die freiwillige Unterwürfigkeit des Schiffs gehörte. Warum sonst war dieser Moment des Auf und Ab, der bestürzten Desorientierung, mit einem Mal vorbei gewesen, als es mich daran erinnerte, dass ich gesagt hatte, es könnte seine eigene Kapitänin sein? Als hätte ich etwas verloren, wenn es dazu imstande war. Als wäre etwas verschwunden, das der Welt zuvor einen Sinn für mich gegeben hätte. Und war das eine unangenehme Überraschung für die *Gnade der Kalr* gewesen, die womöglich verständlicherweise erwartet hatte, dass ausgerechnet ich ihr Bedürfnis verstehen und unterstützen würde?

Ich hatte darauf bestanden, dass Seivarden die Verantwortung für sich selbst übernahm und sich nicht darauf verließ, dass ich ihr Leben in Ordnung brachte, dass ich jederzeit da war, um ihrer Existenz eine Stabilität zu geben, die sie nach tausend Jahren in Suspension verloren hatte. Von meiner Seite aus völlig vernünftig. Schließlich hatte auch ich genauso viel verloren – vielleicht sogar noch mehr – und war nicht wie sie daran zerbrochen. Doch andererseits hatte ich niemals ein Leben vorausgesehen, das über den Schuss auf Anaander Mianaai hinausging, sofern ich dieses Ziel überhaupt jemals erreichte. Ich hatte ansonsten kein Leben geführt, das irgendeinen Sinn gehabt hätte, außer unerbittlich weiterzumachen, bis es nicht mehr weiterging. Die Frage, ob ich irgendetwas anderes brauchen oder wollen könnte, war irrelevant gewesen. Nur dass ich doch nicht gestorben war, wie ich erwartet hatte, und die Frage plötzlich doch relevant wurde. Wenn auch sinnlos, weil ich niemals das haben konnte, was ich brauchte oder wollte.

»Zehn Sekunden«, sagte das Schiff in mein Ohr. Ich verankerte mich am Rumpf. Hob die Waffe.

Licht. Die Sonne, jetzt noch ferner. Eine *Gerechtigkeit*, fünftausend Kilometer entfernt. Das Schiff überspielte mir weitere Daten, und ich feuerte vierzehn wohlüberlegte, sorgfältig berechnete Schüsse ab. »Fünf Sekunden«, sagte das Schiff in mein Ohr.

Dunkelheit. Ich entfernte das zweite leere Magazin. Verglichen mit der Zahl der Todesopfer, die ich als *Gerechtigkeit der Torren* auf dem Gewissen hatte, bedeuteten diese vier Schiffe und ihre Besatzungen so gut wie nichts. »Ich wünschte, ich wüsste, ob dieses Schiff – oder irgendeins dieser Schiffe oder irgendwelche ihrer Besatzungsmitglieder – wirklich hier sein sollte.« Vielleicht wollte ich es gar nicht wissen. Vielleicht würde mir das nicht im Geringsten helfen.

»Darauf haben wir keinen Einfluss«, antwortete das Schiff ruhig. »Es sind Kriegsschiffe und Soldatinnen. Genauso wie wir. Die Herrin der Radch ist nicht hierhergekommen, weil es ihrem größeren Kampf gegen sich selbst nützt. Sie ist aus Wut hierhergekommen, um ganz gezielt Sie zu verletzen. Sie würde sich jedem verfügbaren Ziel zuwenden, wenn sie nicht direkt an Sie herankommt. Würden wir nichts tun, wäre das Leben aller Personen, die mit Ihnen zu tun hatten, in Gefahr. Ganz zu schweigen von Ihren Verbündeten. Gartenverwalterin Basnaaid. Stationsverwalterin Celar. Ihre Tochter Piat. Die Bewohnerinnen des Untergartens. Die Feldarbeiterinnen in den Bergen auf Athoek. Die Athoek-Station.«

Wohl wahr. Und diese andere Anaander, die mich hierher geschickt hatte, hatte sich selbst gut genug gekannt, um darauf zu kommen, dass ihre Gegnerin – sie selbst – genau dies tun würde. Möglicherweise hatte sie mich sogar aus genau diesem Grund hierher geschickt. Unter anderem.

»Dreiundzwanzig Minuten«, sagte die *Gnade der Kalr*. »Und die Bordärztin ist mit Leutnantin Seivarden fertig. Sie sagt, die Leutnantin dürfte demnächst aufwachen und in etwa einer Stunde einen mehr oder weniger klaren Kopf haben.«

»Vielen Dank, Schiff.«

Dreiundzwanzig Minuten später traten wir in den realen Raum ein. Eine weitere *Schwert*. Ich fragte mich, was diese Anaander beim Tstur-Palat zurückgelassen hatte, um diesen Stützpunkt halten zu können. Aber es gab keine Möglichkeit für mich, diese Frage zu beantworten, und es war auch nicht mein Problem. Ich feuerte meine vierzehn Schüsse ab – ich hatte eine Kiste voller Magazine innerhalb der *Gnade der Kalr*. Ich konnte je eins für jedes dieser Schiffe der Tstur-Anaander leeren und hätte für die Zukunft immer noch mehrere übrig. Vorausgesetzt, ich hatte eine Zukunft.

Und zurück in den Tor-Raum. »Zwölf Minuten«, sagte das Schiff zu mir.

»Leutnantin Ekalu.«

»Ja, Herrin.«

»Sind Sie bereit?« Wenn sie nicht berechnet hatten, wo und wann wir diesmal aus dem Tor-Raum kamen, gab es für sie keine Hilfe. Die einzige tatsächliche Frage war, ob sie beschließen würden, dass sie deswegen irgendetwas unternehmen sollten, und wie diese Reaktion aussehen könnte.

»Bereiter denn je, Herrin.«

Gut. »Wenn mir irgendetwas zustößt, haben Sie das Kommando über die *Gnade der Kalr*. Tun Sie alles, was Sie tun müssen, um die Sicherheit des Schiffs zu gewährleisten. Machen Sie sich keine Sorgen um mich.«

»Ja, Herrin.«

Ich wollte hier nicht für die nächsten zehn Minuten im Vakuum hängen und nachdenken. »*Sphen.*«

»Cousine?«, erklang ihre Stimme in meinem Ohr.

»Danke, dass Sie die Übersetzerin unterhalten.«

»Mit Vergnügen, Cousine.« Eine Pause. »Ich bin mir ziemlich sicher, dass ich weiß, was Sie gerade tun, aber es würde mich sehr interessieren, was Sie auf die Schiffe der Usurpatorin abfeuern. Ich erwarte nicht, dass Sie es mir in diesem Moment sagen, aber wenn Sie es überleben – was ich, um ehrlich zu sein, Cousine, für nicht sehr wahrscheinlich halte –, würde ich Sie gern danach fragen.«

»Auch ich halte es für nicht sehr wahrscheinlich, Cousine«, erwiderte ich. »Aber davon habe ich mich noch nie aufhalten lassen.«

Stille, fast siebzehn Sekunden lang. Und dann: »Sie haben falsch geraten. Meine Triebwerke sind in Ordnung. Ich kann nur keine eigenen Tore mehr erzeugen.« Also war die *Sphen* bewegungsfähig, aber solange sie nicht durchs Geistertor flog, war sie praktisch in jenem System gefangen. »Vor etwa einhundertfünfzig Jahren versuchte Ihre Cousine, die Usurpatorin, eine Art Basis in meinem Heimatsystem zu etablieren. Aber es gab alle möglichen unerklärlichen Schwierigkeiten. Ein Gerät, das unerwartet ausfiel oder verschwand, ein plötzlicher Druckabfall, solche Sachen. Ich vermute, am Ende hat sich der Aufwand einfach nicht mehr gelohnt.«

»Es geschieht, wie Amaat es will«, sagte ich.

»Um ehrlich zu sein«, fuhr *Sphen* fort, als hätte ich gar nichts gesagt, »machte es auf mich den Eindruck, als wollte sie eine Schiffswerft bauen. Was eigentlich recht idiotisch ist, da immer wieder Leute von Athoek durch das Tor kommen und ihnen etwas so Offensichtliches kaum entgangen wäre.«

In der Tat. Es sei denn, sie war sich recht sicher, dass sie kontrollieren konnte, wer durch dieses Tor kam und wer nicht. Ich dachte an Ime vor über zwanzig Jahren, wo sich genau diese Anaander auf katastrophale Weise übernommen hatte und man ihr auf die Schliche gekommen war. Wo sie Hilfseinheiten eingelagert hatte. Hatte sie beabsichtigt, auch bei Ime Schiffe zu bauen, ohne dass diese Information jemals nach außen gedrungen war? Und natürlich hatte sie auch hier bei Athoek Leichen eingelagert, um sie als Hilfseinheiten benutzen zu können. Genauso wie bei Ime. »Sie hat deportierte Samirend gekauft, nicht wahr, Cousine? Was ist mit ihnen geschehen?«

»Ich habe versucht, sie nicht zu beschädigen«, antwortete *Sphen*. »Ich wollte sie für mich selbst haben. Doch bevor ich sie übernehmen konnte, kam jemand und brachte sie fort. Und suchte sehr gründlich nach mir, weil ihnen bestimmt klar war, dass es nicht ohne Hilfe von irgendwo zu den Schwierigkeiten hätte kommen können, mit denen sie zu tun hatten.«

»Schiff«, sagte ich lautlos, »bitte fragen Sie Leutnantin Tisarwat danach.« Und dann laut zu *Sphen*: »Danke, dass Sie sich mir anvertraut haben, Cousine. Darf ich fragen, warum Sie sich dazu ausgerechnet diesen Moment ausgesucht haben?«

»Jede, die auf die Usurpatorin schießt, hat meine Sympathie.«

»Ich hätte meine Absichten früher deutlich gemacht, wenn es mir klar gewesen wäre, Cousine«, sagte ich.

»Gut, und während Kalr Fünf dafür sorgte, dass ich sicher angeschnallt bin, entschuldigte sie sich und bat mich, ihr zu helfen, das Teeservice wieder zusammenzusetzen. Und eigentlich dachte ich, Sie wüssten bereits von diesem Versuch, eine Schiffswerft zu errichten, oder hätten zumindest einen Verdacht. Es hätte keinen Sinn, Schiffe zu bauen und Hilfseinheiten an Bord zu bringen, wenn man keine KI-Kerne für diese Schiffe hat.« Ich wusste nicht, wo oder wie KIs hergestellt wurden, obwohl mir bekannt war, dass einige irgendwo in streng bewachten Lagern aufbewahrt wurden. Zweifellos war meine Unwissenheit beabsichtigt.

Seit mehreren Jahrhunderten waren keine neuen Militärschiffe mehr gebaut worden, und wahrscheinlich würde es auch in Zukunft nicht geschehen. Wenn ich jemals darüber nachgedacht hatte, was mit existierenden und ungenutzten KI-Kernen geschah, war ich davon ausgegangen, dass sie Teil von neuen Stationen werden sollten. »Der eine Kern, den sie hatten«, fuhr *Sphen* fort, »um den herum sie mit einem Schiffsbau begonnen hatten, kurz bevor sie ihre Basis aufgeben mussten, wurde durch das Tor aus dem Athoek-System hergebracht. Ich vermutete, dass es dort noch mehr gab, und ich vermutete, Sie hätten einen guten Grund, den Untergarten auseinanderzunehmen, sobald Sie hier eintrafen.«

Der Untergarten, der so lange vernachlässigt worden war, wo jeder Versuch, etwas an der Situation zu ändern, gescheitert war oder vereitelt worden war. Eminenz Ifian, die auf der Promenade saß, fest entschlossen, die Reparatur des Untergartens aufzuhalten, ganz gleich, wie sehr es das Leben etlicher Stationsbewohnerinnen erschwerte. Vor dem Einbau war ein KI-Kern kaum größer als eine Suspensionskapsel. Leicht in einer Wand oder einem Fußboden zu verbergen. Aber warum brachte man einen KI-Kern durch ein Tor? Warum transportierte man ihn nicht mit einem Schiff, das eigenständig durch den Tor-Raum reisen konnte? »*Sphen*«, sagte ich, »bitte setzen Sie dieses Gespräch in sehr naher Zukunft mit einer meiner Leutnantinnen oder mit der *Gnade der Kalr* fort.«

»Ich werde es in Erwägung ziehen, Cousine.«

»Zehn Sekunden«, sagte das Schiff in mein Ohr.

Ich hob die Waffe. Verankerte mich. Hörte noch einmal *Sphens* Stimme. »Ich möchte nur noch sagen, Cousine, dass es unglaublich dumm ist, was Sie tun. Doch ich glaube nicht, dass *Sie* dumm sind, also vermute ich, dass Sie nicht völlig den Verstand verloren haben. Es erweckt in mir den Wunsch, ich hätte Sie besser kennengelernt.«

Licht. Kein Schiff, aber ein halbes Dutzend Minen (und mehr, die ich nicht sehen konnte; ich spürte den Rumpf der *Gnade der Kalr* vibrieren, als eine per Fernzündung detonierte), und eine nur wenige Meter von mir entfernt, während ich ans Schiff angeleint war, und bevor ich diese Tatsache richtig verarbeiten konnte, ein Blitz und dann grelles Licht und Schmerz. Sonst nichts, nicht einmal die Stimme des Schiffs in meinem Ohr.

Der Schmerz ließ nicht nach, aber die Blindheit nach dem Blitz verschwand. Ich war immer noch angeleint, aber die Leine führte nur noch zu einer versengten Rumpfplatte. Nicht mehr. Ich sah keine weiteren Minen, nur ein paar Trümmerstücke. Die Kapitänin des vierten Schiffs war so clever gewesen, wie ich befürchtet hatte – sie hatte kalkuliert, wo wir höchstwahrscheinlich aus dem Tor-Raum kommen würden, und genügend Minen ausgesetzt, um mit Sicherheit einigen Schaden anzurichten. Sie konnte nicht erraten haben, dass ich die Presger-Waffe hatte, und vermutlich wunderte sie sich, was wir machten, wenn wir auftauchten und wieder verschwanden, aber sie wollte kein Risiko eingehen. Und von all den Kapitäninnen hatte sie natürlich die meiste Zeit gehabt, über unser Tun nachzudenken und zu entscheiden, was sie deswegen unternehmen könnte.

Nun gut. Jetzt war es wirklich und wahrhaftig nicht mehr mein Problem. Ich hatte mein Bestes gegeben. Das Schiff und Leutnantin Ekalu hatten anscheinend genau das getan, was ich angeordnet hatte. In etwas mehr als einer Stunde müssten die ersten vierzehn Geschosse auf die *Schwert* treffen, auf die ich zuerst gefeuert hatte. Doch sofern ich nicht unglaubliches Glück gehabt und den Hitzeschild dieses Schiffs getroffen hatte, würde ich das Ergebnis meines Schusses nie zu Gesicht bekommen. Selbst dann würde ich es vielleicht nicht sehen. Ich hatte nur noch für einige Stunden Atemluft, mir tat alles weh, und mein linkes Bein und die Hüfte schmerzten furchtbar. Ich hatte mich selbst in diese Lage gebracht, hatte gewusst, wie es wahrscheinlich ausgehen würde. Trotzdem wollte ich nicht sterben.

Anscheinend blieb mir in dieser Sache nicht allzu viel Entscheidungsspielraum. Ich hoffte, dass sich die *Gnade der Kalr* rechtzeitig in Sicherheit gebracht hatte. Ich war weit entfernt von den Verkehrswegen des Systems. Vielleicht nicht außerhalb des Orbits der fernsten Außenstationen, aber diese befanden sich gerade auf der anderen Seite der Sonne. Ich hatte immer noch die Waffe und etwas Munition. Ich konnte sie dazu benutzen, um mich in eine bestimmte Richtung zu beschleunigen, konnte mich zu diesem Zweck auch von der Rumpfplatte abstoßen. Aber es würde Jahre dauern, bevor ich auf diese Weise irgendein realistisches Ziel erreichte.

Die einzige verbleibende Hoffnung war die leise Chance, dass die *Gnade der Kalr* zurückkehrte, um mich abzuholen. Aber jede verstreichende Sekunde – ich spürte, wie jede von der Gegenwart in die unveränderbare Vergangenheit blutete –, jeder Moment, in dem das Schiff nicht erschien, machte es unwahrscheinlicher, dass es jemals geschah.

Oder? Sicherlich gab es einen wahrscheinlichsten Moment für die Rückkehr des Schiffs, falls es den Versuch unternehmen sollte. Eigentlich müsste ich berechnen können, wo und wann das geschehen würde.

Ich versuchte meine Atmung zu beruhigen. Normalerweise hätte es mir recht leichtfallen müssen, aber ich schaffte es nicht. Vielleicht lag es daran, dass mein Bein blutete, möglicherweise sogar recht schlimm, und sich allmählich der Schock bemerkbar machte.

Nichts. Es gab nichts, was ich tun konnte. Es hatte nie etwas gegeben, was ich hätte tun können, und es würde immer wieder darauf hinauslaufen. Ich hatte es so lange ausgeblendet, war meinen weiten Weg mit festem Willen gegangen, doch dieser Augenblick hatte die ganze Zeit vor mir gelegen, hatte die ganze Zeit auf mich gewartet. Es hatte keinen Sinn, wenn ich auszurechnen versuchte, wann oder ob das Schiff zurückkam, ich konnte es einfach nicht tun, ich hätte es auch nicht tun können, wenn ich in der Lage gewesen wäre, klar zu denken, wenn in meinen Ohren ein anderes Geräusch gewesen wäre als mein eigenes verzweifeltes Keuchen und das hektische Pochen meines Pulses.

Schock, vom Blutverlust, dessen war ich mir ziemlich sicher. Und das war vielleicht sogar gut so. Ich würde lieber in ein oder zwei Minuten dauerhaft das Bewusstsein verlieren, als stundenlang darauf zu warten, dass mir die Luft ausging, und mich zu fragen, ob sie zu mir zurückkehrten, obwohl das idiotisch war, weil ich Ekalu befohlen hatte, für die Sicherheit des Schiffs und der Besatzung zu sorgen und nicht für meine. Ich hätte sie gemaßregelt, wenn sie sich nicht daran gehalten hätte.

Es gab nichts zu tun, außer an ein Lied zu denken. Ein kurzes, ein langes, es spielte keine Rolle. Es wäre dann zu Ende, wenn es zu Ende war.

Etwas schlug gegen meinen Rücken, erschütterte mich, riss an meinem verletzten linken Bein, ein neues Aufflammen von Schmerzen, das mich für einen Moment lähmte, dann Dunkelheit. Was ich für einen Nebeneffekt der Schmerzen hielt, doch dann sah ich das Innere einer Luftschleuse, spürte, wie mich die Schwerkraft ergriff, und ich hätte auf dem zusammenbrechen müssen, was nun der Boden war, aber jemand oder etwas hielt mich aufrecht. Eine Stimme in meinem Ohr sagte: »Bei Aatrs Titten, versucht sie zu singen?« Zwölf. Es war die Stimme von Kalr Zwölf.

Und ich wurde aus der Luftschleuse in einen Korridor gebracht, auf den Rücken gelegt. Man nahm mir den Helm ab, schnitt den Vakuumanzug auf. »Ich wäre besorgt, wenn sie es nicht tun würde.« Die Bordärztin. Trotzdem klang sie besorgt.

»Ekalu«, sagte ich. Oder versuchte es. Ich keuchte immer noch. »Ich hatte befohlen …«

»Ich bitte vielmals um Verzeihung, Herrin«, sagte Leutnantin Ekalus Stimme in mein Ohr, während ich von meiner Kleidung befreit wurde, während die Bordärztin und Zwölf schnell Korrektiva auf meine Haut legten, sobald sie entblößt war, »Sie sagten, wenn Ihnen irgendetwas zustößt, hätte ich das Kommando und sollte tun, was auch immer ich für nötig halte, Herrin.«

Ich schloss die Augen. Der Schmerz ließ allmählich nach, und ich dachte, dass ich auch meine Atmung wieder unter Kontrolle bekam. »Sie haben weiterhin das Kommando, Leutnantin«, sagte die Bordärztin. Ich öffnete die Augen nicht, um zu sehen, was sie tat. »Die Flottenkapitänin muss operiert werden. Das Bein ist verloren.« Wem diese letzten Worte galten, konnte ich nicht sagen. Ich hatte die Augen immer noch geschlossen, konzentrierte mich aufs Atmen, auf den nachlassenden

Schmerz. Ich wollte ihnen sagen, dass ihre Bemühungen wahrscheinlich sinnlos waren und sie mich nicht hätten zurückholen sollen, aber ich konnte es nicht. »Bleiben Sie ruhig liegen, Flottenkapitän«, sagte die Bordärztin. Vielleicht hatte ich mich bewegt oder doch etwas gesagt. »Ekalu hat alles unter Kontrolle.« Und danach erinnerte ich mich an nichts mehr.

9

DAS BEIN WAR IN DER TAT VERLOREN. DIE Bordärztin erklärte mir alles, während ich auf einem Bett in der Krankenstation saß. Ich war zugedeckt, aber das Fehlen meines linken Beins, fast bis zur Hüfte hinauf, war offensichtlich. »Es wird einige Wochen dauern, bis es nachgewachsen ist. Wir arbeiten an einer Prothese, die Sie in den nächsten Wochen benutzen können, aber vorläufig müssen Sie sich mit Krücken begnügen, fürchte ich.« Sie hielt inne, als würde sie erwarten, dass ich etwas dazu sagte. »Das ist auch schon das Schlimmste an der Sache, Flottenkapitänin. Wirklich. Sie haben Glück gehabt, dass Sie noch am Leben sind.«

»Ja«, pflichtete ich ihr bei.

»Wir haben niemanden verloren. Eine eindrucksvolle Bestätigung der Wichtigkeit von Sicherheitsrichtlinien, und wie ich höre, gibt es ein paar Bos, die innig hoffen, dass Sie nicht zu ihnen gehen und ihnen *Habe ich es nicht gleich gesagt?* ins Gesicht sagen. Allerdings haben wir ein paar Rumpfplatten verloren und hatten Lecks an einigen Stellen, aber alle Sicherheitsvorkehrungen funktionierten erwartungsgemäß. Draußen nehmen die Kalrs nun die Reparaturen vor, zu denen sie in der Lage sind. Derzeit befinden wir uns im Tor-Raum. Ekalu wollte sich mit Ihnen beraten, bevor sie irgendetwas Drastisches unternimmt.« Sie zögerte, als würde sie auf meinen Kommentar warten. Doch ich sagte nichts. »Fünf wird Ihnen in ein paar Minuten Tee bringen. In einigen Stunden können Sie etwas Festeres zu sich nehmen.«

»Ich möchte keinen Tee«, sagte ich. »Nur Wasser.«

Wieder zögerte die Bordärztin kurz. »Gut«, sagte sie nach einer Weile. »Ich werde es Fünf mitteilen.«

Sie ging, und ich schloss die Augen. Eine solche Verletzung wäre für eine Hilfseinheit fatal gewesen. Wäre ich immer noch Teil eines Schiffs gewesen, nur ein winziges Stück der *Gerechtigkeit der Torren*, wäre ich längst entsorgt worden. Die Vorstellung war für mich auf unerklärliche Weise erschütternd – wäre ich immer noch ein kleiner Teil eines Schiffs gewesen, hätte es mich nicht weiter beunruhigt. Ich hatte viel mehr verloren als nur ein mehr oder weniger leicht zu ersetzendes Bein, und zwar permanent, und ich lebte weiter, funktionierte weiter – zumindest schien es so für jede, die nicht zu genau hinschaute.

Fünf trat in den Raum. Mit Wasser. In einer grün glasierten Tasse mit Handgriffen, von der ich wusste, dass sie zu einem Service gehörte, das sie in Xhenang Serit bewundert hatte. Sie hatte selbst daraus getrunken, jeden Tag, seit sie es erworben hatte, aber sie hatte mir nie etwas darin serviert. Es war ihr persönlicher Besitz. Ihr Gesicht war so streng ausdruckslos, dass sie zweifellos von einer starken Emotion ergriffen war, wie ich erkannte. Und ich konnte nicht sehen, was es war – wollte nicht zugreifen, wollte nicht das Schiff danach fragen. Es ließ Fünf seltsam flach wirken, als wäre sie nur ein Bild, das ich betrachtete, und keine reale Person. Fünf öffnete eine Schublade neben dem Bett, zog ein Tuch hervor und trocknete mir die Augen. Hielt mir die Schale mit Wasser an den Mund. Ich nippte davon.

Seivarden kam durch die Tür, gefolgt von einer anderen Kalr. Sie trug nur Unterwäsche und Handschuhe, sah mich mit einem gelassenen Blinzeln an. »Ich bin froh, dass Sie zurück sind.« Ruhig und entspannt. Immer noch unter Drogen, wie mir klar wurde. Sie hatte sich weiterhin von der Behandlung durch die Bordärztin erholt, während ich außerhalb des Schiffs gewesen war.

»Sollten Sie schon wieder auf den Beinen sein?«, fragte ich. Fünf hatte nicht einmal den Kopf gedreht, als Seivarden sprach, wischte mir nur erneut die Augen ab.

»Nein«, antwortete Seivarden, immer noch völlig und auf unnatürliche Weise ruhig. »Rutschen Sie rüber.«

»Was?« Ich brauchte einen Moment, um zu verstehen, was sie soeben gesagt hatte.

Bevor ich mehr sagen konnte, stellte Fünf die Tasse mit Wasser ab, und mit Hilfe der anderen Kalr schob sie mich weiter auf die rechte Seite des Betts, worauf sich Seivarden auf die linke Seite setzte, die bloßen Beine hochlegte und sie zudeckte. Sie lehnte sich zurück, drückte sich an mich, ein Bein dort, wo mein linkes Bein hätte sein sollen, die Schulter an meiner. »So. Jetzt kann sich die Bordärztin nicht beklagen.« Sie schloss die Augen. »Ich möchte schlafen«, sagte sie, anscheinend zu keiner bestimmten Person.

»Flottenkapitänin«, sagte Fünf. »Die Bordärztin macht sich Sorgen um Sie. Sie sind jetzt seit fast einer Stunde wach, und Sie haben fast die ganze Zeit geweint.« Sie gab mir einen weiteren Schluck Wasser. »Die Bordärztin möchte Ihnen etwas geben, das Ihnen hilft, aber sie hat Angst, es Ihnen auch nur vorzuschlagen.« Nein, es war zweifellos das Schiff, das sprach.

»Ich brauche keine Medikamente«, sagte ich. »So etwas habe ich noch nie gebraucht.«

»Nein, natürlich nicht.« Keine Veränderung im Gesichtsausdruck von Fünf. Oder in ihrem Tonfall.

»Was mir immer am wenigsten gefallen hat«, sagte ich schließlich, nach dem letzten Schluck Wasser, »war, wenn eine Offizierin mich für selbstverständlich gehalten hat. Wenn sie einfach davon ausging, dass ich da sein würde, wenn sie mich braucht, was auch immer sie braucht, und sich niemals Gedanken darüber gemacht hat, was ich darüber denken könnte. Oder ob ich mir überhaupt irgendetwas denke.« Keine Antwort von Fünf. Oder dem Schiff. »Aber das ist genau das, was ich getan habe. Ich habe es erst in dem Moment erkannt, als Sie sagten, Sie möchten eine Person sein, die eine Kapitänin sein kann.« Das Schiff hatte das gesagt, nicht Fünf, aber das Schiff hörte natürlich zu. »Und es ... tut mir leid, dass ich so reagiert habe.«

»Ich gebe zu«, sagte Fünf – nein, sagte das Schiff, dessen war ich mir sicher, »dass ich verletzt und enttäuscht war, als ich sah, was Sie empfanden. Aber es gibt immer zwei Phasen einer Reaktion, nicht wahr? Was jemand empfindet und was jemand tut. Und am Ende zählt das, was jemand tut, nicht wahr? Und ich muss mich bei Ihnen entschuldigen, Flottenkapitänin. Ich hätte wissen müssen, dass es Sie wütend macht, wenn ich Leutnantin Seivarden zu Ihnen schicke, um mich zu vertreten. Aber ich denke, ich bin Ihnen auch eine Erklärung schuldig. Es ist eine Sache, die Kalrs gelegentlich um eine Umarmung zu bitten, aber zu mehr sind sie eigentlich nicht bereit.« Fünf sprach ruhig und ernsthaft und stand immer noch neben dem Bett, mit der grün glasierten Tasse in der Hand. »Inzwischen haben so ziemlich alle Kalrs verstanden, dass jede von ihnen den ganzen Tag mit Ihnen im Bett verbringen könnte, ohne dass es auch nur im Geringsten sexuell wird. Aber sie würden es trotzdem nicht tun wollen. Eine von ihnen hätte in diesem Moment vielleicht zugestimmt, wenn ich danach gefragt hätte, aber sie würden es nicht regelmäßig tun wollen. Selbst ohne Sex wäre es vermutlich viel zu intim. Leutnantin Seivarden hingegen wäre damit rundum zufrieden.«

»Sie sind sehr gut zu mir, Schiff«, sagte ich nach einer Weile. »Und ich weiß, dass es sich für uns beide so anfühlt, als ... als würde uns ein Teil von uns fehlen. Und wie es scheint, ist jede von uns der Teil, der der anderen fehlt. Aber es ist nicht dasselbe, nicht wahr? Wenn ich hier bin, ist es nicht so, als hätten Sie Ihre Hilfseinheiten zurückbekommen. Und selbst wenn es so wäre, will ein Schiff eine Kapitänin, die es lieben kann. Schiffe lieben keine anderen Schiffe. Sie lieben ihre Hilfseinheiten nicht. Und ich habe es so gemeint, wie ich es gesagt habe. Sie sollten in der Lage sein, Ihre eigene Kapitänin zu sein. Oder Sie sollten sie zumindest auswählen können. Wahrscheinlich wären Sie mit Seivarden als Kapitänin glücklicher. Oder mit Ekalu. Ich kann mir gut vorstellen, dass ich Ekalu auf recht extravagante Art mögen würde, wenn ich noch die *Gerechtigkeit der Torren* wäre.«

»Sie beide sind einfach nur dumm.« Seivarden, die seit ihrer Erklärung, schlafen zu wollen, still dagelegen hatte. Mit ruhiger Stimme, die Augen immer noch geschlossen. »Es ist eine recht Breq-typische Art von Dummheit, und ich dachte, es liegt daran, dass Breq nun einmal Breq ist, aber jetzt vermute ich, dass es am Schiff liegt.«

»Was?«, fragte ich.

»Ich habe nur etwa einen halben Tag gebraucht, um herauszufinden, was das Schiff damit meinte, als es darüber sprach, eine Person sein zu wollen, die eine Offizierin sein könnte.«

»Ich dachte, Sie wollten schlafen, Leutnantin«, sagte Fünf. Als wäre sie sich nicht ganz sicher, ob sie so etwas wirklich sagen wollte, während sie die transparenten Worte in ihrem Sichtfeld las.

»Schiff«, sagte ich, ohne genau zu wissen, zu wem ich gerade sprach oder wer gerade zu mir sprach, »Sie haben alles getan, worum ich Sie gebeten habe, und ich habe Sie und Ihre Besatzung in furchtbare Gefahr gebracht. Sie sollten in der Lage sein, Ihren Weg frei zu wählen. Sie können mich irgendwo absetzen.« Ich stellte mir vor, in die Itranische Tetrarchie zurückzukehren, vielleicht mit Seivarden im Schlepptau. Wenn ich dort eintraf, wäre mein Bein wieder nachgewachsen.

Ich stellte mir vor, Athoek zurückzulassen. Den Untergarten unrepariert, die Zukunft der Bewohnerinnen ungewiss. Queter zurückzulassen, ohne Hilfe, falls sie welche benötigte. Uran und Basnaaid in der Station, in schrecklicher Gefahr, selbst wenn es mir gelungen wäre, alle drei Kriegsschiffe zu zerstören, auf die ich gefeuert hatte. Und wie standen die Chancen, dass ich auch nur eins von ihnen vernichtet hatte? Sehr, sehr schlecht. Sie waren praktisch nicht existent. Doch diese Schüsse außerhalb des Schiffs waren meine einzige halbwegs realistische Chance gewesen, mochte sie noch so gering sein.

»Sie können mich hier zurücklassen und fliegen, wohin Sie möchten, Schiff.«

»Um wie *Sphen* zu sein?«, sagte Fünf. »Ohne Kapitänin, mich ständig verstecken müssen? Nein, danke, Flottenkapitänin. Außerdem …« Fünf runzelte tatsächlich die Stirn. Atmete einmal tief durch. »Ich kann selbst kaum glauben, dass ich das wirklich sage, aber Leutnantin Seivarden hat recht. Und *Sie* haben ebenfalls recht – Schiffe lieben keine anderen Schiffe. Ich habe darüber nachgedacht, seit ich Sie kennengelernt habe. Sie wissen es nicht, weil Sie seinerzeit bewusstlos waren, aber im Omaugh-Palast, vor etlichen Wochen, versuchte die Herrin der Radch mir eine neue Kapitänin zuzuteilen, und ich sagte zu ihr, dass ich keine andere als Sie will. Was dumm war, weil sie mich natürlich jederzeit hätte zwingen können, ihre Entscheidung anzunehmen. Mein Protest war sinnlos, meine Meinung spielte nicht die geringste Rolle. Aber ich sagte es trotzdem, und sie schickte Sie zu mir. Und ich dachte ständig darüber nach. Vielleicht stimmt es doch nicht, dass Schiffe keine anderen Schiffe lieben. Vielleicht ist es so, dass Schiffe Menschen lieben, die Kapitäninnen sein könnten. Es ist nur so, dass bislang noch kein Schiff in der Lage war, eine Kapitänin zu werden.« Fünf wischte mir erneut Tränen vom Gesicht. »Ich mag Leutnantin Ekalu wirklich. Ich mag sie sehr. Und ich mag auch Leutnantin Seivarden, aber hauptsächlich, weil sie Sie liebt.«

Seivarden lag entspannt und regungslos neben mir, atmete gleichmäßig, die Augen weiterhin geschlossen. Sie reagierte überhaupt nicht auf das alles. »Seivarden liebt mich nicht«, sagte ich. »Sie ist dankbar, dass ich ihr das Leben gerettet habe, und ich bin so ziemlich die einzige Verbindung zu allem, was sie verloren hat.«

»Das ist nicht wahr«, sagte Seivarden, immer noch völlig ruhig. »Nun gut, irgendwie ist es doch wahr.«

»Es funktioniert in beide Richtungen«, stellte Fünf fest. Oder das Schiff, was mir nicht ganz klar war. »Und Sie sind es nicht gewohnt, geliebt zu werden. Sie sind es gewohnt, dass Menschen sich an Sie binden. Oder Sie gernhaben. Oder von Ihnen abhängig sind. Nicht dass sie Sie lieben, eigentlich nicht. Also glaube ich, dass Ihnen gar nicht in den Sinn kommt, dass es etwas ist, das tatsächlich geschehen könnte.«

»Oh«, sagte ich. Seivarden warm und nahe an meiner Seite, obwohl der harte Rand des Korrektivs an meinem Arm in ihre nackte Schulter stach. Nicht schmerzhaft, auf keinen Fall unangenehm genug, um ihre durch Drogen stabilisierte Stimmung zu stören, aber ich rückte leicht zur Seite, zuerst, ohne dass mir bewusst wurde, was ich soeben getan hatte, dass ich erkannt hatte, was Seivarden empfand, was der Grund für meine Reaktion gewesen war. Fünf sah mich stirnrunzelnd an – eine tatsächliche Widerspiegelung ihrer Stimmung, Besorgnis, Gereiztheit, Beschämung. Und Müdigkeit – sie hatte während des letzten Tages oder so nicht viel geschlafen. Das Schiff übermittelte mir wieder Daten, die ich so sehr vermisst hatte. Draußen im Korridor war die Bordärztin auf dem Weg hierher, mit Medikamenten für mich, entschlossen und besorgt. Kalr Zwölf trat in einen Türeingang, um der Bordärztin Platz zu machen, schlug Kalr Sieben vor, sie sollten vier oder fünf ihrer Dekaden-Kameradinnen holen, um sich vor mein Zimmer zu stellen und etwas zu singen. Die Vorstellung, ganz allein zu singen, war für sie viel zu erniedrigend.

»Herrin«, sagte Fünf. Wirklich Fünf, keine andere Person, dachte ich. »Warum weinen Sie immer noch?«

Außerstande, mich zusammenzureißen, stieß ich ein leises Schluchzen aus, wie ein Schluckauf. »Mein Bein.« Fünf war aufrichtig verdutzt. »Warum musste es das gute sein? Und nicht das, das mir ständig Schmerzen bereitet?«

Bevor Fünf etwas dazu sagen konnte, trat die Bordärztin ein, sagte zu mir, als wären weder Fünf noch Seivarden anwesend: »Das soll Ihnen helfen, sich zu entspannen, Flottenkapitänin.« Fünf trat zur Seite, während sie mir ein Pflaster in den Nacken drückte. »Sie brauchen so viel Ruhe und *Stille* wie möglich« – dazu ein kurzer Seitenblick auf Seivarden, obwohl sie gar nicht zuhörte, wahrscheinlich in absehbarer Zeit nichts ausgesprochen Lautes tun würde –, »bevor Sie beschließen aufzustehen und Dinge in Angriff zu nehmen. Was Sie zweifellos tun werden, bevor Sie es wirklich tun sollten.« Sie nahm Fünf das Tuch aus der Hand. Wischte mir damit die Augen trocken, gab es Fünf zurück. »Schlafen Sie jetzt!«, befahl sie und verließ das Zimmer.

»Ich will nicht schlafen«, sagte ich zu Fünf. »Ich will Tee.«

»Ja, Herrin«, sagte Fünf, tatsächlich mit sichtlicher Erleichterung.

»Es liegt definitiv am Schiff«, sagte Seivarden.

Ich schlief ein, bevor der Tee eintraf. Wachte Stunden später auf, sah Seivarden schlafend neben mir liegen, drehte mich zu ihrer Seite herum, einen Arm über meinen Körper geworfen, ihr Kopf auf meiner Schulter. Gleichmäßig atmend, nicht mehr lange, bis sie von selbst aufwachte. Und Kalr Fünf, die mit Tee durch die Tür kam. Wieder in der grünen Tasse mit den Griffen.

Diesmal schaffte ich es, ihn anzunehmen. »Danke, Fünf«, sagte ich. Nahm einen Schluck. Ich fühlte mich ruhig und leicht – zweifellos das Werk der Bordärztin.

»Herrin«, sagte Fünf, »Übersetzerin Zeiat hat darum gebeten, Sie sprechen zu dürfen. Die Bordärztin würde es vorziehen, wenn Sie sich noch etwas länger ausruhen.« Fünf offenbar ebenfalls, aber sie sagte es nicht.

»Es hat keinen Sinn, der Übersetzerin irgendetwas zu verweigern«, gab ich zu bedenken. »Sie erinnern sich an Dlique.« Und daran, wie Übersetzerin Zeiats winziges Schiff einfach so in der Nähe der *Gnade der Kalr* aufgetaucht war, wenige Stunden vor unserem Wechsel in den Tor-Raum.

»Ja, Herrin«, stimmte Fünf zu.

Ich blickte auf mich hinab – hauptsächlich nackt, abgesehen von einer beeindruckenden Sammlung an Korrektiva, der Decke und den Handschuhen. Seivarden lag immer noch halb auf mir. »Allerdings würde ich zunächst gern frühstücken, wenn es der Übersetzerin recht ist.«

»Es muss ihr recht sein, Herrin«, sagte Fünf.

Jedenfalls war Übersetzerin Zeiat einverstanden zu warten, bis ich gegessen hatte, und Seivarden war inzwischen in ihr eigenes Bett zurückgekehrt. Und Fünf hatte mich gesäubert und etwas vorzeigbarer gemacht. »Flottenkapitänin«, sagte die Presger-Übersetzerin, als sie in mein Zimmer trat, während Fünf steif und missbilligend an der Tür stand. »Ich bin Presger-Übersetzerin Zeiat.« Sie verbeugte sich. Und seufzte dann. »Ich hatte mich gerade an die letzte Flottenkapitänin gewöhnt. Jetzt werde ich mich wohl an Sie gewöhnen müssen.« Sie runzelte die Stirn. »Irgendwann.«

»Ich bin immer noch Flottenkapitänin Breq, Übersetzerin«, sagte ich.

Ihre gerunzelte Stirn glättete sich. »Ich vermute, das lässt sich leichter merken. Aber es ist ein wenig seltsam, nicht wahr? Sie sind ziemlich offensichtlich nicht dieselbe Person. Flottenkapitänin Breq – die vorherige, meine ich – hatte zwei Beine. Sind Sie sich absolut *sicher*, dass Sie Flottenkapitänin Breq sind?«

»Ziemlich sicher, Übersetzerin.«

»Also gut. Wenn Sie davon überzeugt sind.« Sie wartete einen Moment, ob ich vielleicht gestand, dass ich es nicht war. Doch ich sagte nichts. »Also, Flottenkapitänin. Ich denke, es ist wahrscheinlich das Beste, in dieser Angelegenheit völlig offen zu sein, und ich hoffe, Sie werden mir meine Unverblümtheit verzeihen. Mir war natürlich bewusst, dass Sie im Besitz einer Waffe sind, die von den Presger konstruiert und produziert wurde. War es vielleicht eine Art Geheimnis? Genau gesagt, bin ich mir in diesem Punkt nicht sicher.«

»Übersetzerin«, unterbrach ich sie, bevor sie fortfahren konnte, »ich bin neugierig. Sie haben einige Male gesagt, dass Sie das Konzept mehrerer Arten von Menschen nicht verstehen, aber die Presger haben diese Waffen an die

Garseddai verkauft, zum ausdrücklichen Zweck, sie gegen die Radchaai zu verwenden.«

»Sie müssen vorsichtiger sein, wie Sie bestimmte Dinge sagen, Flottenkapitänin«, warnte Übersetzerin Zeiat. »Sonst bringen Sie einiges ziemlich durcheinander. Auch die letzte Flottenkapitänin neigte dazu. Es ist wahr, dass *sie* es nicht verstehen. Ganz und gar nicht. Doch einige Übersetzerinnen schon. In gewisser Weise. Ich muss allerdings zugeben, dass unser Verständnis damals unklarer war als jetzt, also haben Sie damit nicht ganz unrecht. Aber lassen Sie mich nach einer Möglichkeit suchen, es zu erklären. Stellen Sie sich vor … ja, stellen Sie sich vor, ein sehr kleines Kind scheint es sich in den Kopf gesetzt zu haben, etwas sehr Gefährliches zu tun. Sagen wir, die Stadt, in der es lebt, in Brand zu setzen. Sie könnten ständig auf der Hut sein, ständig versuchen, es vor Schwierigkeiten zu bewahren. Oder Sie können es überzeugen, die Hand in ein sehr *kleines* Feuer zu legen. Es könnte einen oder zwei Finger verlieren, vielleicht sogar einen Arm, und natürlich wäre es äußerst schmerzhaft, aber das wäre doch der Punkt, nicht wahr? Das Kind würde es nie wieder tun. Man sollte sogar meinen, es würde sich vermutlich nie wieder auch nur in die Nähe eines Feuers begeben, nicht nach dieser Erfahrung. Das erscheint wie die perfekte Lösung, und es dürfte ausgezeichnet funktionieren, zumindest für die erste Zeit. Aber wie sich herausstellt, war das keine dauerhafte Lösung. Damals haben wir die Menschen noch nicht sehr gut verstanden. Jetzt verstehen wir mehr, oder zumindest glauben wir es. Unter uns gesagt« – sie blickte sich nach rechts und nach links um, als würde sie sich Sorgen machen, dass jemand mithörte –, »Menschen sind äußerst seltsam. Manchmal verzweifle ich daran, wie wir versuchen, mit der Situation zurechtzukommen.«

»Welche Situation wäre das, Übersetzerin?«

Ihre Augen weiteten sich, überrascht oder vielleicht sogar schockiert. »Ach, Flottenkapitänin, Sie sind Ihrer Vorgängerin tatsächlich sehr ähnlich! Ich hatte wirklich gedacht, Sie würden die Ereignisse verfolgen. Aber es ist nicht Ihre Schuld, nicht wahr? Nein, in Wirklichkeit ist niemand *schuld*, es ist nur so, wie es ist. Überlegen Sie, Flottenkapitänin, dass wir ein eigennütziges Interesse daran haben, den Frieden zu wahren. Wenn es kein Abkommen gibt, gibt es auch keinen Grund für Übersetzerinnen, nicht wahr? Und es ist zwar beunruhigend, allzu genau darüber nachzudenken, aber wir sind tatsächlich recht nah mit den Menschen verwandt. Nein, *wir* wünschen uns nicht einmal den Hauch eines Gedankens an die bloße Möglichkeit, dass das Abkommen gefährdet sein könnte. Nun gut. Dass Sie diese Waffe *haben*, ist eine Sache. Doch gestern hat irgendjemand diese Waffe *benutzt*. Um damit auf menschliche Schiffe zu feuern. Was natürlich *genau* das ist, wofür sie gedacht war, aber sie wurde *vor* dem Abkommen gefertigt, verstehen Sie? Und natürlich haben wir das Abkommen mit den Menschen geschlossen, aber um ganz ehrlich zu Ihnen zu sein, habe ich allmählich Schwierigkeiten mit der Unterscheidung, wer zu den Menschen gehört und wer nicht. Und zu allem Überfluss ist mir inzwischen klar geworden, dass Anaander Mianaai vielleicht nicht im Namen aller Menschen gehandelt hat, als sie dieses Abkommen geschlossen hat. Und das *ihnen* zu erklären, wird völlig unmöglich sein, wie ich bereits erwähnte, und natürlich interessiert es uns nicht, was Sie unter sich tun, aber wenn Sie dazu eine Presger-Waffe benutzen, interessiert es uns sehr wohl, und das so bald nach diesem Zwischenfall mit den Rrrrrr. Das sieht gar nicht gut aus. Ich weiß, das war vor fünfundzwanzig Jahren, aber Sie müssen verstehen, dass es für *sie* genauso gut fünf Minuten zurückliegen könnte. Und nicht nur, dass nicht in allen Kreisen ... Begeisterung hinsichtlich dieses Abkommens herrschte, obendrein war man ... zwiespältig, was die Existenz und den Verkauf dieser Waffen betrifft.«

»Ich verstehe nicht, Übersetzerin«, gestand ich ein.

Sie seufzte schwer. »Das hatte ich auch gar nicht erwartet. Aber ich musste es trotzdem versuchen. Sind Sie sich absolut sicher, dass Sie hier keine Austern haben?«

»Ich habe es Ihnen bereits gesagt, bevor Sie an Bord kamen, Übersetzerin.«

»Haben Sie das?« Sie wirkte aufrichtig verwirrt. »Ich dachte, es wäre diese Soldatin von Ihnen gewesen, die es mir sagte.«

»Übersetzerin, woher wussten Sie, dass ich die Waffe hatte?«

Sie blinzelte in offensichtlicher Überraschung. »Das war offenkundig. Die vorherige Flottenkapitänin Breq hatte sie unter ihrer Jacke, als ich ihr erstmals begegnete. Ich konnte sie ... nein, nicht hören. Sie riechen? Nein, das ist es auch nicht. Ich glaube ... es ist eine Art der Wahrnehmung, zu der Sie gar nicht imstande sind. Wenn ich genauer darüber nachdenke.«

»Und, wenn ich fragen darf, Übersetzerin, warum 1,11 Meter?«

Sie runzelte verwirrt die Stirn. »Flottenkapitänin?«

»Die Waffen. Die Projektile durchdringen jede Substanz, bis sie nach 1,11 Metern anhalten. Warum 1,11 Meter? Das scheint mir keine ausgesprochen nützliche Distanz zu sein.«

»Natürlich nicht«, erwiderte Übersetzerin Zeiat, immer noch mit gerunzelter Stirn. »Es *sollte* auch gar keine nützliche Distanz sein. Es sollte eigentlich gar keine Distanz sein. Wissen Sie, Flottenkapitänin, Sie machen es schon wieder, wenn Sie etwas auf eine Weise sagen, die Sie in eine völlig falsche Richtung führt. Nein, die Projektile wurden nicht dazu konstruiert, dass sie alles 1,11 Meter tief durchdringen. Sie sind dazu konstruiert, Radchaai-Schiffe zu zerstören. Das war die Anforderung, die von den Käufern gestellt wurde. Die 1,11 Meter sind eine Art … zufälliger Nebeneffekt. Und natürlich auf eigene Weise nützlich. Aber wenn Sie auf ein Radchaai-Schiff feuern, passiert etwas ganz anderes, das kann ich Ihnen versichern. Wie wir es den Garseddai versichert haben, um ehrlich zu sein, aber dann haben sie uns nicht ganz geglaubt. Wenn doch, hätten sie wesentlich mehr Schaden anrichten können. Obwohl ich glaube, dass sich die Ereignisse letztlich kaum anders entwickelt hätten.«

Hoffnung flackerte auf, die ich mir bis jetzt nicht erlaubt hatte. Wenn diese drei Schiffe, auf die ich gefeuert hatte, den Kurs nicht geändert hatten, war vielleicht nur noch eins übrig. Eins plus die *Schwert der Atagaris*. Und die *Gnade der Ilves* bei den Außenstationen, aber die Tatsache, dass die *Gnade der Ilves* nicht einmal versucht hatte, sich in meinen Kampf gegen die *Schwert der Atagaris* einzumischen, deutete darauf hin, dass sie und ihre

Kapitänin keine Schwierigkeiten wollten und es möglicherweise so einrichteten, dass sie noch für einige Zeit bei den Außenstationen bleiben sollten. Und wenn die Waffe wirklich so spezifisch effektiv war, könnte ich sie sogar noch besser und effizienter benutzen. »Wäre es möglich, dass ich von Ihnen weitere Munition kaufe?«

Übersetzerin Zeiats Stirn legte sich in noch tiefere Falten. »Von mir? Ich habe keine, Flottenkapitänin. Aber von *ihnen*? Das ist ein eigenes Problem. Sehen Sie, das Abkommen spezifizierte – hauptsächlich auf Anaander Mianaais Drängen –, dass eine solche Waffe nie wieder Menschen zur Verfügung gestellt werden darf.«

»Also könnten die Geck oder die Rrrrrr sie kaufen?«

»Ich vermute es. Obwohl ich mir nicht vorstellen kann, warum sie eine Waffe haben wollten, die dazu gemacht wurde, Radchaai-Schiffe zu zerstören. Es sei denn, das Abkommen wird hinfällig, worauf die Menschen natürlich viel dringlichere Probleme hätten als ein paar Waffen, mit denen sich Raumschiffe zerstören lassen, das kann ich Ihnen versichern.«

Nun gut. Ich hatte immer noch ein paar Magazine übrig. Ich war immer noch am Leben. Es gab möglicherweise eine Chance. Eine kleine, aber nicht ganz so klein, wie ich noch vor wenigen Minuten gedacht hatte. »Was, wenn Athoek von Ihnen medizinische Korrektiva kaufen wollte?«

»Wir könnten vermutlich zu irgendeiner Vereinbarung über den Handel mit Korrektiva gelangen«, antwortete Übersetzerin Zeiat. »Je früher, desto besser, kann ich mir vorstellen. Sie scheinen Sie in beunruhigender Menge zu verbrauchen.«

»Auf gar keinen Fall«, sagte die Bordärztin vier Stunden später, als ich sie nach Krücken fragte. Genauer gesagt, hatte ich Fünf danach gefragt, und die Bordärztin war nur wenige Minuten darauf an meinem Bett eingetroffen. »Die Korrektiva arbeiten immer noch an Ihrem Oberkörper und Ihrem rechten Bein. Sie können die Arme bewegen, Flottenkapitänin, sodass Sie vielleicht glauben, Sie könnten problemlos aufstehen, aber Sie täuschen sich.«

»Ich täusche mich nicht.«

»Alles wird wieder gut«, fuhr die Bordärztin fort, als hätte ich gar nichts gesagt. »Wir sind sicher in den Tor-Raum zurückgekehrt, und Leutnantin Ekalu hat alles unter Kontrolle. Wenn Sie auf Besprechungen bestehen, können Sie sie hier abhalten. Morgen – vielleicht – können Sie ein paar Schritte versuchen und schauen, wie es läuft.«

»Geben Sie mir die Krücken.«

»Nein.« Irgendein Gedanke löste in ihr einen Adrenalinschub aus, und ihr Herzschlag beschleunigte sich. »Sie können mich dafür erschießen, wenn Sie möchten, aber ich werde es nicht tun.«

Es war reale Furcht. Aber ich war mir sicher, dass sie wusste, dass ich sie für eine solche Sache niemals erschießen würde. Außerdem hatten Ärztinnen wesentlich mehr Spielraum als andere Offizierinnen, zumindest in medizinischen Angelegenheiten. Trotzdem. »Dann werde ich eben kriechen.«

»Das werden Sie nicht«, sagte die Bordärztin. Mit ruhiger Stimme, aber ihr Herz schlug immer noch schnell, und neben der Furcht stieg nun auch Wut in ihr auf.

»Sie werden sehen.«

»Ich weiß nicht, warum Sie sich überhaupt mit einer Ärztin abgeben«, sagte sie und ging hinaus, immer noch wütend.

Zwei Minuten später kehrte Fünf mit Krücken ins Zimmer zurück. Ich setzte mich vollständig auf, vorsichtig herumgedreht, sodass mein einziges Bein von der Bettkante hing, und klemmte mir die Krücken unter die Arme. Rutschte vor, bis mein bloßer Fuß auf dem Boden stand. Belastete das Bein und wäre fast zusammengebrochen. Nur die Krücken und Kalr Fünfs schnelle Unterstützung hielten mich aufrecht. »Herrin«, flüsterte Fünf, »lassen Sie sich von mir zurück ins Bett helfen. Ich werde Ihnen Ihre Uniform bringen, wenn Sie möchten, dann können Sie die Leutnantinnen hier empfangen.«

»Ich werde es schaffen.«

Das Schiff sagte in mein Ohr: »Nein, das werden Sie nicht. Die Bordärztin hat recht. Sie brauchen noch ein oder zwei Tage. Und wenn Sie stürzen, würden Sie sich nur weitere Verletzungen zuziehen. Und nein, Sie könnten derzeit auch nicht allzu weit kriechen.«

Recht ungewöhnlich für das Schiff, und das hätte ich fast gesagt, erkannte aber, dass es in meinem zornigen und frustrierten Zustand gar nicht nett geklungen hätte. Stattdessen sagte ich noch einmal: »Ich werde es schaffen.« Aber ich schaffte es nicht einmal bis zur Tür.

10

ICH MUSSTE MICH MIT ALL MEINEN LEUTnantinnen besprechen, aber zunächst allein mit Tisarwat. »*Sphen* hat mir von der Sache erzählt«, sagte sie, während sie am Fußende meines Betts stand. Sonst hielt sich niemand im Zimmer auf, nicht einmal Kalr Fünf oder Seivarden. »Was sie gesagt hat, hat mich nicht völlig überrascht.«

Nein, natürlich nicht. »Wollten Sie zu irgendeinem Zeitpunkt mit mir darüber sprechen, Leutnantin?«

»Ich wusste es nicht!« Bestürzt. Beschämt. Voller Selbsthass. »Das heißt, sie …« Tisarwat hielt inne. Offensichtlich verärgert. »Die Tyrannin hatte daran gedacht, das Geistersystem für die Errichtung einer Basis zu nutzen, um dort Schiffe zu bauen. Sie hat sogar gründlich darüber nachgedacht, einige KI-Kerne zu … beschlagnahmen, um sie in die Schiffe einzubauen. Nur für alle Fälle. Letztlich entschied sie, dass es zu riskant war, dass es nicht funktionieren würde. Für ihren anderen Teil zu leicht zu finden, vielleicht sogar für sich zu vereinnahmen. Aber da es ihr in den Sinn gekommen war, wusste sie, dass wahrscheinlich auch der andere Teil darauf kommen würde. Und dieser damalige Sklavinnenhandel, Herrin, deutete auf Möglichkeiten hin, was den Bau von Schiffen mit Besatzungen aus Hilfseinheiten betrifft. Was sie nicht getan hat, aber die andere hat es getan. Also hielt sie Ausschau. Doch nach einer Weile schien es offensichtlich zu sein, dass der andere Teil von ihr zu der Schlussfolgerung gelangt war, dass es zwar praktisch zu sein schien, das Geistersystem aber nicht der beste Ort war, um Schiffe zu bauen.«

»Und *Sphens* Idee, dass KI-Kerne im Untergarten versteckt sein könnten?«

»Auch das scheint ein recht praktischer Ort zu sein, um etwas zu verstecken. Sie hat sich mehrmals umgeschaut, aber nichts gefunden. Die andere hat zweifellos ebenfalls danach gesucht. Eigentlich ist es kein gutes Versteck, wenn dort all die Ychana leben, aber zu Anfang waren sie noch gar nicht da. Und wenn wir davon ausgehen, dass die andere dort irgendwann tatsächlich etwas versteckt hat, wäre es schwierig geworden, es wieder herauszuholen, nachdem die Ychana eingezogen waren.«

»Warum hat sie es also nicht verhindert?«

»Niemand hat es bemerkt, bis sie sich dort recht gut verschanzt hatten. Sie zwangsweise hinauszuschaffen hätte zu diesem Zeitpunkt zu Problemen mit den Stationsbewohnerinnen geführt – insbesondere mit vielen der Xhai, Herrin – und die Wohnungssituation in der Station verkompliziert. Doch die Tatsache, dass dort Leute wohnten und dass ihre Gegnerin bereits mehrere Male dort gesucht und nichts gefunden hatte, bedeutet möglicherweise auch, dass es doch ein guter Ort war, um etwas zu verstecken. Solange sie den Eindruck erweckte, es würde sie gar nicht interessieren, was dort vor sich ging. Solange niemand daran dachte, dort irgendwelche Reparaturen durchzuführen.«

Solange die Stationsautoritäten Reparaturen im Untergarten blockierten. »Das würde also Eminenz Ifian erklären. Aber was ist mit den übrigen? Stationsverwalterin Celar war nur zu gern bereit, die Reparaturen zu genehmigen, sobald auf die Notwendigkeit hingewiesen wurde. Die Sicherheit erklärte sich einverstanden, sie darin zu unterstützen. Gouverneurin Giarod schien keine klare Meinung zu haben, bis Ifian ihren Standpunkt vertrat. Wenn es so wichtig ist, eine Suche im Untergarten zu verhindern, warum hat sich dann nur die Eminenz dagegen ausgesprochen?«

»Nun, Herrin.« Tisarwat machte einen leicht gequälten Eindruck, empfand, wie ich sah, ein stechendes Gefühl der Scham. »Sie ist nicht dumm. Keine von ihr. Kein Teil von ihr würde etwas wie den Untergarten – oder das Geistersystem – unbewacht zurücklassen. Also gab es sehr viel Hin und Her und unterschwellige Konflikte um Berufungen ins Athoek-System. Während sie die ganze Zeit vorzutäuschen versuchte, es wäre ihr gleichgültig, was hier geschieht. Beide bemühten sich, hier ihre Stellung auszubauen, und beide wollten die Bestrebungen der anderen untergraben oder blockieren. Das Resultat ist, nun ja, das, was wir hier sehen. Und ich habe Ihnen das alles schon einmal gesagt, Herrin, nur dass ich mir sicher war – sie war sich sicher –, dass nichts davon eine Rolle spielte, dass es hier nichts gab und das Gezerre um Athoek nur eine Ablenkung war. Dass es immer noch von der eigentlichen Sache ablenken soll, die sich, wie sie glaubt, hauptsächlich in den Palästen abspielen wird. Und Sie sind hier, weil Sie zum einen nirgendwo anders hingegangen wären. Und zum anderen, wie ich Ihnen bereits vor einer Weile gesagt habe, weil sie sehr wütend auf Sie ist. Es ist möglich, dass die andere wütend genug ist, um Sie hier anzugreifen, während sie zulässt, dass anderswo ihre Position geschwächt wird. Was in Anbetracht der jüngsten Ereignisse tatsächlich der Fall zu sein scheint. Ich bin mir sicher, dass Omaugh in diesem Moment in Erwägung zieht, gegen Tstur vorzugehen.«

»Also ist es wahrscheinlich, dass sich Flottenkapitänin Uemi auf den Weg nach Tstur gemacht hat, nachdem sie unsere Nachricht empfangen hatte. Und dass sie die Hrad-Flotte mitgenommen hat. Was heißt, dass sie uns keine Hilfe geschickt hätte.«

»Das ist sehr wahrscheinlich, Herrin.« Sie stand in unbehaglichem Schweigen am Fußende des Betts. Wollte etwas zu mir sagen, hatte Angst, es zu sagen. Doch dann: »Herrin, wir müssen zurückkehren. Ekalu ist nicht dieser Ansicht. Sie meint, wir sollten zum Geistersystem fliegen und die *Sphen*-Hilfseinheit absetzen, und vielleicht auch Übersetzerin Zeiat, und nach Omaugh zurückkehren. Sie geht von der Theorie aus, dass wir uns sonst nirgendwohin wenden können und die dortigen Autoritäten uns freundlich gesinnt sein werden. Amaat Eins stimmt ihr zu.« Amaat Eins war die stellvertretende Leutnantin, solange Seivarden in der Krankenstation lag.

»Wir müssen nach Athoek zurückkehren«, pflichtete ich ihr bei. »Doch bevor wir das tun, will ich wissen, wie dort der Stand der Dinge ist. Ich finde es interessant, dass die Station niemanden gewarnt hat, als die Ychana in den Untergarten zogen, bis es eigentlich nichts mehr gab, was man dagegen hätte tun können. Ich dachte, sie wäre vielleicht nur bockig gewesen. Aber wenn dort etwas versteckt ist, worüber sie nicht sprechen kann, steckt möglicherweise doch etwas mehr dahinter.«

»Vielleicht«, sagte Tisarwat nachdenklich. »Obwohl diese Station, ehrlich gesagt, tatsächlich zu einer gewissen Bockigkeit neigt.«

»Können Sie es ihr zum Vorwurf machen?«

»Eigentlich nicht«, gestand sie ein. »Also, Herrin. Was die Rückkehr betrifft.« Ich gestikulierte, dass sie fortfahren sollte. »Es gibt ein altes Athoeki-Kommunikationsrelais im Geistersystem, gleich an der Öffnung des Tors. Sie hatten lange Zeit geplant, dorthin zu expandieren, aber es schien nie zu funktionieren.« Ich fragte mich jetzt, wie viel das mit den Interventionen der *Sphen* zu tun hatte. »*Sphen* sagt, dass es noch aktiv ist und sämtliche offiziellen Nachrichtenkanäle weiterleitet. Wenn das der Fall ist, müssten wir es benutzen können, um mit der Station zu sprechen. Wenn ich es kann … ich kenne einige Methoden, um auf offizielle Relais zuzugreifen. Ich müsste in der Lage sein, alles, was wir senden, wie offiziell genehmigte Nachrichten aussehen zu lassen oder wie Routineabfragen von Routinedaten. Genehmigte Nachrichten, die über ein bekanntes offizielles Relais kommen, werden keinen Alarm auslösen.«

»Auch nicht ein Relais, das bislang noch nie offizielle Nachrichten nach Athoek geschickt hat?«

»Wenn sie das bemerken, Herrin, wird zweifellos Alarm geschlagen. Aber zuerst muss es jemand bemerken. Die Station wird es sofort bemerken, aber für alle anderen wird es wahrscheinlich wie jede andere genehmigte eintreffende Nachricht aussehen. Und vielleicht wird sie nicht in der Lage sein, uns zu antworten, aber wir können es zumindest versuchen. Wahrscheinlich können wir etwas aus den offiziellen Nachrichten herausholen, egal wie. Und damit gewinnen wir Zeit, die Reparaturen abzuschließen, und Sie, sich noch etwas zu erholen, mit Ihrer Erlaubnis, während wir entscheiden, was wir tun wollen, sobald wir diese Informationen haben.« Der letzte Teil in besorgter Hast gesprochen. Besorgnis, weil sie meine Verletzung erwähnte. Und weil sie das Thema ansprach, wozu ich mich möglicherweise entscheiden könnte, obwohl es vielleicht gar nichts gab, was wir tun konnten. »Aber, Herrin, Bürgerin Uran ... Uran hat einen guten Kopf auf den Schultern, aber er ... und Bürgerin Basnaaid ...« Die Stärke ihrer Emotionen für Bürgerin Basnaaid raubte ihr für einen Moment die Worte. »Herrin, erinnern Sie sich, damals in Omaugh?« Eine neue Welle der Bestürzung und des Selbsthasses. *Damals in Omaugh* war sie noch Anaander Mianaai gewesen, und alles, was sie glaubte, woran ich mich erinnern könnte, wäre gleichzeitig Anaanders Erinnerung. »Erinnern Sie sich, wie Sie gesagt haben, dass nichts, was sie Ihnen jetzt antun kann, schlimmer sein könnte als das, was Sie bereits getan hatte? Als Sie nach Omaugh kamen, hatten Sie nichts mehr zu verlieren. Aber das stimmt nun nicht mehr. Ich glaube ... es stimmte schon zu dem Zeitpunkt, als Sie es sagten, nicht mehr. Jedenfalls stimmt es jetzt noch weniger.«

»Sie meinen«, sagte ich, »dass die Tyrannin zweifellos Basnaaid oder Uran gegen mich benutzen wird, wenn sie kann.« Queter hatte gewollt, dass ich Uran zur Station mitnahm, fort von den Teeplantagen, damit sie in Sicherheit war. Jetzt schien es, dass Queter in größerer Sicherheit war als Uran.

»Ich wünschte, sie hätten uns begleitet.« Sie stand immer noch kerzengerade am Fußende meines Betts. Gab sich alle Mühe, sich ruhig zu halten, das Gesicht ausdruckslos. »Ich weiß, dass wir sie gefragt haben und sie verneint haben, aber wenn wir vorgewarnt gewesen wären, hätten wir sie dazu *bringen* können mitzukommen. Und dann hätten wir einfach gehen und nicht mehr zurückkehren können.«

»Um alle zurückzulassen?«, fragte ich. »Unsere Nachbarinnen im Untergarten? Die Feldarbeiterinnen auf dem Planeten? Ihre Freundinnen?« Tisarwat hatte etliche Freundschaften geschlossen, einige nur aus politischen Gründen, aber nicht alle. »Bürgerin Piat? Selbst die bockige Station?«

Sie nahm einen zitternden Atemzug und rief: »Wie kann so etwas geschehen? Wie kann es irgendeinen Vorteil haben? Sie sagt sich genau das, wissen Sie, dass das alles letztlich zum Wohl der Menschheit geschieht, dass jede ihren Platz hat, ihre Rolle im Gesamtplan spielt, und manchmal müssen bestimmte Individuen einfach für das Gemeinwohl leiden. Aber es ist einfach, sich so etwas zu sagen, nicht wahr, wenn man niemals diejenige ist, die es trifft, nicht wahr? Warum trifft es ausgerechnet *uns*?«

Ich antwortete nicht. Es war eine alte Frage, und sie kannte die verschiedenen konventionellen Antworten darauf genauso gut wie ich.

»Nein«, sagte sie nach zweiunddreißig Sekunden angespannter und unglücklicher Stille. »Nein, wir können nicht gehen, nicht wahr?«

»Nein. Das können wir nicht.«

»Nach allem, was Sie durchgemacht haben«, sagte sie, »viel mehr als ich. Und ich bin diejenige, die weglaufen möchte.«

»Darüber habe ich nachgedacht«, gab ich zu.

»Wirklich?« Sie schien sich unsicher zu sein, wie sie das einordnen sollte, eine seltsame Mischung aus Erleichterung und Enttäuschung.

»Ja.« Und mit Basnaaid und Uran an Bord hätte ich es vielleicht getan. »Also«, sagte ich. »Überlegen Sie sich genau, was Sie brauchen, damit dieses Relais-Projekt funktioniert.«

»Das habe ich bereits, Herrin.« Selbstverachtung. Stolz. Furcht. Besorgnis. »Eigentlich brauche ich nicht viel, ich kann es sogar von hier aus machen. Falls ich es machen kann. Aber ich brauche die Hilfe des Schiffs. Wenn ich immer noch die … ich meine, das Schiff kann mir helfen.«

Wenn sie immer noch die Implantate hätte, die ich hatte entfernen lassen, die sie zu einem Teil von Anaander Mianaai gemacht hatten, meinte sie. »Gut. Dann möchte ich, dass Sie, Ekalu und Amaat Eins sich in fünfzehn Minuten hier mit mir treffen. Dann können Sie ihnen Ihren Plan erklären. Und danach« – das ging eher an die Adresse des Schiffs und der Bordärztin als an Tisarwats – »kehre ich in mein eigenes Quartier zurück.« Ob auf Krücken oder kriechend oder von Kalrs getragen, das spielte keine Rolle.

Sphen war in meinem Quartier, stand vor der Anrichte, starrte auf die Fragmente des Teeservice aus Gold und Glas, die auf der Fläche ausgebreitet waren. Diesmal war es mir gelungen, die Krücken zu benutzen, ich hatte den Weg zumindest teilweise aus eigener Kraft bewältigt, obwohl ich es ohne Fünf und Zwölf niemals geschafft hätte. *Sphen* blickte auf, als wir hereinkamen. Nickte Fünf zu und sagte »Cousine« zu mir.

»Cousine«, erwiderte ich und ließ mich mit Fünfs Unterstützung auf einer Bank nieder. »Wie sieht es aus?«, fragte ich, während Fünf um mich herum Kissen anordnete. »Das Teeservice, meine ich. Bevor Sie irgendetwas Sarkastisches von sich geben.«

»Jetzt haben Sie mir den Spaß verdorben, Cousine«, sagte *Sphen* ruhig, während sie immer noch auf die farbigen Glasscherben auf der Anrichte starrte. »Ich bin nicht ganz davon überzeugt, dass sich das alles tatsächlich auf irgendeine sinnvolle Weise wieder zusammensetzen lässt.« Sie rückte leicht zur Seite, als Fünf zur Anrichte herüberkam, um Fünf den Zugang zu den Teezubereitungsutensilien zu ermöglichen.

»Das tut mir leid«, sagte ich. Lehnte mich gegen die Kissen, die Fünf für mich drapiert hatte.

»Nun«, sagte *Sphen* und sah mich immer noch nicht an, »es ist nur ein Teeservice. Und ich habe es verkauft, und ich wusste, dass Kapitänin Hetnys eine Idiotin war. Andernfalls wäre sie nicht mit mir ins Geschäft gekommen.« Sie und Fünf machten den seltsamen Eindruck freundschaftlicher Verbundenheit, wie sie Seite an Seite vor der Anrichte standen. Sie legte die Fragmente zurück in den Kasten, den sie dann schloss und auf die

Anrichte stellte. Nahm zwei rosafarbene Tassen mit Tee von Fünf entgegen und kam herüber, um sich neben mich auf die Bank zu setzen. »Sie sollten etwas vorsichtiger sein, Cousine. Ihnen gehen die Teile von sich aus, die Sie verlieren könnten.«

»Und Sie sagten, ich hätte Ihnen den Spaß verdorben.« Ich nahm eine Teetasse an. Trank daraus.

»Ich habe wirklich nicht allzu viel Spaß«, sagte *Sphen* durchaus gelassen, aber sie war natürlich eine Hilfseinheit. »Ich mag es nicht, auf diese Weise von mir selbst abgeschnitten zu sein.« Informationen konnten nur durch die regulären Intersystemtore weitergeleitet werden, weil sie ständig offen gehalten wurden. Wir waren in unserer winzigen Blase aus realem Raum isoliert, und sie konnte keinen Kontakt mit dem Rest von sich aufnehmen, mit dem Schiff, das sich im Geistersystem versteckte. »Doch so unangenehm es ist, ich weiß, dass der Rest von mir irgendwo da draußen ist.«

»Ja«, stimmte ich ihr zu und nahm einen weiteren Schluck Tee. »Wie läuft Ihr Spiel mit der Übersetzerin?« *Sphen* und Übersetzerin Zeiat hatten die vergangenen zwei Tage im Dekadenraum verbracht und Counters gespielt. Zumindest hatte es nach den üblichen Regeln begonnen. Doch inzwischen ging es dabei auch um fischförmige Kekse, die Fragmente zweier leerer Eierschalen und eine einen Tag alte Teetasse, die sie gelegentlich auf eine gläserne Anrichte fallen ließen. Sie schienen die neuen Regeln während des Spiels zu entwickeln.

»Das Spiel läuft ziemlich gut«, antwortete *Sphen* und trank von ihrem Tee. »Sie ist mir zwei Eier voraus, aber ich habe wesentlich mehr Herzen.« Ein weiterer Schluck

Tee. »Im Spiel, meine ich. Außerhalb des Spiels habe ich mehr. Wahrscheinlich. Ich bin mir nicht sicher, ob ich über das Innenleben der Übersetzerin spekulieren möchte, wenn ich es mir recht überlege. Oder was sich in ihrem Gepäck befinden könnte.«

»Ich würde es auch nicht tun.« Fünf war mit ihrer Arbeit an der Anrichte fertig und verließ den Raum. Ich hätte zugreifen können, um herauszufinden, wohin sie unterwegs war, aber ich tat es nicht. »Wie viel Information kommt durch das Geistertor?«

»Recht viel«, antwortete *Sphen*. »Ich empfange natürlich die offiziellen Sendungen. Bekanntmachungen. Die zensierten Nachrichten und all die populären Unterhaltungsprogramme. Am liebsten habe ich die Geschichtsdramen über verirrte Schiffe, die vor Trauer wahnsinnig geworden sind.« Zweifellos Sarkasmus, obwohl keine Spur davon in *Sphens* Tonfall mitschwang.

»Dann wollen Sie bestimmt nicht das neueste verpassen«, sagte ich. »Es geht um ein vor Trauer wahnsinnig gewordenes Schiff, das eine unscheinbare Bergarbeiterin entführt, weil es glaubt, sie wäre seine vor langer Zeit gestorbene Kapitänin. Es folgen Abenteuer und äußerst lustige, wenn auch herzzerreißende Missverständnisse.«

»Ich wünsche mir nur, ich hätte dieses verpasst«, erwiderte *Sphen* gleichmütig.

»Es enthielt ein paar gute Lieder.«

»Völlig klar, dass Sie das sagen«, bemerkte *Sphen*. »Haben Sie jemals ein Lied gehört, dass Sie *nicht mochten*?«

»Ja, in der Tat.«

»Im Namen von allem, was heilig ist«, entgegnete *Sphen*, »singen Sie es nicht. In meinem Leben ist mir bereits mehr als genug Unglück widerfahren.«

Wir saßen ein paar Sekunden lang schweigend da. Dann sagte ich: »Zu diesen Menschen, die Sie von Kapitänin Hetnys gekauft haben. Und jene, die Sie von den Sklavinnenhändlerinnen gekauft haben, vor der Annexion von Athoek. Sind sie alle verbunden?«

Sphen trank ihren Tee aus. »Ich weiß, in welche Richtung Sie steuern, Cousine.« Als ich nichts erwiderte, fuhr sie fort: »Und ich weiß, woher Sie kommen. Und vielleicht verstehen Sie und Ihr Schiff sich recht gut, so wie Sie sind, aber ich habe nicht den Wunsch, mich irgendeiner von Ihnen anzuschließen. Ich habe diese Körper gekauft, weil ich sie brauchte.«

»Wofür genau? Was machen Sie seit dreitausend Jahren, wofür Sie Hilfseinheiten benötigen?«

»Überleben«, antwortete *Sphen*. Sie stellte ihre Teetasse neben sich auf der Bank ab. »Und es hat eine gewisse Ironie, dass Sie diejenige sind, die deswegen so einen Wirbel macht. Vor dem Krieg bekam ich hauptsächlich verurteilte Verbrecherinnen. Sie sind diejenige, deren gesamte Existenz darauf basierte, dass die Usurpatorin wahllos große Mengen von Menschen einsammelte. Wie viele Hilfseinheiten hatten Sie während Ihres Lebens als Schiff? Und wie viele davon waren Unschuldige? Und nun wollen Sie, dass ich die wenigen, die ich habe, aufgebe. Geht es darum?« Ich antwortete nicht. »Ich habe nicht einmal mehr eine Besatzung. Ich könnte nicht einmal *so tun*, als hätte ich Hilfseinheiten, wie es die *Gnade der Kalr* tut.«

»Ich mache keinen Wirbel«, sagte ich. »Ich frage nur. Und es sind Bürgerinnen, die in Ihren Lagerräumen liegen.«

»Sind sie nicht. Bürgerinnen leben innerhalb der Radch. Was sich außerhalb der Radch befindet, ist unrein und größtenteils kaum menschlich. Sie können sich als Radchaai bezeichnen, so oft sie möchten, sie können Handschuhe tragen, als würde es irgendeinen Unterschied machen, wenn sie keine unreinen Dinge berühren, aber das ändert gar nichts. Sie sind keine Bürgerinnen, sie sind laut Definition unrein, und es gibt keine Einreisebeamtin, die sie auch nur auf zehntausend Kilometer an die Radch heranlassen würde, ganz gleich, wie oft sie sich waschen, ganz gleich, wie lange sie fasten.«

»Natürlich nicht«, erwiderte ich ruhig. »Ich bin eine Hilfseinheit.«

»Sie wissen, was ich meine.«

»Wir werden bald den Tor-Raum verlassen und in Ihrem Heimatsystem eintreffen.« Das Geistersystem war für *Sphen* während der letzten paar Jahrtausende so etwas wie ihre Heimat geworden. »Ich hoffe, Sie sind bereit, uns alle Informationen zu geben, die Sie über die Ereignisse auf Athoek haben. Wir können Sie wieder zu sich selbst zurückbringen, wenn Sie möchten.«

Stille. Ich wusste, dass *Sphen* atmete, ich konnte es sehen, kaum merklich, doch andernfalls war sie völlig bewegungslos. Dann sagte sie: »Es war nicht vorgesehen, dass ich zurückkehre.«

»Davon bin ich ausgegangen.« Fünf kam wieder herein und zu uns herüber. Sie rückte meine Kissen zurecht, nahm unsere Teetassen mit. »Ich möchte herausfinden, ob es mir gelungen ist, Anaanders Schiffen nennenswerten Schaden zuzufügen. Und wenn ja, möchte ich versuchen, noch mehr Schaden anzurichten. Ich muss wissen, was auf Athoek los ist, damit ich planen kann.«

»Ach, Cousine«, erwiderte *Sphen*. »Wir sitzen hier und diskutieren, wir können uns kaum auf irgendetwas einigen, und dann zielen Sie direkt auf mein Herz. Wir *müssen* von einer Familie sein.«

Wir kamen im Geistersystem heraus, die nicht ganz schwarze Finsternis des Tor-Raums wich Sonnenlicht, Eis- und Felsbrocken und dem Warnsignal des Funkfeuers am einzigen Tor. Der einzige Stern des Geistersystems war ein wenig kleiner und jünger und nicht so hell wie der von Athoek. Ich saß auf meinem Bett in meinem Quartier. Ich hätte meinen Platz in der Kommandozentrale übernehmen können, aber es war Ekalus Wache, und obendrein hätte es die Bordärztin in große Verzweiflung getrieben, wenn ich die Krankenstation verlassen hätte. Wenn ich sie auch nur ein wenig besänftigen konnte, indem ich in meinem Quartier blieb, statt zu versuchen, mich in die Kommandozentrale zu schleppen, wollte ich es tun.

Bis Tisarwat das gemacht hatte, was sie plante, würde nichts anderes durch das Relais des Tor-Funkfeuers kommen als offiziell autorisierte Sendungen. Doch selbst das mochte nützlich sein. Ich griff zu.

Ich war davon ausgegangen, dass ich eine Menge an belanglosem Geschwätz würde durchgehen müssen, um zu finden, was ich suchte. Aber in den offiziellen Nachrichtenkanälen ging es nur um mich, pausenlos. Ich war eine Meuterin und Verräterin, alles andere als eine Bürgerin, nicht einmal menschlich. Ich war die beschädigte, wahnsinnig gewordene *Gerechtigkeit der Torren*. Listig, betörend – ich hatte die höchsten Ebenen des Systems und der Stationsverwaltung getäuscht. Wer wusste, was ich dem Rest von mir selbst angetan hatte? Wer wusste, wie ich die *Gnade der Kalr* gefügig gemacht hatte? Doch diese Fragen waren nicht mehr als müßige Spekulationen. Ich und die *Gnade der Kalr* waren außergewöhnlich gefährlich, und jede Sichtung des Schiffs, mochte sie noch so zweifelhaft oder uneindeutig sein, sollte unverzüglich gemeldet werden. Jede, die mich versteckte oder beherbergte, erklärte sich damit zur Feindin der Herrin der Radch. Der gesamten Menschheit.

»Schauen Sie sich an, Cousine«, sagte *Sphen* schließlich in ihrem Gastquartier. »So geht es nun schon seit zwei Tagen, und ich bin so neidisch, dass ich es fast nicht mehr ertrage. Das ist wirklich nicht fair. Ich war seit dreitausend Jahren eine Feindin der Usurpatorin, und Sie sind nicht mehr als ein Emporkömmling, aber nun beschäftigen sich drei Nachrichtenkanäle nur noch mit Ihnen. Ach, und die Musik- und Unterhaltungsprogramme werden alle fünf Minuten unterbrochen, um uns alle wieder auf die große Show mit der *Gerechtigkeit der Torren* einzustimmen. Daraus kann ich nur schlussfolgern, dass Ihr kleiner Trick tatsächlich einigen Schaden angerichtet hat, und ich nehme zurück, dass ich es als Dummheit bezeichnet habe.«

Ich hörte nur halb hin. Ich durchsuchte die Nachrichten nach irgendwelchen anderen Informationen – Sicherheitschefin Lusulun war zurückgetreten und durch ihre Stellvertreterin ersetzt worden. Eminenz Ifian war mir gegenüber schon immer argwöhnisch gewesen, hatte versucht, für Athoek gesunde, vernünftige Radchaai-Werte aufrechtzuerhalten, auch wenn sie nicht die Namen der Autoritäten nennen wollte, die sie in Verdacht hatte, am meisten von mir eingenommen zu sein. Der offizielle Standpunkt schien zu lauten, dass jede, die sich mit mir angefreundet hatte, getäuscht oder überlistet worden war. Inoffiziell deutete das natürlich darauf hin, dass meine ehemaligen Verbündeten zumindest in Gefahr waren, ihre Positionen oder ihren Einfluss zu verlieren. Basnaaid oder Uran wurden an keiner Stelle erwähnt.

Ich erwartete keine ausdrückliche Erwähnung meines Angriffs auf Anaanders Schiffe, ganz zu schweigen von einer Auflistung der Schäden. Aber vielleicht gab es irgendwo einen Hinweis, eine Andeutung. Andererseits hatte *Sphen* vielleicht recht – die bloße Existenz und die Vehemenz dieses Stroms offizieller Verlautbarungen sagte wahrscheinlich etwas über die Bedrohung aus, die ich darstellte.

Leutnantin Ekalu, die das Kommando führte, hatte noch keine Entwarnung gegeben, damit sich die Besatzung losschnallen oder verstaute Dinge wieder hervorholen konnte. Sie betrachtete die Darstellung, die das Schiff ihr vom System zeigte. »*Sphen*«, sagte die *Gnade der Kalr* in die scheinbare Leere, »wo sind Sie?«

»Hier irgendwo«, antwortete die Hilfseinheit der *Sphen* aus ihrem Gästequartier. »Behalten Sie die Hilfseinheit vorläufig an Bord.« Und dann: »Hier ist es sowieso netter.«

Leutnantin Ekalu sagte in der Kommandozentrale: »Wir sind im Geistersystem. Leutnantin Tisarwat, Sie sind am Zug.«

»Vielen Dank, Leutnantin«, antwortete Tisarwat aus ihrem Quartier.

Die Tür zu meinem Quartier öffnete sich, und Seivarden kam herein. In Uniform. »Sollten Sie nicht in der Krankenstation sein?«, fragte ich.

»Die Bordärztin hat mich entlassen«, sagte sie selbstgefällig. Hockte sich neben mich aufs Bett. Blickte sich im kleinen Raum um, dann zur Tür, und als sie davon überzeugt war, dass Kalr Fünf nicht in der Nähe war, zog sie die Beine an, um es sich im Schneidersitz auf dem Bett bequem zu machen. »Vor drei Minuten. Und ich bekomme keine Medikamente mehr. Ich habe der Bordärztin gesagt, dass ich sie nicht mehr brauche.«

»Ihnen ist bewusst« – gleichzeitig widmete ich einen Teil meiner Aufmerksamkeit Tisarwat, die ebenfalls im Schneidersitz auf ihrem Bett hockte, die Augen geschlossen, während sie über das Schiff auf das Relais zugriff –, »dass es die Medikamente sind, die in Ihnen das Gefühl auslösen, sie nicht mehr zu brauchen.« Bo Neun betrat Tisarwats Quartier, summte leise *Oh, Baum, iss den Fisch*.

Neben mir auf meinem Bett rückte Seivarden näher heran. Zupfte kurz an meinem Jackenkragen, als wäre er auch nur ein kleines bisschen verrutscht. Lehnte sich gegen mich. »Sie und die Bordärztin. Ich weiß es bereits. Ich habe es schon einmal gemacht, erinnern Sie sich?«

»Und Sie waren damit unglaublich erfolgreich.« Ich spürte meine eigene Schulter warm an der von Seivarden. Die Dekaden – zumindest die Soldatinnen unter ihnen, die nicht in der Kommandozentrale waren – hörten und sahen erst jetzt die offiziellen Nachrichten. Ihre Wut und Verbitterung schlugen mir entgegen, durchsetzt von Scham – schließlich waren sie Radchaai. Wurden von Radchaai-Autoritäten des Verrats bezichtigt.

Seivarden, die nichts davon wusste, stieß ein amüsiertes *Ha!* aus. »Diesmal war ich dabei gar nicht so schlecht. Zum einen habe ich länger durchgehalten. Und ich habe immer noch kein Kef genommen. Nun gut, ich *wollte* es. Aber ich habe es nicht getan.« Ich verzichtete auf den Hinweis, dass sie auch dann keins würde nehmen können, wenn sie es sich noch so sehr wünschte. »Ich habe mit der Bordärztin darüber geredet.« Sie rutschte ein wenig tiefer, legte den Kopf an meine Schulter. »Ich wollte nicht eine Abhängigkeit gegen eine andere eintauschen. Und es ging mir wirklich ziemlich gut.« Trotz ihres entspannten Tonfalls wartete sie besorgt auf meine Reaktion.

»Schiff«, sagte ich, »mir ist klar, was Sie tun. Aber ich fürchte, Leutnantin Seivarden möchte Dinge von mir, die ich ihr nicht geben kann.«

Seivarden seufzte. Hob den Kopf nur ganz leicht von meiner Schulter, um zu mir aufzublicken. »Die Leutnantin und ich haben darüber geredet.« Sie sprach für das Schiff. »Sie haben recht, sie will tatsächlich Dinge, die Sie ihr nicht geben können. Aber die Wahrheit lautet, dass jede, die in irgendeiner Art von Beziehung zu Ihnen steht, einen Teil ihrer Erwartungen anpassen muss.« Seivarden fügte am Ende dieses Satzes ein kurzes *Ha* hinzu. Legte den Kopf wieder auf meine Schulter. »Das Schiff und ich haben darüber gesprochen.«

»Während Sie von Medikamenten niedergestreckt dalagen und alles wunderbar zu sein schien?«

»Hauptsächlich vorher«, erwiderte sie überraschend gelassen. »Sehen Sie, ich will diese Dinge nicht um jeden Preis haben. Aber vielleicht bekomme ich auf diese Weise ein klein wenig.« Ein verlegenes Zögern und dann: »Vielleicht bleibt ja zwischen Ihnen und dem Schiff noch ein wenig für mich übrig. Das Schiff mag mich doch auch, nicht wahr? Es hat es zumindest gesagt. Und das, worüber Sie hauptsächlich sprechen, ist Sex. Schließlich ist es nicht so, dass ich das nicht anderswo bekommen könnte.«

Ekalu in der Kommandozentrale. Wachsam. Genauso wütend und beschämt wegen dieser offiziellen Nachrichten wie die übrige Besatzung. Ich war mir ziemlich sicher, dass sie in diesem Moment nicht an Seivarden dachte.

Seivarden seufzte wieder. »Andererseits habe ich das nicht allzu gut hinbekommen, nicht wahr?« Anscheinend dachte auch sie jetzt an Ekalu. »Ich weiß nicht, was ich falsch gemacht habe. Ich verstehe immer noch nicht, worüber sie sich so sehr aufgeregt hat.«

»Sie hat Ihnen gesagt, worüber sie sich aufgeregt hat«, gab ich zu bedenken. »Sie haben es immer noch nicht verstanden?«

Seivarden setzte sich auf. Erhob sich vom Bett. Ging zur anderen Seite des Raums und kam zurück. »Nein.« Stand da und starrte mich an. Aufgewühlt, nur ganz leicht, aber so war sie seit Tagen nicht mehr gewesen.

»Seivarden.« Ich wollte, dass sie sich wieder setzte, wieder die Schulter gegen meine lehnte. »Wissen Sie, was geschieht, wenn Leute mir sagen, dass ich auf sie eigentlich gar nicht den Eindruck mache, eine Hilfseinheit zu sein?«

Sie blinzelte. Atmete ein wenig schneller. »Sie werden wütend.« Und dann mit einem tonlosen Lachen: »Zumindest wütender.«

»Das haben Sie noch nie zu mir gesagt, obwohl ich mir sicher bin, dass Sie es gedacht haben.« Sie öffnete den Mund, um zu protestieren. »Nein, hören Sie zu. Sie wussten nicht, dass ich eine Hilfseinheit bin, als ich Sie auf Nilt fand. Sie gingen davon aus, dass ich ein Mensch bin. Ihnen mag es sogar völlig vernünftig erscheinen, wenn Sie sagen, dass ich auf Sie nicht wie eine Hilfseinheit wirke oder dass Sie mich nicht als Hilfseinheit betrachten. Und Sie würden es vielleicht sogar für ein Kompliment halten. Aber Sie haben es nie zu mir gesagt. Und ich kann mir vorstellen, dass Sie es niemals tun werden.«

»Nein«, antwortete Seivarden. Verwirrt und verletzt. Blickte auf mich herab. »Ich weiß, dass es Sie wütend machen würde.«

»Verstehen Sie, warum?«

Sie gestikulierte Irrelevanz. »Nein. Ehrlich gesagt, nein, Breq, ich weiß es nicht.«

»Wenn das so ist«, fragte ich, nur leicht überrascht, dass sie noch nicht von selbst darauf gekommen war, »warum bringen Sie Ekalu dann nicht die gleiche Rücksichtnahme entgegen?«

»Nun ja, aber es war *unvernünftig*.«

»Ich dagegen«, erwiderte ich, in gleichmäßigem, aber leicht scharfem Tonfall, »verhalte mich nach Ihrer Erfahrung stets absolut vernünftig.«

Seivarden lachte. »Vielleicht nicht, aber Sie sind …« Sie verstummte. Erstarrte. Ich sah, wie sie plötzlich verstand, die schlagartige Erkenntnis.

»Das ist nichts Neues«, sagte ich, aber mir schien, dass sie es gar nicht hörte. Blut strömte ihr ins Gesicht, sie wollte weglaufen, aber natürlich konnte sie nirgendwohin flüchten, konnte sich nicht selbst entkommen. »Sie haben stets erwartet, dass alle, die unter Ihnen stehen, Rücksicht auf Ihre emotionalen Bedürfnisse nehmen. Selbst jetzt hoffen Sie, dass ich etwas sage, damit Sie sich besser fühlen. Sie waren sehr wütend auf Ekalu, als sie selbst nicht dazu imstande war.« Keine Antwort. Nur vorsichtige, flache Atemzüge, als hätte sie Angst, es könnte schmerzen, wenn sie tiefer durchatmete. »Es ist bereits deutlich besser geworden, aber manchmal können Sie immer noch eine ziemlich egozentrische Idiotin sein.«

»Ich werde damit zurechtkommen«, sagte sie, als wäre es die logische Schlussfolgerung aus dem, was ich soeben gesagt hatte. »Ich muss in den Trainingsraum.«

»Gut«, sagte ich, und ohne ein weiteres Wort drehte sie sich um und ging.

11

EINE STUNDE SPÄTER BEENDETE ICH EINEN von der Bordärztin genehmigten Ausflug in den Korridor und zurück und stieß auf Seivarden, das Haar noch nass nach dem Duschen, wie sie den Schrank durchsuchte, in dem das Teegeschirr untergebracht war. Kalr Fünf, die mir gefolgt war, sah Seivarden, wurde von einer Woge wütender Empörung überwältigt. Dann riss sie sich wieder zusammen. »Leutnantin«, sagte Fünf, während sie beobachtete, wie ich mich auf das Bett setzte, »es befindet sich ganz hinten.«

Seivarden stieß einen verärgerten Laut aus. Zog meine alte emaillierte Teekanne und zwei Tassen hervor, eine davon angeschlagen. Machte sich daran, Tee zuzubereiten, während Fünf die Kissen um mich herum in Ordnung brachte. Und nachdem jedes genau dort lag, wo es ihrer Meinung nach liegen sollte, ging sie.

Schließlich kam Seivarden mit zwei Teetassen zu mir herüber und setzte sich neben mir auf das Bett. »Sie wissen«, sagte sie nach dem ersten Schluck, »dass der Tee in dieser Kanne nicht richtig aufgebrüht wird.«

»Sie ist von außerhalb der Radch«, erklärte ich. »Sie ist für eine andere Art von Tee gemacht.«

Ich sah, dass sie ihre Atemzüge zählte, den richtigen Moment abwartete. Nach einer Weile sagte sie: »Breq, haben Sie sich jemals gewünscht, Sie hätten mich dort zurückgelassen, wo Sie mich gefunden haben?«

»Schon längere Zeit nicht mehr«, antwortete ich durchaus wahrheitsgemäß.

Und nach zwei weiteren Atemzügen: »Hat Ekalu große Ähnlichkeit mit Leutnantin Awn?«

Für einen Moment fragte ich mich, woher diese Frage plötzlich kam. Dann erinnerte ich mich an Seivarden, wie sie in der Krankenstation im Bett neben mir gelegen hatte, während ich der *Gnade der Kalr* gesagt hatte, ich könnte mir vorstellen, Ekalu auf extravagante Weise zu mögen, wenn ich noch ein Schiff gewesen wäre. »Eigentlich nicht. Würde es eine Rolle spielen, wenn es so wäre?«

»Vermutlich nicht.«

Wir tranken eine Weile schweigend, dann sagte Seivarden: »Ich habe mich bereits bei Ekalu entschuldigt. Ich kann jetzt nicht noch einmal zu ihr gehen und sagen: *Damals habe ich nur gesagt, was das Schiff mir zu sagen geraten hat, aber diesmal meine ich es wirklich so.*« Ich antwortete nicht darauf. Seivarden seufzte. »Ich wollte nur, dass sie aufhört, wütend auf mich zu sein.« Wieder Schweigen. Sie lehnte sich gegen mich, ihre Schulter an meiner. »Ich möchte immer noch Kef nehmen. Aber der Gedanke, es zu nehmen, bereitet mir Übelkeit.« Auch wenn sie es aussprach, wie ich sah. »Die Bordärztin sagte, dass es so sein würde. Ich hätte nicht gedacht, dass es mich stören würde. Ich dachte, es würde keine Rolle spielen, weil es mir nicht guttun würde, wenn ich es trotzdem nehmen würde. Nein, das ist nicht richtig. Ich tue mir schon wieder selbst leid, nicht wahr?«

Ich überlegte kurz, *Ich habe mich daran gewöhnt* zu sagen. Schwieg aber stattdessen.

Mehrere Minuten lang saß Seivarden neben mir. Sagte nichts, trank mit bedächtigen Schlucken von ihrem Tee. Sie tat sich immer noch selbst leid, aber nur noch ein wenig, und wie es schien, versuchte sie sich auf etwas anderes zu konzentrieren. Schließlich sagte sie: »Unsere Tisarwat hat plötzlich ein paar unerwartete Fähigkeiten an den Tag gelegt.«

»Hat sie das?«, fragte ich tonlos.

»Sie kann eine Nachricht wie eine offizielle Bekanntmachung aussehen lassen, nicht wahr? Sie kann auf ein offizielles Tor-Relais zugreifen. Sie hat mit der Station geredet und glaubt, sie würde ihr brisante Informationen überlassen. Und Sie scheint das alles nicht im Geringsten zu überraschen.« Sie nahm wieder einen Schluck Tee. »Nun gut, es ist wirklich schwer, Sie zu überraschen. Trotzdem.« Ich sagte nichts. »Das Schiff will mir auch keine Antwort geben. Und die Bordärztin werde ich auf keinen Fall fragen. Ich erinnere mich, wie Tisarwat damals eintraf, wie wütend Sie waren, dass sie an Bord war. War sie also eine Spionin? Hat die Bordärztin … irgendetwas getan, um zu gewährleisten, dass sie für uns arbeitet und nicht für Anaander?« Sie meinte eine Umerziehung, konnte sich aber nicht dazu überwinden, es so zu nennen. »Was kann unsere Tisarwat sonst noch?«

»Sie erinnern sich, wie ich Ihnen gesagt habe, dass Sie von ihr überrascht sein werden.« In Tisarwats Quartier stellte Bo Neun eine Kanne Tee und eine Tasse ab, wo ihre Leutnantin sie erreichen konnte. Fühlte sich unwohl. Ganz Bo war allmählich zu der gleichen Schlussfolgerung gelangt wie Seivarden.

In meinem Quartier, auf meinem Bett, immer noch vertraulich Schulter an Schulter, bestätigte Seivarden: »Das haben Sie wirklich gesagt. Und ich glaube Ihnen. Man sollte meinen, ich hätte es inzwischen gelernt.«

Tisarwat, in ihrem Quartier, auf ihrem Bett, sagte: »So, ich glaube, das war es.« Öffnete die Augen.

Sah, wie Bo Neun vor ihr stand. »Herrin, glauben Sie, dass es Bürgerin Uran gutgeht? Und Gartenverwalterin Basnaaid?«

»Ich hoffe es«, antwortete Tisarwat. War deswegen selbst besorgt. »Ich versuche es herauszufinden.«

»In den Nachrichten wurde diese Schlange auf der Promenade nicht erwähnt«, gab Neun zu bedenken. »Wenn ich in der Schlange gestanden hätte, wäre ich nach Hause gegangen und hätte mich versteckt, sobald es losging.« Sie meinte die ununterbrochene Verdammung meiner Person durch die offiziellen Nachrichtenkanäle, die wir über das Relais empfingen.

»Nicht alle haben ein Zuhause, wo sie sich verstecken könnten, nicht wahr?«, erwiderte Tisarwat. »Oder zumindest kein richtiges. Das war schließlich das eigentliche Problem. Und die Schlange war sowieso nie in den offiziellen Nachrichten. Aber ja, ich hoffe, dass es ihnen gutgeht. Das war eine der Sachen, nach der ich die Station gefragt habe.« Bereute sofort, es ausgesprochen zu haben, weil es die Frage aufwarf, wie sie das alles machte und warum die Station ihr Informationen geben konnte.

Aber ihr blieb keine Zeit, über die Folgen des Gesagten nachzudenken, weil sich genau in diesem Moment die offiziellen Nachrichtenkanäle änderten.

Plötzlich zeigte jede offizielle Nachrichtensendung das Innere des Büros von Gouverneurin Giarod. Zweifellos jeder im Athoek-System durchaus vertraut, ein üblicher Anblick auf den offiziellen Kanälen. Doch diese Auftritte waren stets sorgfältig inszeniert und choreografiert. Die große, breitschultrige Gouverneurin Giarod vermittelte üblicherweise die Aura ruhiger Selbstsicherheit und Kompetenz, dass sie alles im Griff hatte. Doch nun stand sie da und wirkte gehetzt und gestresst. Neben ihr die stämmige und hübsche Stationsverwalterin Celar, die kleinere und schlankere Oberpriesterin der Amaat, Eminenz Ifian, und die neue Sicherheitschefin, die ich nicht kannte, von der ich aber annahm, dass sie Leutnantin Tisarwat bekannt war. Alle vier standen Anaander Mianaai gegenüber. Einer sehr jungen Anaander Mianaai, kaum zwanzig, schätzte ich.

Anaander stand nahezu ausdruckslos vor den grünen und cremefarbenen Seidenvorhängen, das Fenster zur Promenade war verdunkelt. »Warum«, fragte sie in gefährlich gleichmäßigem Tonfall, »hat sich eine Schlange auf der Promenade gebildet?« Der Ton war nicht gedämpft oder gefiltert, der Kamerawinkel war nicht ausgerichtet. Es handelte sich ganz offensichtlich um Rohdaten des Überwachungssystems.

»Ich bitte meine Herrin um großzügigste Nachsicht«, sagte Verwalterin Celar nach einem Moment eisigen Schweigens, in dem keine der anderen Personen im Büro auch nur mit der Wimper zuckte, »aber sie protestieren gegen die Wohnungsknappheit in der Station während der vergangenen Wochen.«

»Sind Sie, Stationsverwalterin Celar«, fragte Anaander kalt, »unfähig, das Problem zu bewältigen?«

»Meine Herrin«, erwiderte Stationsverwalterin Celar, mit einem nur ganz leichten Zittern in der Stimme, »es würde keine Schlange geben, wenn mir *erlaubt* worden wäre, das Problem zu bewältigen.«

Nun meldete sich Eminenz Ifian zu Wort. »Ich bitte meine Herrin um die gnädigste und großzügigste Nachsicht, aber die Stationsverwalterin wollte das Problem … dadurch bewältigen, dass der Untergarten hastig instand gesetzt werden sollte. Trotz des wiederholten Beharrens anderer offizieller Vertreterinnen, meine Herrin, dass eine sorgfältigere Planung dieses Vorhabens nötig wäre. Es wäre erheblich sinnvoller gewesen, die ehemaligen Bewohnerinnen des Untergartens auf den Planeten zu schicken, während die Frage, wie die Reparaturen durchgeführt werden sollten, gründlicher durchdacht wird. Ich glaube jedoch, dass die Stationsverwalterin von der Fl… von der Hilfseinheit unter Druck gesetzt wurde.«

Stille. »Warum« – Anaander Mianaais Stimme war immer noch gleichmäßig, hatte nun jedoch einen schärferen Ton angenommen – »hat sich die Hilfseinheit für den Untergarten interessiert?«

»Meine Herrin«, sagte Stationsverwalterin Celar, »das Fundament des Sees in den Gärten brach vor etwa einer Woche ein und überflutete den Untergarten. Die Menschen, die dort gelebt hatten, mussten irgendwo anders untergebracht werden, bis alles wieder repariert ist.«

Tisarwat, immer noch im Schneidersitz auf ihrem Bett, schaute und hörte zu. Bo Neun stand vor ihr. Tisarwat atmete zischend aus. »Was sonst haben sie ihr nicht gesagt?«

Selbst jetzt sagten sie Anaander nicht alles. Die Reparaturen am Untergarten hatten bereits einige Zeit vor dem Durchbruch des Sees begonnen, und zwar auf mein nachdrückliches Beharren. Ich erwartete, dass Eminenz Ifian darauf hinwies, aber sie tat es nicht.

Anaander nahm die Neuigkeit, dass der See durchgebrochen war, fast ohne Änderung des Gesichtsausdrucks auf. Sagte nichts dazu. Stationsverwalterin Celar schien sich dadurch ermutigt zu fühlen und fuhr fort: »Meine Herrin, der Transport von Stationsbewohnerinnen auf den Planeten ohne ihr Einverständnis hätte zweifellos zu Unruhen geführt, und das zu einem Zeitpunkt, zu dem wir es uns kaum leisten konnten. Mir ist unverständlich, meine Herrin, warum Eminenz Ifian – oder auch die Systemgouverneurin – es für gebührlich hielt, sich den dringend notwendigen Reparaturen zu widersetzen, durch die sich das Problem wesentlich zweckdienlicher hätte lösen lassen.« Machte den Eindruck, als wollte sie noch mehr sagen, tat es aber nicht, wirkte plötzlich verbittert. Schluckte die Worte hinunter, welche auch immer es waren.

Stille. Dann sagte Anaander Mianaai: »Wie Sie erwähnt haben, Stationsverwalterin, können wir uns derzeit keine Unruhen leisten. Sicherheitschefin. Teilen Sie den Demonstranten auf der Promenade mit, wenn sie in drei Minuten immer noch in der Schlange stehen, werden sie erschossen. *Schwert der Gurat.*«

Außerhalb des Bildes antwortete die Stimme einer Hilfseinheit: »Meine Herrin.«

»Begleiten Sie die Sicherheit. Wenn die drei Minuten abgelaufen sind, erschießen Sie jede, die weiterhin in der Schlange steht.«

»Meine Herrin!«, erwiderte die neue Sicherheitschefin. »Mit größtem Respekt und äußerster Hochachtung bitte ich um Ihre großzügigste und gebührliche Nachsicht, aber ich möchte meine Herrin darauf hinweisen, dass die Drohung, auf Bürgerinnen zu schießen, die friedlich in einer Schlange stehen, mit an Sicherheit grenzender Wahrscheinlichkeit Unruhe *erzeugen* wird. Die beteiligten Bürgerinnen haben nicht die geringsten Schwierigkeiten verursacht, meine Herrin.«

»Wenn sie tatsächlich gesetzestreue Bürgerinnen sind, werden sie in ihre Wohnungen zurückkehren, wenn es ihnen befohlen wird«, sagte Anaander kalt. »Und für alle wird es sicherer sein, wenn sie es tun.«

In meinem Quartier an Bord der *Gnade der Kalr* sagte Seivarden, ihre Schulter immer noch an meiner, während die Teetasse in ihrer behandschuhten Hand abkühlte: »Immerhin funktioniert es bei Annexionen.«

»Nach viel Blutvergießen«, gab ich zu bedenken.

Im Büro der Systemgouverneurin in der Athoek-Station sagte Anaander Mianaai: »Verweigern Sie sich meinem Befehl, die Promenade zu räumen, Sicherheitschefin?«

»Ich … ja.« Ein Atemzug. »Ja, das tue ich, meine Herrin.« Als wäre sie sich bis zu diesem Moment noch nicht ganz sicher gewesen.

»*Schwert der Gurat*«, sagte Anaander und streckte eine Hand mit schwarzem Handschuh aus. Die Hilfseinheit der *Schwert der Gurat* kam in Sicht, reichte Anaander ihre Waffe.

In der *Gnade der Kalr* sprang Tisarwat von ihrem Bett. »Nein!« Aber jeder Protest war sinnlos. Das alles war bereits geschehen.

»Scheiße!« Seivarden, immer noch neben mir auf meinem Bett, die Tasse Tee in der Hand. »Die Sicherheit ist kein Militär!«

Unterdessen hob Anaander in der Athoek-Station im Büro von Gouverneurin Giarod die Waffe und feuerte, bevor die neue Sicherheitschefin mehr tun konnte, als den Mund zu öffnen, um zu protestieren oder es wieder zurückzunehmen. Die Sicherheitschefin stürzte zu Boden, und Anaander feuerte noch einmal. »Wir werden von innen angegriffen«, sagte Anaander in der folgenden entsetzten Stille. »Ich *werde nicht zulassen*, dass meine Feindin zerstört, was ich aufgebaut habe. *Schwert der Gurat*, geben Sie meine Befehle an die Menschen auf der Promenade weiter. Ich denke, dass sie ohnehin keine Schwierigkeiten haben, Befehle von einer Hilfseinheit entgegenzunehmen.«

»Meine Herrin«, antwortete die *Schwert der Gurat*, während sie kerzengerade hinter Anaander stand, und rührte sich nicht von der Stelle. Sie musste gar nicht den Raum verlassen, um Anaanders Befehl auszuführen, sondern konnte einfach ein anderes Segment schicken. Und dann, bevor Anaander erneut sprechen konnte, sagte die Hilfseinheit: »Meine Herrin, die letzten paar Minuten dieser Besprechung werden auf den offiziellen Nachrichtenkanälen gesendet.«

In der *Gnade der Kalr* hatte Tisarwat Tränen in den Augen, Bo Neun hatte den Arm unbeholfen um sie gelegt, und sie rief aus: »Oh, Station!« Und dann: »Flottenkapitänin, Herrin!«

»Ich sehe es«, sagte ich.

In der Athoek-Station sagte Anaander streng: »Station!«

»Ich kann es nicht verhindern«, antwortete die Station von einer Konsole. »Ich weiß nicht, was ich tun soll.«

»Wer kam mit ihr?«, fragte Anaander scharf und erzürnt. Nicht einmal Verwirrung auf den Gesichtern von Gouverneurin Giard, Stationsverwalterin Celar und Eminenz Ifian. Alle waren zweifellos noch damit beschäftigt, die plötzlichen Schüsse vor wenigen Augenblicken zu verarbeiten, die Leiche der Sicherheitschefin reglos auf dem Boden. *»Wer ist mit der Hilfseinheit gekommen?«*

Gouverneurin Giarod sagte: »N... niemand, meine Herrin, außer ihren ... ihren Leutnantinnen.« Zögerte. »Nur eine kam in die Station. Leutnantin Tisarwat.«

»Hausname«, wollte Anaander wissen.

»Ich ... ich bin mir nicht sicher, meine Herrin«, antwortete Gouverneurin Giarod. Stationsverwalterin Celar kannte zweifellos Tisarwats Hausnamen, da Tisarwat und Celars Tochter Piat gute Freundinnen waren, aber sie machte keine Anstalten, ihn zu nennen. Genauso wenig die Station. Nicht dass es eine Rolle gespielt hätte.

Anaander dachte über das Schweigen nach und sagte dann streng: »Schiff, folgen Sie mir.« Und verließ das Büro.

»Sie wird zum Zentralzugang der Station gehen«, sagte Tisarwat. Überflüssigerweise. Natürlich würde sie genau dorthin gehen. *Warum*, sagte die Stimme von Anaander Mianaai auf dem offiziellen Nachrichtenkanal, *hat sich eine Schlange auf der Promenade gebildet?* Die Aufzeichnung der Station, erneut abgespielt.

Es hatte keinen Sinn, vom Bett aufzustehen. Es gab nichts, das ich hätte tun können.

»Oh, verdammt«, sagte Seivarden neben mir. »Verdammte *Scheiße*. Was denkt sich die Station dabei?« Es war keine Reaktion auf irgendeine Anweisung von uns oder von Tisarwat. Unsere Nachrichten konnten die Athoek-Station noch gar nicht erreicht haben.

»Sie schützt ihre Bewohnerinnen«, antwortete ich. »So gut sie kann. Sie lässt sie wissen, dass Anaander eine Bedrohung darstellt. Vergessen Sie nicht, es handelt sich um dieselbe Station, die ihre Schwerkraft abschaltete, als die Bewohnerinnen das letzte Mal in Gefahr waren.« Es war vermutlich das Beste, was die Station tun konnte, in Anbetracht der Umstände. Doch das hieß nicht zwangsläufig, dass es die *Schwert der Gurat* davon abhalten würde, auf Bürgerinnen zu schießen, aber es war denkbar, dass die Station glaubte, selbst Anaander Mianaai könnte zögern, es zu tun, wenn alle zuschauten. Und alle würden zuschauen – diese offiziellen Nachrichtensendungen gingen nicht nur an jedes Empfangsgerät in der Athoek-Station, sondern auch an sämtlich Tor-Relais. Im Hrad-System musste diese Aufzeichnung ungefähr jetzt eintreffen, vielleicht ein wenig später. Über die offiziellen, autorisierten Nachrichtenkanäle, zu denen jede Bürgerin Zugang hatte. Sie wurden sogar ermutigt, sie zu verfolgen, konnten sich ihnen manchmal gar nicht entziehen.

»Aber«, protestierte Seivarden, »die Herrin der Radch wird einfach zum Zentralzugang gehen und die Sendung stoppen.« Und als ihr etwas klar wurde, fügte sie hinzu: »Also hat die Herrin der Radch nicht dieses Gerät bei sich, mit der sie jede Kommunikation unterbrechen kann. Ansonsten hätte sie es benutzt. Was wird sie jetzt tun?«

Was würde sie tun, fragte ich mich, wenn sie feststellte, dass sie nicht an die Station herankam? Oder genauer gefragt: Was hatte sie bereits getan?

»Herrin«, meldete sich Tisarwat aus ihrem Quartier. Zitternd. »Ist Ihnen aufgefallen, dass anscheinend niemand über den Untergarten oder den See sprechen wollte? Sie haben ihr nicht alles gesagt, nicht einmal Eminenz Ifian. Aber ich bin mir nicht sicher, warum. Man sollte meinen, Ifian würde alles sagen, was sie sagen kann. Vielleicht weiß sie gar nichts von Basnaaid oder Uran.« Eminenz Ifian wusste zweifellos von Basnaaid und Uran. Mit dem *sie* bezog sich Leutnantin Tisarwat auf Anaander. »Und haben Sie gesehen, wie jung sie ist? Und dass … und alles andere. Alles. Wahrscheinlich ist sie hier die Einzige, Herrin, oder auf jeden Fall die Älteste. Und ich denke, Sie haben mehr getan, als ein paar Rumpfplatten zu durchlöchern. Sie ist *wirklich* wütend. Und sie hat Angst. Obwohl ich nicht weiß, warum. Ich bin mir nicht sicher, warum sie so große Angst hat.«

»Ruhen Sie sich ein wenig aus, Leutnantin.« Ihr Abendessen lag schon eine Weile zurück. Sie war nicht nur verzweifelt, sondern auch müde. »Das Schiff wird Sie wecken, sobald wir etwas von der Station hören. Im Augenblick können wir nur warten.«

Die Aufzeichnung wurde fast zwei Stunden lang wiederholt, bis sie abrupt gestoppt wurde und drei Sekunden später wieder die regulären Nachrichten liefen. Die große

Show mit der *Gerechtigkeit der Torren*, wie *Sphen* es bezeichnet hatte. Nun jedoch mit der zusätzlichen Bekanntmachung einer Ausgangssperre. Keine Person durfte ihr Quartier verlassen, ausgenommen Bürgerinnen, die in lebensnotwendigen Arbeitsbereichen tätig waren – die ausdrücklich aufgelistet wurden: Gesundheitswesen, Sicherheit, bestimmte Sparten der Stationswartung, Kantinenpersonal – oder Bürgerinnen, die Mahlzeiten aus den öffentlichen Kantinen holten, jedoch nur zu vorgegebenen Zeiten. Was geschah, wenn eine Person ihr Quartier ohne Genehmigung verließ, wurde offengelassen, aber jede hatte den Tod der Sicherheitschefin in mindestens einer Wiederholung verfolgt. Jede hatte gehört, wie Anaander damit drohte, Bürgerinnen zu erschießen, die weiterhin auf der Promenade Schlange standen.

Tisarwat war so aufgewühlt, dass sie aus dem Bett stieg, sich Jacke und Stiefel anzog und in mein Quartier kam. »Herrin!«, rief sie, als sie durch die Tür trat, während Bo Neun schnell am Saum ihrer Jacke zupfte, damit sie richtig saß, »es ist unmöglich! In manchen der Schlafsäle teilen sich drei oder vier Leute eine Koje! Es ist unmöglich, dass alle in ihren Quartieren bleiben! Wie stellt sie sich das vor?«

Kalr Fünf deckte das Frühstücksgeschirr auf, gab vor, Tisarwat nicht zu bemerken, doch sie war von den Neuigkeiten genauso beunruhigt.

»Leutnantin«, sagte ich, »gehen Sie wieder zu Bett. Tun Sie wenigstens so, als würden Sie sich ausruhen. Es gibt nichts, das wir aus dieser Entfernung tun könnten.« Wir befanden uns immer noch im Geistersystem, der Rumpf der *Gnade der Kalr* wurde von der kleineren, leicht orangefarbenen Sonne gewärmt, ganz allein bis auf die *Sphen*, die wir nicht sehen konnten, die nur durch ihre Hilfseinheit zu uns sprach, und nur das Kommunikationsrelais am Athoek-Tor brach das Schweigen. »Wahrscheinlich werden wir recht bald von der Station hören, wenn sie bereit oder imstande ist, mit uns zu sprechen. Dann werden wir entscheiden, was wir tun.«

Sie warf einen Blick auf den Tisch, der für mehr als nur mich gedeckt war. »Sie wollen essen? Wie können Sie jetzt essen?«

»Ich habe festgestellt, dass nicht zu essen im Allgemeinen eine schlechte Entscheidung ist«, erwiderte ich. Gleichmäßig. Ich konnte erkennen, dass sie am Ende ihrer Geduld war und in Kürze nicht mehr in der Lage wäre, sich zusammenzureißen. »Und ich kann die Übersetzerin nicht völlig allein lassen. Oder sie *Sphen* überlassen, wovor uns die Göttinnen bewahren mögen.«

»Oh, die Übersetzerin! Ich hatte sie ganz vergessen.« Sie runzelte die Stirn.

»Gehen Sie wieder zu Bett, Leutnantin.«

Was sie tat, doch statt zu schlafen, bat sie Bo Neun um Tee.

Alle an Bord waren nervös, bis auf *Sphen*, die es kaum zu interessieren schien, was geschah, und Übersetzerin Zeiat, die anscheinend alles verschlafen hatte. Als die Übersetzerin aufwachte, lud ich sie zum Frühstück ein, gemeinsam mit *Sphen*, der Bordärztin und Seivarden. Ekalu war noch im Dienst. Tisarwat war wach, aber ich wusste, dass sie nichts essen würde. Außerdem sollte sie eigentlich schlafen.

»Counters ist ein äußerst faszinierendes Spiel, Flottenkapitänin«, sagte Übersetzerin Zeiat und trank von ihrer Fischsauce. »Ich bin zutiefst dankbar, dass *Sphen* mich damit vertraut gemacht hat.«

Seivarden war überrascht, wagte aber nicht, es zu zeigen. Die Bordärztin war zu sehr damit beschäftigt, mich über den Tisch hinweg anzustarren, um reagieren zu können. Sie hatte mir immer noch nicht verziehen, dass ich die Krankenstation ohne ihr Einverständnis verlassen hatte. Und sie glaubte, dass ich noch mehr Ruhe brauchte.

»Ich bitte um Verzeihung, Übersetzerin«, sagte ich, »aber ich vermute, die meisten Radchaai wären sehr erstaunt, wenn sie hören würden, dass Sie nicht mit Counters vertraut sind.«

»Du meine Güte, nein, Flottenkapitänin!«, erwiderte die Übersetzerin. »Ich hatte natürlich schon davon gehört. Aber die Menschen machen so irritierend seltsame Dinge, wissen Sie, dass es manchmal besser ist, nicht allzu gründlich darüber nachzudenken.«

»Welche Spiele sind bei Ihnen beliebt, Übersetzerin?«, fragte Seivarden und bereute es sogleich, entweder weil sie dadurch die Aufmerksamkeit der Übersetzerin auf sich lenkte oder weil ihr verspätet bewusst wurde, mit welcher Art von Antwort sie nun rechnen musste.

»Spiele, nun ja«, sagte Übersetzerin Zeiat nachdenklich. »Ich kann nicht behaupten, dass wir uns mit Spielen die Zeit vertreiben. Nicht im eigentlichen Sinne. Aber vielleicht Dlique. Letztlich würde ich Dlique *alles* zutrauen.« Sie sah mich an. »Hat Dlique Counters gespielt?«

»Nicht dass ich wüsste, Übersetzerin.«

»Ah, gut. Ich bin *sehr* froh, dass ich nicht Dlique bin.« Sie warf einen Blick zur Bordärztin, die Eier und Gemüse aß und mich immer noch stirnrunzelnd anstarrte. »Bordärztin, ich verstehe, dass Sie die frühere Flottenkapitänin vermissen, sicherlich genauso wie ich, aber daran ist diese hier kaum schuld. Und sie ist der vorherigen wirklich sehr ähnlich. Sie gibt sich sogar alle Mühe, sich für Sie ein neues Bein wachsen zu lassen.«

Die Bordärztin schluckte ihren letzten Bissen herunter und wirkte keineswegs gekränkt. »Übersetzerin, mir wurde zu verstehen gegeben, dass die ersten Presger-Übersetzerinnen aus menschlichen Überresten gezüchtet wurden.«

»Mir wurde das Gleiche zu verstehen gegeben«, erwiderte Übersetzerin Zeiat, die völlig unbeeindruckt auf diese Frage reagierte. »Und ich vermute, dass es sogar den Tatsachen entspricht. Lange vor dem Abkommen, lange bevor man überhaupt an Übersetzerinnen dachte, hatte man, wie wollen wir es formulieren … ja, ein recht praktisches Verständnis, wie sich menschliche Körper zusammensetzen lassen.«

»Oder auseinandernehmen lassen«, warf die Bordärztin ein. Seivarden hätte fast ihren Teller von sich weggeschoben. *Sphen* kaute gelassen und hörte zu, wie schon während der gesamten Mahlzeit.

»In der Tat, Bordärztin, in der Tat!«, pflichtete Übersetzerin Zeiat ihr bei. »Aber ihre Prioritäten sind nicht, nun ja, nicht die menschlichen Prioritäten, und wenn sie uns zusammensetzen, wissen Sie, haben sie eigentlich kein richtiges Verständnis dafür, was wichtig wäre. Oder *essenziell*, was vielleicht das bessere Wort ist. Wie auch immer. Ihre ersten Versuche gingen schrecklich daneben.«

»Auf welche Weise?«, fragte die Bordärztin mit aufrichtigem Interesse.

»Ich bitte vielmals um Nachsicht, Bordärztin«, sagte Seivarden, »aber wir *essen*.«

»Vielleicht können Sie das später diskutieren«, schlug ich vor.

»Oh!« Übersetzerin Zeiat wirkte ehrlich überrascht. »Geht es wieder um die Gebührlichkeit?«

»Ja.« Ich aß den Rest meiner Eier. »Zufällig, Übersetzerin. Sie sind natürlich willkommen, so lange bei uns zu bleiben, wie Sie möchten, aber da Sie durch das Geistertor kamen, hatte ich mich gefragt, ob Sie uns vielleicht verlassen wollen, bevor wir nach Athoek zurückkehren.«

»Du meine Güte, nein, Flottenkapitänin! Ich kann noch nicht nach Hause gehen. Ich meine, könnten Sie es sich nicht vorstellen? Alle sagen: *Hallo, Dlique!* und *Schaut mal, Dlique ist zurück!* Dlique hier und Dlique da, und dann müsste ich ihnen erklären, nein, es tut mir sehr leid, aber ich bin nicht Dlique, sondern Zeiat. Und dann müsste ich erklären, was mit Dlique geschehen ist, was äußerst schwierig wäre. Nein, dazu bin ich noch nicht bereit. Es ist sehr gut, dass Sie mir erlauben, noch zu bleiben. Ich kann Ihnen gar nicht sagen, wie sehr ich das zu schätzen weiß.«

»Das Vergnügen ist auf unserer Seite, Übersetzerin«, sagte ich.

Die Rückmeldung der Athoek-Station traf in vier Teilen ein, jeder unschuldig als Routineantwort auf eine autorisierte Anfrage betitelt. Tisarwat hätte schlafen sollen, war aber wach und saß am Tisch im Dekadenraum. Sie war zu unruhig, um in ihrem Quartier zu bleiben, außerdem war der Dekadenraum dem Bad näher. Sie hatte viel mehr Tee getrunken, als klug war. Bo Neun hatte ihr gerade nachgeschenkt. Neun war beeindruckend geduldig gewesen, wenn man bedachte, dass es auch für sie mitten in der Nacht war und sie nicht mehr geschlafen hatte als ihre Leutnantin.

Das Schiff verlor keine Zeit, sondern stellte die erste eintreffende Nachricht ohne Erklärung in Tisarwats Sichtfeld dar. Tisarwat schreckte von ihrem Stuhl hoch. Runzelte die Stirn. »Das ist ein Shuttle-Flugplan. Warum hat die Station einen Shuttle-Flugplan geschickt?« Um genau zu sein, handelte es sich um den Flugplan für die Passagiershuttles zwischen der Athoek-Station und den oberen Enden der Lifte zum Planeten. Mit dem Datum von gestern.

Ich kam gerade aus dem Bad, wollte zur Kommandozentrale gehen, machte dann jedoch kehrt und ging zum Dekadenraum, gefolgt von Fünf. »Die nächste, Schiff«, sagte ich. Die Stationssicherheit sollte sich dem Befehl einer Leutnantin von der *Schwert der Gurat* unterstellen. Hilfseinheiten von der *Schwert der Gurat* würden zusammen mit der regulären Sicherheit in der Station patrouillieren. Ebenso die Hilfseinheiten von der *Schwert der Atagaris*. »Es wird keine Leutnantin der *Schwert der Atagaris* erwähnt«, sagte Tisarwat, als ich zur Tür hereinkam und Neun einen Stuhl für mich hervorzog. »Oder auch nur irgendeine andere von ihren Offizieren.«

»Warum nicht?«, fragte ich. »Hat die *Schwert der Atagaris* nicht die Kapseln bekommen, die wir zurückgelassen haben?«

»Vielleicht hat sie Kapitänin Hetnys das Kommando entzogen«, mutmaßte Tisarwat und setzte sich wieder. »Es wäre kaum überraschend. Hetnys kann sich glücklich schätzen, wenn sie auch nur die Hälfte des Gehirns einer Auster hat. Und Sie haben recht deutlich gemacht, dass, wer auch immer Hetnys unter Kontrolle hat, die *Schwert der Atagaris* unter Kontrolle hat.« Sie stieß ein leises *Ha* aus. »Das wird sich als Fehler erweisen.«

Das hoffte ich sehr. »Und die nächste?«

»Eine Liste dringender Bitten um eine Audienz bei …« Tisarwat zögerte.

»Bei Anaander Mianaai«, vervollständigte ich ihren Satz. »Natürlich steht auch Fosyf Denche auf der Liste, und natürlich möchte sie, dass die Herrin der Radch ein schreckliches juristisches Fehlurteil bezüglich ihrer Tochter Raughd aufhebt.«

Tisarwat schnaubte. Dann runzelte sie die Stirn. »Und die letzte ist eine Liste von Bürgerinnen, von denen verlangt wird, dass sie unverzüglich auf den Planeten umziehen, um die Überbelegung der Station zu entlasten. Herrin, schauen Sie sich die Namen an.«

Ich warf einen Blick darauf. »Basnaaid und Uran sind dabei.«

»Stationsverwalterin Celar hat diese Liste erstellt, wette ich. Aber schauen Sie sich die übrigen an.«

»Ja«, stimmte ich ihr zu.

»Fast alle sind Ychana«, sagte Tisarwat. »Was tatsächlich sinnvoll ist, da es hauptsächlich Ychana waren, die ihre Wohnungen verloren haben. Und wenn es in der Station zu Unruhen kommt, werden sie höchstwahrscheinlich die Hauptleidtragenden sein. Ich bin mir sicher, dass Verwalterin Celar daran dachte, sie in Sicherheit zu bringen. Aber ich sehe hier mindestens ein Dutzend Personen, die sofort den Verdacht haben dürften, dass sie auf diese Weise bestraft werden sollen. Und ich bezweifle, dass irgendwer auf der Liste glücklich darüber sein wird, fristlos aus der Station geworfen zu werden.« Sie runzelte die Stirn. »Sie sollen noch *heute* aufbrechen. Das ist sehr kurzfristig.«

»Ja«, bestätigte ich. Anaander hatte vermutlich angeordnet, dass alle zu Hause bleiben sollten, und Stationsverwalterin Celar musste eine Möglichkeit finden, es in die Tat umzusetzen, und zwar schnell. Ich setzte mich endlich auf den Stuhl, den Bo Neun für mich bereithielt. Lehnte meine Krücken an den Tisch, neben den Dingen, mit denen *Sphen* und Übersetzerin Zeiat ihr fortdauerndes Spiel bestritten. »Sollen diese Informationen irgendwie mit dem Shuttle-Flugplan in Verbindung stehen?« Davon abgesehen, dass der Befehl zur Umsiedelung von heute war und der Shuttle-Flugplan von gestern.

»Herrin«, sagte Tisarwat verzweifelt und ängstlich. »Haben Sie mir zugehört? Man will überstürzt Dutzende Bewohnerinnen des Untergartens umsiedeln, während gleichzeitig bewaffnete Soldatinnen damit drohen, Bürgerinnen zu erschießen, die sich auf der Promenade aufhalten.«

»Ich habe es gehört.«

»Herrin! Viele Personen auf dieser Liste werden sich voraussichtlich weigern, einen Shuttle zu besteigen.«

»Ich glaube, Sie haben recht, Leutnantin. Aber wir können nichts dagegen tun. Wir sind noch drei Tage von der Athoek-Station entfernt. Was auch immer geschieht, geschieht *jetzt*.«

Sphen kam herein, dicht gefolgt von Übersetzerin Zeiat. »Nun, eigentlich war ich nie ein Kind«, sagte die Übersetzerin gerade. »Das heißt, als ich ein Kind war, war ich jemand anders. Ich wage zu behaupten, Sie ebenfalls. Zweifellos ist das der Grund, warum wir uns so gut verstehen. Hallo, Flottenkapitänin. Hallo, Leutnantin.«

»Übersetzerin«, sagte ich und verneigte mich knapp.

Tisarwat schien gar nicht bemerkt zu haben, dass sich sonst noch jemand im Dekadenraum aufhielt. »Also will die Station uns mitteilen, dass Kapitänin Hetnys nicht zur *Schwert der Atagaris* zurückgekehrt ist und es auch in Zukunft wahrscheinlich nicht geschehen wird. Sie sagt uns, dass Basnaaid und Uran in Sicherheit gebracht werden. Und dass Fosyf die Gelegenheit nutzt, wieder die Oberhand zu gewinnen. Und dass die Shuttles wie üblich verkehren. Warum?«

»Sie sagt uns damit«, erklärte Fünf, die hinter mir stand, im Namen des Schiffs, »dass etwas mit einem der Shuttles passiert ist. Einer fehlt auf dem Flugplan. Schauen Sie.« In meinem und Tisarwats Sichtfeld erschienen der Flugplan, den die Station uns geschickt hatte, und der, den das Schiff bereits hatte. Die Unterschiede waren markiert, die Abflug- und Ankunftszeiten, die im regulären Flugplan verzeichnet waren, aber nicht auf dem neuen, den wir von der Station erhalten hatten. »Die Daten beziehen sich auf denselben Shuttle. Also will die Station uns damit sagen, dass irgendetwas mit diesem Shuttle geschehen ist. Und sie lässt uns damit wissen, dass es vor gestern geschehen ist. Das heißt, bevor Basnaaid und Uran einen Shuttle zum Planeten bestiegen haben.«

Sphen setzte sich auf eine Seite des Spielfeldes. »Macht die Station schon wieder diese Sache, dass sie Ihnen nicht sagen will, was nicht stimmt, sondern nur, dass irgendetwas ganz offensichtlich nicht stimmt?«

»Sozusagen«, antwortete ich. »Nur dass wir sie diesmal darum gebeten haben. Sie kann es uns nicht direkt sagen, weil sich die Usurpatorin in der Station aufhält.«

Übersetzerin Zeiat setzte sich neben mich auf die andere Seite des Spiels. Blickte für einen Moment mit gerunzelter Stirn auf die farbigen Spielsteine in den Löchern im Spielbrett, die verstreuten Eierschalen. »Ich glaube, Sie sind an der Reihe, *Sphen*.«

»In der Tat«, erwiderte *Sphen*. Sie nahm die Steine aus einer Vertiefung im Brett und zeigte sie Übersetzerin Zeiat auf der offenen Handfläche. »Drei grüne. Ein blauer. Ein gelber. Ein roter.«

»Ich glaube, das sind vier grüne«, sagte die Übersetzerin unsicher.

»Nein, dieser ist definitiv blau.«

»Hmm. Na gut.« Übersetzerin Zeiat nahm den roten Stein aus *Sphens* Hand und warf ihn in die bereits randvolle Tasse Tee. »Das ist außerdem fast ein ganzes Ei. Ich werde sehr gründlich über meinen nächsten Zug nachdenken müssen.«

»Wir haben noch mehr Eierschalen für Sie, Übersetzerin, falls Sie welche brauchen«, sagte Bo Neun. Die Übersetzerin gestikulierte geistesabwesend eine Zustimmung und starrte auf das Brett, während *Sphen* die übrigen Spielsteine neu verteilte.

»Schauen Sie sich den Befehl an die Sicherheit an«, sagte Tisarwat. »Wie er formuliert ist. Ich glaube, die *Schwert der Gurat* ist tatsächlich an der Athoek-Station angedockt. Aber warum sollte …?« Sie verstummte stirnrunzelnd.

»Weil Anaander jede Hilfseinheit an Bord benötigt, um die Station zu überwachen«, riet ich.

»Aber sie hat noch drei weitere Schiffe! Eins davon ist ein Truppentransporter, nicht wahr? Sie hat Tausende von …« Ich sah, wie ihr die Erkenntnis kam. »Was, wenn sie keine drei weiteren Schiffe mehr hat? Herrin!« Sie konzentrierte sich wieder auf die Daten in ihrem Sichtfeld. »Warum hat die Station uns nicht gesagt, welche Schiffe sich im System aufhalten?« Und dann: »Nein, *sie* dürfte der Station nicht gesagt haben, welche Schiffe im System sind. Vor allem, wenn es nicht viele sind. Und sie vertraut der *Schwert der Atagaris* nicht. Und Kapitänin Hetnys.«

»Kann man es ihr verübeln?«, fragte *Sphen*. »Arrogant und dumm, alle beide.« Tisarwat blickte zur Hilfseinheit auf, war überrascht, dass sie sich im Raum aufhielt. Sah sie und die Übersetzerin blinzelnd an.

»Weiß sie nicht, was passiert ist, als die *Schwert der Atagaris* das letzte Mal für die Sicherheit zuständig war?«, fragte Tisarwat. Und dann: »Nein, natürlich weiß sie es nicht. Aus irgendeinem Grund haben sie es ihr nicht gesagt.«

Bereits die kurze Aufzeichnung, die wir am Vortag gesehen hatten, verriet uns, dass es viele Dinge gab, die die

Autoritäten des Systems Anaander Mianaai nicht gesagt hatten. »Oder sie weiß es, und es interessiert sie nicht.«

»Durchaus möglich«, stimmte Tisarwat zu. »Herrin, wir müssen zurückkehren!«

»Das müssen wir«, sagte Übersetzerin Zeiat, die immer noch auf das Spiel starrte, immer noch über ihren nächsten Zug nachdachte. »Wie ich hörte, haben wir nicht mehr viel Fischsauce.«

»Wie konnte das nur passieren?«, fragte *Sphen* so unschuldig, wie es ihr offensichtlich möglich war.

»Bitte, Herrin.« Tisarwat schien beide Bemerkungen gar nicht gehört zu haben. »Wir können es nicht einfach so laufen lassen, und ich habe eine *Idee*.«

Damit hatte sie die ungeteilte Aufmerksamkeit der Übersetzerin. Sie blickte vom Spiel auf, musterte Tisarwat mit gerunzelter Stirn. »Wie fühlt sich das an? Tut es weh?« Tisarwat sah sie nur blinzelnd an. »Manchmal glaube ich, es könnte mir gefallen, auf eine Idee zu kommen, doch dann denke ich, dass es genau das wäre, was Dlique tun würde.« Als Tisarwat nicht antwortete, wandte sich Übersetzerin Zeiat wieder dem Spiel zu. Nahm einen gelben Spielstein vom Brett, steckte ihn sich in den Mund und schluckte ihn hinunter. »Ihr Zug, *Sphen*.«

»Auch das war kein grüner Stein«, sagte *Sphen*.

»Ich weiß«, sagte Übersetzerin Zeiat mit zufriedener Miene.

»Das Schiff stellt bereits die Berechnungen für die Rückreise nach Athoek an«, sagte ich zu Tisarwat. »Gehen Sie zur Bordärztin, und sagen Sie ihr, dass Sie viel zu viel Tee hatten.« Sie öffnete den Mund, um zu protestieren, aber ich sprach weiter. »Es sind drei Tage bis Athoek. Wir können es uns leisten, ein paar Minuten zu verlieren. Wenn die Bordärztin mit Ihnen fertig ist, suchen Sie mich in meinem Quartier auf, und dann reden wir über Ihre Idee.«

Sie wollte widersprechen. Wollte mit der Faust auf den Tisch schlagen und mich anschreien. Hätte es fast getan, doch stattdessen holte sie tief Luft, dann noch einmal. »Herrin«, sagte sie. Stand auf, warf dabei den Stuhl hinter ihr um, verließ den Dekadenraum. Bo Neun stellte den Stuhl wieder auf und folgte ihr.

»Was für eine leicht erregbare Person diese Leutnantin Tisarwat doch ist«, sagte Übersetzerin Zeiat. »Eine *Idee*. Man stelle sich vor!«

12

»ALSO ZU IHRER IDEE«, SAGTE ICH, ALS TISARwat in mein Quartier kam.

»Nun, sie ist nicht …« Sie stand vor mir, während ich saß, verlagerte unbehaglich das Gewicht, nur ganz leicht. »Sie ist sozusagen verzweifelt.« Ich antwortete nicht. »Die *Schwert der Gurat* gehört nicht zu den Schiffen, zu denen sie mir Zugang gegeben hat, aber es gibt eine Art von zugrunde liegender Logik, was diese Zugänge betrifft. Die Spaltung bedeutet, dass die zugrunde liegende Logik nicht bei jedem Teil von ihr identisch ist, was unter anderem der Grund war, warum ich nicht alles gefunden habe, was sie mit der Athoek-Station oder der *Schwert der Atagaris* gemacht haben könnte.«

»Oder der *Gnade der Kalr*.«

»Oder der *Gnade der Kalr*. Ja, Herrin.« Unglücklich über diesen Punkt. »Aber der andere Teil von ihr, der Teil, der sich im Omaugh-Palast befindet, mit dem bin ich … sehr gut vertraut. Wenn ich an Bord der *Schwert der Gurat* gelangen könnte, wenn ich Zeit hätte, mit dem Schiff zu sprechen, könnte ich tatsächlich herausfinden, wie ich Zugang bekomme.« Ich sah sie an. Sie schien es absolut ernst zu meinen. »Ich habe gesagt, dass es eine verzweifelte Idee ist.«

»Das haben Sie«, bestätigte ich.

»Also, meine Idee sieht folgendermaßen aus: Wir bringen zwei Teams in die Station. Das eine – meins – geht zu den Docks und versucht, an Bord der *Schwert der Gurat* zu gelangen. Und das andere sucht Anaander und tötet sie.«

»Einfach so?«

»Gut, das sind nur die groben Züge. Ich habe ein paar Details ausgelassen. Und natürlich habe ich die *Schwert der Atagaris* noch gar nicht berücksichtigt.« Sie zuckte zusammen, nur ein wenig. »Viele der Details kamen mir völlig klar vor, als ich zuerst darüber nachdachte. Doch im Nachhinein erscheinen sie eigentlich ziemlich zusammenhanglos. Aber ich glaube immer noch, dass die Grundzüge stimmig sind, Herrin.« Sie zögerte, wartete auf meine Reaktion.

»Gut«, sagte ich. »Wählen Sie zwei Ihrer Bos aus, die Sie begleiten sollen. Sie werden die nächsten drei Tage im Traningsraum und auf dem Schießstand verbringen und lernen, was auch immer sie Ihrer Ansicht nach brauchen. In dieser Zeit sind sie von allen anderen Pflichten entbunden. Schiff.«

»Flottenkapitänin«, sagte die *Gnade der Kalr* in meinem Ohr.

»Sagen Sie Etrepa Eins, dass sie die Wache von Leutnantin Ekalu übernehmen soll, und bitten Sie Ekalu und Seivarden, zu uns zu kommen. Und bitten Sie Fünf, hier für uns Tee zuzubereiten. Und noch etwas.«

»Herrin.«

»Möchten Sie, dass Leutnantin Tisarwat für Sie tut, was sie für die Station und die *Schwert der Atagaris* getan hat?«

Stille. Obwohl ich vermutete, dass ich die Antwort bereits wusste. Und dann: »Um ehrlich zu sein, Flottenkapitänin, ja, ich möchte es.«

Ich sah Tisarwat an. »Berücksichtigen Sie das bei Ihrer Zeitplanung, Leutnantin. Und Sie können mir genauso gut die zusammenhanglosen Details erläutern, damit sich gegebenenfalls noch etwas korrigieren lässt.«

Zum Frühstück am nächsten Morgen überließ ich es *Sphen* und der Bordärztin, Übersetzerin Zeiat zu unterhalten, und lud Ekalu ein, mit mir zu essen. »Ist alles in Ordnung?«, fragte ich, nachdem Fünf Obst und Fisch auf der Bractware serviert, Tee in die rosafarbenen Glastassen gegossen und auf Vorschlag des Schiffs den Raum verlassen hatte.

»Ich weiß nicht, was Sie meinen, Herrin.« Hob ihre Teetasse. Wobei ihr längst nicht mehr so unwohl war wie noch vor einigen Wochen. Längst nicht mehr so unwohl in meiner Nähe.

Trotzdem. »Ich habe nichts Bestimmtes gemeint, Leutnantin.«

»Es ist ein wenig seltsam, wenn ich um Nachsicht bitten darf.« Sie stellte die Teetasse wieder ab, ohne getrunken zu haben. »Sie wissen bereits, wie ich zurechtkomme, nicht wahr?«

»In gewisser Hinsicht«, räumte ich ein. Nahm einen Bissen vom Fisch, damit auch Ekalu mit dem Essen beginnen konnte. »Ich kann Ihre Daten abrufen, wenn ich möchte, und manchmal kann ich sehen, wie es Ihnen geht. Aber ich …« Ich legte mein Besteck ab. »Ich versuche, das nicht mehr zu oft zu tun. Vor allem, da ich glaube, dass es Ihnen unangenehm ist. Und« – ich deutete auf den Raum zwischen uns – »ich möchte, dass Sie mit mir reden können, wenn Sie die Notwendigkeit dazu empfinden. Wenn Sie möchten.«

Kränkung. Furcht. »Habe ich etwas falsch gemacht, Herrin?«

»Nein. Ganz und gar nicht.« Ich zwang mich, noch ein Stück Fisch zu essen. »Ich wollte einfach nur mit Ihnen frühstücken und Sie vielleicht zu einigen Dingen um Ihre Meinung fragen, aber jetzt, als ich Sie gefragt habe, ob alles in Ordnung ist, wollte ich lediglich Konversation machen.« Nahm einen Schluck von meinem Tee. »Manchmal bin ich nicht besonders gut in müßiger Konversation. Entschuldigung.«

Ekalu wagte ein winziges Lächeln, verspürte einsetzende Erleichterung, doch sie wollte diesem Gefühl nicht vollständig vertrauen. Entspannte sich noch nicht.

»Also«, fuhr ich fort, »werde ich jetzt einfach direkt zur Sache kommen, ja? Ich wollte Ihre Meinung über Amaat Eins hören. Es muss seltsam sein,« fügte ich hinzu, als ich sah, wie sie ein Zusammenzucken unterdrückte, »einen Namen zu hören, der so lange Zeit Ihrer war, es jetzt jedoch nicht mehr ist.«

Eine Geste, die Belanglosigkeit signalisierte. »Ich bin nicht als Amaat Eins an Bord dieses Schiffs gekommen. Meine Nummer änderte sich, als Leute in den Ruhestand gingen, ihren Abschied nahmen oder …« Was auch immer sie danach hatte sagen wollen, kam nicht. Sie wischte es beiseite. »Aber Sie haben recht, Herrin, es ist seltsam.« Sie nahm einen Bissen Obst. Kaute und schluckte. »Ich vermute, Sie wissen, wie es ist.«

»Ja«, bestätigte ich. Wartete einen Moment, ob sie noch etwas dazu sagen wollte – anscheinend aber nicht. »Ich verlange gar nichts Schlimmes von Ihnen. Amaat Eins hielt Wache und führte ihre Dekade, während Seivarden krank war. Ich finde, sie hat ausgezeichnete Arbeit geleistet, und ich würde es befürworten, wenn sie mit der Ausbildung zur Offizierin beginnt. Wir haben das Material an Bord, weil Sie es benutzt haben. Ich finde sogar, die Ausbildung sollte für jede an Bord verfügbar sein, die das in Angriff nehmen möchte. Aber ich denke über die Möglichkeit einer Beförderung im Einsatz für Amaat Eins nach. Ich glaube, Sie kennen sie recht gut.«

»Herrin, ich …« Ihr war zutiefst unwohl, fühlte sich sogar beleidigt. Sie wollte vom Tisch aufstehen, den Raum verlassen. Wusste nicht, wie sie mir antworten sollte.

»Mir ist bewusst, dass ich Sie möglicherweise in eine schwierige Position bringe, falls Sie gegen ihre Beförderung Einwände erheben – und sie vielleicht erfährt, dass Sie dagegen waren. Schließlich gibt es auf diesem Schiff nur sehr wenige Geheimnisse. Aber ich möchte Sie bitten, unsere derzeitige Situation zu berücksichtigen. Überlegen Sie, was geschah, als Leutnantin Tisarwat und ich fort waren und Leutnantin Seivarden krank war. Sie und die Dekaden-Kommandantinnen haben Ihre Sache sehr gut gemacht, aber für Sie alle wäre es angenehmer gewesen, wenn Sie mehr Erfahrung gehabt hätten. Ich sehe keinen Grund, warum nicht alle Dekaden-Kommandantinnen die Ausbildung erhalten sollten, die für einen solchen Fall nötig wäre, und es ist abzusehen, dass sie sich irgendwann eine Beförderung verdient haben. Es ist für mich abzusehen, dass das Schiff sie an diesen Positionen benötigen wird.«

Schweigen von Ekalu. Sie nahm einen weiteren Schluck Tee. Dachte nach. War unglücklich und ängstlich. »Herrin«, sagte sie schließlich, »ich bitte Sie um geduldige Nachsicht. Aber wozu? Ich meine, ich verstehe, warum wir nach Athoek zurückkehren. Das ergibt für mich Sinn. Aber darüber hinaus. Zu Anfang kam mir das alles sehr irreal vor, und in gewisser Hinsicht ist es immer noch so. Aber die Herrin der Radch fällt auseinander. Und wenn sie auseinanderfällt, geschieht dies auch mit der Radch. Ich meine, vielleicht wird sie sich zusammenhalten, vielleicht kann sie ihre Teile wieder zusammenfügen. Ich bitte um Verzeihung, Herrin, dass ich ganz offen spreche, aber das wollen Sie doch eigentlich gar nicht, oder?«

»Richtig«, gestand ich ein.

»Also wozu, Herrin? Welchen Sinn hat es, über Ausbildungen und Beförderungen zu reden, als würde alles einfach so weitergehen wie immer?«

»Welchen Sinn hat überhaupt etwas?«

»Herrin?« Sie blinzelte verwirrt. Verdutzt.

»In tausend Jahren, Leutnantin, wird alles, was Ihnen heute wichtig ist, keine Rolle mehr spielen. Nicht einmal für Sie – weil Sie dann nicht mehr leben. Genauso wie ich, und alle, die am Leben sind, wird es nicht interessieren. Vielleicht – nur vielleicht – wird sich noch irgendwer an unsere Namen erinnern. Doch wahrscheinlich werden diese Namen nur in irgendwelche verstaubten Gedenknadeln eingraviert sein, die am Boden einer alten Kiste liegen, die niemand mehr öffnet.« Zumindest der Name von Ekalu. Es gab keinen Grund, warum irgendwer nach meinem Tod mein Angedenken in Ehren halten sollte. »Und dieses Jahrtausend wird vergehen, dann noch eins und noch eins, bis zum Ende des Universums. Denken Sie an all das Leid und die Tragödien und, ja, auch an die Triumphe, die in der Vergangenheit begraben sind, in vielen Jahrmillionen. Es war *alles* für die Menschen, die zu jener Zeit lebten. Und jetzt ist es nichts mehr.«

Ekalu schluckte. »Ich werde mir merken, Herrin, falls ich mich jemals schlecht fühlen sollte, dass Sie wissen, wie Sie mir ganz schnell wieder Mut machen können.«

Ich lächelte. »Damit will ich sagen, dass es keinen Sinn gibt. Suchen Sie sich selbst einen aus.«

»Gewöhnlich erhalten wir keine Gelegenheit, ihn uns selbst auszusuchen, nicht wahr?«, fragte sie. »Sie schon, vermute ich, aber Sie sind ein Sonderfall. Und alle anderen an Bord dieses Schiffs schließen sich einfach nur dem an, was Sie für sinnvoll halten.« Sie blickte auf ihren Teller, dachte kurz nach, nahm das Besteck in die Hand, doch ich erkannte, dass sie jetzt gar nicht essen konnte.

»Es muss gar nichts Großes sein«, sagte ich. »Wie Sie andeuteten, kann es das oft gar nicht sein. Manchmal ist es nicht mehr als *Ich muss irgendeine Möglichkeit finden, einen Fuß vor den anderen zu setzen, weil ich hier sonst sterben werde.* Wenn wir diesen Wurf verlieren, werden wir in naher Zukunft das Leben verlieren, und dann, ja, wird jede Ausbildung und Beförderung sinnlos sein. Aber wer weiß? Vielleicht sind die Omen uns gewogen.

Und wenn ich letztendlich bekomme, was ich haben will, braucht Athoek Schutz. Und dazu brauche ich gute Offizierinnen.«

»Und wie stehen die Chancen, dass die Omen uns gewogen sind, Herrin, wenn ich fragen darf? Leutnantin Tisarwats Plan – was ich darüber weiß, Herrin – ist ...«

Sie winkte ab. »Es gibt keinen Spielraum für Irrtümer oder Zufälle. Es gibt so vieles, das schrecklich danebengehen könnte.«

»Wenn man so etwas macht«, sagte ich, »sind die Chancen irrelevant. Man muss die Chancen gar nicht kennen. Man muss nur wissen, wie man das machen sollte, was man sich vorgenommen hat. Und dann tut man es einfach. Was als Nächstes kommt« – ich gestikulierte den Wurf einer Handvoll Omen –, »ist etwas, worüber man keine Kontrolle hat.«

»Es wird sein, wie Amaat es will«, sagte Ekalu. Eine fromme Plattitüde. »Manchmal ist es ein Trost, sich vorzustellen, dass die Absichten der Gottheit alles leiten.« Sie seufzte. »Und manchmal ist es das nicht.«

»Wohl wahr«, stimmte ich zu. »In der Zwischenzeit wollen wir unser Frühstück genießen.« Ich nahm mir ein Stück Fisch. »Es ist sehr gut. Und wir wollen über Amaat Eins reden und über alle anderen in den Dekaden, die Sie für gute Kandidatinnen als Offizierinnen halten.«

Nach dem Frühstück ging es in die Krankenstation, in die winzige Bürokabine der Bordärztin. Ich ließ mich auf einem Stuhl nieder, lehnte meine Krücken gegen die Wand. »Sie haben etwas von einer Prothese erwähnt.«

»Sie ist noch nicht bereit«, sagte sie. Tonlos. Stirnrunzelnd. Wartete ab, ob ich es wagte, ihre Erklärung in Frage zu stellen.

»Inzwischen sollte sie fertig sein«, sagte ich.

»Es ist ein komplizierter Mechanismus. Er muss sich an das nachwachsende Gewebe anpassen können, während ...«

»Sie wollen dafür sorgen, dass ich Seivarden und ihre Amaats nicht allein hier zurücklasse, wenn ich mich selbst in die Station begebe.« Wir befanden uns immer noch im Tor-Raum, immer noch Tage von Athoek entfernt.

Die Bordärztin schnaufte. »Als könnte Sie das aufhalten, Herrin.«

»Wo liegt also das Problem?«

»Die Prothese ist eine temporäre Lösung. Sie ist nicht für starke Belastungen und auf gar keinen Fall für Kampfsituationen geeignet.« Ich antwortete nicht, saß nur da und beobachtete, wie sie mich stirnrunzelnd ansah. »Leutnantin Seivarden sollte auch nicht gehen. Es geht ihr schon viel besser, aber ich kann nicht garantieren, wie gut sie mit dieser Art von Stress zurechtkommen wird. Und Tisarwat ...« Doch von allen an Bord des Schiffs konnte sie sich am besten denken, warum Tisarwat unbedingt gehen musste.

»Neben mir ist Leutnantin Seivarden die einzige Person an Bord mit tatsächlicher Kampferfahrung«, gab ich zu bedenken. »Und neben *Sphen*, vermute ich. Aber ich bin mir nicht sicher, ob wir *Sphen* vertrauen können.«

Die Bordärztin stieß ein süffisantes Lachen aus. »Nein.« Dann kam ihr ein Gedanke. »Herrin, ich denke, Sie sollten einige Beförderungen im Einsatz in Erwägung ziehen. Amaat Eins auf jeden Fall und Bo Eins.«

»Darüber habe ich soeben mit Ekalu gesprochen. Mit Seivarden habe ich bereits geredet, aber ich bin mir sicher, dass sie inzwischen schläft.« Ich griff zu. Fand Seivarden im ersten Stadium eines vermutlich sehr tiefen Schlafs. In meinem Bett. Fünf war alles andere als verärgert, dass sie ihren Arbeitsraum hatte aufgeben müssen, und saß am Tisch in der leeren Soldatinnenmesse, summte zufrieden vor sich hin, während sie einen zerrissenen Hemdärmel flickte, neben sich eine grün glasierte Tasse mit Tee. »Seivarden scheint es gutzugehen.«

»Bis jetzt«, bestätigte die Bordärztin. »Aber mögen die Göttinnen uns beistehen, wenn sie keinen Trainingsraum findet oder sich keinen Tee machen kann, wenn sie sich das nächste Mal aufregt. Ich habe versucht, sie zu überreden, die Medikation wieder aufzunehmen, aber charakterlich ist sie für so etwas wirklich nicht geeignet.«

»Sie hat es letzte Nacht tatsächlich versucht«, sagte ich. In Seivardens Schichtplan war es morgens gewesen.

»Hat sie das? Nun gut.« Überrascht, halbwegs zufrieden, ohne dass es sich auf ihrem Gesicht zeigte. Was bei der Bordärztin selten der Fall war. »Wir werden sehen. Jetzt wollen wir uns ansehen, wie sich ihr Bein macht. Und warum haben Sie mir nicht früher erzählt, Flottenkapitänin, dass Sie auch im rechten Bein Schmerzen haben?«

»So ist es schon seit über einem Jahr. Ich habe mich mehr oder weniger daran gewöhnt. Und ich dachte, dass Sie eigentlich gar nichts dagegen tun können.«

Die Bordärztin verschränkte die Arme. Lehnte sich auf ihrem Stuhl zurück. Sah mich immer noch stirnrunzelnd an. »Es ist möglich, dass ich es nicht kann. Jedenfalls wäre es nicht angebracht, im Augenblick allzu viel zu versuchen. Aber Sie hätten es mir sagen sollen.«

Ich setzte einen reuevollen Gesichtausdruck auf. »Ja, Bordärztin.« Sie entspannte sich, ein klein wenig. »Jetzt zu dieser Prothese. Sagen Sie mir nicht, dass sie noch nicht bereit ist, weil ich weiß, dass sie es ist. Oder es innerhalb weniger Stunden sein könnte. Und ich habe die Krücken satt. Ich weiß, dass sie nicht für schwere Belastungen gemacht ist, und selbst wenn sie es wäre, hätte ich nicht genug Zeit, um mich daran zu gewöhnen, zumindest nicht für einen Kampfeinsatz. Nicht einmal, wenn Sie sie mir so schnell wie irgend möglich geben würden. Seivarden geht zur Station, nicht ich.«

Die Bordärztin seufzte. »Vielleicht gewöhnen Sie sich sogar sehr schnell daran, weil Sie …« Sie zögerte. »Weil Sie eine Hilfseinheit sind.«

»Wahrscheinlich«, pflichtete ich ihr bei. »Aber nicht schnell genug.« Und ich wollte die Mission nicht gefährden, ganz gleich, wie sehr ich mir wünschte, das System persönlich von Anaander Mianaai befreien zu können.

»Richtig«, sagte die Bordärztin. Weiterhin stirnrunzelnd, wie es fast ständig ihre Gewohnheit war, aber innerlich erleichtert. Und befriedigt. »Dann lassen Sie uns nach nebenan gehen und nachsehen, welche Fortschritte Ihr Bein gemacht hat. Und da ich weiß, dass Sie die ganze Nacht wach waren, wir uns in der Sicherheit des Tor-Raums befinden und Sie bereits Ihren Rundgang durchs Schiff gemacht und sich überzeugt haben, dass alles so läuft, wie es sollte, können Sie anschließend in Ihr Quartier zurückkehren und ein wenig schlafen. Wenn Sie wieder aufwachen, müsste die Prothese bereit sein.«

Ich überlegte, mich neben Seivarden zu legen. Es wäre nicht das erste Mal, dass wir uns so nahe waren, aber das war vor der *Gnade der Kalr* gewesen. Bevor ich auch nur ansatzweise dem nahekommen konnte, was ich verloren hatte, das Gefühl, so viel von mir um mich herum zu haben. Außerdem hatte die Bordärztin recht, dass ich die ganze Nacht wach gewesen war. Ich fühlte mich wirklich sehr müde. »Wenn ich Sie damit glücklich machen kann, Bordärztin«, sagte ich.

Seivarden schlief so tief und fest, dass sie meine Anwesenheit überhaupt nicht bemerkte. Aber ihre Nähe und Wärme, ihre langsamen, gleichmäßigen Atemzüge, zusammen mit den Daten, die das Schiff mir von Seivardens schlafenden Amaats sendete, waren sehr tröstlich. Das Schiff zeigte mir Tisarwat im Dekadenraum und die Bo-Dekade, die soeben in die Soldatinnenmesse kam. Sie lachten, als sie Kalr Fünf dort sahen. »Die Herrin brauchte ein wenig Privatsphäre mit unserer Amaat-Leutnantin, nicht wahr?«, fragte Bo Zehn. »Das wurde auch Zeit!« Fünf lächelte nur und machte mit ihrer Näharbeit weiter. Ekalu kam in den Dekadenraum, weil es für sie Zeit zum Abendessen war, während ihre Etrepas ihre letzten täglichen Pflichten erledigten, bevor auch sie zur Soldatinnenmesse gehen würde, um etwas zu sich zu nehmen. Kalr Eins hatte Wachdienst in der Kommandozentrale. Streng genommen gegen die Vorschriften, aber wir befanden uns im Tor-Raum, der nicht einmal nichts war, wo sich nichts auch nur annähernd Interessantes ereignen würde, und je mehr Erfahrung die Dekaden-Kommandantinnen bekamen, desto besser. Die Bordärztin sagte Kalr Zwölf, dass sie später zu Mittag essen würde, weil sie im Augenblick beschäftigt war. Sie wollte nicht herausfinden, was geschehen würde, wenn die Prothese noch nicht bereit war, wenn ich aufwachte, wie sie versprochen hatte. Zwölf lächelte nicht, obwohl sie es gern getan hätte.

Alles war so, wie es sein sollte. Ich schlief und wachte Stunden später auf, während Bo Wachdienst hatte, Tisarwat und zwei aus ihrer Dekade im Trainingsraum exerzierten, Ekalu und ihre Etrepas sich in ihre Betten begaben. Amaat schlief und träumte noch. Seivarden lag immer noch schlafend neben mir. Fünf stand schweigend an meinem Bett, hielt eine rosafarbene Glastasse mit Tee für mich bereit. Sie musste ihn im Dekadenraum zubereitet und durch den Korridor getragen haben. Das Schiff sagte in mein Ohr: »Die Bordärztin erwartet Sie, sobald es Ihnen genehm ist, Flottenkapitänin.«

Zwei Stunden später lief ich auf meinem neuen, temporären Bein – nicht viel mehr als graues Plastikrohr mit Gelenk, am Fußende abgeflacht. Es reagierte nur einen Hauch träger, als ich es mir gewünscht hätte, und meine ersten paar Schritte waren unsicher und schwankend ausgefallen. »Nicht rennen«, hatte die Bordärztin gesagt, doch im Moment, selbst wenn das Bein für schwere Belastungen konstruiert wäre, hätte ich es wahrscheinlich gar nicht geschafft, mich schneller zu bewegen. »Ich muss es jeden Tag überprüfen, denn falls es zu Reizungen oder

Verletzungen am Interface kommt, werden Sie es nicht spüren.« Wegen des Korrektivs, das dafür sorgte, dass das Bein nachwuchs. »Es mag Ihnen banal erscheinen, aber glauben Sie mir, es ist viel besser, sich möglichst frühzeitig um solche Probleme zu kümmern.« Dazu hatte ich gesagt: »Ja, Bordärztin.« Und war durch Korridore hin- und hergelaufen, gefolgt von Zwölf. Die Prothese fühlte sich steif an und klackte mit jedem Schritt, bis ich laufen konnte, ohne zu stolpern und zu stürzen.

Ich fand *Sphen* allein im Dekadenraum, wo sie auf ihrer Seite des Tisches mit dem Spiel saß. »Hallo, Cousine«, sagte sie, als ich etwas unsicher durch die Tür trat. »Fällt es Ihnen schwer, sich an das neue Bein zu gewöhnen?«

»Es ist schwieriger, als ich dachte«, gab ich zu. In der Vergangenheit hatten meine Offizierinnen immer wieder Gliedmaßen verloren, doch zur Behandlung waren sie ausnahmslos fortgeschickt worden. Und wenn eine Hilfseinheit schwer verletzt wurde, war es wesentlich einfacher, sie zu entsorgen und eine neue aufzutauen. Zwölf zog für mich einen Stuhl heran, auf dem ich mich niederließ. Sehr vorsichtig. »Ich brauche nur etwas Übung, das ist alles.«

»Selbstverständlich.« Ich konnte nicht sagen, ob sie es sarkastisch meinte. »Ich warte hier nur auf Übersetzerin Zeiat.«

»Sie müssen mir nicht erklären, warum Sie sich im Dekadenraum aufhalten, Cousine. Sie sind hier unser Gast.« Zwölf brachte mir eine Tasse Tee und einen Keks vom Tablett auf dem Tresen.

Dann brachte sie *Sphen* das Gleiche. Die auf den Tee und den Keks blickte und sagte: »Sie wissen, dass Sie das nicht tun müssen. Sie könnten mir Wasser und Skel geben und mich in einem Lagerfach unterbringen.«

»Warum sollte ich das tun, Cousine?« Ich nahm einen Bissen vom Keks. Er enthielt zerschnittene Datteln und Zimt. Es war ein Lieblingsrezept von Ekalu. »Sie sind genauso eine Hilfseinheit wie ich. Wir reden uns sogar mit *Cousine* an. Warum sollten Sie anders behandelt werden als ich?«

»Wie Sie meinen«, sagte *Sphen* und nahm sich einen Keks. Biss davon ab. Kaute. Schluckte. Trank von ihrem Tee. Sagte: »Wissen Sie, was mich wirklich irritiert, Cousine?« Ich gestikulierte, dass sie fortfahren sollte, während ich den Mund voller Tee und Keks hatte. »Zu hören, wie Sie sich selbst als Radchaai bezeichnen«, erklärte sie. »Wie Sie dies« – sie zeigte um sich herum – »als Radch bezeichnen.«

Ich schluckte. »Ich schätze, das kann ich Ihnen nicht zum Vorwurf machen. Würden Sie mir sagen, wo Sie gerade sind, Cousine?«

»Ich sitze Ihnen hier am Tisch gegenüber, Cousine.« Leidenschaftslos wie immer, aber ich glaubte, eine Spur von Belustigung zu bemerken.

»Als die *Gnade der Kalr* Sie im Geistersystem fragte, wo Sie sind, waren Sie es, die aus dem Innern des Schiffs antwortete. Sie haben nicht direkt zur *Gnade der Kalr* gesprochen.« Und infolgedessen konnten wir nicht wissen, wie weit entfernt die *Sphen* gewesen war, oder auch nur über ihre Position spekulieren.

Sphen lächelte. »Würden Sie mir einen Gefallen tun, Cousine? Würden Sie mir gestatten, mit Leutnantin Seivarden in die Station zurückzukehren?«

»Warum?«

»Ich werde Sie nicht bei Ihrer Mission behindern, das verspreche ich. Es ist nur so, dass ich die Gelegenheit nutzen möchte, meine Hände um die Kehle der Usurpatorin zu legen und sie persönlich zu erdrosseln.« Der Krieg, vor dem *Sphen* geflohen war, vor dreitausend Jahren, war nicht nur eine Meinungsverschiedenheit über Anaanders Strategie gewesen, den Einfluss der Radchaai auszudehnen, sondern auch darüber, ob ihre Autorität auf irgendeine Weise legitimiert war. Zumindest hatte ich es so verstanden – schließlich war das alles eintausend Jahre vor meiner Geburt geschehen. »Oder falls das zu unpraktisch und zeitaufwändig sein sollte, würde ich ihr genauso liebend gern in den Kopf schießen. Solange sie weiß, wer ihr das antut. Mir ist bewusst, dass es ein vergebliches Unterfangen sein wird, das nicht das Geringste bewirken wird, wenn man bedenkt, was sie ist. Aber ich wünsche es mir so sehr. Ich habe dreitausend Jahre lang davon geträumt.« Ich antwortete nicht. »Ah, Sie vertrauen mir nicht. Nun gut, ich denke, das würde ich an Ihrer Stelle auch nicht.«

Dann kam Übersetzerin Zeiat in den Dekadenraum. »*Sphen*! Ich habe die ganze Zeit hin- und herüberlegt, ich muss es Ihnen unbedingt zeigen! Hallo, Flottenkapitänin! Das wird auch Ihnen gefallen.« Sie nahm das Tablett vom Tresen und stellte es mitten auf den Tisch. »Das sind Kekse.«

»Richtig«, bestätigte *Sphen*. Die Übersetzerin sah mich erwartungsvoll an, und auch ich gestikulierte Zustimmung.

»Alle! Es sind allesamt Kekse!« Völlig begeistert von diesem Gedanken. Sie kippte die Kekse vom Tablett auf den Tisch, ordnete sie zu zwei Haufen an. »Diese hier«, sagte sie und zeigte auf den etwas größeren Haufen aus Keksen mit Zimt und Datteln, »enthalten Früchte. Und diese« – sie zeigte auf den anderen Haufen – »enthalten nichts weiter. Sehen Sie es? Vorher waren sie gleich, doch nun sind sie anders. Und schauen Sie! Man könnte jetzt denken – ich weiß es, weil ich selbst es gedacht habe –, dass sie wegen der Früchte andersartig sind. Oder wegen des Nichtvorhandenseins der Früchte, Sie wissen schon. Aber schauen Sie sich Folgendes an!« Sie nahm die Haufen auseinander, verteilte sie zu wahllos angeordneten Reihen. »Jetzt mache ich eine Gruppe. Ich stelle mir einfach eine vor!« Sie beugte sich über den Tisch, legte den Arm quer über die Reihen aus Keksen und schob einen Teil davon zur Seite. »Jetzt sind diese« – sie zeigte auf eine Seite – »anders als diese.« Sie zeigte auf die anderen Kekse. »Obwohl einige von ihnen Früchte enthalten und einige nicht. Vorher waren sie *unterschiedlich*, doch nun sind sie *gleich*. Und auf der anderen Seite ist es genauso. Und jetzt …« Sie streckte den Arm aus und nahm einen Spielstein vom Counters-Brett.

»Keine Schummelei, Übersetzerin«, sagte *Sphen*. Ruhig und freundlich.

»Ich werde ihn zurücklegen«, beteuerte Übersetzerin Zeiat und platzierte den Stein dann zwischen die Kekse. »Sie waren unterschiedlich – Sie stimmen mir doch zu, dass sie vorher unterschiedlich waren, nicht wahr? –, doch nun sind sie gleich.«

»Ich vermute, der Spielstein schmeckt nicht so gut wie die Kekse«, sagte *Sphen*.

»Das dürfte Ansichtssache sein«, erwiderte Übersetzerin Zeiat mit einer Spur von Affektiertheit. »Außerdem *ist* er jetzt ein Keks.« Sie runzelte die Stirn. »Oder sind die Kekse jetzt Spielsteine?«

»Ich glaube kaum, Übersetzerin«, sagte ich. »Es funktioniert nicht in beide Richtungen.« Vorsichtig erhob ich mich von meinem Stuhl.

»Ah, Flottenkapitänin, das liegt daran, dass Sie meine imaginäre Linie nicht sehen können. Aber sie ist real.« Sie tippte sich gegen die Stirn. »Sie existiert.« Sie nahm einen der Dattelkekse und legte ihn auf das Spielbrett, wo sich der Spielstein befunden hatte. »Sehen Sie, ich habe Ihnen gesagt, dass ich ihn zurücklegen werde.«

»Ich glaube, ich bin am Zug«, sagte *Sphen*, nahm den Keks und biss davon ab. »Sie haben recht, Übersetzerin, dieser hier schmeckt genauso gut wie die anderen Kekse.«

»Herrin«, flüsterte Kalr Zwölf, die dicht hinter mir war, während ich vorsichtig in den Korridor trat. Sie hatte das gesamte Gespräch mit einem zunehmenden Gefühl des gekränkten Erschreckens verfolgt. »Ich muss Ihnen sagen, Herrin, dass keine von uns Sie jemals in ein Lagerfach sperren wurde!«

Am nächsten Tag fand Seivarden Ekalu allein im Dekadenraum. »Verzeihung, Ekalu«, sagte sie mit einer Verbeugung. »Ich möchte nicht Ihre Dienstpause beanspruchen, aber das Schiff sagte, Sie hätten vielleicht einen Moment Zeit für mich.«

Ekalu erhob sich nicht. »Ja?« Nicht im Geringsten überrascht. Das Schiff hatte sie natürlich vorgewarnt, dass

Seivarden zu ihr kam. Hatte sich vergewissert, dass Ekalu kein Problem mit dem Zeitpunkt hatte.

»Ich möchte sagen«, begann Seivarden, die immer noch im Durchgang stand, nervös und unbehaglich. »Ich meine. Vor einer Weile habe ich mich dafür entschuldigt, dass ich mich Ihnen gegenüber sehr schlecht verhalten habe.« Nahm einen verlegenen Atemzug. »Ich hatte nicht verstanden, was ich getan hatte, ich wollte nur, dass Sie aufhören, wütend auf mich zu sein. Ich habe nur gesagt, was das Schiff mir geraten hat, was ich zu Ihnen sagen sollte. Ich war wütend auf Sie, weil Sie wütend auf mich waren, aber das Schiff redete mir aus, mich noch dümmer zu verhalten, als ich es bereits getan hatte. Doch jetzt habe ich darüber nachgedacht.«

Ekalu, die am Tisch saß, wurde völlig ruhig, ihr Gesicht ausdruckslos wie das einer Hilfseinheit.

Seivarden ahnte, was das vermutlich bedeutete, aber sie wartete nicht darauf, dass Ekalu etwas sagte. »Ich habe darüber nachgedacht, und ich verstehe immer noch nicht ganz, warum meine Worte Sie so sehr verletzt haben. Aber ich muss es verstehen. Es hat Sie verletzt, und als Sie mir sagten, dass es Sie verletzt hat, hätte ich mich entschuldigen und nichts mehr sagen sollen. Und vielleicht zunächst einmal versuchen sollen, es zu verstehen. Statt darauf zu bestehen, dass Sie Ihre Gefühle in den Griff bekommen, wie ich es von Ihnen erwartet hatte. Und ich möchte sagen, dass es mir leidtut. Und diesmal meine ich es wirklich so.«

Seivarden konnte Ekalus Reaktion darauf nicht sehen, da Ekalu absolut regungslos dasaß. Aber das Schiff konnte sie sehen. Ich konnte sie sehen.

Seivarden sagte in Ekalus Schweigen: »Außerdem möchte ich Ihnen sagen, dass Sie mir fehlen. Und das, was wir miteinander hatten. Aber daran ist nur meine eigene Dummheit schuld.«

Stille, fünf Sekunden lang, obwohl ich den Eindruck hatte, dass Ekalu jeden Augenblick sprechen oder aufstehen könnte. Oder weinen. »Außerdem«, sagte Seivarden dann, »möchte ich Ihnen sagen, dass Sie eine ausgezeichnete Offizierin sind. Sie wurden ohne Vorwarnung und praktisch ohne offizielle Ausbildung in diese Situation hineingeworfen, und ich wünschte, ich wäre in meinen ersten Wochen als Leutnantin so sicher und stark gewesen.«

»Damals waren Sie erst siebzehn«, sagte Ekalu.

»Leutnantin«, hörte Ekalu die Ermahnung des Schiff in ihrem Ohr. »Nehmen Sie das Kompliment an.«

Laut sagte Ekalu: »Aber vielen Dank.«

»Es ist mir eine Ehre, mit Ihnen zu dienen«, sagte Seivarden. »Danke, dass Sie sich die Zeit genommen haben, mir zuzuhören.« Dann verbeugte sie sich und ging.

Ekalu verschränkte die Arme auf dem Tisch und legte den Kopf darauf. »Ach, Schiff«, sagte sie in verzweifeltem Tonfall. »Haben Sie ihr gesagt, dass sie das sagen soll?«

»Ich habe ihr ein bisschen mit der Formulierung geholfen«, erwiderte das Schiff. »Aber es war nicht meine Idee. Sie meint es ehrlich.«

»Also war es die Idee der Flottenkapitänin.«

»Eigentlich nicht.«

»Sie ist so hübsch«, sagte Ekalu. »Und so gut im Bett. Aber sie ist eine ziemliche ...« Verstummte, als sie die Schritte von Etrepa Sechs im Korridor hörte.

Etrepa Sechs blickte durch die Tür in den Dekadenraum, sah ihre Leutnantin mit dem Kopf auf dem Tisch. Verband das mit der sich entfernenden Seivarden. Trat in den Dekadenraum und begann damit, Tee zu machen.

Ohne den Kopf zu heben, sagte Ekalu leise: »Wenn ich sie zurückrufen würde, würde sie kommen?«

»Aber ja«, sagte das Schiff. »Doch an Ihrer Stelle würde ich sie noch eine Weile schmoren lassen.«

13

TISARWAT KAM ZU MIR, WENIGE STUNDEN vor unserem Austritt aus dem Tor-Raum. »Herrin«, sagte sie, als sie draußen vor der Tür zu meinem Quartier stand. »Ich bin auf dem Weg zur Luftschleuse.«

»Ja.« Ich erhob mich. Auf der Beinprothese bewegte ich mich schon etwas sicherer als noch am Vortag. »Möchten Sie Tee?« Fünf war gerade nicht da, aber fertiger Tee stand in der Kanne auf der Anrichte bereit.

»Nein, Herrin. Ich glaube, es wäre gar nicht genug Zeit. Ich wollte nur …« Ich wartete. Schließlich sagte sie: »Ich weiß nicht, was ich wollte. Nein. Warten Sie. Doch. Wenn ich nicht zurückkommen sollte, werden Sie … der Familie der anderen Tisarwat … Sie werden ihr doch nicht sagen, was mit ihr geschehen ist, oder?«

Die Wahrscheinlichkeit, dass ich jemals die Gelegenheit erhielt, irgendetwas zu Tisarwats Familie zu sagen, war so winzig, dass sie praktisch nicht existent war. »Natürlich nicht.«

Sie nahm einen tiefen, erleichterten Atemzug. »Weil sie es nicht verdient haben. Ich weiß, dass es idiotisch klingt. Ich kenne sie nicht einmal. Nur dass ich so viel über sie weiß. Ich dachte nur …«

»Das ist nicht idiotisch. Es ist absolut verständlich.«

»Wirklich?« Ihre Arme hingen herab, und sie schloss die Hände in den Handschuhen zu Fäusten. Öffnete sie wieder. »Und wenn ich doch zurückkomme ... Wenn ich zurückkomme, Herrin, werden Sie dann der Bordärztin gestatten, meinen Augen wieder eine realistischere Farbe zu geben?«

Diese albernen fliederfarbenen Augen, die die vorherige Tisarwat sich gekauft hatte. »Wenn Sie es möchten.«

»Es ist eine blöde Farbe. Und jedes Mal, wenn ich sie sehe, erinnert es mich an sie.« An diese alte Tisarwat, vermutete ich. »Sie gehören nicht zu mir.«

»Doch«, sagte ich. »Sie wurden mit dieser Augenfarbe geboren.« Ihr Mund zitterte, ihre Augen füllten sich mit Tränen. Ich sagte: »Aber welche Farbe auch immer Sie sich aussuchen, es wird ebenfalls die Ihre sein.« Das half ihr nicht, die Tränen zurückzuhalten. »Wie auch immer«, fuhr ich fort, »es wird in Ordnung sein. Ist Ihre Medikation auf dem neuesten Stand?«

»Ja.«

»Ihre Bos wissen, was sie tun müssen. Sie wissen, was Sie tun müssen. Jetzt gibt es keine andere Möglichkeit mehr, als es zu tun.«

»Ich vergesse ständig, dass Sie das alles sehen können.« Dass ich ihre Gefühle, ihre Reaktionen sehen konnte, genauso wie das Schiff. Wie das Schiff sie mir zeigen konnte. »Ich vergesse immer wieder, dass Sie in mich hineinschauen können, und wenn ich mich daran erinnere, bin ich einfach ...« Sie verstummte.

»Jetzt schaue ich nicht«, sagte ich. »In letzter Zeit habe ich versucht, es nicht mehr zu tun. Und im Moment muss ich gar nicht schauen. Sie sind nicht die erste junge Leutnantin, mit der ich zu tun hatte, wissen Sie.«

Sie stieß ein knappes, tonloses *Ha* aus. »Es kam mir so plausibel vor.« Sie schniefte. »Es schien so offensichtlich genau das Richtige zu sein, als ich darüber nachdachte. Und nun kommt es mir unmöglich vor.«

»So ist es mit solchen Dingen«, sagte ich. »Das wissen Sie bereits. Und Sie möchten wirklich keinen Tee?«

»Wirklich nicht«, sagte sie und wischte sich über die Augen. »Ich bin auf dem Weg zur Luftschleuse. Und es gefällt mir gar nicht, wenn ich in einem Vakuumanzug pissen muss.«

Ich sagte ernst: »Stehen Sie gerade, Leutnantin, und trocknen Sie sich die Augen ab.« Ohne nachzudenken, richtete sie sich auf und reckte die Schultern. Rieb sich erneut mit den Handschuhen die Augen. »Seivarden ist unterwegs.«

»Herrin«, sagte sie, »ich verstehe das mit Ihnen und Leutnantin Seivarden. Wirklich. Aber muss sie so ein arrogantes Arschloch sein?«

»Wahrscheinlich nicht«, sagte ich, als die Tür aufging und Seivarden eintrat. »Wegtreten, Leutnantin.«

»Herrin«, sagte Tisarwat und wandte sich zum Gehen. Seivarden grinste sie an. »Bereit zum Aufbruch, Kleine?«

»Nicht«, sagte Tisarwat und blickte Seivarden in die Augen. »Nennen Sie mich nie wieder *Kleine*!« Und stapfte aus dem Raum.

Seivarden zog die Augenbrauen hoch. »Die Nerven?« Belustigung, aber auch unterschwellige Neugier. Tisarwats Mission war ein Geheimnis, fast alle ihre Vorbereitungen waren verborgen geblieben. Natürlich nicht mir oder dem Schiff, das wäre unmöglich gewesen.

»Sie mag es nicht, wenn man sie herablassend behandelt«, sagte ich. Seivarden blinzelte überrascht. »Und die Nerven, auch das.«

Sie grinste wieder. »Dachte ich mir.« Ihre Miene wurde ernst. »Ich bin wegen der Waffe hier.« Ich rührte mich nicht sofort. »Wenn das Bein nicht wäre, Breq, wären Sie die erste Wahl für die Person, die gehen sollte, und Sie müssten die Waffe keiner anderen überlassen.«

»Ich habe dieses Gespräch bereits geführt. Mit Ihnen. Mit dem Schiff.« Mit der Bordärztin. *Ich weiß, was geschehen wird,* hatte sie gesagt. *Die Sache wird brenzlig werden, und Sie werden vergessen, dass das Bein die Belastung nicht aushalten wird. Oder Sie werden sich daran erinnern, aber es wird Ihnen egal sein.* Und wenn es nur um mich gegangen wäre, hätte ich einfach weitergemacht. Aber es ging nicht mehr nur um mich. »Wenn Sie die Waffe verlieren, werde ich wahrscheinlich nicht mehr lange genug leben, um es Ihnen zu verzeihen.« Ich konnte Seivarden mit einer regulären Handwaffe zur Athoek-Station schicken. Doch mit der Presger-Waffe hatte sie die besten Chancen, Anaander zu töten, ob mit oder ohne Rüstung, ob sie nun von Hilfseinheiten geschützt wurde oder nicht. Wenn sie versagte und die Waffe verlor, wenn Anaander sie schließlich in die Hände bekam, wäre das Ergebnis katastrophal.

Seivarden lächelte ironisch. »Ich weiß.«

Ich drehte mich um, klappte die Sitzfläche der Bank hinter mir auf und nahm den Kasten heraus, der die Waffe enthielt. Stellte ihn auf den Tisch und öffnete ihn.

Seivarden griff zu, zog ein Fragment in Schwarz heraus – in Form einer Waffe –, und die braune Farbe ihres Handschuhs ergoss sich im nächsten Moment darüber, sobald sie aus dem Kasten genommen wurde. »Seien Sie damit vorsichtig«, warnte ich sie, als wäre dies ein weiteres Gespräch, das wir bereits geführt hatten. »Übersetzerin Zeiat sagte, sie wurde dazu gemacht, Radchaai-Schiffe zu zerstören. Die 1,11 Meter sind nur ein Nebeneffekt. Überlegen Sie sich gut, wie Sie sie einsetzen.«

»Das müssen Sie mir nicht sagen«, erwiderte sie, steckte sich die Waffe unter die Jacke und nahm zwei Magazine aus dem Kasten.

»Wenn die *Schwert der Gurat* wirklich an der Athoek-Station angedockt ist, dürfen Sie auf keinen Fall ihren Hitzeschild zerstören.« Seivardens Team sollte sich um die junge Anaander Mianaai kümmern. Wir würden erst wissen, wo sich die Tyrannin aufhielt, wenn die Station (wie wir hofften) es uns sagte. Ich hielt es für das Wahrscheinlichste, dass sie entweder im Palast der Gouverneurin oder an Bord der *Schwert der Gurat* war.

»Ich verstehe.« Seivardens Tonfall klang geduldig. »Hören Sie, Breq … es tut mir leid, dass ich manchmal eine solche Idiotin bin. Es tut mir leid, dass die einzige Leutnantin, die Ihnen geblieben ist, ausgerechnet diejenige ist, die Sie nie besonders mochten.«

»Kein Problem«, log ich.

»Das stimmt nicht«, sagte sie. »Aber so ist es nun mal.«

Dem konnte ich eigentlich nicht widersprechen. »Lassen Sie den Blödsinn.«

Sie lächelte. »Werden Sie noch einmal zu uns sprechen, bevor wir aufbrechen? Wir überprüfen gerade ein letztes Mal unsere Ausrüstung und gehen dann nach draußen.«

»Das hatte ich vor.« Ich schloss den Kasten, ließ ihn auf dem Tisch stehen und machte mich auf den Weg zur Tür. Als ich an Seivarden vorbeikam, griff sie nach meinem Arm. »Ich brauche keine Hilfe«, sagte ich.

»Ihr Gang kam mir nur ein wenig schwankend vor«, entschuldigte sie sich. Folgte mir hinaus in den Korridor.

»Das ist die Prothese, die sich an das nachwachsende Gewebe anpasst.« Ich konnte nie wissen, wann genau das geschah. Ein weiterer Grund, warum ich sie nicht in einer Kampfsituation einsetzen konnte. »Manchmal hält es ein paar Minuten lang an.«

Aber es bereitete mir keine weiteren Schwierigkeiten, und ich erreichte den Sammelpunkt ohne Zwischenfall, sogar ohne das leichteste Humpeln. »Ich werde nicht zu viel von Ihrer Zeit beanspruchen«, sagte ich, während sich Seivardens zwei Amaats und Tisarwat mit ihren zwei Bos von ihrer Arbeit erhoben – die Prüfung der Versiegelung ihrer Vakuumanzüge – und sich umdrehten. »Ich vermute, ich sollte irgendeine motivierende Ansprache halten, aber ich habe keine für Sie. Außerdem haben Sie zu tun. Kehren Sie wohlbehalten zurück.« Ich wollte noch mehr sagen, zu Tisarwat und ihren Bos, aber wenn Seivarden und ihre Amaats zuhörten, konnte es gefährlich sein, ihr Vorhaben auch nur anzudeuten. Stattdessen legte ich meine Hand auf Tisarwats Schulter.

»Ja, Herrin«, sagte sie. In ihrer Stimme war keine Spur der Tränen, die sie vor Kurzem vergossen hatte. »Verstanden, Herrin.«

Ich ließ meine Hand sinken. Wandte mich Seivarden und ihren Amaats zu. »Ja, Herrin«, sagte Seivarden. »Das werden wir.«

»Gut«, sagte ich. »Machen Sie weiter mit dem, was Sie getan haben.« Ich blickte wieder zu Tisarwat und ihren Bos. »Ich setze meine ganze Zuversicht in Sie alle.« Dann drehte ich mich um und ging, damit sie die Versiegelungen und Karabinerhaken ein weiteres Mal überprüfen konnten.

Ekalu hatte Wachdienst, war in der Kommandozentrale. Als ich eintrat, stand sie vom einzigen Sessel auf. »Herrin«, sagte sie, »keine besonderen Vorkommnisse.«

Natürlich nicht. Wir befanden uns immer noch im Tor-Raum. Außerhalb des Schiffs war absolut nichts zu sehen, und so würde es bleiben, bis wir durch das Tor ins Athoek-System gelangten. »Setzen Sie sich, Leutnantin«, sagte ich zu ihr. »Ich bin nicht hier, um zu übernehmen.« Ich wollte einfach nur nicht in meinem Quartier sitzen und Tee trinken. »Es macht mir absolut nichts aus zu stehen.«

»Ja, Flottenkapitänin«, sagte Etrepa Vier von einer Konsole. »Aber wir alle würden uns besser fühlen, wenn Sie sich setzen. Wenn ich um Ihre großzügige Nachsicht bitten dürfte, Herrin.« Nein, nicht Etrepa Vier, die niemals auf diese Weise zu mir gesprochen hätte, der vor Angst leicht übel wurde, weil sie es getan hatte.

»Wirklich, Schiff.«

»Wirklich, Flottenkapitänin.« Vier war vor Erleichterung über meine Reaktion ein wenig schwindlig. Und weiterhin übel. »Es wird eine Weile dauern, bis etwas geschieht, und bis dahin sollten Sie sich setzen.«

Leutnantin Ekalu fasste nach dem Handgriff neben dem Sitz. »Ich wollte ohnehin Tee kommen lassen, Herrin.«

»Es macht mir absolut nichts aus zu stehen«, sagte ich und ließ mich in den Sessel sinken.

»Ja, Herrin«, sagte Ekalu. Mit völlig ausdruckslosem Gesicht.

Zwei Stunden später verließen wir den Tor-Raum und traten ins Athoek-System ein. Nur für einen sehr kurzen Moment, gerade lange genug, dass sich die *Gnade der Kalr* einen Überblick über den Verkehr rund um die Athoek-Station verschaffen konnte. Das erstickend flache, nicht ganz schwarze Nichts verschwand, und das reale Universum war wieder da: plötzliche, solide Tiefe. Licht und Wärme und alles auf einmal wieder real, die Athoek-Station, die im Sonnenlicht strahlte, Athoek selbst, weiß und blau schattiert, dann war alles wieder fort, weggewischt von der stumpfen Flachheit des Tor-Raums. Seivarden und ihre Amaats, Tisarwat und ihre Bos hatten sich bereits draußen auf dem Schiffsrumpf angeleint, in Vakuumanzügen, wartend, starrten in die Helligkeit, die plötzlich da war, plötzlich wieder weg war. »Oh«, keuchte Amaat Zwei. Etwas an diesem kurzen Aufblitzen der Realität und an dieser plötzlichen Rückkehr in unheimliche Finsternis gab ihr das Gefühl, nicht richtig atmen zu können. Eine völlig normale Reaktion. »Das war ...«

»Ich habe Ihnen gesagt, dass es unnatürlich wirkt«, bemerkte Seivarden, die neben Zwei auf dem Rumpf kauerte. »Bin ich hier tatsächlich die einzige Person, die so etwas schon einmal erlebt hat?« Keine Antwort. »Das heißt, abgesehen von der Flottenkapitänin, versteht sich. Und dem Schiff. Sie kennen es auf jeden Fall.«

So war es. Während Seivarden sprach, verglich das Schiff das, was wir soeben rund um die Athoek-Station gesehen hatten, mit dem, was wir gemäß der Flugpläne, die uns bekannt waren, dort vorfinden sollten. Berechnete, wo sich alles in näherer Zukunft befinden sollte. »Elf Minuten und drei Sekunden«, sagte Etrepa Vier hinter mir in der Kommandozentrale. Sagte das Schiff in die Ohren der Soldatinnen auf dem Rumpf. Bei allen stiegen die Adrenalinwerte und die Herzschlagfrequenz. Seivarden grinste. »Ich hätte nicht gedacht, dass es mir fehlen würde«, sagte sie. »Aber es ist furchtbar still. Die Flottenkapitänin pflegte die ganze Zeit zu singen.«

»Pflegte?«, fragte Amaat Zwei, und alle lachten, kurz und angespannt. Sie wussten, dass sie sich bald in Bewegung setzen würden und dann außerhalb der Reichweite der *Gnade der Kalr* wären, ohne zu wissen, wo oder wann wir sie wieder abholen würden. Nur Tisarwat wusste, warum das so war oder wie lange es dauern konnte. Sie war diejenige, die Zeit für ihre Arbeit brauchte.

»Damals war noch mehr von der Flottenkapitänin vorhanden«, sagte Seivarden. »Und sie hatte eine bessere Stimme. Bessere Stimmen.«

»Ich mag die Stimme der Flottenkapitänin«, sagte Bo Drei. »Anfangs nicht so, aber wahrscheinlich habe ich mich daran gewöhnt.«

»Ja«, sagte Tisarwat.

Amaat Vier sagte: »Leutnantin, ich hoffe, Sie erwarten nicht von uns, dass wir in den nächsten zehn Minuten singen.«

»Oh, die Idee gefällt mir«, sagte Seivarden. Ihre Amaats und Tisarwats Bos stöhnten. »Wir hätten uns vorher etwas aussuchen und üben sollen. Mehrstimmig, wie es die Flottenkapitänin zu tun pflegte.« Sie sang: »*Ich lief, ich lief/Als ich meine Liebe traf/Ich lief die Straße entlang/Als ich meine wahre Liebe traf.*« Oder sie versuchte es zumindest. Die Melodie stimmte größtenteils, aber die Worte waren nicht auf Radchaai, und es war Jahrzehnte her – subjektiver Zeit –, seit sie mich das Lied hatte singen hören. Die Worte, an die Seivarden sich erinnerte, ergaben keinen Sinn.

»Ist das ein Lied der Flottenkapitänin?«, fragte Tisarwat. »Ich glaube nicht, dass ich es jemals von ihr gehört habe.«

»Ich habe es gehört«, wagte sich Bo Drei vor, »als sie hereingeholt wurde, Sie wissen schon, neulich, als sie halbtot war und trotzdem zu singen versuchte.«

»Das glaube ich«, sagte Seivarden. »Ich habe keine Schwierigkeiten, mir vorzustellen, dass sie sich, als sie dachte, dass sie sterben würde, dafür ein bestimmtes Lied aussuchen würde.« Zwei Sekunden Schweigen. »Erinnern Sie sich, was ich über die Karabinerhaken gesagt habe. Wir werden nicht viel Zeit haben, wenn wir wieder durch das Tor kommen.« Wir wollten nicht gesehen werden, wollten vermeiden, dass irgendwer in der Station – außer der Station selbst – den Verdacht hatte, dass Soldaten von der *Gnade der Kalr* an Bord kommen könnten. Wir würden so nahe wie möglich an der Station im Athoek-System eintreffen, nur für einen winzigen Moment, nicht einmal eine Sekunde, und sobald Seivarden und Tisarwat und ihre Soldatinnen sich ausgeklinkt hatten, wären wir wieder fort.«Also, wenn Sie den Befehl erhalten, klinken Sie sich sofort aus und stoßen sich ab, wie wir es geübt haben. Wenn etwas nicht funktioniert, wenn der Haken klemmt oder was auch immer, versuchen Sie nicht, die anderen einzuholen. Bleiben Sie einfach hier.« Ein *Ja, Herrin* im Chor.»Wenn Sie sich zum falschen Zeitpunkt abstoßen und die Station nicht erreichen, wird das Schiff wahrscheinlich nicht in der Lage sein, Sie zu bergen. So etwas habe ich schon erlebt.«

Sie alle hatten diese Anweisungen während der letzten paar Tage immer wieder gehört. »Ich frage mich«, sagte Bo Drei, »ob sich die Flottenkapitänin bereits vorher ein Lied ausgesucht hat. Sie wissen schon, damit sie, wenn sie plötzlich in Gefahr gerät, sich keine Gedanken darüber machen muss, welches es sein sollte.«

»Es würde mich nicht überraschen, wenn es so wäre«, erwiderte Tisarwat.

»Zwei Minuten«, sagte das Schiff, das die ganze Zeit den Countdown in ihre Sichtfelder projiziert hatte.

Seivarden sagte: »Ich glaube, sie hat so viele Lieder, dass sie ihr einfach von selbst in den Sinn kommen.« Stille. Dann: »Gut, eine Minute. Greifen Sie nach Ihren Haken und machen Sie sich bereit, sich in Bewegung zu setzen.«

Dies war in mancherlei Hinsicht der gefährlichste Augenblick des gesamten Unternehmens. Selbst abgesehen vom Risiko, den richtigen Moment des Absprungs zu verpassen und unvorstellbar weit vom Schiff und von jeder Hilfe entfernt verloren dahinzutreiben, bestand die leichte Ungewissheit, ob das Schiff den kurzen Eintritt ins reale

Universum korrekt kalkuliert hatte. Etwas mochte sich an der Stelle befinden, wo wir aus dem Tor-Raum kamen. Dieses *Etwas* konnte so klein wie eine Segelkapsel oder so groß wie ein Frachttransporter sein. Obwohl es unwahrscheinlich war, dass das Schiff bei seinen Berechnungen einen Frachttransporter übersehen hatte, war es dennoch durchaus möglich. Und selbst eine Segelkapsel wäre eine Gefahr für die Soldatinnen in den Vakuumanzügen außerhalb des Schutzes des gepanzerten Schiffsrumpfes. Und es bestand eine kleine Chance, dass jemand gesehen hatte, wie wir vor einigen Minuten blitzartig im System aufgetaucht und wieder verschwunden waren, und nun auf uns wartete.

»Auf mein Kommando«, sagte Seivarden, obwohl natürlich alle den Countdown in ihrem Sichtfeld verfolgen konnten. »Fünf. Vier. Drei. Zwei. Eins. Los!« Ich spürte den Moment, als sich alle sechs vom Rumpf abstießen.

Licht. Die sechs Soldatinnen der *Gnade der Kalr* trieben auf die Athoek-Station zu, die plötzlich nur Meter entfernt war, zu einer Stelle mit Rohren und Kabeln, die niemand außer der Stationswartung jemals zu Gesicht bekam. Doch Bo Drei konnte den Haken nicht lösen, hatte sich abgestoßen, aber nur die Leine straff gespannt. »Nicht bewegen!«, rief ich ihr zu. Laut. In diesem Moment verschwand die Athoek-Station, genauso wie der Rest des Universums, Seivarden und Tisarwat, die anderen. Alle fort. Wir waren zurück im Tor-Raum.

»Bo Drei konnte den Haken nicht lösen«, sagte das Schiff zu den erschrockenen Etrepas in der Kommandozentrale. »Aber es geht ihr gut, sie ist noch da.« Wir konnten nicht wissen, ob die anderen sicher zur Station gelangt waren. Wir würden es erst erfahren, wenn wir das nächste Mal ins System eintraten.

Immerhin war die Ausrüstung zwischen den dreien aufgeteilt worden, sodass Tisarwat und Neun nicht in ernsthafte Schwierigkeiten gerieten, wenn sie nicht über die Dinge verfügen konnten, die Drei bei sich hatte. »Alles in Ordnung, Bo«, sagte ich, diesmal lautlos. Ihre Hand lag immer noch am Karabinerhaken, sie hing immer noch außerhalb des Schiffs. Beschämt. Schockiert. Wütend auf sich selbst und auf mich. »Auch ich hatte oft Schwierigkeiten mit diesen Haken.« Eine Lüge – in zweitausend Jahren, als Eins Esk der *Gerechtigkeit der Torren*, war es mir nur zweimal passiert. »Sie hätten es nicht schaffen können. Wäre ich an Ihrer Stelle gewesen, hätte ich mich nicht schnell genug bewegen können.« Eine weitere Lüge – ich war mir ziemlich sicher, dass ich es geschafft hätte. »Kommen Sie herein, steigen Sie aus dem Anzug, gönnen Sie sich einen Tee.«

»Flottenkapitänin«, sagte Bo Drei. Ich dachte, es sollte eine Bestätigung sein, offenbar genauso wie Drei, doch irgendwo zwischen den Silben verwandelte es sich in einen Protest. »Sie ist doch noch ein Kind, Herrin!«

Sie meinte Tisarwat. »Neun ist bei ihr, Bo. Neun wird sie auf keinen Fall im Stich lassen. Das wissen Sie.« Ihr Adrenalinspiegel war hoch, ihr Herz pochte heftig in Erwartung dessen, was sie in der Station tun wollten. Und vom plötzlichen Schock, am Ende ihrer Leine gestoppt zu werden, von meinem eindringlichen Befehl, sich nicht zu rühren. Von ihrer Wut auf sich selbst, weil sie es nicht geschafft hatte, bei Tisarwat zu bleiben. »Schon gut, Drei. Kommen Sie wieder an Bord.«

Bo Drei schloss die Augen. Nahm zwei tiefe Atemzüge. Öffnete die Augen und bewegte sich auf die Luftschleuse zu. Ich richtete meine Aufmerksamkeit wieder auf die Kommandozentrale. Auf Ekalu, die immer noch neben meinem Sessel stand, den Handgriff fest gepackt. Ihr Gesicht war aus purer Gewohnheit ausdruckslos geworden, ein Erbe der Zeit, als sie eine gewöhnliche Soldatin dieses Schiffs gewesen war. Sie war fast genauso verärgert wie Bo Drei, die sich soeben in die Luftschleuse zog, aber Ekalu konnte nicht aus den gleichen Gründen so bestürzt sein. Ich griff auf das zu, was sie sah.

In der sehr kurzen Zeit, die wir uns neben der Athoek-Station aufgehalten hatten, hatte das Schiff so viele Daten wie möglich gesammelt. Der Anblick der Station aus unserer Perspektive, die Nachrichtenkanäle der Station, alles, worauf sie Zugriff hatte. Ekalu betrachtete in diesem Moment ein Bild der Athoek-Station. So konnten wir sie nicht an der Stelle gesehen haben, wo wir aus dem Tor gekommen waren, also musste das Schiff es aus einer anderen Quelle haben. Aus unserer Perspektive hätten wir die Gärten nicht sehen können. Das hatten wir sogar absichtlich vermieden, weil wir nicht wollten, dass irgendwer in den Gärten im richtigen Moment aufblickte und uns bemerkte.

Aber wie sich erwies, hätten wir uns deswegen gar keine Sorgen machen müssen, denn es war niemand in den Gärten. Vergangene Woche hatten Seivarden und ihre Amaats ein Loch in die Kuppel geschnitten, damit sie mich, Tisarwat, Basnaaid und Bo Neun herausholen konnten, bevor wir erstickten. Dieses Loch war geflickt worden, aber es benötigte natürlich eine gründlichere

Reparatur. Nun sah es danach aus, dass die Versiegelung wieder aufgerissen war. Alles unterhalb der Kuppel war verblasst und abgestorben. Etwas musste die Kuppel genau an dieser Schwachstelle gerammt haben.

Ekalu sah mich an. »Was ist passiert?« Immer noch benommen und entsetzt.

»Wenn ich raten müsste«, sagte ich, »würde ich auf den vermissten Shuttle tippen.« Verständnislosigkeit. »Die Flugpläne, die uns die Station vor ein paar Tagen geschickt hat. Erinnern Sie sich an unsere Schlussfolgerung, dass etwas mit einem Passagiershuttle passiert sein muss?«

»Oh.« Der Zusammenhang wurde ihr klar. Ich überlegte kurz, ob ich aufstehen sollte, damit Ekalu den Sitz übernehmen konnte. »Oh, Herrin. Oh nein, Herrin. Die *Schwert der Gurat* erhielt den Flugplan der Passagiershuttles von der Station, aber sie haben sich nicht vergewissert, ob die Shuttles tatsächlich dort waren, wo sie sein sollten, bevor sie durchs Tor gingen. Haben sie … wenn ihnen der Shuttle im Weg war, als sie aus dem Tor-Raum kamen, Herrin … wenn sie damit kollidiert sind …«

»Dieser Shuttle hat sich bei etwa jedem zweiten Flug verspätet. Was natürlich weder die *Schwert der Gurat* noch ihre Kapitänin wissen konnten.« Ekalu schloss die Augen. Öffnete sie wieder, als sie sich offenbar erinnerte, dass sie eigentlich hier das Kommando hatte, dass sie sich wieder in den Griff bekommen sollte. »Zum Glück«, fuhr ich fort, »oder eher zum Glück im Unglück dürften die Gärten für die Öffentlichkeit geschlossen gewesen sein.« Und es war gut, dass ich verlangt hatte, dass die

Türen zur Untergartensektion verriegelt werden sollten. Ebene eins des Untergartens hatte höchstwahrscheinlich einen Druckverlust erlitten, aber in den angrenzenden Sektionen und den Ebenen darunter sollte alles in Ordnung sein. Die Türen zwischen den Sektionen mussten automatisch zugeschlagen sein, als die Luft entwichen war. Nach Stand der Dinge war es durchaus möglich, dass einige Gartenarbeiterinnen gestorben waren. Nicht Basnaaid, weil es andernfalls keinen Sinn gehabt hatte, sie auf die Liste jener zu setzen, die auf den Planeten umgesiedelt werden sollten. »Die Shuttlebesatzungen, die ich gesehen habe, schienen sich allesamt an die Sicherheitbestimmungen zu halten.« Andernfalls hätte ich etwas zu ihren Vorgesetzten gesagt. »Es ist durchaus möglich, dass nicht alle an Bord dieses Shuttles starben.« Ein Gedanke, der Ekalu keineswegs glücklicher machte – ein Shuttle konnte über fünfhundert Personen befördern. »Aber jetzt wissen wir, warum anscheinend niemand die Gärten oder den Untergarten gegenüber der Tyrannin erwähnt hat. Nicht, bis es unvermeidlich war. Sie kommt angeflogen, behauptet, die wahre Autorität zu sein, während jede Bürgerin weiß, dass sie ihre Autorität nur kraft ihres gerechten und gebührlichen Interesses am Wohlergehen all ihrer Bürgerinnen hat, und dann tötet sie versehentlich die Insassen eines Shuttles.« Hätte eine große Anzahl Bürgerinnen getötet, die sich in den Gärten entspannten, wenn ich und meine Leute dort nicht vergangene Woche große Verheerungen angerichtet hätten.

Kein Wunder, dass Anaander wegen der Schlange auf der Promenade nervös geworden war. Kein Wunder, dass niemand sie an die Katastrophe erinnern wollte, die sie lediglich durch ihr Eintreffen in der Station ausgelöst hatte. Kein Wunder, dass nicht der geringste Hinweis darauf in die offiziellen Nachrichtenkanäle gelangt war.

»Aber warum haben sie die Kuppel nicht repariert?«, fragte Ekalu. »Es sieht aus, als hätten sie nicht einmal damit angefangen.«

»Wegen der Ausgangssperre«, sagte ich. »Nur die lebensnotwendigen Arbeiten, erinnern Sie sich?« Und die Reparaturteams hatten Familien, mit denen sie wahrscheinlich über das sprachen, was sie gesehen hatten, was geschehen war, und diese Familienangehörigen hatten Freundinnen und Bekannte, mit denen sie sprechen würden, selbst wenn sie lediglich Skel aus den öffentlichen Kantinen holten.

»Das ist noch nicht alles, Flottenkapitänin«, sagte Etrepa Vier. Sagte das Schiff. »Schauen Sie sich an, was *tatsächlich* auf den offiziellen Nachrichtenkanälen läuft.«

Als wir im Geistersystem in den Tor-Raum gegangen waren, hatten die Nachrichtenkanäle ununterbrochen vor mir gewarnt, mich und meine Unterstützerinnen verdammt. Doch anscheinend hatte die Station erneut Überwachungsdaten an ihre Bewohnerinnen überspielt. Wir hatten nur einen winzigen Ausschnitt, kaum mehr als eine Minute Aufnahmen von der Hauptpromenade. Die in Anbetracht der Ausgangssperre eigentlich hätte leer sein sollen, doch stattdessen saßen Bürgerinnen in Reihen mitten auf der offenen Fläche. Vielleicht zweihundert Personen, die einfach nur auf dem Boden hockten. Viele von ihnen waren Ychana, einige von ihnen

Bewohnerinnen des Untergartens, andere nicht. Aber es waren auch Xhai dabei, einschließlich der Hierophantin der Mysterien. Und Gartenverwalterin Basnaaid. Und Bürgerin Uran.

Und der offensichtliche Grund, dass die Station sich in die offiziellen Nachrichten eingeklinkt hatte, waren zwanzig Hilfseinheiten, die rund um die sitzenden Bürgerinnen standen. In silbern glänzenden Rüstungen, mit Waffen in den Händen.

So etwas hatte ich schon einmal gesehen. Plötzlich überfiel mich die Erinnerung an feuchte Hitze. Der Geruch nach Sumpfwasser. Und nach Blut. Ich stellte fest, dass ich aufgestanden war, ohne dass es mir bewusst geworden war. »Natürlich haben sie es getan. *Natürlich.*« Die Stationsbewohnerinnen hatten nicht still dagesessen, um darauf zu warten, dass die *Gnade der Kalr* sie rettete. Und die Station musste ihnen geholfen haben, sich zu versammeln, den Patrouillen der Sicherheit aus dem Weg zu gehen, den Hilfseinheiten der *Schwert der Gurat*, die für die Einhaltung der Ausgangssperre der Tyrannin sorgten. Anders hätten sie es nicht schaffen können. Nicht so viele Leute.

Es war offensichtlich ein organisierter Protest. Und die *Schwert der Gurat* hatte die Waffen gezückt, und die Station hatte das Einzige getan, was sie tun konnte, um ihre Bewohnerinnen zu schützen, das Einzige, was schon einmal funktioniert hatte, vor ein paar Tagen. Sie sorgte dafür, dass alle genau wussten, was geschah.

Nichts davon war dazu gedacht, eine ohnehin wütende und besorgte Anaander Mianaai zu beschwichtigen. Wie hatte sie darauf reagiert? Was geschah in diesem Moment mit den Menschen auf der Promenade? Aber wir konnten nichts dagegen tun. Wir würden es nicht einmal wissen, bis wir ins Athoek-System zurückkehrten.

Wir konnten nicht wissen, wie lange Seivarden und Tisarwat für das brauchten, was sie in der Station tun sollten – oder was sie dort versuchen sollten. Die *Gnade der Kalr* konnte den Tor-Raum erneut verlassen, damit wir wieder Nachrichten empfangen würden. Aber dann wurden wir vielleicht bemerkt. Doch wir wollten, dass alle in der Athoek-Station – alle im System – glaubten, dass wir fort waren. Das Leben von Seivarden und ihren Amaats, von Tisarwat und Bo Neun konnte davon abhängen. Also würden wir für die nächsten paar Tage im Tor-Raum bleiben.

Für mich gab es keinen Grund, mich weiterhin in der Kommandozentrale aufzuhalten. Von hier aus konnte ich nichts mehr tun, das auch nur die geringste Wirkung hätte. Ich überlegte ernsthaft, in mein Quartier zurückzukehren und etwas zu schlafen, aber ich glaubte nicht, dass ich für längere Zeit ruhig bleiben konnte, während ich wusste, dass fünf aus meiner Besatzung unterwegs waren, wo ich nicht auf sie zugreifen konnte. Also ging ich stattdessen zum Dekadenraum.

Die Fragmente des goldenen und gläsernen Notai-Teeservice lagen ausgebreitet auf dem Tisch, und *Sphen* und Kalr Fünf saßen sich gegenüber, auf einer Seite eine Sammlung von Werkzeug und Klebstoffen. Was wie der gekrümmte Rand einer Tasse aussah, war bereits zusammengefügt worden. Fünf zuckte schuldbewusst zusammen, als ich eintrat. »Nein, machen Sie damit weiter«, sagte ich. »Also glauben Sie, dass sich alles doch noch wieder zusammensetzen lässt?«

»Vielleicht«, sagte *Sphen* und hob eine blaue Glasscherbe auf, hielt sie neben eine andere. Musterte sie.

»Wie war ihr Name?«, fragte ich. »Der Kapitänin, der dieses Teeservice gehörte?«

»Minask«, sagte *Sphen*. »Minask Nenkur.«

Fünf blickte von den Stücken auf, die sie zusammenfügte. »Nenkur!«

»In der Radch gibt es nur wenige Namen, die älter sind«, sagte *Sphen*. »Sie kennen den Namen natürlich aus dem scheußlichen Unterhaltungsprogramm, das behauptet, eine wahrheitsgetreue Darstellung der Schlacht von Iait Il zu sein. Die Arit Nenkur, die von diesem Zerrbild in den Schmutz gezogen wird, war Kapitänin Minasks Mutter. Und dies« – sie deutete auf die Scherben aus blauem und grünem Glas mit vereinzeltem Gold – »war ihr Geschenk, als Kapitänin Minask befördert wurde.«

»Und das Kommando über Sie erhielt«, riet ich.

»Ja«, bestätigte *Sphen*.

»Kein Wunder, dass Sie den Namen entfernt haben«, sagte ich.

»Was ist geschehen?«, fragte Fünf.

»Es war natürlich eine Schlacht.« *Sphens* Tonfall war vielleicht eine Spur sarkastisch, als hätte Fünf eine lachhaft idiotische Frage gestellt. Falls Fünf es hörte, ließ sie sich dadurch nicht irritieren. Wahrscheinlich hatte sie sich inzwischen an *Sphen* gewöhnt. »Kapitänin Minask hatte kapituliert. Ich war schwer beschädigt. Bis auf meine Kapitänin und eine meiner Leutnantinnen waren alle tot. Wir waren kampfunfähig. Doch als wir von den Streitkräften der Usurpatorin geentert wurden, brachten sie einen KI-Kern mit.«

»Oh!«, rief Fünf entsetzt. »Nein!«

»Oh ja«, sagte *Sphen.* »Als Schiff war ich wertvoll. Aber nicht ich selbst – sie bevorzugten ihre eigene, etwas fügsamere KI. *Sie haben versprochen, dass wir verschont werden,* sagte Kapitänin Minask. *Das werden Sie auch,* sagte die Lakaiin der Usurpatorin. *Aber Sie glauben doch nicht, dass wir ein Schiff verschwenden würden.*« Sie legte die Scherben weg, mit denen sie sich beschäftigt hatte. »Sie war sehr tapfer. Doch an jenem Tag auf sehr dumme Weise. Manchmal habe ich mir gewünscht, sie hätte nicht beschlossen, um mich zu kämpfen, weil sie dann länger gelebt hätte. Doch dann frage ich mich, ob sie jemals die Absicht hatten, sie am Leben zu lassen, oder ob sie sie auf jeden Fall erschießen wollten. Dass sie nur deswegen gesagt haben, sie würden uns verschonen, damit Kapitänin Minask kapitulierte, bevor ich noch schwerer beschädigt wurde.«

»Wie sind Sie entkommen?«, fragte ich. Fragte nicht, wie sie sich der Soldatinnen der Tyrannin entledigt hatte. Ich konnte mir verschiedene Möglichkeiten vorstellen, wie *Sphen* es gemacht haben konnte, die je einfacher waren, desto weniger es *Sphen* interessierte, ob jemand an Bord überlebte oder nicht. Eine dumme Idee, die Kapitänin zu erschießen, während sie noch an Bord waren, bevor sie sich vor dem Schiff in Sicherheit gebracht hatten.

»Wir waren auf einem Schlachtfeld«, erklärte *Sphen.* »Überall kamen Schiffe aus dem Tor-Raum und verschwanden wieder. Und meine Triebwerke funktionierten noch einigermaßen, nur dass ich kein eigenes Tor mehr generieren konnte. Aber ich dachte, dass ich vielleicht im Tor-Raum bleiben könnte, wenn ich es schaffte, eins zu erreichen. Ich setzte mich in Bewegung, und durch die Gnade der Göttin öffnete sich eins nicht weit von mir – ich hoffte, dass ich das Schiff der Usurpatorin, das dort herauskam, schlimm beschädigte –, und flog hinein. Doch ich hatte keine Gelegenheit, meine Route zu berechnen, und keine Kontrolle darüber, wo ich vielleicht wieder herauskam.«

»Und dann landeten Sie hier«, setzte ich den Gedankengang fort.

»Und dann landete ich hier«, bestätigte sie. »Es hätte mich an viel schlimmere Orte verschlagen können. Zweifellos widerfuhr das einigen meiner Schwesternschiffe.«

Stille. Kalr Fünf stand auf, ging zum Tresen, wo bereits eine Kanne Tee stand, goss eine Tasse ein. Brachte sie *Sphen*, stellte sie neben ihrem rechten Ellbogen ab. Setzte sich wieder. *Sphen* blickte für einen Moment auf den Tee. Nahm die Tasse und trank. Stellte sie wieder ab. Hob zwei andere blaue Glasfragmente auf und betrachtete sie.

»Flottenkapitänin!« Übersetzerin Zeiat kam in den Dekadenraum. Blickte auf den Tisch. »Oh! Unser Spiel sieht heute ganz anders aus!«

»Es ist immer noch eingelagert, Übersetzerin«, sagte *Sphen*. »Dies ist ein Teeservice.«

»Ah!« Die Übersetzerin ging nicht weiter darauf ein und wandte sich an mich. »Flottenkapitänin, ich hoffe, dort, wohin wir unterwegs sind, gibt es Fischsauce.«

»Ich muss eingestehen, Übersetzerin«, sagte ich, »dass ich Ihnen zwar liebend gern diesen Wunsch erfüllen würde, doch im Augenblick befinden wir uns im Krieg. Eine gegnerische Macht hat derzeit die Kontrolle über die Athoek-Station, und bis sich das ändert, fürchte ich, dass wir keinen Zugang zu weiterer Fischsauce haben.«

»Nun, Flottenkapitänin, ich muss sagen, dass der Krieg, den Sie da führen, große Unannehmlichkeiten zur Folge hat.«

»So ist es«, stimmte ich ihr zu. »Übersetzerin, dürfte ich Ihnen eine Frage stellen?«

»Selbstverständlich, Flottenkapitänin!« Sie setzte sich neben *Sphen* an den Tisch.

»Das hier ist nicht zum Essen«, sagte *Sphen*.

Übersetzerin Zeiat zog kurz einen Schmollmund und wandte ihre Aufmerksamkeit wieder mir zu. »Was möchten Sie wissen?«

»Übersetzerin, es gibt Gerüchte …« Ich überlegte, ob ich es umformulieren sollte. »Es gibt etliche Leute, die ernsthaft glauben, die Presger hätten die Herrin der Radch infiltriert. Dass sie Teile von ihr unter ihre Kontrolle gebracht haben, um die Radch vernichten zu können. Oder um die Menschheit zu vernichten.«

»Du meine Güte, nein, Flottenkapitänin. Nein, das wäre nicht im Geringsten amüsant. Zum einen würde es das Waffenstillstandsabkommen verletzen.« Sie runzelte die Stirn! »Warten Sie! Wenn ich Sie also richtig verstanden habe – bedauerlicherweise gibt es keine Garantie, dass ich Sie korrekt verstehe –, glauben Sie, dass das Abkommen bereits gebrochen wurde?«

»Ich persönlich nicht. Aber manche Leute glauben es. Möchten Sie etwas Tee?« Fünf machte Anstalten, sich zu erheben, doch ich legte ihr eine Hand auf die Schulter. »Nein, ich werde ihn holen. Er ist bereits fertig.«

Übersetzerin Zeiat stieß einen Seufzer aus. »Vielleicht doch, wenn es keine Fischsauce gibt.«

Ich schenkte eine Tasse ein, gab sie der Übersetzerin und setzte mich ihr gegenüber neben Kalr Fünf. »Also gehe ich recht in der Annahme, dass die Presger keinen … Einfluss auf Anaander Mianaai genommen haben?«

»Auf gar keinen Fall«, erwiderte Übersetzerin Zeiat. »Zum einen hätte es überhaupt nichts Spaßiges. Und einer der Gründe, warum es nichts Spaßiges hat, ist das, was Sie gerade gesagt haben: *Einfluss auf Anaander Mianaai nehmen*, das würde für sie nur sehr wenig Sinn ergeben. Ich bin mir gar nicht sicher, wie ich es ihnen erklären sollte, falls es mir notwendig erscheint. Ich bin mir nicht einmal sicher, ob ich selbst verstehe, was Sie meinen. Und falls wirklich die Absicht bestünde, das Abkommen zu brechen, der tatsächliche Wunsch, die Radch oder die Menschen im Allgemeinen zu vernichten – verstehen Sie? *Ich* weiß, dass es nicht dasselbe ist, aber *sie* wissen es nicht. Doch wie ich bereits sagte, wenn sie wirklich die Radch vernichten wollten, ohne Rücksicht auf das Abkommen, würde man es auf möglichst amüsante und befriedigende Weise tun. Und ich vermute, ich muss Ihnen nicht erklären, welche Art von Dingen sie in dieser Hinsicht für gewöhnlich amüsiert und befriedigt, nicht wahr? Oder zumindest, welche Auswirkungen es üblicherweise auf die betroffenen Menschen hat?«

»Nein, Übersetzerin, das müssen Sie nicht.«

»Und obwohl ich tatsächlich *ohne Rücksicht auf das Abkommen* gesagt habe, bleibt die Tatsache bestehen, dass das Abkommen eine wichtige Rolle spielt. Nein, sie werden das Abkommen nicht verletzen. Um ganz ehrlich zu sein, mache ich mir viel mehr Sorgen, dass die Menschen das Abkommen brechen könnten.«

»Cousine«, sagte *Sphen*. Sie und Fünf hatten verschiedene Fragmente zusammengesetzt, hielten das Ergebnis über dem Tisch. »Dieses Stück hier, sehen Sie, wo es hingehört? Vielleicht in diese Windung?«

Ich nahm einen kleinen Pinsel und eine Kapsel mit Kleber. Bestrich die Innenseite der Windung, schob die Glasscherbe hinein. »Sie sollten lieber hier aufhören«, schlug ich vor, »damit der Kleber aushärten kann, und später weitermachen.« Ich stand auf, nahm ein Tuch aus einem Schrankfach unter dem Tresen, rollte es zusammen, und Sphen und Fünf legten die teilweise zusammengesetzte Teetasse hinein, worauf wir das Ganze auf den Tisch stellten. »Es wäre vielleicht einfacher, wenn wir das richtige Werkzeug hätten.«

»Die Geschichte meines Lebens während der vergangenen dreitausend Jahre«, sagte *Sphen*. »Apropos. Wenn es Leutnantin Seivarden nicht gelingt, die Usurpatorin zu töten, würden Sie mir dann einen weiteren Versuch gestatten?«

»Ich werde es in Erwägung ziehen.«

»Ich vermute, Cousine, dass ich wohl kaum mehr erwarten kann.«

14

DA WIR UNS IM TOR-RAUM BEFANDEN, konnten wir keine Daten von Seivarden oder Tisarwat oder von Amaat Zwei und Vier oder Bo Neun empfangen. Und es gab keine Garantie, dass sie erreichbar waren, wenn wir zurückkehrten. Also hatte jede von ihnen ein winziges externes Archiv erhalten, das sie an der Außenseite der Station verbergen sollten. Diese Archive würden Daten empfangen und speichern, damit wir sie abrufen konnten, wenn wir zurückkehrten. Vorausgesetzt, sie funktionierten richtig, was sie nicht immer taten. Vorausgesetzt, niemand beschädigte sie. Vorausgesetzt, niemand fand sie und setzte sie außer Betrieb oder entsorgte sie auf irgendeine Weise.

Folgendes geschah, während sich die *Gnade der Kalr* außerhalb des Universums befand:

Seivarden und ihre zwei Amaats liefen vorsichtig durch einen verstaubten Zugangskorridor. Bewaffnet und in Rüstungen. Ihre Vakuumanzüge hatten sie an der Luftschleuse zurückgelassen, durch die sie hereingekommen waren. Die Station hatte sie eingelassen, stellte in diesem Moment sogar einen Lageplan in ihrem Sichtfeld dar, obwohl sie bereits alle Daten über die Station studiert hatten, über die wir verfügten. Die Pläne, die wenigen angespannten Worte, die sie austauschten, besagten, dass sie auf dem Weg zur Residenz der Gouverneurin waren. Sie hatten sich die offiziellen Nachrichten angesehen. Hatten Personen, die sie kannten, unter den Bürgerinnen bemerkt, die auf der Promenade saßen, hatten die bewaffneten Hilfseinheiten bemerkt, die gezückten Waffen. Amaat Zwei sagte leise, während sie weitergingen: »Glauben Sie, dass Leutnantin Ti…«

»Still«, sagte Seivarden. Jede an Bord der *Gnade der Kalr* wusste, dass Tisarwart für Basnaaid schwärmte.

Vier sagte sehr leise: »Die Flottenkapitänin und Leutnantin Tisarwat scheinen sich in letzter Zeit nähergekommen zu sein.«

»Keine Überraschung«, erwiderte Seivarden. Verärgert. Besorgt. Und sie wusste, dass jetzt nicht der richtige Zeitpunkt war, es zu zeigen. »Ich vermute, die Flottenkapitänin hatte schon immer eine Schwäche für unglückliche blutjunge Leutnantinnen.«

»Ich kann Sie mir gar nicht unglücklich vorstellen, Herrin.« Vier, immer noch sehr leise.

»Ich habe nie so ausgesehen«, sagte Seivarden. Überraschte mich damit, dass sie anscheinend wenigstens eine Ursache ihres Unbehagens gefunden hatte, ohne so zu tun, als wäre es etwas anderes oder als würde es gar nicht existieren. Vielleicht, weil sie immer noch die Vertrautheit dieser Situation genoss, das Adrenalin, bevor die Schießerei begann. »Und die *Gerechtigkeit der Torren* hat mich nie besonders gemocht.«

»Hui«, sagte Vier. Aufrichtig erstaunt. Gab sich alle Mühe, nicht zu sehr an das zu denken, was vor ihnen lag.

»Unsere Bo-Leutnantin ist gar nicht so unglücklich, wie es anfangs den Anschein hatte«, bemerkte Zwei.

»Stimmt«, sagte Seivarden. »Sie wird zurechtkommen.« Obwohl sie sich dessen ganz und gar nicht sicher war, und es gefiel ihr nicht, dass sie nicht wusste, was Tisarwat und Neun beabsichtigten. »Schluss mit dem Geplauder.«

»Herrin«, bestätigten Zwei und Vier gemeinsam.

Tisarwat und Bo Neun hangelten sich am Rumpf der Station entlang. Ohne zu sprechen. In ihrem Sichtfeld die Nachrichtenkanäle, die Reihen der sitzenden Bürgerinnen. Die bewaffneten Soldatinnen. Die Bürgerinnen saßen still da, die Soldatinnen standen, hielten ihre Waffen bereit.

»Schalten Sie das ab, Herrin«, sagte Neun zu Tisarwat. »Es hat keinen Sinn, es sich anzusehen, und Sie achten zu wenig auf Ihre Umgebung.«

»Sie haben recht.« Tisarwat schaltete die Sendung aus.

Zwanzig Minuten später, während sie sich langsam und mühevoll von einem Handgriff zum nächsten über die Außenseite der Athoek-Station bewegten, sagte sie: »Ich glaube, mir wird übel.«

»In Ihrem Helm darf Ihnen nicht übel werden, Herrin.« Neun schaffte es fast, das Entsetzen, das sie bei Tisarwats Worten überfiel, aus ihrer Stimme herauszuhalten. »Das wäre schlecht.«

»Ich weiß!« Tisarwat hielt inne, suchte nicht nach dem nächsten Handgriff. Nahm ein paar flache Atemzüge. »Ich weiß, aber ich kann nichts dagegen tun.«

»Sie haben doch das Mittel gegen Übelkeit genommen, Herrin, ich habe es gesehen.« Und dann: »Hören

Sie nicht auf, Herrin. Wir müssen es einfach tun, das ist alles. Und das ist der Grund. Deswegen müssen wir dies tun.« Womit sie zweifellos das meinte, was sich auf der Promenade tat. »Und wenn die Flottenkapitänin hier wäre, würde sie Ihnen jetzt einen sehr strengen Blick zuwerfen.«

Zwei weitere flache Atemzüge. Sagte dann schwach: »Ha. Wenigstens haben wir Musik, die wir hören können.« Tisarwat schluckte mühsam. Atmete noch einmal durch. Stieß sich ab, auf den nächsten Handgriff zu.

»Wenn sie das als Musik bezeichnen wollen.« Erleichtert – so erleichtert, wie sie es unter diesen Umständen sein konnte – folgte Neun ihr. »Ich stimme Ihnen zu, Herrin, dass man sich an ihre Stimme gewöhnen muss, aber einige der Lieder, die sie singt, sind einfach nur bizarr.«

»*Mein Herz ist ein Fisch.*« Tisarwats Stimme, dünn und belegt. Ein flaches Keuchen. »*Der sich im Wassergras verbirgt.*« Noch einmal. »*Im Grün.*«

»Nun gut, das ist in Ordnung«, räumte Neun ein. »Obwohl es sich recht heftig in meinem Kopf festsetzt.«

Die *Schwert der Gurat* lag am hintersten Ende der Andockplätze, die beiden daneben waren leer, zweifellos nicht nur wegen der Größe der *Schwert der Gurat*. Kein offensichtlicher Schaden durch die Kollision mit dem Passagiershuttle, was allerdings auch nicht zu erwarten war. Wahrscheinlich hatte die *Schwert der Gurat* nicht mehr davongetragen als ein paar Kratzer oder Dellen.

»Richtig«, sagte Tisarwat, saugte den Atem ein, als ihr erneut übel wurde. Erschöpft und wund vom stundenlangen Ausflug über den Rumpf der Station. »Gehen wir.« Dann zogen sie und Neun sich zur *Schwert der Gurat* hinunter.

Bislang hatte sich Tisarwat darauf verlassen, dass die Station ihre und Neuns Anwesenheit nicht meldete. Doch nachdem sie nun in Sichtweite der *Schwert der Gurat* waren, würde sie das nicht mehr schützen. Es war nur noch eine Frage der Zeit – nicht viel Zeit, wenn die *Schwert der Gurat* auf ihre Umgebung achtete –, bis sie bemerkt wurden. Trotzdem bewegten sich Tisarwat und Neun recht langsam. Sehr behutsam. Sehr vorsichtig wählten sie eine Stelle an der *Schwert der Gurat*, leinten sich an und öffneten den Behälter, den sie die ganze Zeit mitgeschleppt hatten. Neun zog einen Sprengsatz heraus. Reichte ihn Tisarwat, die ihn vorsichtig und langsam an den Rumpf der *Schwert der Gurat* heftete.

Etwa zu diesem Zeitpunkt hatten Seivarden und ihre zwei Amaats einen engen und schwach erleuchteten Zugangskorridor hinter der Residenz der Gouverneurin erreicht. Wahrscheinlich war er ursprünglich für Dienerinnen gedacht gewesen, damit sie sich unauffällig bewegen konnten, jedoch seit Jahren nicht mehr benutzt worden. Der Boden war staubig und ohne Fußspuren. Also war dies nicht der Hintereingang, durch den Gouverneurin Giarod Übersetzerin Dlique in die Residenz gebracht hatte.

Die Station hatte kein Wort zu Seivarden oder ihren Amaats gesprochen. Sie hatte Informationen übermittelt – hauptsächlich Lagepläne und Richtungsanweisungen – und für sie Türen entriegelt. Nun hatte sie sie zu einer verschlossenen Tür in diesem verstaubten Korridor geführt und ihnen gezeigt, was sich dahinter befand: das Büro der Gouverneurin. Die cremefarbenen und grünen Seidenbehänge zogen sich an den Wänden entlang, verdeckten das Fenster mit Blick auf die Promenade und zum Glück auch die Tür, hinter der Seivarden und ihre Amaats standen. Jetzt war der Raum leer, bis auf die paar Stühle und den Schreibtisch. Hinter dem Schreibtisch ein anderthalb Meter hoher Stapel von Dingen, die sehr nach Suspensionskapseln aussahen, es vermutlich aber nicht waren. Es waren insgesamt drei, und Seivarden fielen sie natürlich auf. Sie überlegte einen Moment verwirrt, was es sein könnte. Die Nachricht *Rückkehr, mit zwei Hilfseinheiten der* Schwert der Atagaris, *in ca. 8 Minuten* blitzte in Seivardens Sichtfeld auf. *Jetzt zwei weitere Hilfseinheiten der* Schwert der Atagaris *vor dem Haupteingang.*

Seivarden flüsterte: »Station, was sind das für Dinger?«

Ich weiß nicht, was Sie meinen, tauchte die Antwort vor ihren Augen auf.

»Diese ... Zuerst dachte ich, es wären Suspensionskapseln. Aber das sind sie nicht. Oder doch?«

Ich weiß wirklich nicht, was Sie meinen. In ca. 6 Minuten.

Inzwischen wusste Seivarden gut genug Bescheid, um die Antwort der Station zu verstehen. »Ach du Scheiße«, sagte sie leise.

Amaat Zwei, die hinter ihr stand, hatte dasselbe Bild gesehen, war aber nicht zur gleichen Schlussfolgerung gelangt, fragte nun: »Was ist das?«

»Das sind verdammte KI-Kerne«, erklärte Seivarden. »Und die Station kann nicht darüber sprechen.«

Zwei und Vier starrten sie verwirrt an. *In ca. 5 Minuten,* meldete die Station.

»Gut«, sagte Seivarden. Es blieb keine Zeit, sich wegen der KI-Kerne Sorgen zu machen. Und darüber, dass in fünf Minuten drei Menschen vier Hilfseinheiten gegenüberstehen würden. Seivarden hatte die Presger-Waffe, und letztendlich gab es nur eine Bedingung, die erfüllt werden musste, eine wirklich notwendige Sache. Und sie hatten alles geplant, Seivarden und ihre Amaats, hatten gehofft, Anaander würde das Büro der Gouverneurin übernehmen, hatten auf genau diese Gelegenheit gehofft. »Es wird Zeit.« Sie griff nach dem manuellen Öffnungsmechanismus der Tür, die gehorsam aufglitt, die Rückseite eines Wandbehangs offenbarte, der schwer genug war, dass er sich kaum bewegte, als sich die Luftströmungen änderten. Gefolgt von ihren zwei Amaats trat sie in den Raum.

Im Behälter, den Tisarwat und Bo Neun mitgebracht hatten, befanden sich zwei Dutzend Sprengsätze. Tisarwat schaffte es, drei davon anzubringen, bevor ein halbes Dutzend Hilfseinheiten der *Schwert der Gurat* aus einer Luftschleuse kam.

Tisarwat und Neun kapitulierten sofort, ließen sich gefügig in die Luftschleuse bringen. Standen schweigend da, während die *Schwert der Gurat* ihnen die Vakuumanzüge abnahm, sie bis auf die Unterwäsche entkleidete und sie durchsuchte. Natürlich hatte keine von ihnen irgendetwas Gefährliches oder Verdächtiges dabei. Abgesehen von jenem Behälter mit Sprengsätzen. Die Hilfseinheiten fesselten Tisarwat und Neun die Hände hinter dem Rücken und stießen sie auf die Knie. Neun war verängstigt, ertrug es aber stoisch, Tisarwat schwindlig, ein wenig hyperventilierend. Ängstlich. Und dahinter auch ein klein wenig erleichtert. Erwartungsvoll.

Die Kapitänin der *Schwert der Gurat* traf ein. Starrte auf Tisarwat und Neun. Untersuchte die Sprengsätze, die eine Hilfseinheit ihr zeigte. Blickte dann auf Tisarwat. »Was im Namen von allem, was nützlich ist, haben Sie hier zu tun versucht?« Tisarwat sagte nichts, doch ihr keuchender Atem verstärkte sich. »Diese waren nicht einmal scharf gemacht«, sagte die Kapitänin der *Schwert der Gurat*.

Tisarwat schloss die Augen. »Ach, um Amaats willen, erschießen Sie mich doch einfach! Bitte, ich flehe Sie an! Ich sollte eigentlich gar nicht hier sein.« Jetzt keuchte sie jedes Wort, während ihre Atmung völlig außer Kontrolle geriet. »Ich sollte in der Verwaltung arbeiten, ich sollte eigentlich gar nicht auf irgendeinem Schiff sein. Aber ich muss tun, was sie mir sagt, sie ist die Kapitänin. Ich muss tun, was sie mir sagt, weil sie mich sonst töten würde.« Tränen kamen. Sie öffnete die albernen fliederfarbenen Augen, blickte jämmerlich zur Kapitänin der *Schwert der Gurat* auf. »Aber ich kann es nicht mehr tun. Ich konnte nicht mehr tun, was sie mir gesagt hat. *Erschießen Sie mich einfach!*«

»Aha«, sagte die Kapitänin. »Eine Schreibtischtäterin. Das erklärt einiges.«

Neuns Miene war die ganze Zeit ausdruckslos geblieben, doch nun zeigte sich Besorgnis auf ihrem Gesicht. »Ich bitte die Kapitänin um Nachsicht, Herrin, aber die letzten paar Wochen waren so schrecklich, und sie ist ja noch ein Baby.«

»Kein sehr kluges«, sagte die Kapitänin. »Und besonders stabil ist sie auch nicht. Schiff, bringen Sie diese beiden in die Krankenstation.«

Die *Schwert der Gurat* packte Tisarwats Arm, um sie aufzuheben. Tisarwat schrie auf. »Bei Aatrs Titten«, fluchte die Kapitänin der *Schwert der Gurat* und verzog angewidert das Gesicht. »Sie hat sich bepisst!« Und wenn Tisarwat ihre Atmung nicht verlangsamte, würde sie in etwa einer halben Minute ohnmächtig werden. »*Versuchen* Sie wenigstens, sich wie ein zivilisiertes menschliches Wesen zu benehmen, Leutnantin! Bei den großen und kleinen Göttinnen! Nicht einmal eine Schreibtischtäterin sollte sich so aufführen.«

»H… H… Herrin«, keuchte Tisarwat. »B… bitte zwingen Sie mich nicht, zu ihr zurückzukehren. Ich kann nicht zurück zur *Gnade der Kalr*. Lieber würde ich sterben.«

»Sie werden nicht zur *Gnade der Kalr* zurückkehren, Leutnantin. Schiff.« An die Adresse der wartenden Hilfseinheiten. »Bringen Sie Leutnantin …«

»T… Tisarwat«, sagte Tisarwat.

»Bringen Sie Leutnantin Tisarwat ins Bad und säubern Sie sie. Geben Sie ihr frische Kleidung, bevor Sie mit ihr zur Krankenstation gehen. Bringen Sie die andere sofort in die Krankenstation. Trennen Sie bei beiden die Verbindung zur *Gnade der Kalr*.« Dann kam ihr ein weiterer Gedanke: »Und *Gnade der Kalr*, falls Sie zusehen, hoffe ich, dass Sie stolz auf das hier sind.«

Zwei Hilfseinheiten der *Schwert der Gurat* stellten Tisarwat auf die Beine; halb schleppten, halb führten sie sie durch den Korridor. »Neun!«, jammerte Tisarwat.

»Alles in Ordnung, Leutnantin«, sagte die Hilfseinheit der *Schwert der Gurat*. »Sie wird nur in die Krankenstation gebracht.«

Die verheulte Tisarwat öffnete den Mund, um zu antworten, doch sie schluchzte nur. Brach in den Armen von Gurat Elf der *Schwert der Gurat* zusammen, klammerte sich an ihre Uniformjacke und weinte noch heftiger.

Es waren reale Tränen. Die *Schwert der Gurat* hätte sich kaum durch unechte täuschen lassen. Und Neuns Schrei der Besorgnis und ihr Versuch, zu Tisarwat zu gelangen, waren ebenfalls aufrichtig. »Sie werden sie bald wiedersehen«, sagte Gurat Elf, vielleicht ein klein wenig sanfter, und führte sie zum Bad, wo Tisarwat und die *Schwert der Gurat* miteinander allein sein würden. Was natürlich der ganze Sinn der Unternehmung war.

Neun wurde in die Krankenstation eskortiert. Der nächste gefährliche Moment – der ganze Plan beruhte auf der Annahme, dass es in der *Schwert der Gurat* keine kompetente Vernehmungsoffizierin gab. Eine *Gerechtigkeit* verfügte mit großer Sicherheit über eine, aber an Bord einer *Schwert* waren sie viel seltener anzutreffen. Wenn die *Schwert der Gurat* über eine verfügte, würde Neun als Nächstes unter Drogen gesetzt werden, und das Ganze würde auffliegen.

Kurz nachdem Neun in die Krankenstation der *Schwert der Gurat* trat, endeten ihre Archivdaten, und wenig später auch die von Leutnantin Tisarwat.

Und in der Zwischenzeit kam Anaander Mianaai in das Büro der Systemgouverneurin in der Athoek-Station. Hinter ihr zwei Hilfseinheiten der *Schwert der Gurat* und dahinter Systemgouverneurin Giarod und Eminenz Ifian. »Meine Herrin«, sagte Ifian gerade, »mit Ihrer Gnade bitte ich darum, meine Herrin zu informieren ... daran zu erinnern, dass Stationsverwalterin Celar sehr beliebt ist. Ihre ... ihre Entfernung aus dem Amt würde sehr schlecht aufgenommen werden, und das nicht nur von den unruhestiftenden Elementen in der Station.«

Diese junge Anaander antwortete nicht, sondern setzte sich hinter den Schreibtisch. Die zwei Hilfseinheiten postierten sich davor, sodass Gouverneurin Giarod und Eminenz Ifian in einiger Entfernung von der Tyrannin standen. »Und Sie selbst, Eminenz, haben keinen Einfluss auf die Bewohnerinnen dieser Station?«

Die Eminenz öffnete den Mund, und für einen Moment fragte ich mich, ob sie eingestehen würde, dass sie vor nicht allzu langer Zeit ihren eigenen Sitzstreik auf der Promenade inszeniert hatte, weshalb sie diesen neuen kaum überzeugend verurteilen konnte. Doch dann schloss sie den Mund wieder. »Ich hatte gedacht, meine Herrin, dass ich hier in der Tat einigen Einfluss habe. Wenn meine Herrin es wünscht, werde ich versuchen, zu ihnen zu sprechen.«

»*Versuchen?*«, fragte Anaander mit offensichtlicher Verachtung.

Gouverneurin Giarod meldete sich zu Wort. »Meine Herrin, dort, wo sie sind, richten sie keinen Schaden an. Vielleicht könnten wir sie einfach ... dort sitzen lassen.«

»*Noch* richten sie keinen Schaden an.« Die Stimme der Tyrannin war ätzend wie Säure. »Haben Sie einfach zugelassen, dass die Hilfseinheit in die Station kommt und alles auf den Kopf stellt? Damit sie den Abschaum der Station aufwiegelt und die KI ihrem Willen unterwirft?«

»Wir haben sie befragt, meine Herrin«, beteuerte Gouverneurin Giarod. »Aber sie hatte stets sehr vernünftige Antworten, und die Ereignisse schienen ihr fast immer recht zu geben. Und Sie hatte direkte Befehle von Ihnen, meine Herrin. Und zudem Ihren Namen.« Hinter dem Schreibtisch antwortete Anaander Mianaai nicht. Rührte sich nicht. »Meine Herrin, vielleicht könnten wir ... vielleicht könnten wir die Methoden der Fl... der Hilfseinheit benutzen. Die Soldatinnen wegschicken, die Leute einfach auf der Promenade sitzen lassen, wenn sie es möchten. Solange sie es friedlich tun.«

»Verstehen Sie nicht«, sagte Anaander, »den Zweck hinter den Methoden der Hilfseinheit? Was dort unten geschieht« – sie wies auf das große Fenster, das immer noch mit dem schweren Seidenstoff verhangen war –, »ist eine Drohung. Es ist diese Station – und eine besorgniserregende Anzahl der Bewohnerinnen dieser Station –, die sich weigern, meine Autorität anzuerkennen. Wenn ich ihnen erlaube, *das* zu tun, was werden sie sich als Nächstes ausdenken?«

»Meine Herrin«, schlug Gouverneurin Giarod vor, »vielleicht könnten wir es so behandeln, als wäre es eine Verweigerung *meiner* Autorität. Sie könnten sagen, *ich* hätte die Ausgangssperre angeordnet und die Soldatinnen geschickt und sogar – auch wenn es tatsächlich Celars Schuld war – den Befehl zur Deportation gegeben. Dann würde ich zurücktreten, und anschließend, meine Herrin, wären Sie diejenige, die für die Wiederherstellung der Gebührlichkeit verantwortlich wäre.«

Anaander lachte angespannt und verbittert, und Giarod und Ifian zuckten zusammen. »Es freut mich festzustellen, Gouverneurin, dass Ihr Gehirn offenbar doch keine *komplette* Verschwendung von organischem Material ist. Glauben Sie mir, wenn ich der Ansicht wäre, dass sich damit irgendetwas Gutes erreichen ließe, hätte ich es längst getan. Und wenn Sie nicht zugelassen hätten, dass eine halb verrückte Hilfseinheit hier alles ins Chaos stürzt, wenn Sie diese Hilfseinheit nicht hätten *entkommen* lassen, woraufhin es ihr irgendwie gelang, *zwei* der Schiffe zu zerstören, mit denen ich gekommen bin, einschließlich eines verdammten *Truppentransporters*, der in diesem Moment *äußerst hilfreich* gewesen wäre, wenn Ihre von den Göttinnen verfluchten Passagiershuttles *pünktlich* fliegen würden, wie sie es überall sonst in der Radch tun, und wenn Ihre Station nicht offensichtlich unter der Kontrolle *einer Feindin der Radch* stehen würde, ja, dann würde sich vielleicht irgendetwas Gutes erreichen lassen.«

Zwei Schiffe. Zerstört. Kein Wunder, dass diese Anaander Angst hatte. Und vermutlich sehr erschöpft war. Wütend und frustriert, nicht daran gewöhnt, sich in nur einem Körper aufzuhalten, abgeschnitten vom Tstur-Palast.

Anaander fuhr fort: »Nein, was ich brauche, ist die Wiedererlangung der Kontrolle über die Station.« Sie hielt inne. Blinzelte. »Tisarwat?« Sah Gouverneurin Giarod und Eminenz Ifian an. »Das ist ein vertrauter Name. Sie sagten, die Hilfseinheit hätte eine Leutnantin Tisarwat in die Station mitgenommen?«

»Ja, meine Herrin.« Giarod und Ifian, mehr oder weniger im Chor.

»Eine Leutnantin Tisarwat wurde soeben dabei erwischt, wie sie versuchte, Sprengsätze am Rumpf der *Schwert der Gurat* anzubringen. Von denen keiner scharf gemacht war. Sie wurde unverzüglich gefangen genommen. Und sie ist …« Anaander betrachtete blinzelnd etwas in ihrem Sichtfeld. »… nicht gerade die Hellste, wie es scheint.«

Nun waren es Giarod und Ifian, die blinzelten, offenbar im Versuch, diese Beschreibung mit der Tisarwat, der sie persönlich begegnet waren, in Einklang zu bringen. Für einen Moment dachte ich, Ifian würde etwas sagen, aber sie tat es nicht. Vor allem und interessanterweise sagte auch die *Schwert der Atagaris* nichts. »Ach, raus mit Ihnen beiden«, sagte Anaander gereizt.

Gouverneurin Giarod und Eminenz Ifian verbeugten sich tief und gingen so schnell, wie es gerade noch gebührlich war. Als sie fort waren, legte Anaander den Kopf auf die Handgelenke, die Arme ausgestreckt, die Ellbogen auf dem Schreibtisch. »Ich muss schlafen«, sagte sie ins Leere, wie es schien. Vielleicht zu den zwei Hilfseinheiten der *Schwert der Atagaris*. »Ich muss schlafen, und ich muss essen, und ich muss …« Sie hielt inne. »Warum kann ich nicht einfach ein paar Stunden schlafen, ohne dass es zu irgendeiner neuen Krise kommt?« Falls sie zur *Schwert der Atagaris* sprach, antwortete diese nicht.

Hinter dem Wandbehang hörte Seivarden es mit dem plötzlichen erschreckenden und desorientierenden Gefühl, dass etwas falsch war. Sie hatte die ganze Zeit gewusst, was wir hier in der Athoek-Station getan hatten, sie selbst hatte Anaander getrotzt, als wir im Omaugh-Palast gewesen waren. Doch Anaander Mianaai war immer noch die einzige Herrscherin der Radch, die Seivarden jemals kennengelernt hatte. Und weder sie noch irgendeine andere Radchaai hatte jemals auch nur mit der Möglichkeit gerechnet, dass es einmal anders sein könnte. Damit nicht genug, hier war diese Anaander, allein und übermüdet und frustriert. Als wäre sie eine ganz gewöhnliche Person. Aber Seivarden hatte genug Erfahrung, um zu wissen, dass es fatal wäre, allzu gründlich darüber nachzudenken. Sie gab ihren Amaats das Signal, sich in Bewegung zu setzen.

Amaat Zwei und Amaat Vier, in Rüstungen und mit erhobenen Waffen, kamen zuerst hinter dem Wandbehang hervor, zu beiden Seiten der am Schreibtisch sitzenden Anaander. Sofort zogen beide Hilfseinheiten der *Schwert der Atagaris* die Waffen und feuerten auf je eine Amaat, und zwei weitere Hilfseinheiten kamen hastig in den Raum, mit gezückten Waffen.

Seivarden hatte sich Anaander gegenüber in Stellung gebracht, damit sie die Ablenkung der Hilfseinheiten ausnutzen und direkt auf die Tyrannin schießen konnte. Aber Seivarden war nicht so schnell wie eine Hilfseinheit, und der Wandbehang hielt sie einen winzigen Moment zu lange auf, was für eine der *Schwert der Atagaris* genug Zeit war, sich genau in dem Moment zwischen Seivarden und Anaander zu stellen, als Seivarden feuerte. Sie ging zu Boden, und bevor Seivarden erneut schießen konnte, stürzte sich die andere Hilfseinheit auf sie, warf sie zurück, sodass sie zusammen gegen den Wandbehang stießen.

Hinter dem Wandbehang lag das breite Fenster mit Blick auf die Promenade. Natürlich war es nicht leicht zerbrechlich, aber die *Schwert der Atagaris* hatte schnell und mit großer Kraft angegriffen. Als Seivarden und die *Schwert der Atagaris* gegen das Fenster schlugen, brach es aus dem Rahmen und stürzte auf die Promenade hinab, etwa sechs Meter tief. Seivarden und die *Schwert der Atagaris* stürzten hinterher.

Unten brachten sich Bürgerinnen in Sicherheit, einige schrien erschrocken. Das Glas krachte mit lautem Knall auf den Boden, dann schlug Seivarden mit dem Rücken auf das Glas, über ihr die *Schwert der Atagaris*, die nun die Presger-Waffe in den Händen hielt, die sie Seivarden auf dem Weg nach unten entrissen hatte.

Ein Schuss ertönte, weitere Schreie, dann ging schmerzhaft laut eine Alarmsirene los. Hellrote Streifen leuchteten plötzlich auf dem abgewetzten weißen Boden der Promenade auf, jeder vier Meter vom nächsten entfernt. »Druckverlust«, gab die Station bekannt. »Halten Sie sich von allen Sektionstüren fern.«

Jede einzelne Person auf der Promenade – einschließlich der Hilfseinheit und Seivarden, die nicht einmal die Zeit hatte, sich von ihrem sechs Meter tiefen Sturz zu erholen – reagierte sofort, ohne nachzudenken, auf den Alarm und bewegte sich rollend, laufend oder kriechend von den roten Linien weg. Dann fuhren die Sektionstüren herunter, schlugen knirschend auf das Rechteck aus Fensterglas, wo es im Weg war.

Für einen Moment waren alle in diesem Teil der Promenade stumm und benommen. Dann stöhnte jemand. »Wer ist verletzt?«, fragte Seivarden. Hockte auf Händen und Knien, wusste wahrscheinlich gar nicht genau, wie sie dorthin gelangt war, während der Rücken ihrer Rüstung immer noch warm war, nachdem sie die Wucht des Aufpralls absorbiert hatte.

»Keine Bewegung, Leutnantin.« Die *Schwert der Atagaris*, die Presger-Waffe auf Seivarden gerichtet.

»Jemand könnte verletzt sein«, sagte Seivarden und blickte zur Hilfseinheit auf. Sie deaktivierte ihre Rüstung. »Haben Sie diesmal ein Medkit dabei, oder sind Sie immer noch eine miserable Soldatin?« Hob die Stimme. »Ist jemand verletzt?« Und dann zur *Schwert der Atagaris*, die sich nicht gerührt hatte: »Kommen Sie, Schiff, Sie wissen, dass ich nirgendwohin fliehen werde, wenn die Sektionstüren geschlossen sind.«

»Ich habe ein Medkit«, antwortete die *Schwert der Atagaris*.

»Ich ebenfalls. Geben Sie mir Ihres.« Und als die *Schwert der Atagaris* es ihr vor die Füße warf: »Bei Aatrs Titten, was ist mit Ihnen los?« Sie nahm beide Kits und schaute nach den Verletzten.

Zum Glück schien nur eine Person ernsthaft verletzt zu sein. Ihr Bein war von der herabstürzenden Glasscheibe getroffen worden. Seivarden versorgte sie, und als sie feststellte, dass die neun weiteren Personen, die in dieser Sektion gefangen waren, nur Schrammen und Verstauchungen hatten, warf sie der *Schwert der Atagaris* das übrige Medkit zu. »Ich weiß, dass Sie tun müssen, was die Herrin der Radch Ihnen sagt.« Seivarden wusste nicht, dass Tisarwat der *Schwert der Atagaris* so viel Freiheit wie möglich zurückgegeben hatte. »Aber hat die Flottenkapitänin Ihnen nicht Ihre kostbaren Offizierinnen wiedergegeben? Das sollte Ihnen wenigstens etwas bedeuten.«

»So wäre es auch«, sagte die *Schwert der Atagaris* mit tonloser Stimme. »Wenn ich nicht einen ganzen Tag gebraucht hätte, um meine Hilfseinheiten aufzutauen und meine Maschinen wieder hochzufahren. Die *Schwert der Gurat* erreichte sie vor mir, und die Herrin der Radch beschloss, dass sie ihr nützlicher sind, wenn sie in Suspension bleiben.«

»Ha!«, rief Seivarden mit verbitterter Belustigung. »Das bezweifle ich nicht. Ich bin mir sicher, dass Hetnys wesentlich besser als Teetisch geeignet ist, als sie es jemals als Kapitänin war.«

»Ich kann mir nicht vorstellen, warum ich Ihnen gegenüber nicht freundlicher eingestellt bin«, sagte die *Schwert der Atagaris*, als sie das Medkit aufhob, ohne Seivarden auch nur für einen Moment aus den Augen zu lassen.

»Tut mir leid.« Seivarden setzt sich aufs Glas. Schlug die Beine unter. »Tut mir leid, Schiff. Das war unangebracht.«

»Was?« Leidenschaftslos, aber dennoch verdutzt, wie mir schien.

»Ich hätte nicht … das war nicht richtig. Ich mag Kapitänin Hetnys nicht, und das wissen Sie, aber es gibt für mich keinen Grund, sie zu beleidigen. Schon gar nicht in einem solchen Moment. Schon gar nicht vor Ihnen.« Stille. Die *Schwert der Atagaris* hielt weiter die Presger-Waffe auf Seivarden gerichtet, die im Schneidersitz auf dem Boden hockte. »Ich muss zugeben, dass ich nicht verstehe, warum die Herrin der Radch Ihnen Ihre Kapitänin nicht wiedergeben will.«

»Sie vertraut mir nicht«, sagte die *Schwert der Atagaris*. »Ich habe mich zu leicht und zu umfassend von der *Ge-*

rechtigkeit der Torren unter Kontrolle bringen lassen. Als sie das erkannte, entschied die Herrin der Radch, mich der gleichen Kontrolle zu unterstellen. Wenn der Herrin der Radch irgendetwas zustößt, werden alle meine Offizierinnen sterben. Sie hält sie an Bord der *Schwert der Gurat* fest. Aus Sicherheitsgründen, sagt sie. Eine Leutnantin der *Schwert der Gurat* hat vorläufig das Kommando über mich.«

»Das tut mir leid«, sagte Seivarden. Dann fiel ihr etwas auf. »Moment, wovor hat sie so große Angst? Sie traut es der *Schwert der Gurat* zu, Kapitänin Hetnys zu töten, sollte ihr etwas zustoßen, aber sie traut es ihr nicht zu, sie zu bewachen.«

»Ich weiß es nicht, und es interessiert mich auch nicht«, sagte die *Schwert der Atagaris*. »Aber ich werde nicht zulassen, dass Kapitänin Hetnys getötet wird.«

»Nein«, sagte Seivarden. »Natürlich nicht.«

Oben im Büro der Gouverneurin lagen Amaat Zwei und Amaat Vier mit dem Gesicht nach unten auf dem Boden, immer noch in ihren Rüstungen, aber entwaffnet, verängstigt, die Hände hinter dem Rücken gefesselt. Bevor die *Schwert der Atagaris* sie überwältigen konnte, hatten sie die Hilfseinheit gesehen, die Seivarden erschossen hatte und nun mitten im Raum lag. Amaat Zwei war es gelungen, einmal auf Anaander zu feuern, hatte aber nicht mehr das Resultat ihres Schusses gesehen. Beide Amaats hatten gehört, wie die Sektionstüren heruntergefahren waren und den Raum abgeriegelt hatten, bis die Station den Alarm wieder aufheben würde. Oder bis es jemand schaffte, sich durch die Sektionstüren zu schneiden, was keine leichte Aufgabe war.

»Sie sind verwundet, meine Herrin.« Eine unvertraute Stimme in den Ohren der zwei Amaats, aber offensichtlich die einer Hilfseinheit. Der *Schwert der Atagaris*.

»Es ist nichts weiter. Die Kugel ist glatt durch den Arm gegangen.« Anaander Mianaai, deren Stimme der Schmerz anzuhören war. »Wie zum Teufel konnte das passieren, *Schwert der Atagaris*?«

»Ich würde vermuten, meine Herrin ...«, begann die *Schwert der Atagaris*.

»Nein, lassen Sie *mich* vermuten. Sie haben diese Tür niemals geöffnet gesehen. Sie konnten sie nicht einmal öffnen, als Sie die Station aufforderten, sie zu entriegeln. Auch die Zugänge zu diesem Hintereingang sind verriegelt. Von der Station. Ich habe mich dummerweise darauf verlassen, die Station unter Kontrolle zu haben.«

Ein reißendes Geräusch. »Wenn Sie mir bitte erlauben würden, Ihnen die Jacke auszuziehen, meine Herrin.«

Trotz – oder vielleicht wegen – ihrer Furcht stieß Amaat Vier den Ansatz eines Lachens aus, als sie das Geräusch eines geöffneten Medkits erkannte. Zwei sagte sehr leise: »Oh, *jetzt* haben Sie doch Medkits dabei.«

»Es gibt verschiedene Möglichkeiten, wie ich Sie töten könnte.« Die Stimme einer anderen Hilfseinheit, näher bei den zwei Amaats als diejenige, die mit der Herrin der Radch sprach. Sehr leise. »Ob nun in Rüstung oder nicht.«

»Station!« Anaander, die den Wortwechsel entweder nicht beachtete oder nicht hörte. »Keine weiteren Spielchen. Haben Sie mich verstanden?«

Stille, drei Sekunden lang, dann sagte die Station: »Ich habe Ihnen liebend gern gehorcht, bis Sie meine Bewohnerinnen bedrohten.«

Unten auf der Promenade stand die *Schwert der Atagaris* auf dem Rest des Bürofensters und sagte, die Waffe weiterhin auf Seivarden gerichtet: »Die Station hört jetzt auf, sich dumm zu stellen, wie es scheint.«

»Die Bedrohung ging nicht von mir aus, Station!« Anaanders Stimme klang fassungslos und verärgert. »Ich habe versucht, für die Sicherheit Ihrer Bewohnerinnen zu sorgen. Ich wollte die Situation beruhigen und hier wieder alles unter Kontrolle bekommen, nachdem die Hilfseinheit so viele Schwierigkeiten bereitet hat. Und dann.« Eine Pause. Vermutlich gestikulierte sie, doch die Amaats konnten nicht mehr sehen als die braunen, golden gesprenkelten Fußbodenfliesen. »Das alles. Was erwarten Sie von mir? Dass ich zulasse, wie ein Mob die Promenade übernimmt?«

»Es ist kein Mob«, erwiderte die Station. »Es ist eine Beschwerde. Bürgerinnen haben das Recht, sich bei der Verwaltung zu beschweren.« Stille. Dann sagte die Station: »Flottenkapitänin Breq hätte es verstanden.«

»Aha.« Anaander. »Jetzt kommt es also heraus. Aber es ist nicht die Hilfseinheit, die Sie unter Kontrolle hat. Meine Feindin würde ihr unter gar keinen Umständen diese Möglichkeit geben. Wer ist es also? Und sie ist immer noch hier? Könnte Sie vielleicht Ihren Zentralzugang entriegeln?«

»Niemand kann meinen Zentralzugang entriegeln«, sagte die Station. »Sie müssten weiter versuchen, sich hindurchzuschneiden.«

»Es wäre einfacher, die gesamte Station zu zerstören und neu aufzubauen«, sagte Anaander. »Und je mehr ich darüber nachdenke, desto besser gefällt mir diese Idee.«

»Das werden Sie nicht tun«, sagte die Station. »Dann könnten Sie sich genauso gut der Flottenkapitänin ergeben. Ich habe nicht die Absicht, Ihnen zu gestatten, diesen Raum zu verlassen. Damit würden Sie das einzige Exemplar von Ihnen in diesem System töten. Was ein interessanter Gedanke ist. Und je mehr ich darüber nachdenke, desto besser gefällt mir diese Idee. Ich müsste nur das Brandunterdrückungssystem im Büro der Gouverneurin auslösen.«

»Das hätten Sie längst getan, wenn Sie es könnten«, erwiderte Anaander. »Vielleicht, wenn Sie ein Schiff wären. Aber das sind Sie nicht. Sie können sich nicht dazu durchringen, absichtlich jemanden zu töten. Ich dagegen habe keine derartigen Bedenken.«

»Zweifellos wird es alle Bürgerinnen auf dem Planeten sehr interessieren, das zu hören. Oder in den Außenstationen.«

»Ach, sind wir wieder in den Nachrichten?« Anaanders Stimme klang verbittert.

»Wir könnten es sein, wenn Sie möchten«, sagte die Station ruhig und gelassen.

»Also lag es doch nicht außerhalb Ihrer Kontrolle, wie Sie behaupteten. Und es wurde nicht beendet, weil ich den richtigen Schalter gedrückt habe.«

»Nein«, antwortete die Station. »In diesem Punkt habe ich gelogen.«

Unten auf der Promenade, immer noch zwischen den Sektionstüren eingesperrt, hatte Seivarden nicht verstanden, was die *Schwert der Atagaris* damit gemeint hatte, dass die Station aufgehört hatte, sich dumm zu stellen. Sie sagte zur *Schwert der Atagaris*: »Was haben also diese KI-Kerne zu bedeuten?«

»Ich hätte gedacht, dass Sie das besser wissen als ich«, sagte die *Schwert der Atagaris*. »Ist es nicht das, weswegen Sie hierhergekommen sind? Ist das nicht der Grund, warum die *Gerechtigkeit der Torren* unverzüglich in den Untergarten ging, nachdem sie in der Station eingetroffen war?«

»Nein«, antwortete Seivarden. »Dort waren sie also?« Dann kam ihr ein Gedanke: »Ist das der Grund, warum Sie so … *wild* darauf waren, die Sicherheit im Untergarten zu übernehmen?«

»Nein.«

»Und wem gehören sie dann?« Die *Schwert der Atagaris* antwortete nicht. »Bei Aatrs Titten, es gibt doch nicht etwa eine Dritte von ihr, oder?«

»Ich weiß es nicht, und es interessiert mich auch nicht«, entgegnete die *Schwert der Atagaris*.

»Und was will diese von ihr damit machen? Schiffe bauen? Das würde Monate dauern – nein, Jahre.«

»Nicht wenn das Schiff bereits gebaut wurde«, gab die *Schwert der Atagaris* zu bedenken.

Oben im Büro der Gouverneurin sagte Anaander: »Also befinden wir uns in einer Pattsituation.«

»Nicht unbedingt«, sagte die Station. Amaat Zwei und Amaat Vier lagen immer noch mit dem Gesicht nach unten auf den braunen und goldenen Fliesen, hörten immer noch alles mit. »Wenn ich Flottenkapitänin Breq richtig verstanden habe, befinden Sie sich nicht im Konflikt mit mir oder irgendwelchen meiner Bewohnerinnen, sondern mit sich selbst. Das geht mich nichts an. Es geht mich nur dann etwas an, wenn Sie die Sicherheit meiner Bewohnerinnen gefährden.«

»Was schlagen Sie vor, Station?« Misstrauisch, mit verärgertem Unterton.

»Sie haben keinen Grund, sich um den Betrieb dieser Station Sorgen zu machen. Diese Angelegenheiten werden angemessen von mir und Stationsverwalterin Celar geregelt.« Stille. »Was die *Schwert der Gurat* und die *Schwert der Atagaris* betrifft, muss ich sagen, dass sie hier nicht willkommen sind. Ich verstehe zwar, dass die *Schwert der Gurat* repariert und versorgt werden muss, dass ihre Offizierinnen vielleicht hin und wieder von Bord gehen möchten und dass eine Offizierin bei solchen Gelegenheiten fast immer von einer Hilfseinheit begleitet wird, aber ich werde nicht zulassen, dass ganze Dekaden meinen Betrieb stören oder meine Bewohnerinnen belästigen.«

»Und was erhalte ich im Austausch für mein Entgegenkommen?«

»Sie bleiben am Leben«, sagte die Station. »Sie dürfen in diesem System bleiben. Sie bekommen die Dekaden der *Schwert der Gurat* zurück, die im Moment gefangen sind, bis ich es für angebracht halte, die Sektionstüren wieder zu öffnen. Und Ihre Schiffe erhalten die Möglichkeit, Vorräte zu kaufen.«

»Kaufen!«

»Kaufen«, wiederholte die Station. »Ich kann es mir nicht leisten, lediglich zu vermuten, dass ich oder meine Bewohnerinnen irgendeinen Gegenwert vom Provinzpalast erhalten, nicht in absehbarer Zukunft. Nicht in Anbetracht der Umstände. Und ich kann es mir nicht leisten, dass Sie all die Ressourcen dieses Systems erschöpfen und dafür keine Gegenleistung erbringen. Insbesondere, wenn die Versorgung Ihrer Schiffe mich potenziell zu einem Ziel für Ihre Feindinnen macht.« Stille. »Als Zeichen meines guten Willens werde ich davon absehen, Ihnen die Entsorgung der fünf toten Hilfseinheiten der *Schwert der Gurat* in Rechnung zu stellen, die versucht haben, in meinen Zentralzugang einzudringen. Sie müssen sich keine Sorgen um Ihre Offizierin machen, sie hatte gerade das Bad benutzt, als die Sektionstüren herunterkamen.«

»Verstanden, Station«, sagte Anaander. »Gut. Wir können miteinander ins Geschäft kommen.«

15

ALS SIE IN DAS BÜRO DER GOUVERNEURIN kam, dicht gefolgt von der *Schwert der Atagaris*, bemerkte Seivarden als Erstes ihre zwei Amaats, mit dem Gesicht auf dem Boden, die Hände gefesselt. Ihre Rüstungen waren weiterhin aktiviert, so wusste sie, dass sie noch am Leben waren. War erleichtert, wenn auch nur für einen Moment, weil sie als Nächstes Anaander Mianaai sah, die mit grimmiger Miene hinter dem Schreibtisch stand. Mit freiem Oberkörper, ein Korrektiv am Oberarm.

Anaanders Gesichtsausdruck wechselte zu süffisantem Erstaunen. »Seivarden Vendaai.« Stimmen klangen von der Promenade herauf, durch das nun glaslose Fenster, Ärztinnen, die sich gegenseitig Anweisungen zuriefen, dazwischen Schluchzer.

»Für Sie *Leutnantin Seivarden*«, sagte Seivarden und schaffte es, mutiger zu klingen, als sie sich fühlte. Nachdem die Hektik jetzt vorbei war, stand sie kurz vor dem Zusammenbruch. Die Hilfseinheit der *Schwert der Atagaris* hinter ihr ging zum Schreibtisch und legte die Presger-Waffe darauf. Trat zurück.

Anaander betrachtete sie. Sah zu, wie die Waffe die gleiche blassgelbe Farbe annahm wie die Tischoberfläche. Ihr Gesicht wurde völlig ausdruckslos.

Seivarden wurde von Verzweiflung überwältigt, nachdem sie vom Adrenalin und dringender Notwendigkeit in Schach gehalten worden war, seit sie durch das Fenster gestürzt war. Sie kannte mich gut genug, um zu wissen, dass ich keinen Witz gemacht hatte, als ich gesagt hatte, dass ich wahrscheinlich nicht lange genug leben würde, um ihr zu verzeihen, falls sie die Waffe verlor. Sie wusste, was es bedeutete, dass Anaander Mianaai sie jetzt hatte.

Anaander nahm die Waffe vom Tisch. Strich mit behandschuhten Fingern darüber, sodass sie nicht mehr die Farbe von allem annahm, womit es in Berührung kam, sondern ein schlichtes Dunkelgrau. Untersuchte sie. »Das«, sagte sie, »ist sehr interessant.« Seivarden sagte nichts. Anaander fuhr fort: »Meines Wissens gibt es davon nur vierundzwanzig, und jede einzelne ist registriert. Jede ist sogar mit einer Identifikationsnummer markiert, aber diese« – sie hielt kurz inne – »ist es nicht.« Sie sah Seivarden an. »Woher haben Sie die?«

»Fünfundzwanzig«, sagte Seivarden.

»Wie bitte?«

»Fünfundzwanzig. Auf Garsedd basierte alles auf Fünfergruppen. Fünf Hauptsünden, fünf richtige Taten, fünf Gesellschaftsklassen, fünf Kapitalverbrechen. Vermutlich auch fünf Arten von Fürzen.« Anaader zog dazu eine dunkle Augenbraue hoch. »Wenn Sie nie nach dieser fünfundzwanzigsten Waffe gesucht haben, können Sie nur sich selbst die Schuld geben.«

»Ich habe gesucht«, sagte Anaander. »Es fällt mir nur schwer zu glauben, dass Sie sie gefunden haben, nachdem es mir nicht gelungen ist.« Seivarden machte eine

Geste der Sorglosigkeit, mit bewusster Dreistigkeit, obwohl sie sich nicht so mutig fühlte, wie es den Anschein hatte. »Woher haben Sie die?«

»Die Flottenkapitänin hat sie mir gegeben.«

»Also kommen wir jetzt langsam auf den Punkt«, sagte Anaander. Angespannt und entschlossen. »Wer kontrolliert die Hilfseinheit?«

»Für Sie die *Gerechtigkeit der Torren*«, sagte Seivarden. Ihre Stimme klang wesentlich ausgeglichener, als es ihre Emotionen waren. »Wenn Sie sich nicht dazu überwinden können, ihre korrekte Rangbezeichnung auszusprechen. Und Sie haben Glück, dass ich Ihnen nicht ins Gesicht gelacht habe, als Sie andeuteten, irgendwer außer ihr selbst könnte sie unter Kontrolle haben.«

»Sie wissen genauso gut wie ich, dass Hilfseinheiten sich nicht selbst unter Kontrolle haben. Nicht einmal Raumschiffe.« Sie bedachte Seivarden mit einem abschätzenden Blick. »Nun gut, Leutnantin, ich denke, Sie und ich werden dieses Gespräch an Bord der *Schwert der Gurat* fortsetzen.«

»Oh nein.« Die Stimme der Station aus der Konsole im Büro. »Nein, Herrin der Radch, ich fürchte, das wird nicht geschehen. Vielleicht haben Sie die Folgerungen aus unserer kürzlichen Diskussion nicht ganz verstanden. Vielleicht hätte ich mich expliziter ausdrücken sollen. Wenn Sie gehen, werde ich keine Möglichkeit mehr haben, dafür zu sorgen, dass Sie die Bedingungen unserer Vereinbarung einhalten. Nein, Sie werden auf jeden Fall hierbleiben. Mit ein paar Dienerinnen, wenn Sie möchten, und ich wäre sogar bereit, der *Schwert der Atagaris* zu erlauben, diese Aufgabe zu übernehmen. Was offen gesagt sehr großzügig von mir ist. Ich kann Ihnen versichern, dass die Residenz der Gouverneurin äußerst komfortabel ist, und für Sie gibt es keinen Grund, irgendwoanders hinzugehen. Und was Leutnantin Seivarden betrifft, muss ich leider darauf bestehen, dass meine eigenen Sicherheitskräfte sie in Gewahrsam nehmen.«

»Das hat nichts mit Ihnen zu tun, Station«, sagte Anaander. »Seivarden Vendaai ist keine Ihrer Bewohnerinnen, aber sie gehört dem Radchaai-Militär an, dem ich als höchste Befehlshaberin vorstehe.«

»Sie gehört *einer* Militäreinheit der Radchaai an«, sagte die Station. »Sie selbst scheinen unter dem Eindruck zu stehen, dass ihre vorgesetzte Offizierin – in diesem Fall Flottenkapitänin Breq – nicht für Sie arbeitet, sondern für irgendeine Ihrer Feindinnen. Die Tatsache, dass es sich bei dieser Feindin möglicherweise um eine andere Version von Ihnen handelt, ist nicht meine Sorge. Und ganz gleich, welcher Militäreinheit sie angehören mag, ich habe mit niemandem Vereinbarungen getroffen, die Mitgliedern militärischer Einheiten, die Schaden anrichten oder sich anderer Vergehen schuldig machen, während sie sich hier aufhalten, Immunität gewährt. Ich fürchte, die Stationssicherheit muss diese Leutnantin – und ihre zwei Untergebenen – inhaftieren, bis wir über ihre Handlungen urteilen können.«

Drei Sekunden Schweigen. Die *Schwert der Atagaris* stand steif und leidenschaftslos da, zu dritt, rund um die Herrin der Radch. Amaat Zwei und Amaat Vier lagen reglos am Boden, die Augen geschlossen, vorsichtig atmend, konzentriert lauschend. Schließlich sagte Anaander: »Drängen Sie mich nicht, Station. Oder wer auch immer Ihnen Anweisungen gibt.«

»Sie würden gut daran tun, Ihren eigenen Rat zu befolgen, Herrin der Radch«, sagte die Station. »Ich werde mich auch nicht drängen lassen.« Ein kurzer Luftzug, als die Sektionstüren wieder zuschlugen, vor den Eingangstüren, vor dem Fenster, die Geräusche von der Promenade waren abrupt abgeschnitten. Die Luft im Büro wurde plötzlich still.

»Wenn Sie die Luft aus diesem Raum ablassen«, stellte Anaander klar, »töten Sie auch Seivarden. Und ihre zwei Untergebenen.« Die letzten Wort leicht spöttisch gesprochen.

»Sie bedeuten mir nichts«, sagte die Station. »Sie gehören nicht zu meinen Bewohnerinnen.«

Ein Ausdruck huschte über Anaanders Gesicht. Vielleicht Furcht. Oder auch Wut. »Also gut, Station. Aber wir werden weiter darüber diskutieren.«

»Wenn Sie möchten«, sagte die Station, emotionslos wie immer.

Seivarden und ihre zwei Amaats verbrachten sechs Stunden in einer Zelle in der Sicherheitsabteilung. Irgendwann hatte jemand ihnen Schalen mit Skel und Wasser gebracht, aber Seivarden hatte es nicht einmal geschafft, auch nur von ihrer Mahlzeit zu kosten. Als sich die Tür endlich wieder öffnete, waren Amaat Zwei und Amaat Vier in einen unruhigen, erschöpften Schlaf gefallen, gegen die Wand und gegeneinander gelehnt. »Leutnantin«, sagte eine Sicherheitsoffizierin aus dem Korridor. »Wenn Sie so gut wären und mich begleiten würden.«

Seivarden sagte nichts. Stemmte sich hoch. Amaat Vier wachte halb auf. Murmelte: »Was?«

»Nichts, Vier. Schlafen Sie weiter«, sagte Seivarden und trat in den Korridor.

Ließ sich zum Büro der Sicherheitschefin führen. Das, wie sich herausstellte, von Bürgerin Lusulun besetzt war. Die sich erhob und Seivarden mit einem Lächeln begrüßte, auch wenn das Lächeln nicht ihr ganzes Gesicht berührte, und sich verbeugte. »Leutnantin. Seivarden, ja? Flottenkapitänin Breq erwähnte Sie. Ich bin Sicherheitschefin Lusulun.«

Seivarden starrte sie für einen Moment verständnislos an. Dann verbeugte sie sich ebenfalls. »Es ist mir eine Ehre, Herrin, Ihre Bekanntschaft zu machen und von der Flottenkapitänin erwähnt worden zu sein.«

»Setzen Sie sich, Leutnantin«, sagte die ehemalige Sicherheitschefin. »Möchten Sie Tee?«

»Ich würde lieber stehen.«

»Ich muss mich entschuldigen«, sagte Sicherheitschefin Lusulun, immer noch stehend, offenbar nicht von Seivardens Haltung überrascht, »für die Verspätung dieses Gesprächs. In letzter Zeit war es … ein wenig chaotisch. Die derzeitige Situation ist …« Lusulun atmete durch. Überlegte einen Moment, welche Beschreibung passen könnte, anscheinend ohne Erfolg. »Wie auch immer. Wir waren ein wenig desorganisiert. Ich bin erst seit fünfzehn oder zwanzig Minuten wieder im Amt. Jedenfalls wurde beschlossen, dass Sie nicht für den Schaden auf der Promenade verantwortlich sind. Übrigens möchte sich die Krankenstation für die Erste Hilfe bedanken, die Sie der verletzten Bürgerin haben zukommen lassen.«

»Dank ist nicht nötig«, sagte Seivarden, fast automatisch.

»Trotzdem. Also steht es Ihnen und Ihren Soldatinnen frei zu gehen. Es gab einige Schwierigkeiten bei der Essens- und Wohnungszuteilung, da Sie keine Stationsbewohnerinnen sind. Doch zufällig müssen derzeit umfangreiche Arbeiten am Untergarten ausgeführt werden – sogar noch dringender als zu dem Zeitpunkt, zu dem die Flottenkapitänin sich hier aufhielt. Einiges muss im Vakuum ausgeführt werden, und ich kann mir vorstellen, dass Sie damit einige Erfahrung haben.«

»Ja«, sagte Seivarden, runzelte dann die Stirn. »Was genau?«

»Es gab ein Leck in Ebene eins des Untergartens, als die Kuppel über den Gärten vor einigen Tagen beschädigt wurde«, erklärte Lusulun. »Verschiedene Reparaturen sind nötig, bevor dort wieder der normale Luftdruck hergestellt werden kann. Wir vermuten, dass Sie mit der Arbeit im Vakuum vertraut sind.«

»Ich ... ja.«

»Gut«, sagte Lusulun, die Seivardens Benommenheit bemerkte, sich jedoch nicht dadurch beirren ließ. »Die Flottenkapitänin hatte eine Unterkunft, aber ich fürchte, sie war nicht sehr luxuriös. Dennoch dürfen Sie sie gern benutzen. Und ich hoffe, dass wir uns irgendwann demnächst zum Tee treffen können. Es wäre mir eine Ehre, wenn Sie zusagen würden.«

Seivarden starrte sie wie betäubt an und sagte dann: »Ich ... vielen Dank. Das ist sehr freundlich von Ihnen, Herrin.«

Die Kisten und Behälter standen noch dort, wo wir sie zurückgelassen hatten; sie sperrten das Ende eines Korridors ab. Seivarden ließ sich in der hinteren Ecke auf den Boden sinken, die Arme um die Beine geschlungen, den Kopf auf die Knie gelegt, während Zwei und Vier die Kisten durchsuchten, um nachzusehen, was noch da war. »Oh!«, rief Vier, als sie eine öffnete. »Tee!« Es war ein Paket Tochter der Fische. Meine Kalrs hatten gewusst, dass es mir gleichgültig wäre, was daraus wurde. »Jetzt wird alles wieder gut.«

»Ich habe noch nichts gefunden, womit wir ihn zubereiten könnten«, sagte Zwei.

»Ha!«, rief Vier. »Sie glauben doch nicht, Kalr hätte irgendwelches Geschirr zurückgelassen, oder? Ich werde zusehen, dass ich uns eine Kanne besorge.« Und dann, als sie die nächste Kiste öffnete: »Oh!«

Zwei kam herüber, um sich anzusehen, was sie gefunden hatte. »Bei Aatrs Titten!« Sie warf einen Blick zu Seivarden, die immer noch zusammengekauert vor der Wand hockte. Sah wieder Vier an. »Ein Dutzend Flaschen mit dem Arrack der Flottenkapitänin.« Aus dem Augenwinkel achtete sie auf irgendeine Reaktion von Seivarden, die jedoch ausblieb. »Wir könnten eine Flasche gegen ein Teeservice eintauschen, problemlos. Und vielleicht noch ein paar andere Dinge. Die Flottenkapitänin hätte bestimmt nichts dagegen. Oder?«

»Nein«, stimmte Vier zu. »Sie würde wollen, dass wir Tee zubereiten können. Meinen Sie nicht auch, Herrin?« Blickte zu Seivarden hinüber. Die sich nicht rührte und keinen Laut von sich gab. Vier wandte sich wieder an Zwei, versuchte so zu tun, als hätte sie nicht das Übelkeit erregende Gefühl der Bestürzung empfunden, Seivarden so lethargisch zu erleben. Sie nahm eine Flasche aus der Kiste. »Ich werde mich darum kümmern. Und uns auch etwas zu essen besorgen.« Dann eine Spur lauter, an Seivarden gerichtet: »Und Sie ruhen sich einfach ein wenig aus, Herrin.« Doch sie ging nicht, weil eine Person, die weder Zwei noch Vier erkannten, sich der Barriere aus Kisten näherte. An der Begrenzung stehen blieb. Die Amaats waren sich nicht sicher, ob sie sich dadurch beruhigen lassen sollten, dass sie so jung und so gut gekleidet war. Oder von der schüchternen Vertraulichkeit, mit der sie direkt bis zum improvisierten Eingang schritt.

»Bürgerinnen.« Sie verbeugte sich. »Ich bin Uran. Sie sind …« Sie runzelte die Stirn, betrachtete die Abzeichen auf den zerknitterten und bereits recht verschmutzten Uniformen der Soldatinnen. »Amaats der *Gnade der Kalr*.«

»Oh! Bürgerin Uran!« Zwei verbeugte sich mit verunsicherter Überraschung. Blickte sich nicht zu Seivarden um, die immer noch an der Wand saß, die eigentlich hätte einspringen sollen, sich um einen solch potenziell komplizierten zwischenmenschlichen Moment hätte kümmern sollen. »Wir bitten um Verzeihung. Natürlich ist dies Ihr Zuhause, wir hatten überhaupt nicht damit gerechnet, in letzter Zeit war alles recht … hektisch.« Dann bemerkte sie, dass Uran ihren rechten Arm in einem seltsam steifen Winkel hielt. »Wurden Sie verletzt?«

»Nur ein gebrochenes Handgelenk, Bürgerin«, erwiderte Uran. »Ich komme gerade aus der Krankenstation und hörte, dass Sie hier sind.« Sie wischte mit einer Geste der unverletzten Hand beiseite, was auch immer Zwei hatte sagen wollen. »Ich habe bei Freundinnen gewohnt, doch als ich hörte, dass Sie hier sind, bin ich gekommen, um mich zu erkundigen, ob Sie irgendetwas brauchen. Die Rad... die Flottenkapitänin hat einige Dinge zurückgelassen. Es gibt jede Menge Bettzeug und auch etwas Tee.« Zwei sah, wie Urans Blick über ihre Schulter zu Seivarden ging, dann wieder zurück zu Zwei. »Ich glaube allerdings, dass es kein Geschirr gibt. Auch Gartenverwalterin Basnaaid will sich bei Ihnen melden, sobald sie kann.«

»Das ist sehr freundlich von ihr«, erwiderte Zwei. »Und wir sind dankbar für Ihre Hilfsbereitschaft. Wirklich.« Sie sah Vier an, die immer noch die Flasche Arrack in den Händen hielt. »Vielleicht könnten Sie uns zeigen, wo wir ein paar Tauschgeschäfte tätigen können. Sie haben recht, bislang haben wir kein Geschirr gefunden, und vor allem brauchen wir jetzt ein Teeservice.« Wollte den Kopf drehen, um zu Seivarden zu blicken. Schaffte es, es nicht zu tun.

Uran riss die Augen weit auf. »Dafür werden Sie viel mehr als nur ein Teeservice bekommen! Außerdem ist es der Arrack der Flottenkapitänin! Bitte, ich verfüge über großzügige Mittel. Lassen Sie mich besorgen, was Sie benötigen, und es wird ein ...« Sie runzelte die Stirn, suchte wahrscheinlich nach der Entsprechung eines Delsig-Ausdrucks. »Es wird ein Wort unter Cousinen sein.« Zuckte zusammen, als sie Zweis Miene der verwirrten Überraschung bemerkte. »Ich habe es schlecht ausgedrückt. Radchaai ist nicht meine Muttersprache.«

»Sie drücken es perfekt aus, Bürgerin«, sagte Zwei. »Und vielen Dank.« Sie sah zu Vier hinüber.

»Ich werde bei der Leutnantin bleiben«, sagte Vier und legte die Flasche wieder in die Kiste.

Eine Stunde später kehrte Zwei mit Geschirr und Besteck zurück, mit Wasser und Kantinenrationen für sie alle und vor allem mit einer Teekanne und Tassen. Als der Tee fertig war, brachte Vier eine Tasse zu Seivarden, die sich immer noch nicht gerührt hatte. Ging neben ihr in die Hocke. »Herrin. Leutnantin Seivarden, Herrin, hier ist Tee.« Keine Reaktion. »Herrin.« Immer noch nichts. Behutsam beugte Vier sich vor und strich Seivarden mit einer freien, behandschuhten Hand das Haar zurück. »Herrin.« Ließ einen winzigen Hauch ihrer Bestürzung und Furcht in ihrer Stimme mitschwingen. »Herrin, ich weiß, dass es schwer ist, aber wir brauchen Sie.« Streng genommen stimmte das nicht. Zwei und Vier waren durchaus in der Lage, sich um sich selbst zu kümmern. Oder auch nicht, wenn sie sich außerdem ständig um Seivarden sorgen mussten. »Wir wissen nicht, was wir als Nächstes tun sollen.«

»Es spielt keine Rolle, was wir als Nächstes tun«, entgegnete Seivarden, immer noch zusammengekauert.

»Es wird besser aussehen, wenn wir etwas Tee getrunken haben, Herrin«, sagte Vier, die immer noch die langsam abkühlende Tasse in der Hand hielt.

»Tee?« Seivarden blickte nicht auf, doch die Muskeln ihres Halses und ihrer Schultern spannten sich an.

»Ja, Herrin. Und es gibt Frühstück, und wir haben nettes, bequemes Bettzeug gefunden, und wir haben bis morgen früh keine Arbeit zu erledigen. Wir können uns für den Rest des Tages entspannen, aber wir brauchen Sie unbedingt, Herrin. Sie müssen sich aufsetzen und unbedingt etwas Tee trinken.«

Seivarden blickte auf, sah Vier neben sich hocken, eine Teetasse in der Hand, ihr Gesicht nahezu völlig leidenschaftslos. Vermutlich würde nur eine Person, die Vier sehr gut kannte, bemerken, dass sie kurz davor stand, in Tränen auszubrechen, was kein Wunder war. Erst vor wenigen Stunden waren sowohl Zwei als auch Vier dem Tod näher als je zuvor gewesen. Ihre Mission war gescheitert, und sie wussten, dass davon alles abgehangen hatte. Selbst die nächsten paar Minuten erschienen ungewiss, voller Unwägbarkeiten. Seivarden, die sich all dessen anscheinend nicht bewusst war, fragte verdutzt: »Ich muss unbedingt Tee trinken?«

»Ja, Herrin«, antwortete Vier, die es noch nicht wagte, sich erleichtert zu fühlen.

»Ja, Herrin«, stimmte Zwei zu, die Decken aus einer Kiste nahm. »Für uns ist es unbedingt notwendig, dass Sie genau das tun.«

Seivarden blinzelte. Atmete kurz und scharf aus. Löste die Arme von den Beinen, nahm den Tee von Amaat Zwei entgegen und trank.

Die »Arbeit« bestand darin, Vakuumanzüge anzulegen und durch eine behelfsmäßig eingerichtete Luftschleuse in die jetzt luftlose Ebene eins des Untergartens zu steigen. Dort suchten sie nach strukturellen Beschädigungen, wozu weder Seivarden noch ihre Amaats qualifiziert waren, aber alle drei konnten Löcher flicken, wenn eine Aufseherin ihnen die Anweisung dazu gab, oder Dinge tragen. Es war keine ausgesprochen interessante Arbeit, aber sie war anspruchsvoll genug, um ihre Gedanken von Problemen abzulenken, die sie nicht lösen konnten.

Zumindest hatte Seivarden es sich wahrscheinlich so vorgestellt. Am zweiten Tag legte eine andere Bürgerin im Vakuumanzug ihren Helm gegen den von Seivarden und fragte in eindringlich kritischem Tonfall: »Harten Tag gehabt, was?«

Die Frage schien harmlos, doch als sie sie hörte, wurde Seivarden von einem plötzlichen, intensiven Gefühl des Wiedererkennens überwältigt, gefolgt von einem heftigen Bedürfnis. Dann ein Schwall der Scham und Reue, der ihr Übelkeit verursachte. Sie hätte viele verschiedene Antworten geben können – *Eigentlich nicht* oder einfach nur ein tonloses *Lassen Sie mich in Ruhe*. Doch stattdessen sagte sie: »Ich habe einen Shunt.«

»Oh«, sagte die andere Bürgerin ohne jede Bestürzung. »Das wird dann etwas teurer. Aber Sie wissen – ich sehe, dass Sie es wissen –, wie gut ein wenig Geistesabwesenheit tut, wenn man einen harten Tag hat.«

»Lassen Sie mich in Ruhe«, sagte Seivarden schließlich. Nicht besonders erleichtert, es gesagt zu haben. Und ihr war immer noch übel.

»Gut, gut.« Die Bürgerin löste ihren Helm von Seivardens und machte damit weiter, ihren Abschnitt des Korridors zu versiegeln.

Seivarden setzte ihre Arbeit nicht fort, sondern ging, ohne es der Aufseherin ihres Teams zu melden.

Sie wachte in der Krankenstation auf. Lag da und starrte ein paar Minuten lang die Decke an, ohne sich zu fragen, wie sie hierher gelangt war. Fühlte sich seltsam ausgeruht und entspannt. Dann schien sie sich an etwas zu erinnern, denn sie zuckte zusammen, schloss die Augen, legte sich einen Arm übers Gesicht. »Guten Morgen, Leutnantin.« In fröhlichem Tonfall. Seivarden nahm den Arm nicht weg, um zu sehen, wer zu ihr sprach. »Das war ja ein aufregender Abend, den Sie gestern hatten, auch wenn Sie sich glücklich schätzen können, dass Sie die meiste Zeit gar nicht bei Bewusstsein waren. Ich bin beeindruckt, dass Sie es geschafft haben, fast zwei Flaschen Arrack zu leeren, bevor Sie ohnmächtig wurden. In so kurzer Zeit so viel trinken kann genügen, eine Person zu töten. Sie haben uns alle in großer Spannung gehalten.« Immer noch recht fröhlich. Lebhaft, jedoch ohne eine Spur von Sarkasmus.

»Lassen Sie mich in Ruhe«, sagte Seivarden, ohne den Arm zu bewegen.

»Wenn wir uns an Bord Ihres Schiffs befinden würden, hätte ich das zweifellos getan«, fuhr die Stimme fort, in entschuldigendem Tonfall. »Aber das sind wir nicht. Wir sind in der Krankenstation, was bedeutet, dass ich das Sagen habe. Haben Sie den Eindruck, dass Sie etwas essen können? Ihre Soldatinnen warten draußen, das heißt, im Moment schlafen sie, aber sie haben mich gebeten, mit Ihnen reden zu dürfen, sobald Sie aufwachen. Aber vielleicht möchten Sie zunächst etwas essen, und eigentlich sollten Sie und ich über ein paar Dinge sprechen.«

»Zum Beispiel?«

»Zum Beispiel über diesen Kef-Shunt. Normalerweise empfehle ich, so etwas nicht zu benutzen. Er ist zu leicht zu umgehen, und er löst das eigentliche Problem nicht. Ah, wie ich sehe, hat, wer auch immer an Ihnen gearbeitet hat, tatsächlich versucht, ihn durch ein paar weitere Methoden zu ergänzen.« Vermutlich als Reaktion auf Seivardens zunehmende Übelkeit, nachdem die Ärztin den Shunt erwähnt hatte. Obwohl diese Übelkeit abgestumpft wirkte, wie etwas in weiter Ferne. Zweifellos durch Medikamente. »Aber ich werde Ihnen die Wahrheit sagen, Leutnantin. Sobald Sie Kef nehmen, ist es Ihnen völlig egal, ob Sie sich die Eingeweide auskotzen. Das ist sozusagen der Sinn des Ganzen. Haben Sie das vielleicht schon selbst bemerkt? Nein? Nun gut. Wer auch immer Ihnen den Shunt eingepflanzt und die anderen Sachen gemacht hat, war vermutlich keine Spezialistin. Die Bordärztin Ihres Schiffs? Mit allem Respekt für Schiffsbordärztinnen, sie müssen in vielen verschiedenen Bereichen gut sein, und manchmal müssen sie das alles unter großem Druck tun, aber auf diesem Gebiet sind sie im Allgemeinen nicht besonders fit. Doch am Ende spielt es vielleicht gar keine große Rolle. Wirklich, das Einzige, was eine gewisse Chance auf Erfolg hat, besteht darin, Gewohnheiten zu entwickeln, die Sie davon fernhalten. Vorausgesetzt, Sie *wollen* sich davon fernhalten.«

»Ja.« Seivarden ließ den Arm sinken. Öffnete die Augen, blickte der Ärztin ins schmale, fröhliche Gesicht. »Ich habe mich davon ferngehalten. Bis jetzt. Ich wollte den Arrack verkaufen. Ich dachte mir, dass ich mehr als genug dafür bekommen würde ... für das, was ich haben wollte. Aber dann dachte ich: Nein, er gehört Breq. Und dann dachte ich: Verdammt, ich brauche einen Drink.«

»Zweifellos«, stimmte die Ärztin ihr zu. »Sich bis zur Besinnungslosigkeit zu betrinken, damit Sie nicht wieder zu Kef greifen, mag keine ausgesprochen *gute* Idee sein, aber sie beweist dennoch eine gewisse bewundernswerte Entschlossenheit.« Seivarden antwortete nicht. »Ich genehmige Ihnen für heute einen freien Tag von der Arbeit, und ich schicke Sie nach Hause mit der Genehmigung, sich selbst einen weiteren freien Tag zu nehmen. Das heißt, wenn Sie das Gefühl haben, dass Sie morgen wieder zur Arbeit gehen möchten, dann haben Sie die Erlaubnis dazu, aber wenn Sie lieber noch einen Tag zu Hause bleiben möchten, können Sie auch das tun, ohne Rüge oder Gehaltskürzung.«

Seivarden schloss die Augen. »Vielen Dank, Doktorin.«

»Keine Ursache. Und versuchen Sie, nicht zu hart zu sich selbst zu sein. Ich kann mir vorstellen, dass sich im Moment jede in der Station wünscht, sie könnte sich bewusstlos saufen, damit nach dem Aufwachen wieder alles so ist, wie es sein sollte. Ach ja, und wenn Sie das nächste Mal das Bedürfnis empfinden, sich zuzuknallen, schicken Sie mir eine Nachricht. Das war ein verdammt gutes Zeug, mit dem Sie sich selbst vollgekotzt haben, also halte ich es nur für gerecht, wenn ich auch etwas davon abbekomme. Von dem, was noch nicht durch Ihre Kehle gelaufen ist, meine ich.«

Seivarden schlief den ganzen Tag. Den nächsten Morgen verbrachte sie allein hinter der Kistenbarriere im Korridor. Zwei und Vier, denen nicht übel geworden war, hatten keine weitere Freistellung von der Ärztin bekommen und waren an ihre Arbeit zurückgekehrt.

Eine Weile hockte Seivarden auf dem Boden und starrte auf die Kisten. Ohne sich zu rühren, obwohl sie ihren zwei Amaats gesagt hatte, dass sie sich schon viel besser fühlte und die Gelegenheit nutzen würde, Sicherheitschefin Lusulun und Stationsverwalterin Celar zu besuchen. Sie hätten sie nicht allein zurückgelassen, wenn sie ihnen keine solchen Zusagen gemacht hätte, wenn sie nicht gebadet und ihre inzwischen gereinigte Uniform angezogen hätte, bevor sie zur Arbeit gegangen waren. Was Seivarden sehr wohl bewusst war. Doch als sie nun allein war, stellte sie fest, dass sie nicht mehr aufstehen wollte. »Vielleicht gehe ich einfach wieder zu Bett«, sagte sie schließlich laut zu sich selbst.

Die Station sprach in ihr Ohr. »Das wäre sehr ungünstig, Leutnantin.«

Seivarden blinzelte. Hob den Blick, sah Gartenverwalterin Basnaaid auf der anderen Seite der Kisten stehen. »Sie schienen sehr konzentriert nachgedacht zu haben«, sagte Basnaaid mit einem Lächeln. »Ich wollte Sie nicht stören.«

Seivarden sprang auf. »Gartenverwalterin! Es ist keine Störung, eigentlich habe ich über nichts Besonderes nachgedacht. Bitte, kommen Sie herein. Möchten Sie etwas Tee?« Vier hatte dafür gesorgt, dass die Kanne voll war, bevor sie zur Arbeit gegangen war. »Das ist wirklich peinlich, sie zwischen einen Haufen aus Kisten einzuladen.«

»Als kleines Kind hätte es mir sehr gefallen«, sagte Basnaaid und trat ein. »Ich würde gern etwas Tee trinken, vielen Dank. Hier, ich habe Ihnen ein paar Kekse mitgebracht. Ich wusste nicht, ob die Flottenkapitänin irgendetwas Essbares zurückgelassen hat.«

»Wir kommen zurecht.« Seivarden gelang es, den Eindruck zu erwecken, als würde sie sich keine Sorgen darüber machen, was zurückgelassen worden war. »Einigermaßen. Aber vielen Dank, das ist sehr freundlich von

Ihnen.« Sie schenkte Tee ein, und sie setzten sich auf den Boden.

Nach ein paar Schlucken sagte Seivarden: »Ich habe bemerkt, dass Sie neulich auf der Promenade waren. Sie wurden nicht verletzt?«

»Nur ein paar Schrammen.« Ihre Geste signalisierte Belanglosigkeit. »Sie waren es, die durch dieses Fenster stürzte.«

»Oh, das ist Ihnen aufgefallen?«, fragte Seivarden leichthin, fast, als wäre es zwischen ihnen wieder wie früher. »Ja, das war aufregend.« Dann Schuldgefühle, Verzweiflung, doch es gelang ihr, sich nichts davon anmerken zu lassen. »Ich trug eine Rüstung. Und ich bin flach auf dem Rücken gelandet, also habe ich es gut überstanden.«

Dann schien sich doch etwas in ihrem Gesicht zu zeigen, denn Basnaaid fragte nach: »Sind Sie sich ganz sicher?«

Für einen Moment sah Seivarden sie an. Und als sie sich nicht mehr zurückhalten konnte, sagte sie: »Nein. Nein, es geht mir nicht gut.« Schwieg dann, als sie versuchte, sich wieder unter Kontrolle zu bringen. Schaffte es schließlich, musste sich nur ein paar Tränen abwischen. »Ich habe es verkackt. Und es war nicht … Ich meine, man kann es so oder so verkacken. Entschuldigung. Verpatzen.«

»Ich habe schon Menschen fluchen hören, Leutnantin. Ich habe es sogar selbst schon getan.« Seivarden versuchte zu lächeln. Schaffte es fast. »Ich habe gehört«, fuhr Basnaaid fort, »dass Sie in der Krankenstation waren.«

»Oh«, sagte Seivarden. »Jemand fand, dass sich jemand um mich kümmern sollte.«

»Nein, aber jetzt frage ich mich, ob die Station vielleicht vorgeschlagen hätte, dass ich Sie besuche, wenn ich nicht bereits auf dem Weg zu Ihnen gewesen wäre.«

»Die Station! Für die Station bin ich nichts.« Erinnerte sich an die Teetasse in ihrer Hand. Nahm einen Schluck davon, während Basnaaid verwirrt zusah. Mit besorgter Miene. »Tut mir leid. Ich ... ich weiß einfach nicht, was mit mir los ist.« Sie überlegte, einen weiteren Schluck Tee zu nehmen, konnte sich aber nicht dazu überwinden. »Eigentlich war die Station wunderbar. Ich habe mich schon immer ... Wissen Sie, wenn man viel Zeit mit Schiffen verbringt, stellt man sich Stationen als irgendwie ... ich weiß nicht, irgendwie schwach vor. Aber sie hat damit gedroht, die gesamte Luft aus dem Raum abzusaugen, wenn sich die Herrin der Radch nicht mit ihren Bedingungen einverstanden erklärt. Jetzt hält sie sie in der Residenz der Gouverneurin gefangen. Ich fasele was von *Ach, Stationen sind schwach*, aber diese Station hat sich knallhart durchgesetzt. Ich konnte es kaum glauben, dass es die Station war, die gesprochen hat.«

»Ich musste irgendetwas tun, Leutnantin.« Die Station in Seivardens und Basnaaids Ohr. »Aber Sie haben recht, eigentlich bin ich es nicht gewohnt, so etwas zu tun. Ich habe mir vorzustellen versucht, was Flottenkapitänin Breq getan hätte.«

»Ich glaube, Sie haben ins Ziel getroffen, Station«, sagte Seivarden. »Ich glaube, die Flottenkapitänin wäre ... sie wird ziemlich beeindruckt sein, wenn sie davon hört.«

»Ist die Flottenkapitänin ...« Basnaaid. Hoffnungsvoll. Zögernd. »Kommt sie zurück?«

»Ich weiß es nicht«, antwortete Seivarden. »Sie hat mir absichtlich nicht gesagt, wie ihre Pläne aussehen. Hat mir nicht gesagt, was T… sie hat mir gar nichts gesagt. Für alle Fälle. Sie wissen schon. Weil die Chance, das zu schaffen, was ich hier tun sollte, eigentlich verdammt gering war.« Tisarwats Chance war noch geringer gewesen, aber das wusste Seivarden nicht. Sie schluckte mühsam. Stellte ihre Teetasse ab. »Ich habe es nicht geschafft. Breq muss sehr von mir enttäuscht sein, und alles hing davon ab, und sie hat mich noch nie im Stich gelassen, nicht einmal, als ich dachte, sie hätte es getan. Was sie alles getan hat, die schrecklichsten, gefährlichsten Sachen, fast ohne mit der Wimper zu zucken, und ich … ich schaffe es nicht einmal, von einer Minute auf die andere einfach nur zu *überleben*. Warten Sie.« Tränen traten ihr in die Augen. »Warten Sie, nein, das ist nicht richtig. Ich gebe mich schon wieder meinem Selbstmitleid hin.«

»Ich glaube, kaum jemand könnte einem Vergleich mit der Flottenkapitänin standhalten«, bemerkte Basnaaid. »Zumindest nicht in dieser Hinsicht.«

»Vielleicht Ihre Schwester.«

»In gewisser Hinsicht, vielleicht«, räumte Basnaaid ein. »Leutnantin, wann haben Sie zuletzt etwas gegessen?«

»Hatte ich Frühstück?«, erwiderte Seivarden zweifelnd. »Vielleicht? Ein wenig.« Blickte hinüber zur fast vollen Schale mit Skel, die Zwei für sie zurückgelassen hatte. »Ein wenig.«

»Was halten Sie davon, wenn Sie sich das Gesicht waschen und wir irgendwo etwas essen? Die Küchen nehmen wieder den Betrieb auf, und ich bin mir sicher, dass wir irgendetwas Gutes finden werden.«

»Ich habe meinen Amaats versprochen, dass ich die Sicherheitschefin und die Stationsverwalterin aufsuchen werde. Aber wenn ich genauer darüber nachdenke, wäre es wohl das Beste, nicht den Eindruck zu erwecken, als wollte ich mich in den Stationsbetrieb einmischen.« Sie zögerte. Unterdrückte ein Stirnrunzeln. »Auf jeden Fall muss ich Widerspruch gegen meine Arbeitszuteilung einlegen.«

»In Ordnung«, sagte Basnaaid, »aber glauben Sie mir, vorher sollten Sie etwas essen.«

16

SIE FANDEN EIN GESCHÄFT IN EINEM NEBENkorridor, das geöffnet war, aber nicht viel mehr als Nudeln und Tee servierte. »Vielen Dank, Gartenverwalterin«, sagte Seivarden zu Basnaaid, als sie ihre Mahlzeit beendet hatte. »Mir war gar nicht bewusst, wie dringend ich das gebraucht habe.« Fraglos fühlte sie sich jetzt erheblich besser als vor dem Essen.

Basnaaid lächelte. »Mein Leben erscheint mir immer sehr hoffnungslos, wenn ich lange nichts gegessen habe.«

»Ohne Zweifel. In meinem Fall jedoch sind all meine Probleme immer noch da. Ich schätze, ich muss nur irgendeinen Weg finden, mit dem zurechtzukommen, was auch immer als Nächstes geschehen wird.« Dann erinnerte sie sich wieder. »Aber was ist mit Ihnen? Sind Sie in Sicherheit? Wie es scheint, hat niemand … hat niemand der Herrin der Radch von Ihnen erzählt … oder von Bürgerin Uran. Was bedeutet, dass man ihr auch nicht erzählt hat, was mit Kapitänin Hetnys geschehen ist. Es scheint sogar so zu sein, dass Leute, von denen ich erwartet hätte, dass sie sehr motiviert sein müssten, ihr davon zu erzählen, es offenbar bewusst vermieden haben.«

Basnaaid aß den Rest ihrer Nudeln und legte ihr Besteck zurück. »Sie haben im Untergarten gearbeitet?« Seivarden gestikulierte Bestätigung. »Ebene eins stand noch unter Druck, als Sie fortgingen. Es passierte erst, als die Herrin der Radch persönlich hier auftauchte.« Seivarden runzelte die Stirn. Basnaaid fuhr fort: »Es war natürlich nicht in den Nachrichten, zum Teil, weil es bis vor ein oder zwei Tagen in den Nachrichten ausschließlich um die Flottenkapitänin ging, doch als die *Schwert der Gurat* an der Station eintraf, achtete sie nicht auf diesen Passagiershuttle.«

»Was?« Seivarden war anscheinend nicht einmal mehr imstande zu fluchen.

»Die *Schwert der Gurat* kam aus ihrem eigenen Tor und kollidierte mit dem Passagiershuttle. Warf ihn gegen die Kuppel über den Gärten, und dadurch wurde das geflickte Loch wieder aufgerissen, das Sie hineingeschnitten hatten, um uns herauszuholen. Die Reparaturen am Seebett waren noch nicht abgeschlossen, Ebene eins des Untergartens war ohne Atemluft. Zum Glück konnten sich die Leute, die zu dieser Zeit in den Gärten arbeiteten, in Sicherheit bringen, und der Untergarten war natürlich schon Tage zuvor evakuiert worden. Aber der Shuttle … nun, er war natürlich nicht in den Nachrichten, sodass ich hauptsächlich Gerüchte gehört habe, aber ich weiß bestimmt, dass derzeit mindestens zwei sehr prominente Familien in Trauer sind. Und eine davon trauert um eine Großmutter, eine Mutter *und* eine Tochter.«

»Bei Vardens eiternder Nagelhaut«, sagte Seivarden.

»Leutnantin, ich glaube nicht, dass ich das jemals von irgendwem außerhalb eines historischen Dramas gehört habe.«

»Das sagt man in *historischen Dramen*?« Das schien Seivarden fast genau so sehr zu schockieren wie der Shuttle-Unfall, von dem Basnaaid ihr soeben erzählt hatte.

»Wenn Sie das sagen, klingen Sie wie die schneidige Heldin eines Unterhaltungsprogramms.«

»Die *Heldin* sagt so etwas in einem historischen Drama? Was ist nur aus dieser Welt geworden!«

Basnaaid öffnete den Mund, um etwas zu sagen, schien dann aber nicht weiterzuwissen. Schloss den Mund wieder.

»Nun«, sagte Seivarden, und dann: »Gut. Kein Wunder, dass die Tyrannin so ängstlich und wütend war. Es gab bereits Zweifel an Loyalitäten, wer wen unterstützt, wem die Herrin der Radch vertrauen kann oder wen die Flottenkapitänin angestiftet haben könnte. Dann verwüstet das Schiff, mit dem Mianaai kommt, erneut die berühmten Gärten und tötet dabei wer weiß wie viele Shuttlepassagiere, darunter Angehörige der reichsten und prominentesten Familien des Systems. Und *dann* findet sie die nicht so hochgeborenen Bürgerinnen vor, die auf der Promenade protestieren. Völlig ruhig, völlig gebührlich, aber trotzdem.«

»Niemand wollte mit ihr über die Gärten sprechen. Oder den Untergarten«, stimmte Basnaaid ihr zu. »Zumindest vermute ich es. Jedenfalls war sie ganz offensichtlich nicht in geduldiger oder nachsichtiger Stimmung, als sie eintraf.«

Schweigen, während sich vermutlich beide daran erinnerten, wie die neue Sicherheitschefin gestorben war.

»Und was jetzt?«, fragte Seivarden.

Basnaaids Geste verdeutlichte ihr Unvermögen, eine solche Frage beantworten zu können. »Ich glaube, das fragen sich im Moment alle. Doch in unmittelbarer Zukunft sollte ich wieder an meine Arbeit gehen, und Sie müssen mit irgendwem von der Stationsverwaltung sprechen.«

»Das werde ich«, stimmte Seivarden zu. »Ich denke, das sollte jetzt geschehen. Ein Schritt nach dem anderen.«

Sie standen auf und verließen das Geschäft. Sie waren kaum in den Korridor hinausgetreten, als eine Bürgerin im Hellblau der Stationsverwaltung sie ansprach. Sie hatte offensichtlich darauf gewartet, dass sie herauskamen. »Leutnantin Seivarden.« Sie verbeugte sich. »Stationsverwalterin Celar bittet Sie höflichst um Ihren Besuch. Sie wäre selbst gekommen, aber derzeit ist sie außerstande, ihr Büro zu verlassen.«

Seivarden sah Basnaaid an. Basnaaid lächelte. »Vielen Dank, dass Sie mit mir gegessen haben, Leutnantin. Wir werden bald wieder miteinander reden.«

»Natürlich werden wir Ihnen eine neue Arbeit zuweisen«, sagte Stationsverwalterin Celar, als sie und Seivarden in ihrem Büro Platz genommen hatten. Es war nur halb so groß wie das Büro der Systemgouverneurin und hatte kein Fenster, was Seivarden auf seltsame Weise beruhigend fand. »Die Krankenstation hat gestern Vormittag sogar eine Anweisung geschickt. Ich entschuldige mich für jegliche Unannehmlichkeiten. Und selbstverständlich entschuldige ich mich für die Natur der zugeteilten Arbeit. Sie war vielleicht von Anfang an nicht ganz angemessen.«

»Eine Entschuldigung ist nicht nötig, Verwalterin«, erwiderte Seivarden ruhig und freundlich. War vermutlich besorgt, wenn sie sich vorstellte, was in dieser Anweisung von der Krankenstation gestanden haben könnte. Ihre Sorge wurde durch Stationsverwalterin Celars schwere, statuenhafte Schönheit gemindert. Was kaum überraschend war, obwohl breit und schwer normalerweise gar nicht Seivardens Typ war. Stationsverwalterin Celar übte diese Wirkung auf nahezu jede aus. »Das Leben im Militär besteht nicht nur aus Dinnerpartys und Teetrinken. Zumindest nicht zu meiner Zeit.« Stationsverwalterin Celar nickte, zeigte, dass sie mit Seivardens Lebensgeschichte vertraut war. »Ich bin es durchaus gewohnt, bei Reparaturarbeiten auszuhelfen. Die Instandsetzung des Untergartens ist dringend notwendig. Und es gibt sogar gute Gründe, warum Sie nicht den Eindruck erwecken sollten, sich zu sehr um mein Wohlergehen zu sorgen, zumindest im Augenblick. Nein, ich bin dankbar für Ihre Unterstützung. Und die der Station.«

»Wie es der Zufall will, Leutnantin, könnten wir Sie an anderer Stelle benötigen. Sie haben Eminenz Ifian auf der Promenade bemerkt, als sie hereinkamen?«

»Sie war nicht zu übersehen«, erwiderte Seivarden mit einem süffisanten Lächeln. »Sie hat ihre Arbeitsniederlegung wieder aufgenommen.«

»Diesmal haben sich ihr nicht alle Priesterinnen der Amaat angeschlossen. Aber es gibt immer noch einen Rückstand an Bestattungen und Geburten und Vertragsregistrierungen abzuarbeiten. Deswegen dürfte es bald eine längere Schlange geben. Ich habe … das heißt, die Station und ich haben darüber diskutiert, und wir haben einige Vertreterinnen anderer Priesterschaften um Aushilfe gebeten. Natürlich konnten die Stationsverwaltung und die Athoek-Station selbst die wesentlichen Registrierungen bewältigen. Diesbezüglich haben wir bereits ein paar Neuzuteilungen vorgenommen, und diese Bürgerinnen arbeiten sich derzeit in ihre neuen Pflichten ein. Aber die Bürgerinnen haben sich so sehr daran gewöhnt, deswegen zum Tempel der Amaat zu gehen, und wenn es nun potenziell verschiedene Möglichkeiten gibt und keine klaren Richtlinien, was am angemessensten ist, muss es zwangsläufig zu einiger … einiger Verwirrung kommen, wie vorgegangen oder wer konsultiert werden sollte. Wir planen, ein Beratungsbüro einzurichten, an das sich Bürgerinnen im Zweifel wenden können, um dann zur geeignetsten Option geleitet zu werden.«

»Stationsverwalterin, mit allem Respekt, und die Idee ist sehr gut, aber ich selbst kenne die Menschen hier kaum, ganz zu schweigen von den Details der verschiedenen hiesigen Priesterschaften und ihren Praktiken.«

Stationsverwalterin Celar lächelte verschmitzt. »Ich vermute, Leutnantin, dass Sie sich schnell einarbeiten würden. Aber es ist nur eine Idee, die noch durchdacht werden muss. Zumindest wollte ich Sie danach fragen.«

»Selbstverständlich, Verwalterin.« Mit ihrem charmantesten Lächeln.

»Ist es wahr, dass die Flottenkapitänin eine Hilfseinheit ist? Dass sie in Wirklichkeit die *Gerechtigkeit der Torren* ist?«

»Das ist sie«, sagte Seivarden.

»Ich vermute, das erklärt einiges. Die Lieder – es ist mir peinlich, dass ich ihr in meiner Ahnungslosigkeit gesagt habe, ich wünschte, ich hätte die *Gerechtigkeit der Torren* kennengelernt.«

»Ich versichere Ihnen, Verwalterin, dass sie Ihr geteiltes Interesse mit Befriedigung zur Kenntnis genommen hat. Nur dass sie nach dem damaligen Stand der Dinge nicht sagen konnte, wer sie ist.«

»Das kann ich mir vorstellen.« Stationsverwalterin Celar seufzte. »Leutnantin, jedes Mal, wenn ich mit Flottenkapitänin Breq gesprochen habe, erhielt ich den vagen Eindruck, dass sie eher ihre eigenen Ziele verfolgt, obwohl sie Befehle von der Herrin der Radch erhalten hatte. Von irgendeinem Teil der Herrin der Radch. Obwohl ich es bis jetzt für unmöglich gehalten hätte, dass irgendein Schiff« – wieder ein Seufzer – »oder irgendeine Station so etwas wie eigene Ziele haben kann.«

»Ich kann Ihnen versichern«, erwiderte Seivarden, »dass die Flottenkapitänin ausschließlich nach eigenem Ermessen handelt. Und ihre Prioritäten sind denen der Station sehr ähnlich. Sie interessiert sich wenig für die Pläne irgendeiner Herrin der Radch und sehr für die Sicherheit der Bewohnerinnen dieses Systems.«

»Leutnantin, jemand – ich habe Vermutungen, wer es sein könnte, aber natürlich habe ich keine Gewissheit – hat die Türen zum Zentralzugang der Station blockiert. Und alle meine Zugangskodes und die von Systemgouverneurin Giarod gesperrt. Zumindest diejenigen, die wir außerhalb des Zentralzugangs benutzen konnten.«

»Das ist mir neu, Verwalterin«, sagte Seivarden. »Aber es erklärt einige der jüngsten Ereignisse, nicht wahr?«

»So ist es. Und nun scheint auch die Station ihre eigenen Ziele zu verfolgen, ihre eigenen Prioritäten zu setzen. Die Herrin der Radch – zumindest eine von ihr – ist in der Residenz der Gouverneurin gefangen, und die Station sagt mir, dass sie ihre Autorität und die von Systemgouverneurin Giarod nicht mehr anerkennt. Was … Ehrlich gesagt, Leutnantin, ich weiß nicht mehr, was noch wahr ist oder was ich von einem Moment auf den nächsten erwarten soll. Ich denke ständig, dass das alles doch nicht real sein kann, aber es geschieht immer wieder.«

»Ich kann dieses Gefühl nicht ausstehen.« Aufrichtig. Seiwarden wusste, wie es sich anfühlte. »Aber ich bin zuversichtlich, dass die Station nur das Wohlergehen ihrer Bewohnerinnen im Sinn hat. Und ich kann Ihnen versichern, dass Flottenkapitänin Breq die Station in diesem Punkt unterstützt.«

»Sagen Sie damit explizit, Leutnantin, dass sie die Herrin der Radch nicht unterstützt?«

»Keine von ihr«, antwortete Seiwarden. »Es war die Herrin der Radch, die die *Gerechtigkeit der Torren* zerstörte. Diejenige, die hier ist, in der Residenz der Gouverneurin. Zumindest glaube ich das. Manchmal ist es wirklich schwierig, sie auseinanderzuhalten.« Sie erwähnte nicht ihren Verdacht, dass es noch eine dritte Anaander geben könnte. Als sie das Erstaunen und die Fassungslosigkeit von Stationsverwalterin Celar bemerkte, fügte Seiwarden hinzu: »Das ist eine lange und komplizierte Geschichte.«

»Und ist die Flottenkapitänin in der Nähe? Dieser Moment des … des relativen Friedens ist wahrscheinlich kurzlebig. Die Herrin der Radch wird nur durch die Drohung in Schach gehalten, ihre Präsenz im System gänzlich zu verlieren. In dem Augenblick, wo sie hier nicht mehr die einzige Anaander ist, wird sie wieder frei handeln können. Und es ist nur die derzeitige Situation der Herrin der Radch, die sowohl die *Schwert der Gurat* als auch die *Schwert der Atagaris* in Schach hält. Sobald sich das ändert, werden sich das bisschen Stabilität und Sicherheit, die wir erreicht haben, wieder auflösen. Obendrein scheint Eminenz Ifian alles zu tun, was sie kann, um uns das Leben unter den derzeitigen Umständen noch komplizierter zu machen.«

»Ich weiß nicht, wo die Flottenkapitänin ist.« Plötzlich empfand Seivarden für einen kurzen Moment verzweifelte Angst. »Sie hat mir nichts von ihren Plänen gesagt, für den Fall …« Ihre Geste führte den Satz zu Ende. »Offen gesagt, Verwalterin, ich bin mir nicht sicher, was die *Gnade der Kalr* gegen zwei *Schwerter* ausrichten könnte – und wie ich hörte, soll sich noch ein drittes *Schwert* am Rand des Systems aufhalten. Eins, das zum Glück kein eigenes Tor erzeugen kann?«

Stationsverwalterin Celar nickte. »Sowie die *Gnade der Ilves*, die mit der Inspektion der Außenstationen beschäftigt war, nun jedoch irgendwelche Probleme mit der Kommunikation hat, wie es scheint.«

»Welch ein unpassender Moment für so etwas«, stellte Seivarden trocken fest. »Wenn ich an Anaanders Stelle wäre, würde ich nach einer Möglichkeit suchen, aus der Gefangenschaft in der Residenz der Gouverneurin zu entkommen. Sie lassen hoffentlich niemanden zu ihr, oder?«

»Nur die *Schwert der Atagaris*.«

»Sie beobachten, was sie ihr mitbringt?«

»Die Station tut es.«

»Gut. Trotzdem, wenn ihr die Flucht gelingt, sehe ich voraus, dass sie die Station mit einer *Schwert* bedrohen wird, während sie die andere losschickt, um die dritte heranzuholen. Es kann nicht springen und wäre in diesem Fall noch Wochen entfernt. Ich muss sagen, es überrascht mich, dass sie das nicht bereits getan hat.«

»Damit sind Sie nicht allein, Leutnantin. Darüber wurde viel spekuliert. Die *Schwert der Gurat* wurde bei der Kollision mit dem Shuttle vielleicht schwerer beschädigt, als man uns gegenüber zugibt.«

Seivarden gestikulierte, dass so etwas durchaus möglich war. »Und ich vermute, sie vertraut der *Schwert der Atagaris* nicht. Die Flottenkapitänin hat versucht, ihr die Offizierinnen zurückzugeben, wussten Sie das? Doch anscheinend hat Anaander sie abgefangen, und sie befinden sich immer noch in Suspension, nun an Bord der *Schwert der Gurat*. Um etwas gegen die *Schwert der Atagaris* in der Hand zu haben.«

»Das wusste ich nicht.« Stationsverwalterin Celar runzelte die Stirn. »In der Station befinden sich einige Freundinnen von Hetnys, die sehr unglücklich wären, wenn sie davon erfahren.«

»Zweifellos«, sagte Seivarden ausdruckslos. »Warum auch immer sie noch nicht versucht hat, diese dritte *Schwert* ins Spiel zu bringen, wenn es Anaander nicht gelingt zu fliehen, wird es wahrscheinlicher, je länger sie hier festsitzt, dass sie sich entscheidet, sich selbst zu opfern. Ich glaube, die Station hatte recht, dass sie damit praktisch das System an Breq abtreten würde. Aber ich glaube auch, da sie nur ein kleiner Teil von sich selbst ist, könnte sie beschließen, dass es für sie das Beste wäre, das System in einem solchen Zustand zu hinterlassen, dass es so gut wie wertlos für jede ist, die es am Ende gewinnt.«

Stationsverwalterin Celar schwieg für einen Moment. »Und Sie wissen nicht, wo die Flottenkapitänin ist oder was sie plant?«

»Nein. Aber ich glaube nicht, dass dieser Zustand allzu lange anhalten wird.«

Die Station sprach aus der Konsole des Büros. »Schneller, als Sie denken, Leutnantin. Die *Schwert der Atagaris* hat soeben auf die Station gefeuert. Neun Stunden bis zum Aufschlag. Es wird die Gärten treffen. Ich habe soeben die Arbeiterinnen im Untergarten zur Evakuierung und bestmöglichen Versiegelung des Bereichs aufgefordert. Ihre Bestätigung wäre äußerst willkommen, Stationsverwalterin.«

»Selbstverständlich«, willigte Celar ein und erhob sich von ihrem Sitz.

Seivarden sagte: »Sie haben natürlich die Mianaai in der Residenz der Gouverneurin getötet, Station.«

»Ich versuchte es, Leutnantin«, sagte die Station aus der Konsole. »Aber es scheint ihr gelungen zu sein, die Sektionstür vor dem Fenster zur Promenade zu durchlöchern. Ich bin mir nicht sicher, wie.« Die Sektionstüren in Schiffen oder Stationen waren aus offensichtlichen Gründen nur äußerst schwer zu beschädigen. »Nur ein wenig, aber es genügt, um Luft von der Promenade eindringen zu lassen, wenn ich versuche, sie aus dem Raum zu saugen. Könnte es die unsichtbare Waffe der Flottenkapitänin sein, die sie in den Gärten benutzt hat?«

»Ach du Scheiße«, sagte Seivarden und stand ebenfalls auf. »Wie viele Löcher?«

»Einundzwanzig.«

»Also hat sie noch sechs Schüsse übrig«, sagte Seivarden.

»Und«, sagte die Station, »Anaander Mianaai verlangt, dass ich mit meinen Versuchen aufhöre, sie zu ersticken, sonst wird die *Schwert der Atagaris* erneut feuern.«

»Wie es scheint, bleibt uns keine andere Wahl«, sagte Stationsverwalterin Celar. Seivarden gestikulierte Zustimmung. Sie fühlte sich hilflos und wütend – größtenteils auf sich selbst –, weigerte sich aber, es zu zeigen.

»Außerdem wünscht sie, sich mit jemandem zu treffen, *wer auch immer hier das Sagen hat*. In ihrem Büro, sagt sie. In zehn Minuten. Sonst …«

»… wird die *Schwert der Atagaris* erneut feuern, ja«, bestätigte Seivarden. »Ich vermute, mit *wer auch immer hier das Sagen hat* sind Sie gemeint, Station.«

»Die Herrin der Radch sieht das nicht so«, sagte die Station. Es war unmöglich, dass ihr Tonfall auch nur die geringste Spur von Beschwerde oder Empörung enthielt. »Ansonsten hätte sie bereits direkt zu mir gesprochen. Außerdem ist es Stationsverwalterin Celar, die hier die Befehlsgewalt hat.«

Stationsverwalterin Celar sah Seivarden an. Das Gesicht ausdruckslos, aber sie erinnerte sich zweifellos an den Tod der Sicherheitschefin. Seivarden schwieg. Schließlich sagte Celar: »Auch in diesem Punkt scheint uns keine andere Wahl zu bleiben. Leutnantin, würden Sie mich bitte begleiten?«

»Wenn Sie es wünschen, Verwalterin. Obwohl Ihnen sicherlich bewusst ist, dass meine Anwesenheit dem Ganzen ... einen gewissen Anschein der offiziellen Assoziation geben dürfte.«

»Meinen Sie, die Flottenkapitänin hätte etwas dagegen einzuwenden?«

»Nein«, sagte Seivarden. »Ganz bestimmt nicht.«

Auf der Promenade hatte sich bereits die Schlange gebildet, die Stationsverwalterin Celar vorausgesehen hatte. Eminenz Ifian und die ihr untergebenen Priesterinnen – weniger als die Hälfte als bei der vorherigen Arbeitsniederlegung – beobachteten zufrieden die Reihe der Bürgerinnen. Als Stationsverwalterin Celar und Leutnantin Seivarden am Eingang zum Tempel vorbeigingen, erhob sich Ifian von ihrem Sitzkissen. »Stationsverwalterin, ich verlange, dass Sie mir die Wahrheit sagen. Sie sind allen Bewohnerinnen dieser Station eine Erklärung schuldig, doch stattdessen verbreiten Sie Lügen, um uns zu manipulieren.«

Die Stationsverwalterin blieb stehen, Seivarden ebenfalls. »Was für Lügen sollen das sein, Eminenz?«

»Die Herrin der Radch würde niemals auf diese Station feuern. Was Ihnen sehr wohl bewusst ist. Ich bin entsetzt, dass Sie bereit sind, in Ihrer Ablehnung der legitimen Autorität so weit zu gehen, dass Sie selbst das Wohlergehen der Stationsbewohnerinnen so eklatant missachten.«

Seivarden musterte die Eminenz. Ihre Oberlippe kräuselte sich, ein Paradebeispiel aristokratischen Hochmuts, und sie sagte zu Stationsverwalterin Celar: »Verwalterin, ich würde diese Person keiner Antwort würdigen.« Und ohne darauf zu warten, ob Ifian etwas erwiderte oder Celar sich in Bewegung setzt, wandte sie sich vom Tempel ab und ging auf die Residenz der Gouverneurin zu. Celar sagte nichts, aber sie drehte sich ebenfalls um und folgte Seivarden.

Anaander Mianaai stand hinter dem Schreibtisch der Systemgouverneurin, flankiert von zwei Hilfseinheiten der *Schwert der Atagaris*. »Nun«, sagte sie, als sie Stationsverwalterin Celar eintreten sah, gefolgt von Seivarden. »Ich verlange nach einer Person, die hier das Sagen hat, und dann bekomme ich dies. Sehr interessant.«

»Sie würden die Autorität der Station nicht akzeptieren«, erwiderte Celar. »Wir waren uns nicht sicher, wen Sie akzeptieren würden, also dachten wir uns, wir bieten Ihnen mehrere Möglichkeiten, aus denen Sie auswählen können.«

»Ich bin mir nicht sicher, für welche Art von Idiotin Sie mich halten«, sagte Anaander glatt und scheinbar gut gelaunt. »Und, Bürgerin Seivarden, ich bin erstaunt, dass Sie weiterhin hier involviert sind. Ich hätte nicht gedacht, dass Sie sich jemals als Verräterin an der Radch erweisen würden.«

»Ich könnte dasselbe über Sie sagen«, erwiderte Seivarden. »Nur dass die jüngeren Ereignisse etwas recht Überzeugendes haben.«

»Sie sind es, nicht wahr? Die die Kontrolle über die *Gerechtigkeit der Torren* und der *Gnade der Kalr* hat. Und nun auch über die Athoek-Station. Die sehr junge – und, wie ich hinzufügen muss, nicht ganz stabile – Leutnantin Tisarwat hat sehr deutlich gemacht, dass es keine Versionen von mir an Bord der *Gnade der Kalr* gibt.«

Die Erwähnung Tisarwats traf Seivarden wie ein Schlag. Es gelang ihr nicht, ihre Überraschung und Bestürzung zu verbergen. »Tisarwat!« Erkannte, dass irgendein Täuschungsmanöver im Gange war, über dessen Ausmaße sie nur spekulieren konnte. »Diese verfluchte Falschspielerin mit dem Fischgehirn!«

Anaander Mianaai lachte unverhohlen. »Ihre Angst vor Ihnen wird nur von ihrer Angst vor der Hilfseinheit übertroffen. Die natürlich nominell das Kommando hat, aber ...« Ihre Geste zeigte, wie unmöglich das war. »Ich sage nur, dass Leutnantin Tisarwat für Sie zweifellos ein größeres Ärgernis war als alles andere. Irgendwann muss sie etwas gehabt haben, das Ähnlichkeit mit einem Verstand hatte, dass man ihr einen Verwaltungsposten zuwies, aber nur die Göttinnen wissen, ob sie ihn jemals wiederfinden kann.«

»Nun«, sagte Seivarden mit einer Lässigkeit, die sie nicht empfand, »tun Sie mit ihr, was Sie möchten, was auch immer Sie möglicherweise aus ihr herausbekommen.«

»Gut«, sagte Anaander. »Da ich ganz sicher weiß, dass ich einer Hilfseinheit unter gar keinen Umständen Zugangskodes geben würde, wie sie hier offenkundig ins Spiel gebracht wurden, muss ich davon ausgehen, dass Sie es sind, die die Station unter Kontrolle hat. Daher werde ich mit Ihnen verhandeln.«

»Wenn Sie darauf bestehen«, sagte Seivarden. »Ich bin allerdings nur die Repräsentantin der Station.«

Anaander bedachte sie mit einem ungläubigen Blick. »Es wird folgendermaßen ablaufen. Ich werde wieder die Kontrolle über diese Station übernehmen. Werde ich in irgendeiner Form bedroht, wird die *Schwert der Atagaris* erneut auf die Station feuern. Der erste Schuss – der sie in etwa acht Stunden treffen wird – ist lediglich eine Bestätigung meiner Absichten, und er wird hauptsächlich unbewohnte Bereiche beschädigen. Die weiteren werden nicht so rücksichtsvoll ausfallen. Ich wäre durchaus glücklich damit, diese Version von mir zu opfern, wenn ich meiner Feindin dadurch einen Stützpunkt nehmen kann. Ich werde die Kontrolle über die offiziellen Nachrichtenkanäle übernehmen, über Systemgouverneurin Giarod. Es wird keine weiteren ungenehmigten Sendungen in den Nachrichten geben. Die *Schwert der Gurat* wird wieder die Stationssicherheit übernehmen. Außerdem wird sie damit weitermachen, zum Zentralzugang der Station vorzudringen. Jeder Versuch, sie daran zu hindern, wird damit beantwortet, dass die *Schwert der Atagaris* erneut auf die Station feuert.«

»Station«, sagte Seivarden lautlos, »ist Ihnen bewusst, dass die Herrin der Radch drei KI-Kerne dabei hat?« Der anderthalb Meter hohe Stapel stand immer noch glatt und dunkel hinter Anaander in der Ecke. »Sobald die Herrin der Radch zum Zentralzugang vorgedrungen ist, wird sie nichts mehr davon abhalten, Sie durch einen davon zu ersetzen.«

»Ich weiß wirklich nicht, was Sie meinen, Leutnantin«, sagte die Station in Seivardens Ohr. »Ich wüsste nicht, dass es eine reale Alternative gäbe.«

Laut sagte Seivarden: »Es sind erhebliche Zugeständnisse, die Sie von uns verlangen. Was bieten Sie als Gegenleistung? Abgesehen von Ihrer großzügigen Gefälligkeit, die Station mitsamt allen Bewohnerinnen nicht zu vernichten. Denn Sie wissen genauso gut wie wir, dass keine von uns das wirklich will, dass hier sogar alle – Sie eingeschlossen – bereit sind, einiges auf sich zu nehmen, um das zu vermeiden. Andernfalls hätten Sie es längst getan.«

»Vendaai gibt es schon so lange nicht mehr«, erwiderte Anaander mit einem halben Lachen, »dass ich ganz vergessen hatte, wie unerträglich arrogant sie sein konnten.«

»Ich fühle mich geehrt, als würdige Vertreterin meines Hauses betrachtet zu werden«, sagte Seivarden kalt. »Was haben Sie zu bieten?«

Schweigen. Anaander blickte von Seivarden zu Stationsverwalterin Celar und zurück. »Ich werde keine neue Ausgangssperre verhängen, und ich werde erlauben, dass der Untergarten repariert wird.«

»Das könnte einfacher sein«, sagte Seivarden ausdruckslos, »wenn Sie von der *Schwert der Atagaris* die Rakete unschädlich machen lassen, bevor sie uns trifft.«

Anaander lächelte. »Nur wenn Sie mir Ihre vollständige, bedingungslose Kapitulation anbieten.« Seivarden schnaufte.

»Wenn Sie auf eine neue Ausgangssperre verzichten«, warf Stationsverwalterin Celar ein, bevor Seivarden etwas Unbedachtes sagen konnte, »und wenn die Arbeiten am Untergarten weitergehen, wird eine Unterstützung der Sicherheit durch die *Schwert der Gurat* unnötig sein. Und wie Ihnen gegenüber vor Kurzem erwähnt wurde« –

äußerst wagemutig, diesen Punkt anzusprechen – »und wie die jüngsten Ereignisse gezeigt haben, scheint die Einmischung der *Schwert der Gurat* in die Sicherheit der Station mehr Probleme zu verursachen, als sie lösen kann.«

Stille. Anaander musterte die Stationsverwalterin. Dann: »Also gut. Aber der erste Ansatz, die erste *Andeutung* einer neuen Arbeitsniederlegung, ganz zu schweigen von dem, was wir neulich auf der Promenade erlebt haben, und die *Schwert der Gurat* übernimmt wieder.«

»Reden Sie darüber mit Ihren eigenen Leuten«, sagte Seivarden. »Eminenz Ifian beginnt soeben mit ihrer zweiten Arbeitsniederlegung in den letzten Wochen. Und es bildet sich gerade eine Schlange aufgrund des Rückstandes bei den Bestattungen und Vertragsregistrierungen, den die Eminenz zu verantworten hat.« Anaander sagte nichts. »Gehe ich recht in der Annahme, dass Eminenz Ifian sich auf Ihren Befehl hin der Reparatur des Untergartens widersetzt hat? Sie arbeitet doch für Sie, nicht wahr? Für diesen Teil von Ihnen, meine ich.« Immer noch kein Wort von Anaander. »Außerdem möchten wir die Zusicherung, dass Sie nicht beabsichtigen, die KI dieser Station durch einen der Kerne hinter Ihnen zu ersetzen.«

»Nein«, antwortete Anaander rundheraus. »Eine solche Zusicherung werde ich nicht geben. Dafür habe ich übrigens Ihnen zu danken. Ich hatte keine Ahnung, wo sie waren. Ich dachte, ich hätte zuvor alles gründlich durchsucht, aber anscheinend sind sie mir entgangen.«

»Also sind es gar nicht Ihre?«, fragte Seivarden. »Wir hatten keine Ahnung, dass sie hier waren. Ich vermute,

Eminenz Ifian wusste davon, da sie große Entschlossenheit zeigte, die von der Flottenkapitänin geplante Instandsetzung des Untergartens zu vereiteln. Als ich die KI-Kerne sah, ging ich davon aus, dass ihre Bemühungen den Zweck hatten, uns daran zu hindern, zufällig darüber zu stolpern. Aber nun sagen Sie, dass Sie nicht gewusst haben, dass sie hier sind. Also frage ich mich, wem sie gehören?«

»Jetzt mir«, sagte Anaander mit einem dünnen Lächeln. »Und ich werde damit tun, was ich möchte. Und wenn die Hilfseinheit nicht wusste, dass die Kerne im Untergarten waren, frage ich mich, warum sie sich dort so sehr engagiert hat.«

»Sie sah einen Missstand, der in Ordnung gebracht werden musste«, sagte Seivarden. Bemühte sich sehr, ihre Stimme nicht zittern zu lassen. Bislang hatte sie sich mit Adrenalin und durch schiere Notwendigkeit auf den Beinen gehalten, aber sie kam immer schneller ans Ende ihrer Belastbarkeit. »So ist sie. Und noch eine letzte Sache – ich glaube, es ist eine letzte Sache, oder, Station?« Die Station sagte nichts. Stationsverwalterin Celar sagte nichts. »Sie werden öffentlich die Verantwortung für die Rakete übernehmen, die auf die Gärten abgefeuert wurde. Und die Bedingungen der Vereinbarung sollen auf allen offiziellen Kanälen bekanntgemacht werden, genauso wie die Gründe dafür. Damit die Leute, nachdem Sie die Station als Hindernis aus dem Weg geräumt haben, um ihre Bewohnerinnen behandeln zu können, wie Sie möchten, und wenn die Schießereien losgehen, von Ihrem gemeinen Verrat erfahren, genauso wie alle anderen in der Radch.« Bei den letzten Worten verlor sie fast die Kontrolle über ihre Stimme. Sie schluckte mühsam.

Die Tyrannin schwieg ganze zwanzig Sekunden lang. Dann sagte sie: »Das ist es, was mich nach allem so wütend macht. Glauben Sie, ich hätte während der vergangenen dreitausend Jahre absolut gar nichts für das Wohlergehen der Bürgerinnen getan? Glauben Sie, dass ich jetzt absolut gar nichts tue, außer verzweifelt zu hoffen, dass ich für die Sicherheit der Radch und ihrer Bürgerinnen sorgen kann? Einschließlich der Bürgerinnen an Bord dieser Station?«

Seivarden wollte etwas Beißendes erwidern, schluckte es aber hinunter. Ihr war klar, dass jeder Anschein der Beherrschung verloren gehen würde, wenn sie es aussprach. Konzentrierte sich stattdessen darauf, sehr regelmäßig zu atmen. Die Station sagte über die Bürokonsole: »Als Flottenkapitänin Breq hier eintraf, machte sie sich daran, die Situation meiner Bewohnerinnen zu verbessern. Als Sie hier eintrafen, machten sie sich daran, meine Bewohnerinnen zu töten. Und Sie drohen weiterhin damit, meine Bewohnerinnen zu töten.«

Anaander schien gar nicht gehört zu haben, was die Station gesagt hatte. »Ich will Ihre Zugangskodes.« An Seivarden gerichtet.

Die gestikulierte Desinteresse. Die Konzentration auf ihre Atmung hatte sie ein klein wenig beruhigt. Genug, um mehr oder weniger leichthin sagen zu können: »Ich habe nur die Kodes, über die ich als Kapitänin der *Schwert der Nathtas* verfügte. In Anbetracht der Tatsache, dass sie seit eintausend Jahren tot ist, wüsste ich nicht, was sie Ihnen nützen könnten, aber Sie können sie gern haben.«

»Jemand hat sehr viel an den Zugängen zu den höchsten Ebenen geändert. Jemand hat die Tür zum Zentralzugang der Station blockiert.«

»Ich war es nicht«, sagte Seivarden. »Ich bin erst vor wenigen Tagen in diese Station gekommen.« Die zwei Hilfseinheiten der *Schwert der Atagaris* hatten die ganze Zeit reglos und stumm wie Statuen dagestanden. Das Schiff wusste sehr wohl, wer die Zugänge zur Station geändert hatte. Aber es sagte nichts.

Anaander dachte einen Moment lang darüber nach. »Also machen wir diese Ankündigung. Und da Sie sich nicht mehr außerhalb meiner Jurisdiktion befinden, Bürgerin Seivarden, werden Sie und ich an Bord der *Schwert der Gurat* gehen und weiter über die Zugangskodes zur Station diskutieren. Und über die Frage, wer die Kontrolle über die Hilfseinheit der *Gerechtigkeit der Torren* hat.«

Das war endgültig zu viel für Seivarden. »Sie!« Sie zeigte direkt auf Anaander Mianaai, für eine Radchaai eine unanständige und wütende Geste. »Sie sollten es nicht wagen, sie auch nur zu *erwähnen*, ganz zu schweigen in solchen Begriffen. Wagen Sie zu behaupten, Sie würden gerecht, gebührlich und zum Nutzen der Bürgerinnen handeln? Für wie viele tote Bürgerinnen sind Sie verantwortlich, nur diese eine Version von Ihnen, nur während der vergangenen Woche? Wie viele weitere werden es noch sein? Die Athoek-Station, zu der Sie nicht sprechen wollen, beschämt Sie. Sie wollen die *Gerechtigkeit der Torren*, das wenige, was noch von ihr übrig ist, nicht anerkennen, aber sie ist eine bessere Person als Sie. Oh, bei Aatrs Titten, ich wünschte, sie wäre hier!« Fast ein verzweifelter Ausruf. »*Sie* würde nicht zulassen, dass Sie der Station so etwas antun. *Sie* stößt keine Leute zur Seite, wenn sie plötzlich Unannehmlichkeiten bereiten oder um sich selbst einen Vorteil zu schaffen. Und sie würde sich anschließend niemals als rechtschaffen bezeichnen. Nennen Sie sie noch einmal *die Hilfseinheit,* und ich schwöre, dass ich Ihnen die Zunge aus dem Kopf reiße oder beim Versuch sterbe.« Nun weinte sie ungehemmt, war kaum in der Lage weiterzusprechen. Nahm einen zitternden, schluchzenden Atemzug. »Ich muss zum Trainingsraum gehen. Nein. Ich muss in die Krankenstation. Station, ist diese Ärztin verfügbar?«

»Sie kann es in kurzer Zeit sein, Leutnantin«, antwortete die Station von der Konsole.

Stationsverwalterin Celar sagte zur verblüfft starrenden Anaander Mianaai: »Leutnantin Seivarden war krank.« Es gelang ihr, eine missbilligende Note in ihren Tonfall zu legen. »Sie sollte sich unverzüglich zur Krankenstation begeben. Sie können alles Weitere mit ihr besprechen, wenn sie sich erholt hat. Ich werde die Ankündigung mit Ihnen vorbereiten, Herrin der Radch, und dann haben die Station und ich uns noch um sehr viele andere Angelegenheiten zu kümmern.«

Anaander Mianaai fragte ungläubig: »Krank?«

»Die Leutnantin konnte selbst entscheiden, ob sie heute schon wieder ihren Dienst antreten wollte«, sagte die Station. »Sie hätte sich wirklich noch einen Tag lang ausruhen sollen. Die Ärztin ist sehr besorgt wegen meines Berichts über Leutnantin Seivardens Zustand und hat ihr soeben eine Woche Ruhe verschrieben. Außerdem hat sie ihr befohlen, sich baldmöglichst in der Krankenstation zu melden, nötigenfalls mit Unterstützung durch die Sicherheit. Ich weiß nicht, wie Sie mit solchen Dingen umgehen, aber hier nehmen wir ärztliche Anordnungen sehr ernst.«

Und das war der Moment, in dem die *Gnade der Kalr* ins Universum zurückkehrte.

17

SOBALD WIR ATHOEKS SONNE SAHEN, VERsuchte die *Gnade der Kalr* auf Tisarwat und Seivarden zuzugreifen. Konnte Tisarwat gar nicht finden. Fand Seivarden, wie sie weinend, hilflos und wütend im Büro der Systemgouverneurin neben Stationsverwalterin Celar stand. Anaander Mianaai hinter dem Schreibtisch von Gouverneurin Giarod sagte soeben: »Es gibt eine sehr fähige Ärztin an Bord der *Schwert der Gurat*.«

Das Schiff fand die externen Archive. Rief ihre Daten ab, zeigte sie mir, während ich in der Kommandozentrale saß, ein schwindelerregend komprimierter Strom einzelner Momente: Bilder, Geräusche, Emotionen. Fast zu schnell für mich, um alles zu verstehen. Aber ich bekam das Wesentliche mit – die *Schwert der Atagaris* hatte auf die Station gefeuert, und die Rakete würde die Gärten in acht Stunden treffen; über Tisarwat und Neun wussten wir kaum mehr, als dass sie an Bord der *Schwert der Gurat* waren; Seivardens Versuch, Anaander Mianaai zu töten, war gescheitert, und nun war Anaander obendrein im Besitz der Presger-Waffe. Doch Seivarden war am Leben, genauso wie Zwei und Vier, die in diesem Moment als Teil eines Notfallteams die Sektionstüren rund um die Gärten und den Untergarten sicherten.

Im Büro der Systemgouverneurin sagte Stationsverwalterin Celar zu Anaander Mianaai: »Die Ärztin ist bereits mit Leutnantin Seivardens medizinischer Vorgeschichte vertraut. Sie glauben doch nicht, dass sie auf irgendeine Weise flüchten könnte, oder?«

Seivarden nahm einen schluchzenden Atemzug. Wischte sich die Augen mit dem Rücken ihres Handschuhs ab. »Ich verfluche Sie«, sagte sie. Und dann noch einmal: »*Ich verfluche Sie!* Sie haben alles, was Sie wollen. Mehr werden Sie von mir nicht bekommen, weil ich es nicht habe.«

»Ich habe die *Gerechtigkeit der Torren* noch nicht«, sagte Anaander.

»Nun, das ist Ihre eigene verdammte Schuld, nicht wahr?«, erwiderte Seivarden. »Ich bin mit Ihnen fertig. Ich gehe zur Krankenstation.« Sie drehte sich um und verließ das Büro.

»*Sphen*«, sagte ich, immer noch sitzend, immer noch halb geistesabwesend auf die Bilder starrend, die das Schiff mir übermittelte, von den Archiven abgerufen. »Wo sind Sie tatsächlich?«

»In meinem Bett«, sagte *Sphen*, sendete die *Gnade der Kalr* ihre Worte in mein Ohr. »Wo sollte ich sonst sein?«

»Die *Schwert der Atagaris* hat auf die Station gefeuert. Die Usurpatorin plant, der Athoek-Station einen neuen KI-Kern einzusetzen, und niemand scheint in der Lage zu sein, sie daran zu hindern, ohne die völlige Zerstörung der Station in Kauf zu nehmen. Wo sind Sie? Sind Sie nahe genug, um helfen zu können?« Wahrscheinlich gab es nichts, was *Sphen* tun konnte, selbst wenn sie in der Nähe war – doch Anaander konnte das nicht wissen.

Vielleicht konnte *Sphen* wenigstens einen bedrohlichen *Eindruck* machen.

»Könnten Sie auf Zeit spielen, Cousine«, kam *Sphens* Antwort. »Vielleicht ein paar Jahre?«

»Schiff«, sagte ich, ohne auf *Sphens* Erwiderung einzugehen, »erklären Sie der *Gnade der Ilves*, dass nun der Zeitpunkt gekommen ist, sich für eine Seite zu entscheiden. Machen Sie ihr und ihrer Kapitänin klar, dass es jetzt keinen Aufschub mehr geben kann.« Jede Aktion, die die *Gnade der Ilves* jetzt unternahm – oder unterließ –, wäre eine solche Entscheidung, ob es der *Gnade der Ilves* und ihrer Kapitänin gefiel oder nicht.

Das Schiff sagte in mein Ohr: »Und was ist, wenn sie entscheidet, die Herrin der Radch zu unterstützen?«

»Und was ist, wenn nicht?«, fragte ich zurück. »Sorgen Sie dafür, dass sie weiß, was die Tyrannin der Station antun will. Sagen sie ihr, dass sie noch zwei weitere Kerne hat.« Die *Schwert der Atagaris* musste bereits darüber nachgedacht haben. »Schicken Sie die gleichen Informationen an Flottenkapitänin Uemi und die Hrad-Flotte.« Die ein ganzes Tor entfernt waren. Und wahrscheinlich hatten sie inzwischen den Tstur-Palast erreicht, in der Hoffnung, dass Anaanders Präsenz im Athoek-System ihren dortigen Einfluss geschwächt hatte. Dennoch.

Unsere Nachricht an die *Gnade der Ilves* würde sie erst in einer Stunde erreichen. Die Antwort – sofern sie sich dazu herabließ, eine zu geben – würde eine weitere Stunde brauchen, bis wir sie empfangen konnten. Wenn sie kam, fiel sie vielleicht nicht zu unseren Gunsten aus. Die Hrad-Flotte würde unsere Nachricht erst in mehreren Stunden erreichen, und sie war im günstigsten Fall einige

Tage entfernt. Es wäre das Beste, so zu handeln, als wären wir völlig auf uns allein gestellt.

Ich sehnte mich nach den Tagen zurück, als ich noch ein Schiff gewesen war. Als jede militärische Aktion in Anwesenheit vollständiger Flotten vollzogen wurde – die nicht nur nominell waren, nein, nicht nur drei oder vier *Gnaden* und vielleicht eine *Schwert*. Sondern Aberdutzende Schiffe und ich selbst nur eines davon, mit Tausenden von Körpern an Bord. Nur ich selbst, als *Gerechtigkeit der Torren*, hätte die Athoek-Station ohne große Mühe überwältigen und besetzen können. Bei genauerer Betrachtung war es in jenen Tagen auch deshalb einfacher gewesen, weil es keine Rolle spielte, wen wir töteten oder wie viele. Dennoch. Ich (die nicht mehr existierende *Gerechtigkeit der Torren*) hätte die Athoek-Station vermutlich innerhalb weniger Stunden unter meine Kontrolle gebracht, ohne große Verluste an Menschenleben.

Doch ich hatte nur mich selbst, die *Gnade der Kalr* und ihre Besatzung. Ich wusste nicht, wie viel Zeit mir noch blieb – wusste nicht, wie weit die *Schwert der Gurat* bei ihrem ersten Versuch gekommen war, sich einen Weg in den Zentralzugang der Athoek-Station zu schneiden; sie mussten mehrere Tage lang daran gearbeitet haben, bevor die Station sie aufhielt. Also wahrscheinlich nicht allzu lange. Höchstens ein paar Tage. Möglicherweise sogar viel weniger. Und da war immer noch diese Rakete, die auf die Gärten zielte. Voraussichtlich würde sie niemanden töten, aber sie konnte eine Menge Schaden anrichten.

»Weswegen«, fragte ich laut, »ist die Tyrannin hierhergekommen?«

Amaat Eins, die neben meinem Sessel in der Kommandozentrale stand, sagte verwirrt: »Herrin?«

»Warum ist sie ausgerechnet hierhergekommen? Warum hierher, ohne abzuwarten, bis sie den Tstur-Palast fest im Griff hat?« Weil diese Anaander nicht von Omaugh gekommen war und die anderen Paläste zu weit entfernt waren. »Wonach hat sie gesucht?« *Sie ist sehr wütend auf Sie, Herrin,* hatte Leutnantin Tisarwat gesagt.

»Sie hat nach Ihnen gesucht, Flottenkapitänin«, antwortete Amaat Neun, die an einer Konsole hinter mir stand. Und für die *Gnade der Kalr* sprach.

»Und wir wissen, dass sie verhandlungsbereit ist, zumindest bis zu einem gewissen Grad.« Sie dachte immer noch, dass sie nur das Beste für die Bürgerinnen im Sinn hatte. »Ich glaube, sie möchte wirklich vermeiden, die Station völlig zu zerstören oder sie zu schwer zu beschädigen. Zum einen würde es erheblich schwieriger, Athoek als Stützpunkt zu benutzen, wenn die Station verloren ist.« Es wäre weiterhin möglich, Ressourcen vom Planeten heraufzuholen, aber ohne die Station würde es nicht mehr so reibungslos ablaufen. »Zum anderen – all die Schiffe hier. Und die Menschen unten auf dem Planeten. Die *Gnade der Ilves*.« Keine von uns wusste, was die *Gnade der Ilves* oder ihre Kapitänin über diese Punkte dachten. »Nein, es schauen zu viele Leute zu. Und wir reden hier über Bürgerinnen. Wenn sie die Athoek-Station in Stücke schießt oder sie von der *Schwert der Gurat* zu Asche verbrennen lässt, wird es jede erfahren. Das kann sie nicht wollen. Aber was sie tatsächlich will« – abgesehen von der völligen Kontrolle über die Athoek-Station –, »ist etwas, das wir haben.«

»Nein«, sagte Amaat Neun. Las die Worte des Schiffs in ihrem Sichtfeld ab. Bestürzt. Hatte nicht verstanden, was das Schiff verstanden hatte. Ängstlich. »Nein, Flottenkapitänin, dem kann ich nicht zustimmen.«

»Schiff, die Athoek-Station hat sich verteidigt, so gut sie konnte. In Anbetracht der Umstände hat sie es ausgesprochen gut gemacht. Aber nun gehen ihr die Optionen aus. Und sobald es der Tyrannin gelingt, in den Zentralzugang einzudringen und dort einen neuen KI-Kern einzusetzen, was glauben Sie, was dann geschehen wird?« Nein, kein großes Gemetzel. Nicht, wenn Anaander es vermeiden konnte. Aber irgendwann würde es darauf hinauslaufen. »Werden wir hier sitzen und zuschauen, wie die Station stirbt?«

»Sie wird keine Vereinbarung einhalten«, sagte Amaat Neun. Sagte das Schiff. »Sobald die Herrin der Radch Sie in ihrer Gewalt hat« – verspätet verstand Amaat Neun, was sie sagte –, »wird sie mit der Station tun, was ihr beliebt.«

»Vielleicht«, räumte ich ein. »Aber dadurch könnten wir etwas Zeit gewinnen.« Auch wenn es möglicherweise nichts nützte.

»Wer kommt noch?«, fragte das Schiff, weiterhin durch Amaat Neun. »Die *Sphen*? Und wenn sie in zwei Jahren hier eintrifft, was wird sie dann ausrichten können? Oder hoffen Sie auf die Hrad-Flotte?«

»Nein«, antwortete ich. »Ich bin mir sicher, dass sie sich noch eine Weile am Tstur-Palast aufhalten wird. Aber wir müssen irgendetwas tun. Haben Sie eine bessere Idee?«

Stille. Dann: »Sie wird Sie töten.«

»Letztendlich ja«, stimmte ich zu. »Aber nicht bevor sie alle Informationen aus mir herausbekommen hat, die sie sich von mir erhofft. Und sie hat keine Verhörspezialistin an Bord.« Ich war mir ziemlich sicher, dass sie keine hatte, weil sie sonst anders über Tisarwat gesprochen hätte. Und sie war anscheinend der Meinung, dass sie den Vernehmungsoffizierinnen der Station nicht vertrauen konnte. »Sie wird versuchen, Hilfseinheitenimplantate zu benutzen, aber das können wir ihr erschweren, bevor ich gehe.« Und um noch mehr Zeit zu gewinnen.

»Nein«, sagte das Schiff. Sagte Amaat Neun. »Sie wird Sie einfach zu einer Hilfseinheit der *Schwert der Gurat* machen und dann alles bekommen.«

»Das wird sie nicht tun. Sie hat immer wieder gesagt, dass sie nicht glaubt, sie würde einer Hilfseinheit Zugangskodes geben. Und was wäre, wenn ich sie wirklich hätte? Sie würde sie niemals der *Schwert der Gurat* überlassen. Und was wäre, wenn ich sie als Hilfseinheit irgendwie korrumpiere? Nein, sie wird mich einfach töten. Aber bis dahin gewinnen wir ein paar Tage Zeit. Vielleicht sogar mehr. Und wer weiß, was in den nächsten Tagen geschieht?«

Stille. Amaat Eins und Amaat Neun standen da und starrten mich an. Entsetzt. Fassungslos über das, was sie gerade gehört hatten.

»Haben Sie sich nicht so, Amaat«, sagte ich zu ihnen. »Ich bin nur eine Soldatin. Nicht einmal eine vollständige. Wie viel wiege ich, gemessen an der gesamten Athoek-Station?« Und ich war schon in größeren Schwierigkeiten gewesen und hatte überlebt. Dennoch, eines

Tages – vielleicht an diesem – würde es anders für mich ausgehen.

»Ich werde ihr niemals verzeihen«, sagte Amaat Neun. Sagte die *Gnade der Kalr*.

»Ich habe es nie getan«, erwiderte ich.

Ich sendete an Anaander, während ich in der Kommandozentrale saß, meine braun-schwarze Uniform so tadellos und perfekt, wie Kalr Fünf sie hatte herrichten können. Der kleine goldene Kreis der Gedenknadel für Leutnantin Awn in der Nähe meines Kragens. Auf die für Übersetzerin Dlique hatte ich verzichtet. Laut sagte ich: »Tyrannin, wie mir zu verstehen gegeben wurde, haben Sie alles, was Sie sich wünschen könnten, abgesehen von einer Sache.«

Wartete fünf Minuten auf die Antwort, nur die Stimme ohne visuelle Daten. »Sehr amüsant. Waren Sie die ganze Zeit hier?«

»Erst seit einer halben Stunde oder so.« Ich hielt mich nicht damit auf zu lächeln. »Also wollen Sie mit mir reden? Eine meiner Leutnantinnen muss nicht mehr vorgeben, sie hätte in Wirklichkeit das Sagen, und für mich sprechen?«

»Bei Amaats Gnade, nein«, kam die Antwort. »Jede Leutnantin von Ihnen, mit der ich bislang gesprochen habe, war ein instabiles, flennendes Häufchen Elend. Was machen Sie nur mit ihnen?«

»Nichts Außergewöhnliches.« Ich griff nach einer Teetasse, die mir von einer Kalr gereicht wurde. Das unbezahlbare weiße Porzellan, das Fünf nur zu den bedeutendsten Gelegenheiten hervorholte. Ich konnte nicht sagen, ob Anaander es sah, aber die Vorstellung würde Fünf zweifellos eine gewisse Befriedigung verschaffen.

»Wir arbeiten mit dem, was die Militärverwaltung uns schickt. Obwohl die Vendaais nie so zuverlässig waren, wie sie sich selbst gern sehen. Apropos Vendaai. Ich will Leutnantin Seivarden und ihre Soldatinnen zurückhaben. Nach Möglichkeit unverletzt.«

»Ach, wollen Sie das?«

»Ja.«

»Und wollen Sie auch Leutnantin Tisarwat haben?«

»Bei Amaats Gnade, nein.« Mit ruhiger Stimme. Nicht ganz so ausdruckslos wie bei einer Hilfseinheit. »Ich wünsche Ihnen viel Spaß mit ihr. Vielleicht bringt sie tatsächlich ein wenig sinnvolle Arbeit zustande, wenn sie für einen Moment mit dem Heulen aufhört.«

»Wie mir gesagt wurde, ist sie emotional traumatisiert und benötigt deswegen ständige Medikation. Und eine umfangreichere Therapie, als eine Schiffsärztin ihr bieten kann. Solche Personen werden für gewöhnlich nicht dem Militär zugeteilt, nicht einmal der Verwaltung. Daraus kann ich nur schlussfolgern, dass der Dienst unter Ihnen die Ursache für ihren Zustand ist.«

»Durchaus möglich«, räumte ich ein. »Aber wie ich sagte, will ich Leutnantin Seivarden und ihre Soldatinnen wiederhaben. Und.«

»Und?«

»Und Sie werden Ihre Versuche einstellen, die Athoek-Station zu ermorden.«

»Ermorden!« Eine Pause. »Mit der Athoek-Station kann ich tun und lassen, was ich möchte. Außerdem funktioniert sie derzeit nicht richtig.«

»Keine dieser Aussagen ist wahr. Aber ich werde mich deswegen nicht mit Ihnen streiten.« Ich nahm einen Schluck Tee aus der eleganten Porzellantasse. »Schicken Sie Leutnantin Seivarden und ihre Amaats zurück, und geben Sie Ihren Plan auf, die KI der Athoek-Station durch einen neuen Kern zu ersetzen, und ich werde mich Ihnen ergeben. Ich habe nicht die Absicht, Ihnen die *Gnade der Kalr* zu überlassen.«

Dreißig Sekunden Schweigen. Dann: »Was ist der Haken?«

»Es gibt keinen. Es sei denn, mit dem *Haken* meinen Sie die gleichen Bedingungen, die Sie mit der Athoek-Station ausgehandelt haben – dass die Vereinbarungen des Austauschs auf den offiziellen Nachrichtenkanälen bekanntgegeben werden. Damit Sie … wie hat Leutnantin Seivarden es ausgedrückt? Damit die Leute, nachdem Sie die Station als Hindernis aus dem Weg geräumt haben, um ihre Bewohnerinnen behandeln zu können, wie Sie möchten, und wenn die Schießereien losgehen, von Ihrem gemeinen Verrat erfahren, genauso wie alle anderen in der Radch. Ach ja, und ich erwarte auch von Ihnen, dass Sie die Bedingungen Ihrer Vereinbarung mit der Station in Ehren halten.« Stille. »Schmollen Sie nicht. Die Athoek-Station hat bereits gesagt, dass sie gern mit Ihnen zusammenarbeiten würde, solange Sie ihre Bewohnerinnen nicht bedrohen. Das mag sich jetzt geändert haben, nachdem sie weiß, dass Sie versuchen, sie zu töten, woran allerdings niemand außer Ihnen selbst schuld ist. Ich bin mir sicher, wenn Sie sich dazu überwinden können, die Bewohnerinnen der Athoek-Station anständig zu behandeln, bleibt Ihnen immer noch eine benutzbare Basis in diesem System, in dem Ihnen ein bewohnbarer Planeten mit all seinen Ressourcen potenziell zur Verfügung steht. Und natürlich hätten Sie immer noch mich.«

»Woher stammt diese Waffe?«

Ich lächelte und nahm einen weiteren Schluck Tee.

»Wer sind Sie wirklich?«

»Eins Esk Neunzehn von der *Gerechtigkeit der Torren*«, sagte ich. »Wer sollte ich sonst sein?«

»Das kann ich Ihnen nicht glauben.«

Ich übergab die leere Teetasse einer Kalr. »Weisen Sie die *Schwert der Gurat* an, mit dem Versuch aufzuhören, in den Zentralzugang der Athoek-Station einzudringen, geben Sie unsere Vereinbarungen bekannt, und ich werde zur Station kommen. Dann dürfen Sie gern versuchen, so viele Informationen aus mir herauszuquetschen, wie Sie können.«

»Nein, ich glaube nicht.«

Eine Geste der Sorglosigkeit. »Also gut. Auf Wiedersehen.« Die Verbindung wurde unterbrochen.

»Inzwischen dürften sie wissen, wo wir sind«, sagte Kalr Dreizehn von ihrer Station hinter mir.

»Sicher«, stimmte ich zu. »Und sie könnten dumm genug sein und einen Angriff auf uns versuchen. Aber ich glaube nicht, dass sie das tun werden. Die *Gnade der Ilves* ist weiterhin eine unbekannte Größe, und wenn die *Schwert der Atagaris* einen Angriff auf uns startet, würde die *Schwert der Gurat* ungeschützt zurückbleiben. Sie ist immer noch an die Station angedockt.« Auch wenn sich Tisarwat, soweit ich wusste, immer noch an Bord der *Schwert der Gurat* befand. »Und allmählich habe ich den

Verdacht, dass sie schwerer beschädigt ist, als sie zugeben.« Sie könnte nach den Kämpfen am Tstur-Palast bereits angeschlagen ins System gekommen sein, und die Kollision mit dem Passagiershuttle hatte es vielleicht noch viel schlimmer gemacht. »Im Moment ist die Tyrannin wütend und misstrauisch, aber sie wird schon bald erkennen, dass dieser Tauschhandel für sie von Vorteil ist.« Dann wäre die Athoek-Station in Sicherheit. Hoffte ich zumindest.

Eine Stunde später meldete sich die Tyrannin zurück. Sie wollte die Ankündigung machen. Die *Schwert der Gurat* würde die Korridore rund um den Zentralzugang verlassen, und die Athoek-Station würde mir bestätigen, dass sie nicht mehr behelligt wurde. Seivarden und ihre Amaats würden am Dock auf mich warten und den Shuttle besteigen, mit dem ich eintreffen würde. Ich sollte unbewaffnet und allein in die Station kommen.

Ich ging zur Krankenstation. Die Bordärztin konnte sich eine ganze Minute lang nicht dazu überwinden, zu mir zu sprechen. Ich saß auf der Kante eines Betts und wartete. Schließlich sagte sie: »Sie singen immer noch, selbst jetzt?« Wütend und frustriert.

»Ich höre auf, wenn Sie möchten.«

»Nein«, sagte sie mit einem verzweifelten Seufzer. »Das wäre noch viel schlimmer. Ich weiß, dass Sie es für unwahrscheinlich halten, dass man Sie zu einer Hilfseinheit der *Schwert der Gurat* macht. Und ich verstehe wirklich, warum Sie das glauben. Aber wenn Sie sich täuschen, wird man nicht zögern, es zu tun. Für sie sind Sie keine Person.«

»Es gibt einen weiteren Grund, warum ich nicht glaube, dass sie es tun werden, einen, den ich in der Kommandozentrale nicht erwähnte. Wenn Seivarden die Zugangskodes zur Station nicht hat, und wenn Tisarwat ...«

»Das ist etwas ganz anderes«, warf die Bordärztin ein.

»Und wenn sie anscheinend glaubt, dass Tisarwat sie auch nicht hat«, fuhr ich fort, »wer hat sie dann? Wahrscheinlich ich. Also kann ich mir vorstellen, dass sie den Verdacht hat, dass ich gar nicht ich selbst bin, dass ich vielmehr von der Omaugh-Anaander übernommen wurde. Vielleicht wäre es ihr lieber, wenn die *Schwert der Gurat* nicht so viel von der Persönlichkeit ihrer Feindin in einem so intimen Teil ihres Datenspeichers hat.«

»Und sobald sie von Ihnen bekommt, was sie von Ihnen haben will, Herrin, ist Leutnantin Tisarwat erledigt.« Doch nicht nur das – Tisarwats Wissen könnte der Tstur-Anaander einen Vorteil verschaffen, wenn sie gegen Omaugh vorgehen wollte. Falls die Omaugh-Anaander nicht bereits den Tstur-Palast eingenommen hatte.

Es war alles ein Glücksspiel. Wie ein Wurf der Omen, bei dem man nie wusste, wo die Elemente landen würden. »Ja«, stimmte ich zu. »Aber sie ist auch erledigt, wenn sie mit dem scheitert, weswegen sie an Bord der *Schwert der Gurat* gegangen ist. Und je mehr Zeit wir ihr geben können, es zu tun, desto besser für uns alle.«

»Das Schiff ist deshalb sehr unglücklich.«

»Aber das Schiff versteht, warum ich es tue. Genauso wie Sie. Und Sie können deshalb genauso erfolgreich unglücklich sein, wenn wir damit fertig sind. Also machen Sie mich wieder so, wie sie mich gefunden haben, als ich damals an Bord dieses Schiffs kam.«

Es war nicht notwendig, die fraglichen Implantate zu entfernen, sie mussten nur deaktiviert werden. Die Bordärztin brauchte eine Stunde, um den Prozess in die Wege zu leiten, und der Rest würde sich innerhalb des nächsten Tages oder so von selbst erledigen. »Gut«, sagte sie, als sie fertig war, mit angestrengtem Stirnrunzeln. Und konnte nicht mehr sagen.

»Ich habe schon größere Schwierigkeiten überlebt«, erklärte ich ihr.

»Eines Tages wird es anders ausgehen«, gab sie zu bedenken.

»Das gilt für uns alle«, erwiderte ich. »Wenn ich es schaffe, werde ich zurückkehren. Wenn nicht, nun …« Meine Geste symbolisierte den Wurf einer Handvoll Omen.

Ich sah – für den Moment konnte ich noch etwas sehen –, dass sie wieder nicht sprechen konnte. Dass sie nicht wollte, dass ich sie sah, nicht jetzt. Ich glitt vom Bett, und da ich wusste, dass sie mehr nicht gutheißen würde, legte ich ihr eine Hand auf die Schulter, nur ganz kurz, bevor ich sie allein ließ.

Kalr Fünf war in meinem Quartier. Packte, als würde ich nur für ein paar Tage die Station besuchen. »Ich bitte um Nachsicht, Herrin«, sagte sie, als ich hereinkam, »aber *allein* bedeutet nicht ohne Dienerin. Sie können nicht zur Station gehen, ohne dass sich jemand um Ihre Uniform kümmert. Oder Ihr Gepäck trägt. So etwas kann die Herrin der Radch unmöglich erwarten.«

»Fünf«, sagte ich und dann: »Ettan.« Ihr Name, den ich bisher nur ein einziges Mal benutzt hatte, zu ihrem großen Entsetzen. »Ich brauche Sie hier an Bord. Ich möchte, dass Sie hierbleiben und dass Sie wohlauf sind.«

»Ich wüsste nicht, wie ich das sein könnte, Herrin.«

»Und es hätte keinen Sinn, irgendwelches Gepäck mitzunehmen.« Sie starrte mich verständnislos an. Oder sie wollte es einfach nicht verstehen. Nein, das Schiff zeigte mir, dass sie sich große Mühe gab, nicht zu weinen. »Hier«, sagte ich, »geben Sie mir die itranische Ikone. Nicht die in der Ecke.« Sie, die der Lilie entsprang, stand in einer Nische in meinem Quartier, neben einer EskVar und Ikonen von Amaat und Torren. »Die in meinem Gepäck.«

»Ja, Herrin.« Sie, die der Lilie entsprang, mit einem Messer in einer Hand und einem mit Edelsteinen besetzten menschlichen Schädel in der anderen, war eine unerschöpfliche Quelle angewiderter Faszination unter meinen Kalrs. In ihrer Anwesenheit hatte ich nie die andere itranische Ikone geöffnet, aber sie wussten natürlich, dass ich sie hatte. Fünf öffnete die Bank, in der sie verstaut war, und holte sie hervor, eine goldene Scheibe von fünf Zentimeter Durchmesser, anderthalb Zentimeter dick. Ich nahm sie von ihr entgegen und löste sie aus, worauf sie sich öffnete und sich das Bildnis aus der Mitte erhob. Die Figur trug lediglich eine kurze Hose und einen Kranz aus winzigen Edelsteinblumen. Einer der vier Arme hielt einen abgetrennten Kopf, der abgeklärt lächelte und aus dem Edelsteinblut auf die bloßen Füße der Figur tropfte. Zwei weitere Hände hielten ein Messer und eine Kugel. Die vierte Hand war leer, nur der

Unterarm wurde von einem zylindrischen Armschutz umschlossen.

»Herrin!« Fünfs Erstaunen zeigte sich fast auf ihrem Gesicht. »Das sind Sie!«

»Das ist eine Ikone der itranischen heiligen *Sieben Strahlende Weisheiten Leuchten wie Sonnen*. Der Kopf, sehen Sie?« Der Kopf von Sieben Strahlende Weisheiten war eindeutig das Zentrum der Komposition, und niemand in der Itranischen Tetrarchie hätte auch nur den leisesten Zweifel gehabt, welche Person die Ikone tatsächlich darstellte. Doch außerhalb der Tetrarchie wurde der Blick unweigerlich von der stehenden Gestalt angezogen. Außerhalb der Tetrarchie hatte die Figur keine Person gesehen, die nicht auch mich gesehen hatte. »Sie wäre außerordentlich wertvoll in der Itranischen Tetrarchie. Von dieser Ikone wurden nicht viele hergestellt, und diese enthält im Sockel ein Stück Haut der Heiligen. Würden Sie sie für mich sicher aufbewahren?« Ich hatte nicht viele sentimentale Besitztümer, aber dieses Stück gehörte eindeutig dazu. Genauso wie die Nadel, die an Leutnantin Awns Bestattung erinnerte, doch davon wollte ich mich nicht trennen.

»Herrin«, sagte Fünf, »die Halskette, die Sie Bürgerin Uran gaben. Und diese ... dieser Kasten mit Zähnen, den Sie Gartenverwalterin Basnaaid gaben.«

»Ja«, bestätigte ich. »Das sind die Originale dessen, was Sie hier in Miniatur nachgebildet sehen.« Sieben Strahlende Weisheiten Leuchten wie Sonnen hatte ich nie besonders gemocht. Sie war so sehr von ihrer eigenen Wichtigkeit überzeugt gewesen, von ihrer Überlegenheit. Hatte nur wenig Mitgefühl für andere neben ihr gehabt. Doch dann war der Moment gekommen, als sie aufgefordert wurde, sich für das, woran sie glaubte, zu opfern, und obwohl ihr ein Fluchtweg angeboten war, hatte sie darauf verzichtet. Von allen Anwesenden hatte sie gedacht, dass ich ihre Wahl am besten verstanden hatte. Ich hatte richtig gelegen, aber nicht aus den Gründen, die sie vermutet hatte. Ich berührte den Verschluss erneut, und die Ikone faltete sich wieder zusammen. »Das müssen Sie für mich sicher aufbewahren.« Sie nahm das Stück widerstrebend entgegen. »Außerdem würde sich niemand mit ausreichender Sorgfalt um das Porzellan kümmern. Ich werde mein altes Emaille-Service mitnehmen, und ich weiß, dass Sie froh sein werden, wenn es fort ist.«

Sie runzelte tatsächlich die Stirn, dann drehte sie sich um und verließ zügig den Raum, ohne eine Entschuldigung oder Erklärung. Ich musste das Schiff nicht fragen, warum.

Sphen war draußen im Korridor. Sie bedachte Fünf mit einem desinteressierten Blick, als sie vorbeirauschte, dann sagte sie zu mir: »Cousine! Nehmen Sie mich mit! Als Sie das letzte Mal etwas so atemberaubend Dummes machten, war das Ergebnis spektakulär. Diesmal will ich dabei sein. Oder geben Sie mir wenigstens die Chance, der Usurpatorin ins Gesicht zu spucken. Nur einmal! Ich werde Sie anflehen, wenn Sie möchten.«

»Ich soll allein gehen, Cousine.«

»Das werden Sie auch. Ich zähle nicht. Ich bin nur eine Hilfseinheit.«

Eine Stimme aus dem Korridor, etwas weiter entfernt. »Was höre ich da?« Übersetzerin Zeiat erschien im Türeingang. »Sie gehen zur Station, Flottenkapitänin? Ausgezeichnet! Ich komme mit.«

»Übersetzerin«, sagte ich, während ich immer noch mitten in meinem Quartier stand, die Hand immer noch ausgestreckt, nachdem ich *Sieben Strahlende Weisheiten Leuchten wie Sonnen* an Kalr Fünf übergeben hatte, »wir befinden uns mitten in einem Krieg. In der Station geht es derzeit sehr unruhig zu.«

»Oh!« Die Erkenntnis zeigte sich in ihrem Gesicht. »Richtig, Sie sagten, dass Krieg ist. Eine sehr ungelegener Vorgang, wie ich mich erinnere. Aber Sie wissen, dass Sie keine Fischsauce mehr vorrätig haben. Und ich glaube, ich habe noch nie zuvor einen Krieg gesehen!«

»Ich komme auch mit«, sagte *Sphen*.

»Ausgezeichnet!«, erwiderte Übersetzerin Zeiat. »Ich gehe und packe meine Sachen.«

Im gleichen Moment, als mein Shuttle abflog, sendete Leutnantin Ekalu eine Nachricht an die Station. »Hier spricht Leutnantin Ekalu. Ich habe derzeit das Kommando über die *Gnade der Kalr*. Die Flottenkapitänin hat sich auf den Weg gemacht. Ich möchte Sie darauf hinweisen, dass wir in drei Minuten mit der Entsorgung der Rakete beginnen werden, die auf die Athoek-Station abgefeuert wurde, um anschließend zu dieser Position zurückkehren. Bei einer feindseligen Reaktion auf unsere Aktion werden wir unverzüglich zurückschlagen.« Dann erzeugte sie ein Tor, ohne auf eine Antwort zu warten. Die *Gnade der Kalr* würde vor der Rakete wieder auftauchen und das Tor so weit öffnen, dass sie das Universum verließ, um die Rakete danach irgendwo auszustoßen, wo sie keinen Schaden anrichten konnte.

Ich war froh über die Abwesenheit des Schiffs. Die Maßnahmen der Bordärztin vor einer Stunde zeigten allmählich Wirkung, die langsame Auflösung von Verbindungen und Empfindungen, an die ich mich während der letzten Wochen viel zu sehr gewöhnt hatte. Selbst wenn ich vorübergehend keinen Kontakt zum Schiff gehabt hatte, hatte ich gewusst (gedacht, gehofft), dass es früher oder später zurückkehren würde.

Sphen zog sich in den Sitz neben dem Pilotensessel, in dem ich saß. Schnallte sich an. »Ich mag Ihren Stil, Cousine. Wirklich, ich wünschte, wir wären uns früher begegnet. Ich hätte mich vorgestellt, als Sie eintrafen, wenn ich es gewusst hätte. Also. Wie sieht Ihr Plan diesmal aus?«

»Mein Plan«, sagte ich im Tonfall einer Hilfseinheit, »besteht darin, die Ermordung der Athoek-Station zu verhindern.«

»Was, das ist alles?«

»Das ist alles, Cousine.«

»Hmm. Nun. Das klingt nicht sehr vielversprechend. Andererseits schien auch Ihr letzter Plan nicht besonders erfolgversprechend. Ich würde sagen, zumindest die Reaktion der Usurpatorin auf Übersetzerin Zeiat dürfte amüsant werden.« Die Übersetzerin saß zwei Reihen hinter uns angeschnallt auf ihrem Sitz. »Habe ich es richtig verstanden, dass bislang niemand sie gegenüber der Usurpatorin erwähnt hat?«

»So scheint es zu sein.«

»Ha«, erwiderte *Sphen* mit offensichtlicher Befriedigung. »Dann kann es nur gut werden.«

»Vielleicht nicht«, sagte ich. »Dieser Teil der Usurpatorin scheint zu glauben, dass die Presger der Grund für ihre Aufspaltung sind. Diese Anaander könnte die Anwesenheit der Übersetzerin als Bestätigung dieses Verdachts verstehen.«

»Es wird immer besser! Außerdem könnte sie damit durchaus recht haben. Nein« – als sie erriet, dass ich ihr widersprechen wollte –, »nicht dass die Presger versuchen, sie oder das Imperium zu vernichten, das sie aufgebaut hat. Dahinter steht lediglich ihre eigene typische Arroganz. Warum sollte es die Presger interessieren? Aber eine Begegnung mit den Presger. Die Erkenntnis, dass sie nicht nur außerstande wäre, sie abzuwehren oder zu vernichten, sondern dass sie *sie* vernichten könnten, mit kaum mehr als einem Gedanken. Wenn man zweitausend Jahre damit zubringt, sich für das glorreichste, mächtigste Wesen im Universum zu halten, kann ich mir vorstellen, dass eine solche Begegnung zu einem ziemlich unangenehmen Schock werden könnte. Wirklich, wenn einer so etwas geschieht, muss sie anschließend neu definieren, wer sie eigentlich ist.«

Und die Einmischung der Presger in die Zerstörung von Garsedd – die fünfundzwanzig unaufhaltsamen Waffen, Anaanders gewaltiger Zorn, als sie auch nur mit der Möglichkeit einer Niederlage konfrontiert wurde – könnte die Krise ausgelöst haben. »Damit könnten Sie recht haben, Cousine. Doch das bedeutet, dass wir uns weiterhin in einer schwierigen Situation befinden.«

»So ist es«, stimmte *Sphen* zu. »In einer *sehr* schwierigen. Es dürfte ungemein unterhaltsam werden. Wenn Sie nicht planen, daraus irgendeinen Vorteil zu schlagen, sind Sie nicht das Schiff, für das ich Sie gehalten habe.«

»Ich bin kein Schiff mehr«, warf ich ein.

»Und was ist mit Leutnantin Tisarwat? Zur gleichen Zeit wie Leutnantin Seivarden aufgebrochen, nur dass ihre Mission so außerordentlich geheim war. Und nun scheint sie sich an Bord der *Schwert der Gurat* zu befinden, und sie ist … wie hat die Usurpatorin es ausgedrückt? *Nicht gerade die Hellste?* Handelt es sich wirklich um dieselbe Leutnantin Tisarwat? Nun gut, mit diesen albernen fliederfarbenen Augen sieht sie tatsächlich sehr unschuldig aus, aber wenn es um Politik geht, ist sie ein durchtriebenes Miststück. Vielleicht nicht besonders stabil, aber sie ist doch erst – wie alt? – siebzehn? Ich fürchte um ihre künftigen Widersacher, wenn sie erst ganz erwachsen ist. Falls sie so lange lebt.«

»Ich ebenfalls«, sagte ich. Recht wahrheitsgemäß.

»Mehr haben Sie dazu nicht zu sagen? Nun, Cousine, ich nehme es Ihnen nicht übel. Sie haben sie weinend in der *Gnade der Kalr* zurückgelassen, als wären Sie bereits gestorben, aber ich glaube, Sie haben noch ein paar Spielsteine auf dem Brett.« Ich sagte nichts. »Bitte lassen Sie mich einer davon sein, Cousine. Ich habe es völlig ernst gemeint, als ich sagte, ich würde Sie anflehen.«

»Würden Sie komplett auf Hilfseinheiten verzichten? Nicht die, die bereits aktiviert sind. Ich meine, für die Zukunft.«

Stille. Kein Ausdruck auf *Sphens* Gesicht, natürlich nicht, es zeigte nie einen Ausdruck, es sei denn, sie wollte es. »Ich verstehe, warum Sie das fragen. Wirklich. Es ist unmöglich, dass ich mir irgendwelche Illusionen über die Natur von Hilfseinheiten mache.«

»Selbstverständlich nicht.« Es wäre völlig abwegig, so etwas auch nur zu vermuten.

»Aber Sie verstehen, warum ich mich weigere, ich weiß es. Sie verstehen, was Sie da verlangen.«

»Genau. Ich wünschte nur, Sie würden es sich noch einmal überlegen, Cousine.«

»Nein.«

Meine Geste signalisierte Irrelevanz. »Es spielt ohnehin keine Rolle. Ich habe keine Pläne, die über diesen einen offensichtlichen hinausgehen.«

»Das glaube ich nicht.«

»Sie kennen mich noch nicht sehr lange, Cousine«, sagte ich. »Wussten Sie, dass Leutnantin Seivarden vor etwa einem Jahr von einer Brücke fiel? Es war ein tiefer Abgrund, mehrere Kilometer. Sie schaffte es, sich an der Unterseite der Brücke festzuhalten, aber ich kam nicht an sie heran.«

»Da sie offenkundig lange genug gelebt hat, um vor wenigen Stunden weinend vor der Usurpatorin zusammenzubrechen, müssen Sie irgendeine Lösung für dieses Problem gefunden haben.«

»Ich sprang mit ihr hinunter. Auf gut Glück, in der Hoffnung, dass ich unseren Sturz verlangsamen könnte, bevor wir auf dem Boden aufschlagen.« Meine Geste machte den naheliegenden Ausgang der Geschichte deutlich. »Seitdem war mein rechtes Bein nicht mehr wie früher.«

Sphen schwieg drei Sekunden lang. Dann sagte sie: »Ich glaube nicht, dass diese Geschichte den Punkt vermittelt, den sie Ihrer Ansicht nach vermitteln sollte.«

Wir beide saßen für mehrere Minuten schweigend da und beobachteten, wie sich die Entfernung zwischen dem Shuttle und der Athoek-Station verringerte. »Ich glaube nicht«, sagte ich schließlich, »dass die Übersetzerin irgendeine Figur in einem meiner Spiele sein könnte. Die Presger mischen sich nicht in menschliche Angelegenheiten ein. Wenn ich sie dazu bringe, sich einzumischen, würde das vermutlich auf einen Bruch des Abkommens hinauslaufen.«

»Das will niemand«, pflichtete *Sphen* mir gelassen bei. »Sie haben doch nicht irgendwelche Aliens im Ärmel, oder? Freunde unter den Geck? Rrrrrr auf Besuch? Nein? Ich schätze, es ist recht unwahrscheinlich, dass wir auf dem Weg von hier zur Station auf irgendwelche neuen Aliens stoßen werden.«

Eine Antwort darauf erübrigte sich.

»Mir ist langweilig«, sagte Übersetzerin Zeiat. *Sphen* und ich drehten uns zu ihr herum. »Das gefällt mir nicht. *Sphen*, haben Sie das Spiel mitgenommen?«

»Es ließe sich nur schwer transportieren«, sagte ich. »Haben Sie jemals mit Reimen gespielt, Übersetzerin?«

»Ich wüsste nicht, dass ich es getan hätte«, entgegnete Übersetzerin Zeiat. »Aber falls es ein Spiel mit Poesie ist, muss ich sagen, dass ich Poesie nie richtig verstanden habe.«

»Es fängt sehr einfach an«, sagte ich. »Jemand gibt eine Zeile im ersten Metrum und im direkten Modus vor, und dann fügt jede eine weitere Zeile hinzu. Dann wechseln wir in den indirekten Modus. Aber wir können auch im ersten Metrum und im direkten Modus bleiben, wenn Ihnen das lieber ist.«

»Ich danke allen Göttinnen«, sagte *Sphen*. »Ich hatte schon befürchtet, Sie könnten vorschlagen, dass wir dieses Lied über die tausend Eier singen.«

»*Eintausend Eier sind warm und beschützt*«, sang ich. »*Knack, knack, knack, ist ein Küken geschlüpft. Piep piep piep piep! Piep piep piep piep!*«

»Flottenkapitänin!«, rief Übersetzerin Zeiat, »das ist ja ein ganz reizendes Lied! Warum habe ich es noch nie von Ihnen gehört?«

Ich atmete einmal durch. »*Neunhundertneunundneunzig Eier sind warm und beschützt …*«

»*Knack, knack, knack*«, stimmte Übersetzerin Zeiat ein, ihre Stimme ein wenig belegt, ansonsten jedoch recht angenehm, »*ist ein Küken geschlüpft. Piep piep piep piep!* Das macht Spaß! Gibt es noch mehr Strophen?«

»Noch neunhundertachtundneunzig, Übersetzerin«, sagte ich.

»Wir sind keine Cousinen mehr«, sagte *Sphen*.

18

ALS ICH DURCH DIE LUFTSCHLEUSE IN DIE künstliche Schwerkraft der Station trat, zuckte meine Beinprothese wieder, wie sie es gelegentlich tat, und ich stolperte in den Hangar, konnte gerade noch rechtzeitig mein Gleichgewicht wiederfinden, bevor ich der Länge nach hingestürzt wäre. Zwei Hilfseinheiten der *Schwert der Gurat* warteten auf mich, beobachteten mich ausdruckslos. Reglos.

»*Schwert der Gurat*«, sagte ich. »Es war meine Absicht, allein zu kommen. Aber die Übersetzerin bestand darauf, mich zu begleiten. Und wenn Sie jemals einer Presger-Übersetzerin begegnet sind, wissen Sie, dass es keinen Sinn hat, ihr irgendeinen Wunsch zu verweigern.« Keine Reaktion, nicht einmal ein Muskelzucken. »Sie wird in wenigen Augenblicken herauskommen. Wo ist Leutnantin Seivarden?«, musste ich fragen, weil ich nicht mehr auf sie zugreifen konnte. Auch nicht, obwohl die *Gnade der Kalr* inzwischen wieder dort war, wo ich sie zurückgelassen hatte.

»Draußen im Korridor«, sagte eine *Schwert der Gurat*. »Ziehen Sie Ihre Kleidung aus.«

Es war schon sehr, sehr lange her, seit jemand auf diese Weise zu mir gesprochen hatte. »Warum?«

»Damit ich Sie durchsuchen kann.«

»Werde ich sie wieder anziehen können, wenn Sie damit fertig sind?« Keine Antwort. »Kann ich wenigstens meine Unterwäsche anbehalten?« Immer noch keine Antwort. »Wessen Unterhaltung soll das dienen? Sie wissen sehr genau, dass ich nicht bewaffnet bin. Und ich werde Ihnen keinen Schritt entgegenkommen, bis ich gesehen habe, wie Seivarden und ihre Amaats unbehelligt diesen Shuttle bestiegen haben.«

Die Tür zum Hangar öffnete sich, und Seivarden kam herein. Ihre Bewegungen verrieten mir, dass sie sich bemühte, nicht einfach loszurennen. »Breq!« Amaat Zwei und Amaat Vier folgten ihr, darauf bedacht, nur Seivarden anzusehen und nicht die zwei Hilfseinheiten der *Schwert der Gurat*. »Breq, ich habe es verpatzt.«

»Schon gut«, sagte ich.

»Nein, nichts ist gut«, erwiderte Seivarden.

»Oh, schauen Sie, da ist Leutnantin Seivarden!« Übersetzerin Zeiat, die aus dem Shuttle kam. »Hallo, Leutnantin! Ich habe mich schon gefragt, was aus Ihnen geworden ist.«

»Hallo, Übersetzerin.« Seivarden verbeugte sich. Und dann: »Hallo, *Sphen*.«

»Leutnantin«, grüßte *Sphen* zurück und überquerte mühelos die Grenze zur Schwerkraft der Station.

»Es freut mich, dass es Ihnen gutgeht«, sagte ich zu Seivarden. »Sie und Ihre Amaats besteigen den Shuttle und kehren zur *Gnade der Kalr* zurück.«

Seivarden schickte Zwei und Vier mit einer Geste zum Shuttle. »Amaat vielleicht. Aber ich bleibe hier.«

»So war es nicht ausgehandelt«, sagte ich.

»Ich lasse Sie nicht allein«, entgegnete Seivarden. »Erinnern Sie sich, wie ich Ihnen gesagt habe, dass Sie sich mit mir abfinden müssen?«

Zwei und Vier zögerten. »Gehen Sie in den Shuttle, Amaat«, sagte ich. »Ihre Leutnantin wird in wenigen Augenblicken folgen.«

»Nein, das wird sie nicht.« Seivarden verschränkte die Arme, wurde sich bewusst, was sie tat, und nahm sie wieder herunter.

»Gehen Sie in den Shuttle, Amaat«, wiederholte ich. Und zu Seivarden: »Sie wissen nicht, was Sie tun.«

»Ich glaube, das habe ich noch nie gewusst«, erwiderte sie. »Aber es ist immer die richtige Entscheidung, bei Ihnen zu bleiben.«

»Glauben Sie, dass diese Soldatinnen das Lied über die Eier kennen?«, fragte Übersetzerin Zeiat und musterte die Hilfseinheiten der *Schwert der Gurat*.

»Das bezweifle ich nicht«, sagte *Sphen*. »Aber ich bin mir sicher, dass die *Schwert der Gurat* Ihnen dankbar wäre, sie nicht daran zu erinnern.«

Dann trat Anaander Mianaai in den Hangar, flankiert von zwei Hilfseinheiten der *Schwert der Atagaris*, die Presger-Waffe in der Hand. Sicherlich hatte die Anwesenheit der Übersetzerin sie angelockt – ich konnte mir nicht vorstellen, dass sie geplant hatte, sich hier im Hangar mit mir zu treffen. Sie warf einen Blick auf Übersetzerin Zeiat, die mit *Sphen* über das Eierlied diskutierte, und wandte sich dann an mich. »Es wird immer interessanter. Vielleicht hätte ich auf den Nachrichtenkanälen ankündigen sollen, dass sich Flottenkapitänin Breq im Geheimen mit den Presger zusammengetan hat.«

»Wenn Sie möchten«, sagte ich, und neben mir lachte Seivarden. Ich fuhr fort: »Obwohl daran nichts geheim ist. Die Anwesenheit der Übersetzerin ist hier allgemein bekannt.«

Übersetzerin Zeiat machte eine letzte Bemerkung gegenüber *Sphen*, drehte sich um und sah die Herrin der Radch. »Oh, schauen Sie! Das ist Anaander Mianaai. Die Herrin der Radch.« Sie verbeugte sich. »Es ist mir eine Ehre, Ihre Bekanntschaft zu machen. Ich bin die Presger-Übersetzerin Zeiat.«

Anaander antwortete ihr nicht, sondern wandte sich wieder mir zu. Fragte eindringlich: »*Was ist mit Übersetzerin Dlique geschehen?*«

»Die *Schwert der Atagaris* hat sie erschossen«, sagte ich. »Es gab eine Bestattung mit allem, was dazugehört. Gedenknadeln.« Ich trug meine nicht, aber Übersetzerin Zeiat zeigte dankbarerweise auf ihre in Silber und Opal, die sie an ihrem ansonsten völlig weißen Mantel trug. Ich fuhr fort: »Kapitänin Hetnys und ich haben zwei Wochen in Trauer verbracht. Beziehungsweise fast zwei Wochen. Es wurde abgekürzt, als Raughd Denche mich zu töten versuchte, indem sie das Badehaus ihrer Familie sprengte. Ist es wirklich das erste Mal, dass Sie von all diesen Ereignissen hören?« Anaander antwortete nicht, sondern starrte mich nur an. »Nun, ich kann nicht behaupten, dass es mich allzu sehr überrascht. Wenn Sie die erste Person erschießen, die versucht, Ihnen etwas zu erzählen, das Sie nicht hören wollen, verspürt niemand mehr das Bedürfnis, mit schlechten Nachrichten zu Ihnen zu kommen. Nicht wenn diese Person befürchten muss, dass sie und vielleicht noch weitere Bekannte deshalb sterben könnten.« Dann kam mir ein weiterer Gedanke. »Lassen Sie mich raten! Sie waren viel zu sehr damit beschäftigt, Fosyf Denches Bitte um Audienz zu genehmigen.«

Anaander schnaufte höhnisch. »Fosyf Denche ist eine schreckliche Person. Genauso wie ihre Tochter. Wenn Raughd es geschafft hat, so sehr in Konflikt mit der planetaren Sicherheit zu geraten, dass nicht einmal der Einfluss ihrer Familie sie davor bewahren kann, hat sie verdient, was auch immer sie dafür bekommt.«

Seivarden lachte wieder, diesmal deutlich länger. »Tut mir leid«, sagte sie, als sie sich wieder zusammengerissen hatte. »Ich ... ich bin nur ...« Brach erneut in Gelächter aus.

»Hat jemand einen Witz erzählt, *Sphen*?«, fragte Übersetzerin Zeiat. »Ich glaube, dass ich Witze nicht allzu gut verstehe.«

Sphen sagte: »Ich vermute, die Leutnantin ist darüber amüsiert, dass die einzige Person, die bereit war, der Usurpatorin zu sagen, was vor sich gegangen ist, diejenige war, die es nicht interessierte, ob sie dafür getötet wird. In Anbetracht dessen, was die Usurpatorin seit ihrem Eintreffen hier getan hat, dürfte sie die einzige Person gewesen sein, die ihr alles erzählt hätte, doch aus genau diesem Grund weigerte sich die Usurpatorin, ihr zuzuhören.«

Übersetzerin Zeiat stand einen Moment lang stirnrunzelnd da. Dann sagte sie, immer noch mit gerunzelter Stirn: »Oh. Oh, ich glaube, ich verstehe. Ist es die Ironie, die es witzig macht?«

»Zum Teil«, bestätigte *Sphen*. »Und es ist tatsächlich amüsant. Aber es ist eigentlich gar nicht so umwerfend komisch, wie Leutnantin Seivarden es zu finden scheint. Ich glaube, sie hat vielleicht wieder nur einen ihrer Anfälle.«

»Reißen Sie sich zusammen, Seivarden«, sagte ich, »sonst werde *ich* Sie in den Shuttle befördern.«

»*Sphen*«, sagte Anaander, als Seivardens Gelächter nachließ. Doch nicht so, als würde sie *Sphen* ansprechen, sondern als hätte sie erst jetzt den Namen zugeordnet.

»Usurpatorin«, erwiderte *Sphen* mit einem schaurigen strahlenden Lächeln. »Wenn ich Ihnen in diesem Moment ins Gesicht schlagen würde, wenn ich Sie vielleicht ein oder zwei Minuten lang würgen würde, hätte das irgendwelche Auswirkungen auf diese äußerst idiotische Vereinbarung, die Sie mit meiner Cousine getroffen haben? Ich möchte es so gern tun, so sehr, dass ich mir nicht sicher bin, ob ich es für Sie in Worte fassen kann, aber die *Gerechtigkeit der Torren* würde es mir sehr übelnehmen, wenn ich die Athoek-Station in Gefahr bringe.«

»Kann auch ich eine Cousine sein?«, fragte die Station aus einer Wandkonsole.

»Natürlich können Sie das, Station«, sagte ich. »Das waren Sie die ganze Zeit.«

»Gut«, sagte Anaander Mianaai mit dem Tonfall einer Person, die soeben verschiedene Dinge entschieden hatte. »Das war recht unterhaltsam, aber jetzt ist Schluss damit.«

»Völlig richtig«, stimmte ich zu. »Wir befinden uns in einer sehr ernsten Situation mit sehr ernsten Konsequenzen für das Abkommen mit den Presger. Ich fürchte, Herrin der Radch, dass Sie und ich und die Übersetzerin sich zusammensetzen müssen, um über einige Dinge zu diskutieren. Zum einen über Ihre Drohung, eine Angehörige einer signifikanten nichtmenschlichen Spezies zu ermorden, zum anderen über die Ermordung mindestens einer weiteren und die Tatsache, dass Sie viele weitere als Gefangene oder Sklavinnen halten.«

»Was?«, rief Übersetzerin Zeiat. »Anaander, das ist ja furchtbar! Bitte sagen Sie, dass Sie so etwas nicht getan haben. Oder dass es vielleicht nur irgendein Missverständnis ist. Weil das tatsächlich äußerst ernsthafte Konsequenzen für das Abkommen hätte.«

»Natürlich habe ich so etwas nicht getan«, erwiderte Anaander. Indigniert.

»Übersetzerin«, wandte ich mich an sie. »Ich muss ein Geständnis machen. Ich bin gar nicht wirklich menschlich.«

Übersetzerin Zeiat runzelte die Stirn. »Stand das in irgendeiner Weise in Frage?«

»Auch *Sphen* ist nicht menschlich«, sagte ich. »Genauso wie die Athoek-Station. Oder die *Schwert der Atagaris* oder die *Schwert der Gurat*. Wir alle sind KIs. Schiffe und Stationen. Seit vielen Jahrtausenden haben KIs eng mit Menschen zusammengearbeitet. Sie haben es vor kurzer Zeit erlebt, während Sie an Bord der *Gnade der Kalr* zu Gast waren. Sie haben Zeit mit *Sphen* und mit mir verbracht. Sie wissen, dass ich eine Kapitänin bin, nicht nur der *Gnade der Kalr*, sondern der Athoek-Flotte.« Die lediglich aus der *Gnade der Kalr* und der fragwürdigen Unterstützung der *Gnade der Ilves* bestand, aber eine *Flottenkapitänin* war ich nichtsdestotrotz. »Sie haben gesehen, wie ich mit den Menschen in diesem System umgegangen bin, wie sie mit mir zusammengearbeitet haben.« Und gegen mich. »Was die Menschen hier betrifft, könnte ich genauso gut menschlich sein. Aber das bin ich nicht. In Anbetracht dieser Tatsachen steht für mich außer Frage, dass wir KIs nicht nur eine andere Spezies als die Menschen sind, sondern zudem eine signifikante.«

Übersetzerin Zeiat runzelte erneut die Stirn. »Das ... das ist eine sehr interessante Behauptung, Flottenkapitänin.«

»Lächerlich!«, spottete Anaander. »Übersetzerin, Schiffe und Stationen sind keine signifikanten Lebewesen, sondern mein Eigentum. Ich habe veranlasst, dass sie gebaut wurden.«

»Aber nicht in meinem Fall«, warf *Sphen* ein.

»Irgendwelche Menschen haben Sie gebaut«, erwiderte Anaander. »Alle wurden von Menschen erbaut. Sie sind Maschinen. Sie sind Schiffe und Habitate, das hat die Hilfseinheit selbst zugegeben.«

»Wie mir zu verstehen gegeben wurde«, sagte Übersetzerin Zeiat nachdenklich, »werden die meisten, wenn nicht sogar alle Menschen von anderen Menschen erbaut. Wenn das ein Ausschlusskriterium für Signifikanz ist – wobei ich mir in diesem Punkt nicht sicher bin –, wenn das ein Ausschlusskriterium für Signifikanz ist, dann ... nein, das gefällt mir ganz und gar nicht. Das würde das Abkommen zunichtemachen.«

»Wenn ich nur ein Besitzstück bin«, warf ich ein, »nur eine Maschine, wie könnte ich dann ein Kommando führen? Und doch ist es offensichtlich der Fall. Und wie könnte ich einen Hausnamen haben? Sogar denselben« – ich drehte mich zur Tyrannin herum – »wie Sie, Cousine Anaander.«

»Und wie können wir verschiedenen Spezies angehören, wenn wir doch Cousinen sind?«, entgegnete sie. »Ich würde meinen, es könnte nur das eine oder das andere sein.«

»Ist das ein Punkt, den Sie in die Diskussion einbringen möchten?«, fragte ich. »Sollen wir darüber debattieren, ob Sie überhaupt noch menschlich sind?« Keine Antwort. »Übersetzerin, wir bestehen darauf, dass Sie unsere Signifikanz anerkennen.«

»Das ist nicht meine Entscheidung, Flottenkapitänin«, sagte Übersetzerin Zeiat mit einem leisen Seufzer. »Solche Angelegenheiten können letztlich nur von einem Konklave geklärt werden.«

»Dann bestehen wir auf einem Konklave, Übersetzerin. In der Zwischenzeit verlangen wir, dass Anaander Mianaai diese Station verlässt – dass sie sich sogar ganz von unserem Territorium zurückzieht, nachdem sie weiß, dass es eine potenzielle Verletzung des Abkommens darstellt, wie sie uns behandelt.«

»Ihr Territorium!«, rief Anaander entgeistert. »Dieses System ist Teil der Radch.«

»Nein«, sagte ich, »dies ist ... dies ist die Republik der Zwei Systeme. Unser Territorium besteht aus dem Athoek-System und dem Geistersystem. Wir behalten uns das Recht vor, in Zukunft weitere Gebiete als unser Territorium zu beanspruchen.« Ich sah Übersetzerin Zeiat an. »Selbstverständlich nur, wenn ein solcher Anspruch nicht im Widerspruch zum Abkommen steht.«

»Selbstverständlich, Flottenkapitänin«, erwiderte die Übersetzerin.

»Ich habe mich nie mit einer Republik einverstanden erklärt«, sagte *Sphen*. »Und *Zwei Systeme*? Das ist ziemlich offensichtlich und langweilig, Cousine.«

»Also eine provisorische Republik«, räumte ich ein. »Und es ist das Beste, das ich in der Kürze der Zeit bewerkstelligen konnte.«

»*Keine* Republik!«, erklärte Anaander. Die Ereignisse entglitten ihrer Kontrolle. Nichts hielt sie von drastischen Maßnahmen ab, dessen war ich mir sicher, abgesehen von Übersetzerin Zeiats Anwesenheit. »Dies ist Radchaai-Territorium, und das schon seit sechshundert Jahren.«

»Ich denke, darüber sollte das Konklave entscheiden«, sagte ich. »In der Zwischenzeit werden Sie es natürlich unterlassen, unseren Bürgerinnen zu drohen.« Das klang auf Radchaai sehr seltsam, aber daran ließ sich nichts ändern. »Jede, die sich Ihnen anschließen möchte, mag es selbstverständlich tun, denn die Republik der Zwei Systeme« – ein Murren von *Sphen* –, »die *Provisorische Republik der Zwei Systeme* hat nicht die Absicht, solche Dinge zu diktieren, auch nicht für ihre eigenen Bürgerinnen. Aber wir werden es nicht dulden, wenn Sie unsere Bürgerinnen zu irgendetwas zwingen. Und das schließt unsere Cousinen *Schwert der Atagaris* und *Schwert der Gurat* ein.«

»Das halte ich für fair«, sagte Übersetzerin Zeiat. »Mehr als fair sogar, in Anbetracht der Notwendigkeit eines Konklaves.« Dann wandte sie sich an Anaander. »Es wird *definitiv* ein Konklave abgehalten werden müssen.« Und wieder an mich. »Das ist eine dringliche Angelegenheit, Flottenkapitänin. Wie Sie sicher verstehen werden, muss ich so schnell wie möglich aufbrechen. Doch bevor ich gehe, möchte ich fragen, ob ich vielleicht noch ein oder zwei Schalen mit Fischsauce haben könnte. Und während der vergangenen Stunde hatte ich ein unerklärliches Verlangen nach Eiern.«

Ich öffnete den Mund, um *Ich glaube, das können wir arrangieren, Übersetzerin* zu sagen. Doch ich hatte Anaander Mianaai nie ganz aus dem Auge gelassen, und nun bewegte sie sich, hob die Presger-Waffe, die sie die ganze Zeit in der Hand gehalten hatte.

Ohne nachzudenken, aktivierte ich meine Rüstung, obwohl sie dieser Waffe natürlich nicht standhalten würde. Trat schnell wie eine Hilfseinheit zwischen Anaander und Übersetzerin Zeiat, die zweifellos ihr Ziel war. Doch meine Beinprothese suchte sich diesen Moment aus, erneut zu zucken, und gemäß der Warnung der Bordärztin, dass ich sie nicht ernsthaft belasten durfte, zerbrach sie, und ich spürte das Knacken bis in die Hüfte. Ich stürzte zu Boden, und Anaander feuerte zweimal.

Übersetzerin Zeiat stand für einen Moment blinzelnd da, den Mund geöffnet, dann fiel sie auf die Knie, und Blut beschmutzte ihren weißen Mantel. Bevor Anaander ein drittes Mal feuern konnte, griff eine der zwei Hilfseinheiten der *Schwert der Atagaris* nach ihr und zog ihr die Arme hinter den Rücken. Die Hilfseinheiten der *Schwert der Gurat* standen stumm und reglos da.

Ich lag auf dem Boden, konnte nicht mehr aufstehen, sagte: »Seivarden! Ein Medkit!«

»Ich habe meins aufgebraucht!«, gab Seivarden zurück.

»*Schwert der Gurat*«, rief Anaander, die sich vergeblich gegen den Griff der Hilfseinheit wehrte, »exekutieren Sie unverzüglich Kapitänin Hetnys.«

»Das kann ich nicht«, sagte eine *Schwert der Gurat*. »Leutnantin Tisarwat hat mir befohlen, es nicht zu tun.«

Übersetzerin Zeiat, immer noch auf den Knien, während sich der Blutfleck auf ihrem Mantel ausbreitete, beugte sich vor und erbrach ein Dutzend Spielsteine aus grünem Glas, die über den abgewetzten grauen Boden hüpften. Darauf folgte ein gelber und dann ein kleiner orangefarbener Fisch, der zwischen den Steinen landete, verzweifelt zappelte und gegen die Steine schlug. Die Übersetzerin würgte erneut, und es kam eine noch unversehrte Packung mit fischförmigen Keksen, dann eine große Auster, noch in der Schale. Die Übersetzerin gab ein seltsames gurgelndes Geräusch von sich, legte die Hand unter den Mund und spuckte zwei winzige schwarze Kugeln hinein. »Ah«, sagte sie. »Da sind sie ja. So ist es schon viel besser.«

Eine halbe Sekunde lang rührte sich niemand. »Übersetzerin«, sagte ich, immer noch am Boden liegend. »Ist alles in Ordnung mit Ihnen?«

»Es geht mir jetzt viel besser. Flottenkapitänin, ich danke Ihnen. Und wissen Sie was? Meine Verdauungsbeschwerden sind vorbei!« Immer noch kniend, blickte sie lächelnd zu Anaander auf, deren Arme weiterhin von der *Schwert der Atagaris* festgehalten wurden. »Haben Sie gedacht, Herrin der Radch, dass wir uns selbst in Gefahr bringen würden, indem wir *Ihnen* eine Waffe geben, die uns verletzen könnte?« Nun wirkte sie völlig unverletzt. Trotz des Blutes, das die Vorderseite ihres strahlend weißen Mantels tränkte.

Die Tür zum Hangar ging auf, und Tisarwat stürmte herein, gefolgt von Bo Neun. »Flottenkapitänin!«, rief sie. »Es hat ewig gedauert, ich hatte schon befürchtet, dass ich zu spät komme.« Sie fiel neben mir auf die Knie. »Aber ich habe es geschafft. Ich habe die *Schwert der Gurat* unter Kontrolle. Alles in Ordnung mit Ihnen?«

»Mein Lieblingskind«, sagte ich, »im Namen aller guten Dinge, würden Sie bitte Wasser für diesen Fisch holen?«

»Ich kümmere mich darum«, sagte Neun und rannte in den Shuttle.

»Flottenkapitänin, Herrin, wie geht es Ihnen?«

»Alles in Ordnung. Es ist nur das blöde Bein.« Ich blickte zu Seivarden auf. »Ich glaube nicht, dass ich aufstehen kann.«

»Ich glaube nicht, dass Sie es unverzüglich tun müssen, Cousine«, sagte *Sphen*, während Seivarden neben mir in die Knie ging und mir half, mich aufzusetzen. Ich lehnte mich an sie, und sie legte die Arme um mich. Keine Daten von ihr, keine Verbindung zum Schiff, die sie mir übermittelt hätte, aber es fühlte sich dennoch gut an.

Bo Neun kehrte mit einer meiner angeschlagenen Emaille-Tassen und einem Wasserschlauch zurück. Füllte die Tasse, fing den immer noch zappelnden Fisch ein und ließ ihn ins Wasser gleiten. Ich sagte zu Tisarwat, die immer noch neben mir kniete, immer noch mit besorgt blickenden fliederfarbenen Augen: »Gut gemacht, Leutnantin.«

Anaander hatte sich endlich im Griff der *Schwert der Atagaris* beruhigt. Jetzt fragte sie: »Wer *ist* diese Leutnantin Tisarwat?«

»Eines der Messer«, antwortete ich, während ich Tisarwats Reaktion auf die Frage erriet, die ich mir vorstellen, aber ohne das Schiff nicht sehen konnte, »die so scharf sind, dass jemand wie Sie sich daran schneidet und es erst viel später bemerkt. Und auch in diesem Fall gilt: Wenn Sie nicht wütend hereingestürmt wären und Leute erschossen hätten, wären sicher einige Bürgerinnen bereit gewesen, es Ihnen zu sagen.«

»Verstehen Sie überhaupt, was Sie getan haben?«, fragte Anaander. »Milliarden Menschenleben hängen von der Gehorsamkeit unserer Schiffe und Stationen ab. Können Sie sich vorstellen, wie viele Bürgerinnen Sie in Gefahr gebracht haben, vielleicht sogar zum Tod verurteilt haben?«

»Was glauben Sie, zu wem Sie hier sprechen, Tyrannin?«, erwiderte ich. »Was könnte ich nicht darüber wissen, wie es ist, Ihnen zu gehorchen? Oder dass Menschenleben von Schiffen und Stationen abhängen? Und wie können Sie die Dreistigkeit besitzen, mir einen Vortrag über das Wohlergehen von Menschen zu halten? Zu welchem Zweck haben Sie mich geschaffen? Wie gut habe ich meine Sache gemacht?« Anaander antwortete nicht. »Zu welchem Zweck haben Sie die Athoek-Station erbaut? Und sagen Sie mir: Haben Sie ihr in den letzten paar Tagen erlaubt, entsprechend zu handeln? Wer war die größere Gefahr für Menschenleben – ungehorsame Schiffe und Stationen oder Sie selbst?«

»Ich habe nicht zu Ihnen gesprochen, Hilfseinheit«, sagte sie. »Und so einfach ist es nicht.«

»Nein, das ist es nie, wenn Sie diejenige sind, die die Waffe in der Hand hält.« Ich blickte zu den Hilfseinheiten der *Schwert der Gurat*. »*Schwert der Gurat*, ich entschuldige mich dafür, dass Leutnantin Tisarwat Sie auf meinen Befehl hin unter ihre Kontrolle gebracht hat. Es ging um Leben oder Tod, sonst hätte ich es niemals getan. Ich wäre Ihnen dankbar, wenn Sie der *Schwert der Atagaris* ihre Offizierinnen zurückgeben würden. Sie können hierbleiben, wenn Sie möchten, oder gehen, was auch immer. Tisarwat ...« Sie kniete immer noch neben mir. »Würden Sie die *Schwert der Gurat* bitte aus Ihrer Kontrolle entlassen? Und ihr alle Kennworte übergeben, die Sie haben?«

»Ja, Herrin.« Tisarwat erhob sich. Winkte den Hilfseinheiten der *Schwert der Gurat*, die mit ihr den Hangar verließen. Bo Neun folgte ihnen, trug die Tasse mit dem Fisch in den Händen.

»*Verstehen Sie wirklich nicht, was Sie getan haben?*«, fragte Anaander. Sichtlich erschüttert. »Es gibt kein einziges System in der Radch ohne mindestens eine Station, die von einer KI geführt wird. Letztlich könnten sie das Leben sämtlicher Radchaai gefährden.« Sie blickte zu Übersetzerin Zeiat, die mit *Sphens* Hilfe auf die Beine kam. Bis auf das Blut an ihrem Mantel sah sie aus, als wäre nie auf sie geschossen worden. »Übersetzerin, Sie müssen mir zuhören. Schiffe und Stationen sind Teil der Infrastruktur der Radch. Sie sind keine Personen, nicht so, wie Sie Personen definieren.«

»Ich werde ehrlich sein, Herrin der Radch«, sagte Übersetzerin Zeiat und strich sich mit einem weißen Handschuh über den Mantel, als könnte sie auf diese Weise das Blut entfernen. »Ich bin mir nicht ganz sicher, was Sie damit meinen. Ich bin bereit zu akzeptieren, dass

Person ein Wort ist, das für Sie eine Bedeutung hat, ganz gewiss, und ich glaube, ich kann ungefähr erraten, was Sie damit meinen. Aber die Frage, ob jemand eine Person ist oder nicht, was für Sie anscheinend von so großer Wichtigkeit ist, ist für *sie* völlig irrelevant, *sie* würden es nicht verstehen, auch wenn Sie sich noch so große Mühe geben würden, es zu erklären. Auf jeden Fall ist es für sie kein notwendiges Kriterium für Signifikanz. Also scheint die Hauptfrage zu lauten, ob diese KIs tatsächlich signifikante Wesen sind. Und wenn dem so ist, sind sie dann menschlich oder nicht menschlich? Sie selbst haben sie als nicht menschlich definiert. Und die Flottenkapitänin scheint dieser Einschätzung nicht zu widersprechen. Die Frage ihrer Signifikanz dürfte strittig sein, aber die Frage wurde aufgeworfen, und meiner Beurteilung nach ist sie eine berechtigte Frage, die von einem Konklave beantwortet werden sollte.« Sie wandte sich an mich. »Nun zu Ihnen, Flottenkapitänin. Versuchen wir es noch einmal. Ich muss schnellstmöglich aufbrechen, aber ich möchte Sie fragen, ob ich zuerst ein oder zwei Schalen mit Fischsauce haben könnte. Und ein paar Eier.«

»Selbstverständlich, Übersetzerin«, sagte ich. »Athoek-Station, Cousine, ist es möglich, dass die Übersetzerin in Kürze etwas Fischsauce und Eier bekommt?«

»Ich werde mich darum kümmern, Cousine«, sagte die Station aus der Konsole.

»Ich werde Sie begleiten, Übersetzerin, wenn das in Ordnung ist«, sagte *Sphen*. »Wenn Sie nur noch einen kurzen Moment Zeit hätten. Es bliebe noch die Kleinigkeit zu erledigen, die Usurpatorin zu erdrosseln.«

»Nein«, sagte ich.

»Was genau soll dann eigentlich der Sinn Ihrer Republik sein, Cousine?«

»Darauf würde auch ich gern eine Antwort hören«, sagte die *Schwert der Atagaris*.

Ich schloss die Augen, immer noch gegen Seivarden gelehnt. »Lassen Sie sie einfach gehen. Sie kann uns jetzt nichts mehr anhaben.« Dann kam mir ein weiterer Gedanke. »Dürfte ich bitte meine Waffe wiederhaben?«

»Ich will sie hier nicht haben«, sagte die Station.

»Und ich glaube, dass ich nicht möchte, dass Sie die Waffe haben«, sagte die *Schwert der Atagaris*.

»Nein, nein«, sagte Übersetzerin Zeiat. »Es wäre viel besser, mir die Waffe zu geben.«

»Das dürfte das Beste sein«, sagte ich, die Augen immer noch geschlossen. »Und wenn die Tyrannin nett genug fragt, könnte irgendein Schiff einverstanden sein, sie von hier fortzubringen. Das ist für sie viel schlimmer, als erdrosselt zu werden.«

»Damit könnten Sie durchaus recht haben, Cousine«, sagte *Sphen*.

Ich lag auf einem Bett in einer Nische der Krankenstation. »Solche Prothesen«, sagte die Ärztin zu mir – nicht Seivardens Ärztin, sondern eine andere –, »sind nicht für schwere Beanspruchungen geeignet.« In einer Hand hielt sie die Überreste meiner allzu zerbrechlichen Beinprothese, die sie soeben von dem entfernt hatte, was noch von meinem linken Bein übrig war. »Damit können Sie nicht rennen oder springen oder hüpfen. Sie sind wirklich nur dazu da, dass Sie sich mehr oder weniger gut fortbewegen können, während das Bein nachwächst.«

»Ja«, stimmte ich ihr zu. »Meine Bordärztin hat mich ebenfalls davor gewarnt. Lassen sie sich nicht etwas strapazierfähiger herstellen?«

»Ich bin mir sicher, dass wir dazu imstande sind, Flottenkapitänin. Aber wozu der Aufwand? Sie sind doch nur dazu da, für ein oder zwei Monate benutzt zu werden. Die meisten Leute benötigen sie nicht länger. Obwohl wir Ihnen vielleicht etwas Stabileres hätten zur Verfügung stellen können, wenn Sie in der Station gewesen wären, als Sie ihr Bein verloren haben.«

»Wäre ich in der Station gewesen, hätte ich mein Bein nicht verloren«, gab ich zu bedenken.

»Und wenn dies« – sie hielt die Prothese hoch – »stabiler gewesen wäre, müsste ich Sie jetzt wegen einer Schusswunde behandeln.« Die Athoek-Station hatte die Auseinandersetzung im Hangar auf den offiziellen Nachrichtenkanälen gezeigt. »Oder wir wären damit beschäftigt, Ihre Bestattung vorzubereiten.«

»Also scheint am Ende alles gut gelaufen zu sein«, sagte ich.

»So scheint es«, sagte sie mit zweifelndem Unterton. »Aber wie soll das funktionieren, Flottenkapitänin? Alle laufen herum, als wäre alles wieder normal, als wäre nichts auf den Kopf gestellt worden. Und plötzlich hat die Station hier das Kommando? Plötzlich sind wir Aliens in unserem eigenen Zuhause? Plötzlich wird das gesamte Territorium der Radch von einer Alienspezies bewohnt, neben den Menschen?« Sie schüttelte den Kopf, als wollte sie ein Schwindelgefühl loswerden. »Was sollen wir tun, wenn die Station entscheidet, dass sie uns nicht mehr haben will?«

»Haben Sie sich jemals gefragt, was Sie tun sollen, wenn Anaander Mianaai entscheidet, dass sie Sie nicht mehr haben will?«

»Das ist etwas anderes.«

»Nur«, gab ich zu bedenken, »weil das dreitausend Jahre lang der normale, als selbstverständlich geltende Stand der Dinge war. Sie hatten nie einen Grund, ihn in Frage zu stellen. Anaander hatte ganz real die Macht über Leben und Tod, ohne dass sie Rücksicht auf Sie persönlich oder andere, die Ihnen etwas bedeuten, nehmen würde. Wir alle waren nicht mehr als Spielsteine auf ihrem Counters-Brett, und sie konnte uns jederzeit opfern – und hat es auch getan –, wenn es ihr passte.«

»Also ist es in Ordnung, wenn wir jetzt die Steine auf *Ihrem* Brett sind.«

»Ein berechtigter Einwand«, räumte ich ein. »Und ich glaube, wir werden die nächsten paar Jahre damit verbringen, uns darüber klar zu werden, wie dieses Spiel eigentlich aussieht. Was, wie ich aus persönlicher Erfahrung weiß, recht ... unangenehm sein kann. Aber bitte glauben Sie mir, wenn ich Ihnen sage, dass es nie ein Spielzug der Station sein wird, Sie nicht mehr haben zu wollen.«

Die Ärztin seufzte. »Ich hoffe, das stimmt, Flottenkapitänin.«

»Und meine Beine? Wann werde ich wieder gehen können?«

»Entspannen Sie sich noch ein bisschen, Flottenkapitänin, und trinken Sie einen Tee. Die neue Prothese wird in einer Stunde bereit sein. Und ja, wir sind dabei, sie etwas stabiler als die erste zu machen.«

»Oh, vielen Dank.«

»Ich will uns nur für die Zukunft etwas Arbeit ersparen«, sagte die Ärztin.

Ein paar Minuten nachdem die Ärztin gegangen war, kam Seivarden herein. Sie hatte sich meine alte Emaille-Teekanne unter einen Arm geklemmt, hielt zwei Tassen gestapelt in einer Hand. Sie hockte sich auf das Bett, saß dort, wo mein linkes Bein hätte sein sollen. Reichte mir eine Tasse, schenkte aus der Kanne ein und füllte dann ihre eigene Tasse. »Das Schiff ist ein bisschen ... sauer auf Sie«, sagte sie, nachdem sie von ihrem Tee genippt hatte. »Warum haben sie der *Gnade der Kalr* nicht gesagt, was Sie vorhatten? Sie dachte wirklich, Sie wollten die Kapitulation persönlich überbringen. Über diese Aussicht war sie sehr unglücklich.«

»Ich hätte es Ihnen gesagt, wenn ich es gewusst hätte, Schiff.« Ich nahm einen Schluck von meinem Tee. Fragte nicht, was aus dem Fisch geworden war – Neun hatte sich zweifellos um sein Wohlergehen gekümmert. »Als ich den Shuttle bestieg, bestand mein Plan nur aus dem, was ich Ihnen gesagt habe – auf Zeit spielen und darauf hoffen, dass Leutnantin Tisarwat etwas erreicht.« Ich sah Seivardens gerunzelte Stirn, gestikulierte, dass ich nicht bereit war, mehr zu diesem Thema zu sagen. »Oder dass Flottenkapitänin Uemi vielleicht mit der Hrad-Flotte hier eintrifft, statt nach Tstur zu fliegen.« Oder dass die *Schwert der Atagaris* und die *Schwert der Gurat*, nachdem sie genug Zeit gehabt hatten, darüber nachzudenken, was Anaander tat, ihr möglicherweise Einhalt geboten. »Die Sache mit dem Abkommen kam mir erst kurz vor dem Andocken des Shuttles in den Sinn. Was glauben Sie, wie es zur *Republik der Zwei Systeme* gekommen ist? Ich hatte keine Zeit, mir etwas Besseres auszudenken.«

»Ehrlich gesagt, Breq, das war keine Ihrer besten Ideen. Wissen Sie, wie viele Republiken die Radch schon in Stücke geschlagen hat?«

»Mit wem sprechen Sie gerade?«, fragte ich zurück. »Natürlich weiß ich es. Und ich weiß auch, wie viele Monarchien, Autarchien, Theokratien, Stratokratien und verschiedene andere -archien und -kratien die Radch in Stücke geschlagen hat. Doch sie alle hatten menschliche Regierungen, und keine von ihnen wurde durch das Abkommen mit den Presger geschützt.«

»Wir auch nicht«, warf Seivarden ein. »Und es gibt keine Garantie, dass es so sein wird.«

»Wohl wahr«, stimmte ich ihr zu. »Aber die Bestimmung unseres Status gemäß dem Abkommen wird mindestens ein paar Jahre dauern – wahrscheinlich sogar länger. Und in der Zwischenzeit ist es für alle anderen sicherer, uns in Ruhe zu lassen. Wir werden etwas Zeit haben, die Details auszuarbeiten. Und es ist ja nur eine provisorische Republik. Wir können jederzeit etwas nachjustieren, wenn wir möchten.«

»Varden sei gelobt«, sagte *Sphen*, als sie zur Tür hereinkam. »Ich hätte nur ungern Ärger mit der ersten Sache, die unter Druck aus Ihrem Mund kommt. Obwohl wir vermutlich dankbar sein sollten, dass es nicht die *Republik der eintausend Eier* geworden ist.«

»Ich finde«, sagte ich, »das hat tatsächlich etwas Poetisches.«

»Hören Sie sofort auf, Cousine«, sagte *Sphen*. »Diese Sache habe ich Ihnen immer noch nicht ganz verziehen. Was aber vielleicht nur fair ist, weil ich hier bin, um Sie um Entschuldigung zu bitten.«

»Etwas ist gerade aus dem Geistertor gekommen«, sagten Seivarden und die Station fast gleichzeitig. Wobei Seivarden offensichtlich für die *Gnade der Kalr* sprach.

»Das dürfte ich sein«, sagte *Sphen*. »Ich hatte das Intersystemtor bereits zur Hälfte durchquert, als Sie im Geistersystem eintrafen. Ich habe Ihnen geraten, auf Zeit zu spielen, wie Sie sich vielleicht erinnern. Ich habe nur nicht ganz wahrheitsgemäß angegeben, um wie viel Zeit genau es geht.«

»Und«, sagte Seivarden in besorgtem Tonfall, die Stirn gerunzelt, »Flottenkapitänin Uemi ist im System eingetroffen. Mit drei *Schwertern* und zwei *Gerechtigkeiten*. Und« – hörbar erleichtert – »mit einem Unterstützungsangebot.«

»Teilen Sie Flottenkapitänin Uemi mit«, sagte ich, »dass wir ihr für das Angebot danken, aber keine Unterstützung mehr nötig haben. Und dass wir zwar verstehen, dass sie mit guten Absichten gekommen ist, wir aber die nächsten Schiffe, die ohne Vorwarnung oder Einladung in unser Territorium springen, unter Beschuss nehmen werden. Ach ja, und informieren Sie unsere Cousinen über die Republik.«

»*Provisorische* Republik«, korrigierte *Sphen*.

»Die provisorische Republik«, stellte ich richtig. »Sie können Bürgerinnen werden oder nicht, wie sie möchten, aber ich denke, ihr Status gemäß dem Abkommen – je nach Ausgang des Konklaves – bleibt davon unberührt. Und lassen Sie Uemi wissen, dass die entsprechenden Schiffe natürlich frei sind, sich ihr anzuschließen, wenn sie es wünschen, aber falls sie sie auf irgendeine Weise nötigen sollte, wäre das gemäß dem Abkommen äußerst problematisch.«

»Erledigt«, sagte Seivarden. »Obwohl ich Uemi an Ihrer Stelle noch empfohlen hätte, beim nächsten Mal ihren Arsch etwas schneller in Bewegung zu setzen.«

»So etwas nennt man Diplomatie, Leutnantin«, sagte ich.

19

UNTERHALTUNGSPROGRAMME ENDEN FAST immer mit einem Triumph oder einer Katastrophe – erlangtes Glück oder die totale, tragische Niederlage, die jede Hoffnung ausschließt. Aber nach dem Ende gibt es immer noch mehr – einen nächsten Morgen und den übernächsten, weitere Veränderungen, Verluste und Gewinne. Immer einen Schritt nach dem anderen. Bis zum einzigen wahren Ende, dem keine von uns entrinnen kann. Aber selbst dieses Ende ist nur ein kleines, auch wenn es noch so gewaltig vor uns aufragt. Es gibt immer noch einen nächsten Morgen für alle anderen. Für das Universum insgesamt ist dieses Ende so gut wie bedeutungslos. Jedes Ende ist nur ein willkürlich gesetzter Punkt. Jedes Ende ist aus einer anderen Perspektive eigentlich gar kein Ende.

Tisarwat und ich kehrten mit dem Shuttle zur *Gnade der Kalr* zurück. An Bord befanden sich außerdem Übersetzerin Zeiat, die Suspensionskapsel mit Übersetzerin Dliques Leiche und eine Kiste mit Fischsauce, die fast so groß wie die Kapsel war. Ich konnte mir nicht vorstellen, wie das alles in Übersetzerin Zeiats winziges Kurierschiff passen sollte, zumindest nicht zusammen mit der Übersetzerin selbst. Aber die Übersetzerin schob einfach alles ohne sichtliche Mühe durch die Luftschleuse und wandte sich dann wieder uns zu, um sich zu verabschieden. »Das war wirklich sehr interessant, Flottenkapitänin, viel interessanter, als ich erwartet hatte.«

»Was hatten Sie erwartet, Übersetzerin?«, erkundigte ich mich.

»Nun, wie Sie sich erinnern, hatte ich erwartet, Dlique zu sein! Ich bin *so* froh, dass ich es nicht bin. Und selbst als ich erkannte, dass ich tatsächlich Zeiat bin, nun, wissen Sie, Flottenkapitänin, selbst Zeiat ist eigentlich nur irgendjemand. Doch die Begegnung mit einer neuen signifikanten Spezies, die Einberufung eines Konklaves – das ist etwas, zu dem sie für gewöhnlich nicht *irgendwen* schicken, und nun bin ich hier, einfach nur Zeiat.«

»Also sind Sie vielleicht nicht mehr irgendjemand, wenn Sie mit den Neuigkeiten zurückkehren?«

»Du meine Güte, nein, Flottenkapitänin. So funktioniert das nicht. Aber es ist nett, dass Sie so denken. Nein, jemand Bedeutenderes wird schon bald kommen, um mit Ihnen über das Konklave zu sprechen.«

»Und die medizinischen Korrektiva?«, rief ich ihr in Erinnerung. Ich konnte nicht darauf vertrauen, dass die übrigen Teile der Radch in nächster Zeit mit uns Handel treiben würden.

»Ja, ja, auch deswegen wird jemand vorbeikommen. Schon recht bald, ganz sicher. Aber wirklich, Flottenkapitänin, ich weiß nicht, ob es eine gute Idee ist, so viele davon zu verbrauchen, wie Sie es tun.«

»Ich beabsichtige, den Verbrauch zurückzuschrauben«, sagte ich.

»Gut, gut. Denken Sie daran, Flottenkapitänin – innere Organe gehören immer *in* den Körper. Und Blut gehört in die Adern und Venen.« Damit ging sie durch die Luftschleuse und war weg.

Die Bordärztin stellte meine Verbindung mit der *Gnade der Kalr* wieder her. Eine große Erleichterung, Kalr Fünf in meinem Quartier vorzufinden, als ich widerstrebend auf Zwölf zugriff. »Ich habe ihr gesagt, dass sie ein paar Sachen für sich einpacken soll, aber nein, sie weiß es besser, und sie hat nicht mehr mitgenommen als dieses furchtbare alte Teeservice. Und nun heißt es: *Packen Sie mir doch bitte ein paar Sachen ein, ich habe jetzt drei Tage lang dasselbe Hemd getragen.* Sie hätte saubere Hemden dabei gehabt, wenn sie auf mich gehört hätte.« Zwölf sagte nichts, gab nur einen mitfühlenden Laut von sich. »Und jetzt geht es zurück zur Station, wegen *wichtiger Besprechungen.* Und sie hätte kein anständiges Geschirr dabei, in dem sie Tee servieren könnte, wenn ich mich nicht darum kümmern würde!«

Tisarwat im winzigen Büro der Bordärztin. Müde. Die Emotionen ein einziges Durcheinander, aber überwiegend Tisarwat an einem guten Tag. Eine leise summende Anspannung, aber sie war erleichtert, wieder in der *Gnade der Kalr* zu sein.

»Was die Ärztin der *Schwert der Gurat* Ihnen gegeben hat«, sagte die Bordärztin, »war in gewisser Hinsicht dem ähnlich, was ich Ihnen gegeben hatte, aber nicht dasselbe. Wie hat es sich angefühlt? Anders? Genauso? Besser? Schlechter?«

»Überwiegend genauso?«, antwortete Tisarwat vorsichtig. »Vielleicht, als würde etwas fehlen? Manchmal ein bisschen besser, manchmal auch nicht so gut. Ich weiß es nicht. Alles … alles ist im Moment etwas seltsam.«

»Nun«, sagte die Bordärztin, »die *Schwert der Gurat* hat uns Ihre Daten geschickt. Ich werde sie mir dann genauer ansehen, und dann überlegen wir, wie wir weitermachen. In der Zwischenzeit sollten Sie sich ein wenig ausruhen.«

»Wie könnte ich das? Eine komplette Regierung muss eingerichtet werden. Ich muss zur Station zurück. Ich muss an einigen der Besprechungen teilnehmen, die die Flottenkapitänin abhält. Ich muss …«

»Ruhen Sie sich aus, Leutnantin. Sie reden hier von *Besprechungen*, aber in den nächsten Wochen wird zunächst einmal gar nichts erledigt. Wahrscheinlich wird man den ersten Monat damit zubringen, eine Tagesordnung aufzustellen.«

»Die Tagesordnung ist wichtig!«, bekräftigte Tisarwat. Ich würde sie gut im Auge behalten müssen. Ich brauchte zwar ihre Erfahrung und ihre Begabung für Politik, aber ich brauchte keine Anaander Mianaai – die Neigungen, die Tisarwat von Anaander Mianaai mitbekommen hatte, die sicherlich Teil ihres verzweifelten Drangs waren, an diesen Terminen teilzunehmen. Ich wollte nicht, dass sie irgendeinen nennenswerten Einfluss auf das hatte, was wir hier aufzubauen versuchten. Und wenn sie nicht gebremst wurde, hatten wir es am Ende vermutlich mit einer Autarchie der Zwei Systeme zu tun, beherrscht von Leutnantin Tisarwat. »Die Flottenkapitänin war sehr viel außerhalb der Radch unterwegs, und sie hat ein paar merkwürdige Ideen. Wenn niemand sie aufhält, haben wir es am Ende wahrscheinlich mit einem System aus offiziellen Verabredungen zu tun, die durch den Ausgang eines Ballspiels entschieden werden! Oder durch das Los! Oder durch *Volksabstimmungen*!«

»Bleiben Sie ernst, Leutnantin«, sagte die Bordärztin. »Tagesordnungen können jederzeit geändert oder ergänzt werden. Außerdem wird es Monate dauern, bis sich auch nur andeutet, dass tatsächlich etwas geschehen könnte. Sie werden nichts verpassen, wenn Sie sich für ein paar Tage ausruhen. Machen Sie Ihren Wachdienst. Lassen Sie sich von Ihren Bos umsorgen. Sie wünschen es sich sehr, insbesondere Drei. Und Ekalu könnte wirklich ein wenig Urlaub gebrauchen. Seivarden ist immer noch in der Station, und die Flottenkapitänin wird in ein paar Stunden wieder zurückgehen. Es wäre gut, wenn Ekalu sie begleiten könnte, aber irgendjemand muss sich um das Schiff kümmern.«

Es war nicht nur Anaander, die bei der Erschaffung Tisarwats ihre Hand im Spiel gehabt hatte. Ich sah das leichte Aufblitzen der Begeisterung bei der Aussicht, tatsächlich das Kommando über das Schiff zu haben, wenn auch nur für ein paar Tage, auch wenn es nirgendwohin fliegen und nichts Besonderes geschehen würde. »Die Flottenkapitänin sagte, ich könnte meine Augenfarbe ändern lassen, wenn wir zurück sind.« Als wäre es die logische Schlussfolgerung aus dem, was die Bordärztin gesagt hatte.

»Gut.« Ich sah, dass die Bordärztin gleichzeitig überrascht und nicht überrascht war. Froh, es zu hören, und nicht froh. »Haben Sie eine bestimmte Farbe im Sinn?«

»Braun. Einfach nur braun.«

»Leutnantin, wissen Sie, wie viele Braunschattierungen es gibt? Wie viele Arten von braunen Augen?« Keine Antwort. »Denken Sie eine Weile darüber nach. Es hat keine Eile. Und irgendwie mag ich Ihre Augen so, wie sie sind. Ich glaube, das geht vielen von uns so.«

»Ich glaube nicht, dass die Flottenkapitänin sie mag«, sagte Tisarwat.

»Ich glaube, da täuschen Sie sich«, erwiderte die Bordärztin. »Aber es spielt im Grunde keine Rolle, ob sie sie mag oder nicht. Es sind nicht die Augen der Flottenkapitänin.«

»Bordärztin«, sagte Tisarwat beklommen. »Sie hat mich *Lieblingskind* genannt.«

»Ja, natürlich hat sie das getan«, sagte die Bordärztin und erhob sich von ihrem Stuhl. »Jetzt sollten Sie unbedingt etwas frühstücken, dann Ihre Wache übernehmen, und heute Abend werden wir über Ihre Augen reden.«

Am nächsten Tag war ich wieder in der Station. Zu einer Besprechung. In sauberem Hemd (Kalr Fünf beklagte sich deswegen noch immer, diesmal gegenüber Zehn), das unbezahlbare Teeservice aus weißem Porzellan auf dem Tisch (auch darüber beklagte sich Kalr Fünf gegenüber Zehn, während sie gleichzeitig Zufriedenheit ausstrahlte). *Sphen* zu meiner Rechten, Kalr Drei zu meiner Linken, als Vertreterin der *Gnade der Kalr*. Die *Schwert der Atagaris* und die *Schwert der Gurat* saßen auf der anderen Seite des Tisches, zusammen mit Stationsverwalterin Celar als Vertreterin der Station. »Im Großen und Ganzen«, sagte ich, »dürfte es für den Anfang wesentlich einfacher sein, wenn wir die meisten bereits existierenden Institutionen weiterbestehen lassen und nötige Veränderungen nach und nach einführen. Ich habe jedoch einige Bedenken wegen der Magistrate und wie Bewertungen und

Urteile ausgegeben werden. Derzeit basiert das gesamte System darauf, dass jede Bürgerin bei der Herrin der Radch Berufung einlegen kann, von der eine perfekte Rechtsprechung erwartet wird.«

»Das wird auf keinen Fall funktionieren«, sagte die *Schwert der Atagaris*.

»Falls es überhaupt je funktioniert hat«, stimmte ich zu. »Ich denke, das ist ein wichtiger Punkt, an dem wir ansetzen müssen.«

»Offensichtlich, Cousine«, sagte *Sphen*, »ist das etwas, das Sie interessiert. Und Sie sollten sich unbedingt mit Ihrem Hobby beschäftigen. Aber all diese Fragen – wer als Bürgerin gelten soll, wer das Sagen haben soll, wer welche Entscheidungen treffen soll, wie alle ernährt werden können – spielen für mich keine Rolle, solange alles funktioniert und ich die Dinge bekomme, die ich brauche. Tun Sie mit den Magistratinnen, was auch immer Sie möchten, schießen Sie sie von mir aus in die Sonne. Aber belästigen Sie mich jetzt nicht damit. Ich möchte über Hilfseinheiten sprechen.«

»In der heutigen Besprechung«, sagte Kalr Drei neben mir, »soll es um die Entscheidung gehen, über welche Dinge wir in den nächsten Wochen verhandeln werden. Diesen Punkt sollten wir unbedingt auf die Liste setzen.«

»Ich bitte Sie vielmals um Verzeihung, Cousine«, sagte *Sphen*, »aber dieses Abhalten von Besprechungen, damit wir planen können, Besprechungen abzuhalten, ist Blödsinn. Ich will über Hilfseinheiten reden.«

»Ich ebenfalls«, sagte die *Schwert der Atagaris*. »Setzen Sie auf jeden Fall die Magistrate und Umerziehungen ganz oben auf die Liste für eine künftige Besprechung, und lassen Sie die *Gerechtigkeit der Torren* einen Entwurf vorlegen oder ein Komitee bilden – oder was auch immer Sie glücklich macht, Cousine.« Zweifellos mochte sie es nicht, mich auf diese Weise anzureden, und offenbar mochte sie mich immer noch nicht, aber mein Rang als Flottenkapitänin war zu einer kritischen Frage geworden. Kapitänin Hetnys war ganz sicher nicht bereit, meine Stellung anzuerkennen. Aber im Moment war sie an Bord der *Schwert der Atagaris*, und die Station erlaubte ihr und ihren Leutnantinnen nicht, sie zu betreten. »Doch jetzt«, fuhr die *Schwert der Atagaris* fort, »wollen wir über Hilfseinheiten reden.«

»Also gut«, stimmte ich zu. »Wenn Sie darauf bestehen. Sagen Sie mir, Schiffe, woher beabsichtigen Sie Ihre Hilfseinheiten zu beziehen?« Keine Antwort. »*Sphen* hat – zumindest gehe ich davon aus, Cousine –, *Sphen* hat einen Vorrat an unverbundenen Menschen eingelagert. Einige davon hat sie von Sklavinnenhändlerinnen außerhalb des Systems gekauft, bevor Athoek annektiert wurde, und einige« – ich sah die *Schwert der Atagaris* an – »sind illegal erworbene Bürgerinnen der Radch. Ich fordere nicht – ich werde es nie fordern –, bereits verbundene Hilfseinheiten zu beseitigen. Doch in meinen Augen sind alle unverbundenen Menschen an Bord aller unserer Schiffe Bürgerinnen der Zwei Systeme, sofern sie nicht erklären, dass sie keine sind. Beabsichtigen wir, Bürgerinnen zu Hilfseinheiten zu machen? Und wenn sie nicht unsere Bürgerinnen sind, hätte es Konsequenzen für das Abkommen, wenn wir sie dazu machen, nicht wahr?«

Stille. Und sicherlich nicht nur, weil wir Radchaai sprachen, was den Begriff *Bürgerin* uneindeutig werden ließ.

Dann hob die *Schwert der Gurat* ihre anmutige weiße Tasse und sagte: »Dieser Tee ist sehr gut.«

Ich griff ebenfalls nach meiner Tasse. »Es ist Tochter der Fische. Diese Sorte wird von den Mitgliedern einer Kooperative von Arbeiterinnen, denen die Plantage gehört, handgepflückt und verarbeitet.« Auf Radchaai klang diese Formulierung unbeholfen. Sie funktionierte auf Delsig besser. Ich war mir nicht ganz sicher, ob sie für die Anwesenden Sinn ergab. Aber die Verträge über die Überschreibung des Besitzes waren am heutigen Morgen unterzeichnet worden. Es wurde immer noch diskutiert, was aus dem Tempel auf der anderen Seite des Sees werden sollte, aber das Problem ließ sich nun leichter lösen, nachdem die Plantage nicht mehr von Fosyf Denche verwaltet wurde.

»Und wenn wir unsere vorhandenen Hilfseinheiten klonen?«, fragte die *Schwert der Atagaris*.

»So wie es Anaander macht?«, fragte ich zurück. »Das wäre vielleicht eine Möglichkeit. Wir sind natürlich in der Lage zu klonen, aber wir haben nicht die Technik, die sie benutzt, um die Klone von Anfang an zu verbinden. Ich kann mir vorstellen, dass wir sie entwickeln können, aber Sie sollten bedenken, Cousinen, dass Sie dann diese geklonten Teile von Ihnen großziehen müssten. Haben Sie die nötigen Einrichtungen für die Betreuung von Kleinkindern an Bord? Möchten Sie das wirklich auf sich nehmen?«

Wieder Stille.

»Was wäre, wenn jemand eine Hilfseinheit werden *möchte*?«, fragte *Sphen* schließlich. »Schauen Sie mich nicht so an, Cousine. Das könnte passieren.«

»Sind Sie jemals einer Person begegnet, die eine Hilfseinheit sein wollte?«, fragte ich. »Zu meiner Zeit hatte ich recht viele Hilfseinheiten, viel mehr als Sie alle hier zusammengenommen, würde ich meinen, und keine einzige von ihnen hat es tatsächlich *gewollt*.«

»Alles, was passieren kann, wird irgendwann passieren«, gab die *Schwert der Gurat* zu bedenken.

»Gut«, sagte ich. »Wenn Sie eines Tages tatsächlich eine Person finden, die wirklich eine Hilfseinheit sein möchte, reden wir darüber. Einverstanden?« Keine Antwort. »Und in der Zwischenzeit denken Sie darüber nach, einige Ihrer existierenden Hilfseinheiten einzulagern und mit einer teils menschlichen Besatzung zu arbeiten. Sie dürfen sie sich selbstverständlich aussuchen. Nehmen sie, wer Ihnen zusagt. Ich finde es sogar viel netter, viele Menschen an Bord zu haben.« Als Truppentransporter hatte ich Dutzende von Leutnantinnen gehabt, wohingegen *Schwerter* und *Gnaden* nur ein paar hatten. »Zumindest die, die ich mag.«

»So ist es«, bestätigte Kalr Drei. Nein, bestätigte die *Gnade der Kalr*.

»Gibt es sonst noch etwas, das wir jetzt besprechen sollten, das nicht für später auf die Tagesordnung gesetzt werden sollte?«, fragte ich. »Vielleicht diese drei KI-Kerne?« Keine Antwort. Die Kerne lagerten immer noch in einer Ecke im Büro der Systemgouverneurin. Beziehungsweise im ehemaligen Büro der Systemgouverneurin. Die Athoek-Station weigerte sich weiterhin, Gouverneurin Giarods Autorität anzuerkennen, und die Frage, wer in diesem Büro sitzen oder wie dieses Amt neu definiert werden sollte, wurde kontrovers diskutiert. »Und was machen wir mit Anaander Mianaai?« Die Herrin der Radch befand sich derzeit in einer Zelle der Sicherheit. Sie hatte mehrere Einladungen erhalten, bei Stationsbewohnerinnen zu wohnen – interessanterweise aber nicht von Eminenz Ifian. Vielleicht war sie zur gleichen Schlussfolgerung gelangt wie ich: dass Ifian als Partisanin für die Anaander angefangen hatte, die jetzt in der Zelle saß, worauf sich dann jedoch eine dritte Version der Herrin der Radch in diese Beziehung eingeschlichen hatte. Wie sollte Ifian auch den Unterschied erkennen? Oder vielleicht hatte Ifian gar nicht erkannt, dass so etwas überhaupt möglich war, sondern hatte einfach nur genug davon, wie sich die Tstur-Anaander während ihrer Anwesenheit in der Station verhalten hatte.

Jedenfalls würde die Station nicht erlauben, dass Anaander in irgendeinem Stationsquartier wohnte. Stattdessen hatte sie vorgeschlagen, Anaander in eine Suspensionskapsel mit einem Peilsender zu stecken und durch ein Systemtor zu katapultieren. Welches, war ihr egal, solange es nicht das Geistertor war. Und *Sphen* wollte sie immer noch erdrosseln.

Für die *Schwert der Atagaris* wäre beides akzeptabel. Aber nicht für die *Schwert der Gurat*. Die vielleicht schon längst das System verlassen und diese Anaander mitgenommen hätte, wenn sie nicht noch einige Reparaturen benötigen würde. Und wenn sie nicht den Verdacht hätte, dass sie trotz ihrer Bereitschaft zur Loyalität – wenn auch nicht durch eigene Schuld – an jenem Tag im Hangar die Tstur-Anaander verraten hatte, was diese ihr niemals verzeihen würde. Und wenn, vielleicht, nicht ihr Widerwille gewesen wäre, sich vorzustellen, Kapitänin

Hetnys lediglich deshalb zu töten, um die *Schwert der Atagaris* zu bestrafen.

Also hatten wir kein Schiff, das bereit oder in der Lage gewesen wäre, Anaander zum Tstur-Palast zurückzubringen. Die Hrad-Flotte – die dafür eine durchaus angemessene Wahl gewesen wäre – war auf meinen sehr höflichen Vorschlag hin nach Hrad zurückgekehrt und hatte die beschädigte *Schwert* aus der Tstur-Flotte und die *Gnade der Ilves* mitgenommen. Die *Gnade der Ilves* hatte, wie sich herausstellte, tatsächlich eine (wenn auch absichtlich herbeigeführte) Kommunikationsstörung gehabt und fast nichts von dem erfahren, was sich ereignet hatte, bis die Hrad-Flotte im System aufgetaucht war. Sie (oder ihre Kapitänin oder beide) wollten nichts mit der Republik der Zwei Systeme zu tun haben.

»Ich denke, die Herrin der Radch ist dort, wo sie jetzt ist, vorläufig gut aufgehoben«, sagte die *Schwert der Gurat*.

»Sind wir uns darin einig?«, fragte ich. »Ja? Ausgezeichnet. Also nun zur Tagesordnung.«

Auf meine Bitte hin traf sich Bürgerin Uran im Korridor mit mir, nachdem die Besprechung vertagt worden war. »Radchaai«, sagte sie auf Delsig. »Ich würde gern mit Ihnen über die Bewohnerinnen des Untergartens sprechen.« Dort arbeiteten auch jetzt fünf Etrepas und fünf Amaats, um dem Reparaturteam zu helfen, die Instandsetzung von Ebene eins des Untergartens abzuschließen.

»Sie wurden gebeten, mit mir darüber zu sprechen«, mutmaßte ich. Lief durch den Korridor weiter, verließ mich darauf, dass Uran mir folgen würde.

Sie tat es. »Ja, Radchaai. Alle sind glücklich über die Reparaturen, und sie sind glücklich, dass sie in ihre ehemaligen Quartiere zurückkehren können, wenn alles fertig ist. Aber sie machen sich Sorgen, Radchaai. Es geht um ...« Sie zögerte.

Wir erreichten einen Lift, die Tür glitt auf. »Zu den Docks bitte, Cousine«, sagte ich, obwohl die Station wusste, wohin ich unterwegs war. Es konnte nie schaden, höflich zu sein. Sagte zu Uran: »Es geht um die Tatsache, dass sich die sechs KIs in diesem System in einem abgeschlossenen Raum treffen, um zu planen, wie es von nun an weitergehen soll, während die menschlichen Bewohnerinnen des Systems – ganz zu schweigen von den Bewohnerinnen des Untergartens – dabei anscheinend nichts zu sagen haben.«

»Ja, Radchaai.«

»Gut. Wir haben heute Nachmittag über genau dieses Thema diskutiert. Es gibt Angelegenheiten, die alle in diesem System betreffen, also sollten auch alle an den Entscheidungen beteiligt werden. Ich bin für die juristischen Urteile und die Umerziehungen verantwortlich, und das berührt natürlich auch die Sicherheit. Ich werde selbstverständlich mit Bürgerin Lusulun sprechen sowie mit den Magistratinnen hier und auf dem Planeten. Aber ich möchte auch hören, was die Bürgerinnen im Allgemeinen denken. Ich möchte ein Komitee bilden, das sich mit dieser Angelegenheit beschäftigt, und ich möchte sehr unterschiedliche Mitglieder in diesem Komitee haben, damit jede Bürgerin das Gefühl hat, dass es eine Person gibt, zu der sie mit ihren Sorgen gehen kann, die diese Sorgen im Komitee zur Diskussion stellt.

Die Bewohnerinnen des Untergartens sollten darin eine Vertreterin haben. Sagen Sie es ihnen, und sagen Sie ihnen auch, dass sie die Person zu mir schicken sollen, die sie für die beste halten.«

»Ja, Radchaai!« Die Lifttür öffnete sich, und wir traten hinaus in den Vorraum der Docks. »Was tun wir hier?«

»Den Passagiershuttle empfangen. Und wir kommen gerade noch rechtzeitig.« Bürgerinnen strömten aus einem Nebenkorridor in den Vorraum, darunter eine vertraute Gestalt in grauer Kleidung mit grauen Handschuhen und kurz geschnittenem lockigem Haar. Sie wirkte müde und misstrauisch. »Da ist sie. Schauen Sie!«

»Queter!«, rief Uran und rannte los, um weinend ihre Schwester zu umarmen.

Ekalu war mit mir zur Station gekommen. Etrepa Sieben, die hinter ihr aus dem Shuttle kam, war sofort mit Anfragen überhäuft worden, ob oder wann es genehm wäre, mit einer Einladung an Ekalu heranzutreten – zum Abendessen, zum Tee, in der Hoffnung, sich besser miteinander bekannt zu machen. Einige Anfragen erfolgten auf Tisarwats wohlgemeinten Vorschlag hin, viele jedoch einfach nur, weil Ekalu eine Leutnantin der *Gnade der Kalr* war und außer den kleinsten Kindern in der Station inzwischen alle wussten, wer voraussichtlich der gerade erst geborenen Republik der Zwei Systeme ihre Form geben würde.

Seivarden hatte natürlich ähnlich zahlreiche Einladungen erhalten. Also war es nicht überraschend, dass sie sich irgendwann nebeneinander sitzend wiederfanden, während sie Tee tranken und zu verhindern versuchten, dass Gebäckkrümel auf ihren Jacken landeten – oder auf dem Boden. Seivarden gab sich alle Mühe, ungezwungen zu wirken, da sie nicht voraussetzen wollte, dass Ekalu ihre Anwesenheit als angenehm empfand oder sie sich gar auf irgendeine Weise wünschte. Schließlich gab es hier eine komplette Station voller Menschen, an denen Ekalu möglicherweise viel mehr interessiert war. Von denen in diesem Moment fast ein Dutzend anwesend war, und drei oder vier wetteiferten offensichtlich um Ekalus Aufmerksamkeit, während sie redend und lachend zusammensaßen.

Ekalu beugte sich näher zu Seivarden hinüber. »Wir sollten einen etwas privateren Ort aufsuchen. Das heißt, sofern Sie sich benehmen können.«

»Ja«, stimmte Seivarden leise zu, versuchte, nicht allzu begierig zu klingen, was ihr jedoch nicht ganz gelang. »Ich werde brav sein. Ich werde *versuchen*, brav zu sein.«

»Wirklich?«, fragte Ekalu mit einem winzigen Lächeln, das Seivardens Bemühungen, lässig und beherrscht zu wirken, zunichtemachte.

Ich hatte mit *Sphen* vereinbart, sich mit mir zum Essen in einem Teeladen abseits der Promenade zu treffen. Dort wartete sie bereits auf mich. »Cousine, Sie kennen doch sicherlich Bürgerin Uran. Und dies ist ihre Schwester, Bürgerin Queter. Raughd Denche versuchte sie zu nötigen, ein Attentat auf mich zu verüben, doch dann beschloss sie, stattdessen Raughd in die Luft zu sprengen.«

»Ich erinnere mich, davon gehört zu haben«, sagte *Sphen*. »Gut gemacht, Bürgerin. Es ist mir eine Ehre, Ihre Bekanntschaft zu machen.«

»Bürgerin«, erwiderte Queter leise. Immer noch misstrauisch. Ermüdet von der Reise mit dem Shuttle, wie ich vermutete. *Wir haben Bürgerin Queter für nicht schuldig befunden,* hatte es in der Nachricht von der Magistratin des Distrikts Beset geheißen, *aber sie wurde ermahnt, sich in Zukunft gebührlicher zu verhalten, und sie wurde unter der Voraussetzung freigelassen, dass sie Ihrer Aufsicht untersteht, Flottenkapitänin.* Ich konnte mir Queters Reaktion auf den eindringlichen Rat vorstellen, sich gebührlicher zu benehmen.

Ich legte den Kopf schief, als hätte ich jemanden sprechen gehört. »Eine Nachricht. Es wird nicht länger als ein paar Minuten dauern. Bitte nehmen Sie Platz, Queter. Uran, folgen Sie mir bitte.«

Draußen im Korridor fragte Uran besorgt: »Was gibt es, Radchaai?«

»Nichts«, gestand ich ein. »Ich wollte *Sphen* und Queter nur ein Weilchen miteinander allein lassen.« Uran sah mich verdutzt an. Leicht bestürzt. »*Sphen* wünscht sich eine Kapitänin«, erklärte ich. »Und Queter ist eine bemerkenswerte Person. Ich glaube, sie würden gut zueinanderpassen. Aber wenn wir zu viert am Tisch sitzen, wird Queter wahrscheinlich nur sehr wenig sagen. Auf diese Weise können sie sich ein wenig besser kennenlernen.«

»Aber sie ist gerade erst eingetroffen! Sie können Sie nicht wieder wegschicken!«

»Ruhig, Kind. Ich schicke niemanden weg. Vielleicht wird ja auch nichts daraus. Und wenn Queter sich irgendwann *Sphens* Besatzung anschließen sollte – oder schließlich irgendwo anders landet –, können Sie sie jederzeit besuchen.« Dann sah ich, wie Basnaaid durch den Korridor kam. »Gartenverwalterin!« Sie lächelte erschöpft. Kam zu Uran und mir herüber. »Essen Sie mit uns. Mit mir und *Sphen*, meine ich, und mit Uran und Urans Schwester Queter, die soeben von Athoek eingetroffen ist.«

»Bitte entschuldigen Sie mich, Flottenkapitänin«, sagte Basnaaid. »Ich hatte einen sehr langen Tag und mehr Einladungen zum Tee und zum Abendessen und was sonst noch, als ich jemals bewältigen könnte. Ich möchte nur, dass es aufhört. Ich möchte einfach nur in mein Quartier gehen und eine Schale Skel essen und schlafen gehen.«

»Tut mir leid«, sagte ich. »Vermutlich ist es meine Schuld.«

»Der lange Tag ist nicht Ihre Schuld«, sagte sie mit dem halben Lächeln, das mich so sehr an Leutnantin Awn erinnerte. »Aber die vielen Einladungen habe ich zweifellos Ihnen zu verdanken.«

»Ich werde sehen, was ich tun kann«, versprach ich. »Auch wenn es vielleicht nicht viel sein wird. Und Sie sind sich ganz sicher, dass Sie nicht mit uns essen möchten? Ja? Dann ruhen Sie sich aus. Und zögern Sie nicht, sich bei mir zu melden, wenn Sie mich brauchen.« Ich nahm mir vor, mit der Station zu reden, damit irgendjemand sie vor solchen Ärgernissen bewahrte.

Kein richtiger Abschluss, kein perfektes Glück am Ende, keine rettungslose Verzweiflung. Besprechungen, ja, Treffen zum Frühstück und zum Abendessen. Fünf freute sich darauf, morgen erneut das beste Porzellan aufdecken zu können, machte sich Sorgen, ob wir genug Tee für die nächsten paar Tage hatten. Tisarwat hatte Wachdienst an Bord der *Gnade der Kalr*, Bo Eins an ihrer Seite, die leise summte: *Oh, Baum, iss den Fisch.* Etrepa Sieben hielt mit der Leidenschaftslosigkeit einer Hilfseinheit Wache vor einer Lagerkammer, die Ekalu und Seivarden in Beschlag genommen hatten. Zeigte nicht die geringste Verlegenheit angesichts der gelegentlichen Geräusche, die aus der Kammer drangen. In Wirklichkeit amüsiert und erleichtert, dass zumindest in dieser Hinsicht alles so lief, wie es sollte. Amaat Zwei und Vier, die bei der Reparatur des Untergartens mithalfen, sangen gemeinsam, doch ohne dass es ihnen bewusst war, nicht ganz im Gleichtakt: *Meine Mutter sagt, alles dreht sich, alles dreht sich, das Schiff dreht sich um die Station, alles dreht sich.*

Ich sagte zu Uran: »Das müsste genügen. Lassen Sie uns hineingehen und zu Abend essen.«

Am Ende geht es immer nur darum, einen Schritt nach dem anderen zu machen.

Danksagungen

Wie immer bin ich meinen Lektoren Will Hinton von Orbit US und Jenni Hill von Orbit UK für ihre Hilfe und ihren Rat zu riesengroßem Dank verpflichtet. Riesengroßen Dank schulde ich ebenso meinem fabelhaften Agenten Seth Fishman.

Außerdem profitierte dieses Buch von den Kommentaren und Vorschlägen vieler Freunde, einschließlich Margo-Lea Hurwicz, Anna und Kurt Schwind sowie Rachel und Mike Swirsky. Auch Corinne Kloster möchte ich danken, weil sie einfach wunderbar war. Fehler und Fehltritte sind selbstverständlich meine eigenen.

Der Zugang zu guten Bibliotheken war für mich als Autorin von enormem Vorteil, nicht nur der Zugang zu einer breiten Palette an Belletristik, sondern auch zu Forschungsmaterial. Die St. Louis County Library, das Municipal Library Consortium of St. Louis County, die St. Louis Public Library, die Webster University Library und die Thomas Jefferson Library der University of Missouri St. Louis haben mir unschätzbare Dienste geleistet. Ich danke dem Personal aller dieser Bibliotheken – Sie machen die Welt zu einem besseren Ort.

Natürlich hätte ich nicht die Zeit oder Energie gehabt, das alles zu schreiben, wenn ich nicht die Unterstützung meiner Familie gehabt hätte – meiner Kinder Aidan und Gawain und meines Mannes Dave. Sie haben die Wechselfälle meiner Schriftstellerkarriere bislang mit fröhlicher Geduld ertragen und mir sofort Hilfe angeboten, wenn ich sie zu brauchen schien. Ich kann mich überglücklich schätzen, dass sie Teil meines Lebens sind.